Bibliografische Information der Deutschen Nationalbibliothek: Die Deutsche Nationalbibliothek verzeichnet diese Publikation in der Deutschen Nationalbibliografie; detaillierte bibliografische Daten sind im Internet über dnb.dnb.dabrufbar.

© 2020 Tavern, Shady
Herstellung und Verlag: BoD – Books on Demand, Norderstedt
Cover © 2020 Romain Kurdi
(Zu finden auf Instagram: romain.kurdi)

ISBN: 9783752672718

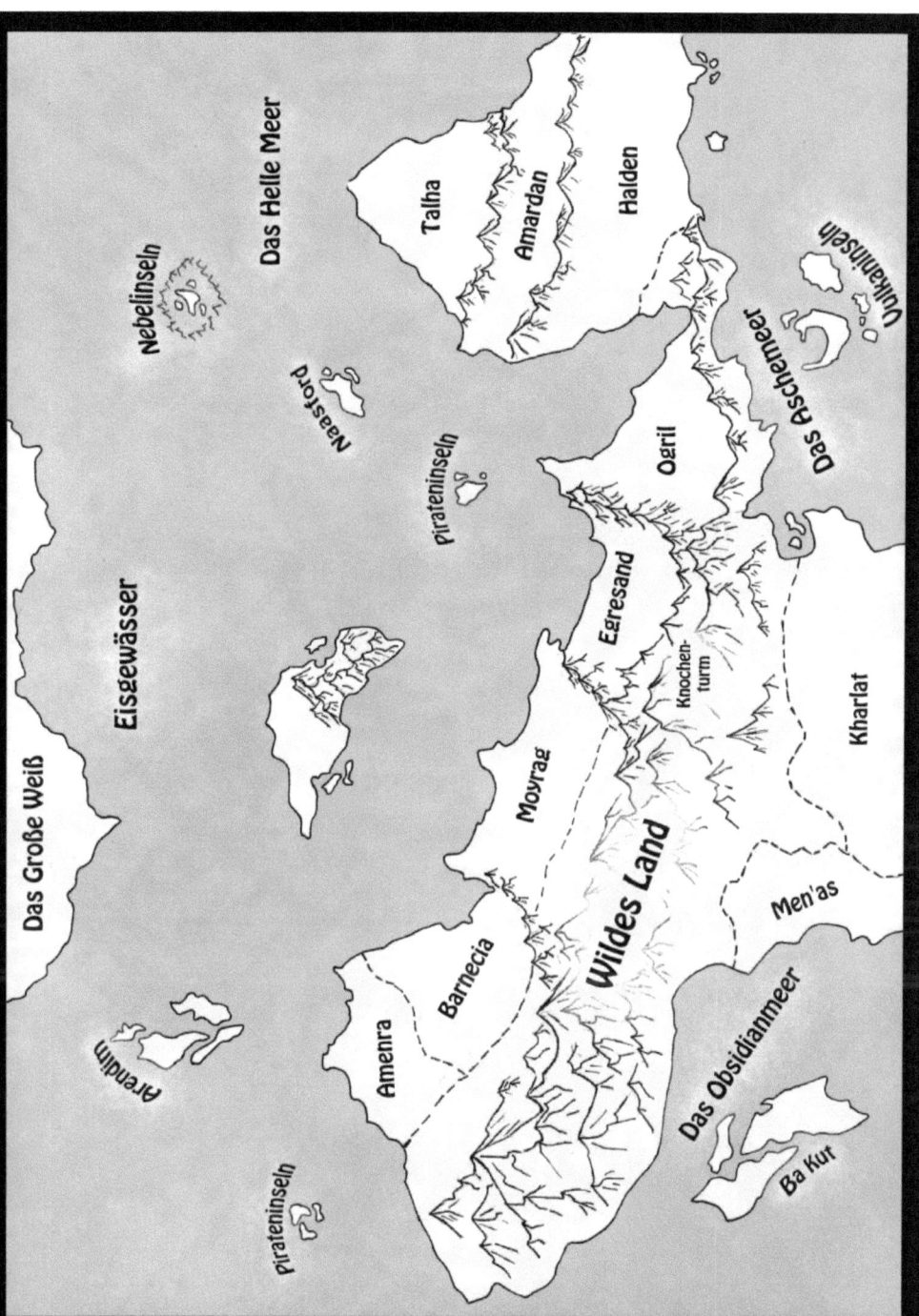

Hallo, werte Reisende.
Ich heiße dich herzlich willkommen, setz dich doch, nach dem du dieses Buch schon einmal aufgeschlagen hast. Ich werde dir eine Geschichte erzählen, wenn du möchtest.
Eine Geschichte von einer wilden Jagd auf See möglicherweise; vielleicht auch die von einer jungen Kriegerin, die nach Jahren der Gefangenschaft ihren Weg wieder nach Hause findet. Oder die Geschichte der versprochenen Königin und ihrem Ghul.
Aber davon ein anderes Mal, dieses Mal möchte ich dir eine Geschichte erzählen, die uns an viele Orte der Welt Elathion führen wird, über Meere und Gebirge hinweg bis hin zu Gotterwählten und Legenden. Unsere Reise beginnt in Talha, einem grün bewachsenen Land, das an das helle Meer grenzt, und sie trägt uns in die Hafenstadt Simerin, die von Wäldern und Feldern umgeben ist.
Diese Geschichte handelt von einer jungen Frau und deren Freunden, die noch nicht wissen, was sie erwartet. Sie werden jedoch schon bald sehen wie sehr die dunklen Mächte der Welt alles verändern werden.
Doch lass mich nicht zu viel verraten. Wir beginnen in einer lauen Nacht, wie viele Nächte im späten Frühling gerne sind...

Prolog

Das Licht unzähliger Fackeln war um den Kordon zu sehen, entzündet von der Armee Talhas, die dort seit fünf Jahren am Pass der blauen Berge gegen das Land Amardan kämpfte. Die Fackeln flackerten wie rote Glühwürmchen und zeigten die Positionen und Umrisse vieler Zelte.

Belrad schob seine Kapuze ein klein wenig zurück, als er zum Kordon hinüber spähte. Es verärgerte ihn, dass die Region um Keira gegen Teleportationsmagie abgeschottet war und er den Weg zu Pferd zurücklegen musste. Das kostete unnötig viel Zeit.

Gemeinsam mit seiner Leibgarde ritt er weiter am Rand des versteinerten Waldes entlang auf den Kordon zu. Belrad konnte den direkten Weg nicht wählen und sah sich aufmerksam nach dem vereinbarten Signal um.

Es war beinahe unheimlich, wie still es war. Es gab keine Blätter, die im Wind rascheln konnten, und jegliche Tiere waren geflohen oder umgekommen. Die Region um Keira war seit einem Jahr wegen der Magie, die von Kriegsmagiern eingesetzt worden war, vollkommen abgestorben. Felder und Wiesen waren schwarz wie Pech und alles, was einst gewachsen war, war unter der Asche längst erstickt. Selbst der Wald war abgestorben, die Bäume entweder bleich und blattlos oder gänzlich versteinert. Die Dörfer und Höfe rund um Keira waren verlassen. Die Bauern hatten ihre Heimat wegen der Aschefelder aufgeben müssen und Keira selbst war zu einer überwiegend militärischen Stadt geworden.

Nur Monster trieben sich hier noch gelegentlich herum und labten sich an den Schlachtfeldern, wenn die Soldaten ihre gefallenen Kameraden nicht schnell genug bargen.

Endlich, als Belrad schon dachte, etwas wäre unerwartet schief gegangen, erspähte er ein kleines grünes Licht zwischen totem

Gestrüpp und leblosen Bäumen. Wortlos lenkte er sein Pferd in den verendeten Wald und erreichte kurz darauf einen Soldaten, der sich die Kapuze seines Umhangs über den Kopf gezogen hatte. Belrad glaubte sich daran zu erinnern, dass er Georg hieß.

Der junge Mann trug eine silbern schimmernde Rüstung und spielte nervös mit der kleinen Magierlampe, die gerade stark genug leuchtete, dass Belrad ihn gesehen hatte. Der Soldat richtete sich ruckartig auf, sobald er Belrad und seine Leibwächter bemerkte.

„Meister Magister", sagte Georg und verbeugte sich ein wenig steif, soweit es seine Rüstung zuließ. *Natürlich nicht zu tief*, dachte Belrad verärgert. *Wo kämen wir denn hin, wenn Magiern vernünftig Respekt gezollt wird.*

„Ist alles vorbereitet?", fragte Belrad und Georg nickte eifrig.

„Genauso, wie Ihr es gesagt habt", sagte er und deutete hinter sich. „Folgt mir, ich bringe euch hin."

Belrad stieg von seinem Pferd, und einer seiner Leibwächter trat rasch vor, um es mit den anderen an einem Baum festzubinden.

„Bewach die Pferde", befahl Belrad dem Mann knapp, der wortlos bei den Tieren stehen blieb und untergeben den Kopf neigte. Zufrieden wandte Belrad sich ab und bedeutete Georg voran zu gehen.

Ihr Trupp war klein und leise und sie umrundeten die Zelte, bis sie ungesehen auf den Kordon zu schleichen konnten. Die Wachen, die auf dem Weg patroullieren sollten, lagen schnarchend im Dreck. Schließlich kam eine gut verborgene Tür an der Seite des Hauptgebäudes zum Vorschein. Georg löschte seine Lampe und hängte sie an einen Haken neben der Tür. Er zog einen Schlüssel aus seiner Gürteltasche um das Schloss zu öffnen.

„Mein Hauptmann wird bald bemerken, dass der Schlüssel weg ist", flüsterte Georg. „Wir haben höchstens eine halbe Stunde, bevor ich ihn zurückbringen muss."

Belrad würde für sein gesamtes Vorhaben höchstens einige Minuten brauchen. Ohne zu antworten trat er durch die Tür und muffige Luft schlug ihm entgegen. Eine steinerne Treppe verschwand nach unten in die Dunkelheit und Belrad trat sicheren Schrittes vorwärts. Sobald seine Wache und Georg ihm hinein gefolgt waren und die Tür geschlossen wurde, hob er eine Hand. Ein Magierlicht erschien mit einem sanften, weißen Schein über seinen Fingern.

Die Luft wurde kälter, je tiefer sie hinabstiegen, bis sie endlich die Gruft erreichten, die unter dem Kordon lag. Vor dreihundert Jahren war sie für Kriegshelden errichtet worden, die während eines langen, harten Krieges nicht nach Hause gebracht werden konnten.

Später, als ihre Gräber dann in ihre Geburtsstädte verlegt werden konnten, war die Gruft von einem rauen König für andere Tote umfunktioniert worden. Hochrangige Kriegsverbrecher, üble Adelige, all das unangenehme Gesindel, das einen hohen Rang gehabt hatte und dessen Familien nichts mit ihnen zu tun haben wollten, wurde hierher gebracht.

Und sollte der Kordon einmal fallen und die Gruft entweiht werden, so war immerhin nichts zu holen und die Angehörigen scherten sich nicht darum, was mit den Toten geschah. Aus den Augen, aus dem Sinn, wie es so schön hieß, vor allem wenn es um Menschen ging, deren Existenz man lieber unter den Teppich kehrte. In den letzten knapp hundert Jahren war hier jedoch nur noch ein Mensch bestattet worden.

Belrad machte sich nicht die Mühe die Fackeln an den Wänden anzuzünden und musterte die simplen Steinsärge, an denen er vorbeiging. Es waren Namen in den Stein gehauen, die meisten davon sagten ihm nichts, bis er vor dem letzten und neuesten Sarg stehen blieb.

Thayn Bregen stand auf dem Stein, mit Geburts- und Todesdatum darunter. Thayn war der Vorgänger des jetzigen Königs von Talha und vor fünf Jahren verstorben. Genauer gesagt, war er von einer Spionin Amardans, die sich bis zu seiner Leibgarde hochgearbeitet und auf den richtigen Moment gewartet hatte, ermordet worden. Belrad spürte finstere Freude bei dem Gedanken, dass Thayns Sohn Etrim seinem Vater die schlimmste Beleidigung nach seinem Tod zugefügt hatte. Beerdigt unter dem Bodensatz des Adels und den verschmähten und verhassten Verwandten der Oberschicht.

„Und jetzt?", fragte Georg aufgeregt und nervös gleichermaßen. „Ihr sagtet, Ihr kennt einen Zauber, der uns gegen Amardan gewinnen lässt. Mir ist egal, dass er illegal ist, ich will nur, dass wir gewinnen." Er presste eine Faust gegen die Brust. „Für König und Krone!"

Belrad richtete sich auf und wandte sich zu ihm um. Was für ein naiver Trottel.

„Jetzt wirst du Zeuge des Unmöglichen und eines neuen Zeitalters", sagte Belrad und wandte sich wieder dem nichtssagenden Steinsarg zu. Oh, wie Thayn das hier hassen würde. Er hatte stets in der Familiengruft des Königshauses beerdigt werden wollen, damit er selbst im Tode bekam was er verdiente. Und wie er bekommen hatte, was er verdiente.

„So sehen wir uns wieder, *mein König*", sagte Belrad leise und seine Stimme grollte vor Hass. Das Lächeln auf seinem Gesicht wurde zu einem Zähnefletschen. „Ich könnte dir fast dankbar für alles sein, doch seien wir ehrlich, du hast nichts zu meinem Erfolg beigetragen."

Es war nahezu eine Schande, dass Thayn nie sehen würde, was genau Belrad geschaffen hatte. Belrad hätte zu gerne die Reue auf seinem Gesicht gesehen, den Schock, gefolgt von Angst, wenn der alte König begriff, was genau er getan hatte an dem Tag, an dem er Belrad ohne ein weiteres Wort oder Schreiben vor die Tür gesetzt hatte.

Belrad holte einen faustgroßen Magiestein aus einer Gürteltasche. Der Stein war aus weißem Kristall und übersät mit Runen und Symbolen. Die Runen verbanden den Stein mit einer Energiequelle, die Belrad Andersorts stehen hatte und die Symbole ließen Belrad seinen Zauber durch den Stein wirken.

Er hob beide Hände und begann zu murmeln. Der Stein schwebte in die Höhe, bis er zwischen seinen Händen ruhte, und ein grünes Licht begann sich zu formen. Belrad schloss die Augen und konzentrierte sich, denn der Zauber war ein wahres Meisterwerk und keine banale Spielerei. Binnen weniger Sekunden zersplitterte der Stein zu einem grün leuchtenden Totenkopf und Belrad setzte seinen Zauber mit einer mächtigen Bewegung frei.

Der Totenkopf explodierte in eine Woge von grünem Licht, die wie eine Druckwelle in den Wänden verschwand. Für eine lange Sekunde herrschte Stille.

„Ist es getan?", fragte Georg erfreut. „Wird Talha nun über Amardan siegen?"

Belrad sah über die Schulter hinweg zu einer seiner Leibwachen und ruckte seinen Kopf in Richtung des Soldaten. Die Frau trat vor und Georg wandte sich ihr überrascht zu. Seine Überraschung verwandelte sich in Erschrecken, als sie ihn packte und seine Hände so schnell auf seinen Rücken drehte, dass er nicht rechtzeitig reagieren konnte.

„Zeugen sind etwas so Unschönes", sagte Belrad, als er vortrat und eine Hand hob. Als er diesmal einen Zauber beschwor, spürte er wie etwas von seiner inneren Macht dafür aufgebraucht wurde. Ein violetter, konzentrierter Nebel legte sich um seine Finger. „Du hast mir bis hierher wirklich gut gedient, Soldat. Wie war das noch, für König und Krone, nicht wahr?"

Georgs Augen waren nun angstgeweitet und er versuchte vor Belrad zurück zu zucken. „Nekromantie ist verboten, das könnt Ihr nicht -"

Belrad legte ihm die Fingerspitzen auf die Brust und blitzschnell zog der Nebel durch die Rüstung des Soldaten. Die Augen des Burschen rollten zurück und er sackte leblos in sich zusammen. Auf ein Nicken Belrads hin ließ seine Wache ihn zu Boden sinken.

„Gebt ihm das Gift und versteckt den Brief in einer seiner Taschen", sagte Belrad.

Die Frau zog ein Fläschchen hervor, entkorkte es und flößte es Georg ein, ehe sie das Fläschchen in Georgs Hand drückte und seine Finger darum schloss, so gut es ging. Belrad wirkte einen kleinen nekromantischen Zauber, der den Körper des Toten noch ein wenig belebte, damit die Anzeichen der Vergiftung auftreten konnten. Innerhalb einer Minute wurden Georgs Augen blutunterlaufen und seine Zunge weiß und dick.

Zuletzt steckte die Frau Georg einen Brief in die Tasche. Der Brief war von einem Fälscher Belrads in der Handschrift des Burschen verfasst worden. Darin stand, dass er es nicht mehr ausgehalten hatte, ein Spion für Amardan zu sein, und sich in seiner Schande das Leben genommen hatte.

Es war nicht zu ungewöhnlich, Spione gab es zuhauf und manche von ihnen entwickelten entweder Gefühle für die feindliche Seite oder gerieten anderweitig in moralische Konflikte. Jene Spione, die nicht mehr heimkehren wollten oder konnten und wussten, was ihnen von der Seite drohte, die sie ausspioniert hatten, brachten sich häufig um.

Georg war zwar kein Spion gewesen und seinem Heimatland mehr als loyal ergeben, doch das machte für Belrad keinen Unterschied. Denn Belrads Zauber trug absolut nichts dazu bei, Talha einen Vorteil zu verschaffen. Er hatte lediglich eine Ausrede gebraucht, damit der leichtgläubige Junge ihn in die Gruft gebracht hatte. Zu Thayns Grab.

Belrad wusste, mitten im Krieg würden die Soldaten Talhas nicht weitersuchen. Sobald sie den Brief fanden, würde Georg verbrannt werden und nachdem ein Report an die Hauptstadt geschickt wurde, würde niemand mehr von ihm sprechen, außer um ihn als Spion zu verfluchen.

„Gehen wir", befahl Belrad knapp und wirbelte herum. Seine Roben und sein Mantel bauschten sich dabei hinter ihm auf, als er selbstbewusst aus der Gruft schritt. Ein dunkles Grinsen breitete sich auf seinem Gesicht aus. Er hatte nur noch ein paar Dinge zu klären und dann würde er sich zurücklehnen und seinem Werk dabei zusehen, wie es alles vernichten würde. Er würde es genießen, in vollen Zügen.

Simerin

Die Tür schwang geräuschlos auf, als Naira hinaus auf den hölzernen Absatz in den Sonnenschein des frühen Morgens trat. In der Hand hielt sie ihr Schwert und sie zog die Tür ins Schloss, ehe sie das Schwert in die Halterung ihres Waffengürtels schob.

Naira nickte knapp ein paar Nachbarn zu, die sich bereits auf den Weg zur Arbeit machten. Simerin war eine kleinere, kompakte Stadt mit sauberen, befestigten Straßen an der Küste von Talha. Es gab einen großen Hafen, der von Händlern aus aller Welt und den Schiffen der königlichen Flotte gerne und häufig frequentiert wurde. Da der breite Fluss Bjar sich vom Hafen aus durch das halbe Land und bis zur Hauptstadt Toran erstreckte, ließ er noch mehr Handel über das Wasser zu.

Naira lebte hier am nördlichen Ende des Reiches Talha, wo selbst der derzeitige Krieg mit dem Nachbarland Amardan sie bisher wenig spürbar erreichte.

Die königliche Flotte hielt die umliegenden Meilen des hellen Meeres größtenteils von Piraten und Plünderern frei. Die Sklaven-händler machten einen Bogen um Talha, seitdem vor gut hundert Jahren das Gesetzt gegen Sklavenhandel erlassen worden war. Sie waren hier schon lange nicht mehr willkommen und Talha ließ sie das spüren, wenn sie sich zu weit in die Gewässer des König-reiches vorwagten.

Durch Simerins praktische Lage und einige gut betuchte Familien, die hier ansässig waren, sorgte der Handel dafür, dass ihre Stadt die Einbußen des Krieges mit Amardan gut wegstecken konnte. Der Krieg war mit dem Mord am alten König Thayn vor fünf Jahren ausgebrochen und seither war Thayns Sohn Etrim Bregen an der Macht.

Gegenüber von Nairas Zuhause trat in diesem Augenblick die alte Dame Lia aus ihrem Haus. Ihre grauen Haare waren zu einem lockeren Dutt in ihrem Nacken gebunden und sie ließ die Tür zum Lüften offenstehen. Die Falten auf ihrem Gesicht sprachen gleichermaßen von Zeiten der Freude und der Sorge, sie ging aufrecht und ihre faltigen, beringten Hände waren selbst in ihrem hohen Alter verlässlich ruhig und sicher. Sie gehörte zu den reicheren Bewohnern Simerins, was auch an ihrem Enkel in der Hauptstadt lag, der das Handelsunternehmen der Familie bis dorthin ausgeweitet hatte.

Lias hellbraunes, an Kragen und Ärmeln mit weiß-gelben Blumen besticktes Kleid streifte beinahe die Türschwelle. Sie winkte Naira näher, sobald sie sie sah.

Lia war eine gesellige, gesprächige Nachbarin, die für ihr Leben gerne aus dem Nähkästchen plauderte. Sie beäugte Nairas Schwertgürtel mit einem leichten Seufzen.

„Grüß den Tag, meine Liebe." Lia tätschelte ihr mit einer warmen Hand die Wange, als Naira vor ihr stehen blieb und ihr langer Zopf bei dieser Bewegung leicht gegen ihren Rücken fiel. „Bist du gleich wieder auf dem Weg aus der Stadt?"

„Heute nicht", sagte Naira mit einem Lächeln und deutete vage die Straße hinab in Richtung des Marktplatzes. Ein Nachbar öffnete sein Fenster um frische Luft herein zu lassen und sie nickten sich kurz zu.

„Oh, wie schön." Lias hutliges Gesicht hellte sich auf und sie lächelte. „Es ist gut, dass du etwas Zeit mit deinesgleichen verbringst und dich wieder mit Menschen deines Alters umgibst. Du wirst hier schon sehr zur Außenstehenden meine Liebe. Du bist derzeit ja nicht einmal mehr irgendwohin eingeladen. Und das, wo deine Familie schon so lange hier lebt!"

Naira spürte, wie ihr Lächeln angespannter und steinernen wurde und die Echtheit sich auflöste wie der Rauch einer erloschenen Kerze. Sie unterdrückte ein Seufzen und trat einen kleinen Schritt zurück.

„Um ehrlich zu sein sind die Elfen am Marktplatz", sagte sie und versuchte zu ignorieren, wie Lia dabei jetzt leicht die Brauen zusammenzog, während ihre Mundwinkel herabsanken. „Sie wollen ihre Waren verkaufen und ich wollte mich dort mit ihnen treffen."

Die Elfen hatten ihre eigene kleine, elegante Stadt namens Nurethal nahe von Simerin. Sie lebten in dem dichten Wald, der einige Hektar von Simerins Stadtmauer entfernt begann, und die Elfen hielten gute Kontakte, bisweilen sogar freundschaftliche Beziehungen, zu den Stadtbewohnern aufrecht.

Naira jedoch verbrachte ihre Zeit lieber mit den Elfen als mit den jungen Leuten Simerins und pflegte eine enge Freundschaft mit den spitzohrigen Waldbewohnern. Wenn sie ehrlich war, bevorzugte sie die Gesellschaft der Elfen schon seit sie ein junges Mädchen war. Sie war mehr in den Wäldern als in Simerin zuhause.

„Nun." Lia schien für einen Moment ihre Worte abzuwägen und tätschelte dann ihren Arm. Naira erkannte, dass die Geste dieses Mal von einem Gefühl des Abschieds begleitet wurde und trat einen weiteren Schritt zurück. „Diese Phase findet auch einmal ihr Ende. Ich wünsche dir trotz allem eine gute Zeit."

Naira winkte Lia halbherzig zum Abschied und wandte sich rasch um. Sie eilte mit langen Schritten davon, bevor die alte Dame noch etwas sagen konnte. Lia war nicht gewillt, ihre Meinung über die Elfen zu ändern, und Naira hatte es aufgegeben, mit ihr darüber zu sprechen. Glücklicherweise jedoch redeten sie nicht oft miteinander.

Schon bald erreichte Naira den Markt und sah, dass sich die Stände und Karren im Aufbau befanden. Die Waren der Händler wurden geschäftig in Körben und Kisten aufgestellt und die wertvollsten oder beliebtesten Waren wurden auf den kleinen Auslageflächen ausgebreitet.

Naira erkannte vage einige Bauersfrauen der umliegenden Höfe, die hergekommen waren, um Wolle, Eier und Milch oder die erste Ernte ihrer Felder zu verkaufen.

Ein Blick die Straße hinab ließ eine Aussicht auf das ruhige, blaue Meer zu, das im Licht der Sonne zu schimmern schien wie unzählige Spiegelsplitter. Naira sah einige Fischer auf dem Weg hinauf zum Markt gehen, die große Körbe auf dem Rücken trugen, und den frühmorgendlichen Fang zum Verkauf brachten. Sie mussten noch vor Sonnenaufgang losgerudert sein, um jetzt schon frische Fische verkaufen zu können.

Es waren heute wieder ein paar Händler hier, die Glas- und Porzellanarbeiten aus der Hauptstadt Toran auslegten. Sie hatten dazu einige Süßigkeiten und Gewürze dabei, die wegen des derzeitigen Krieges sehr viel schwerer zu bekommen und dementsprechend teuer waren. Naira entdeckte auch einen kleinen Stand mit getrockneten Früchten und Gewürzen aus entfernt gelegenen Ländern.

Sie wusste, dass man sich diese Früchte sogar frisch, mit der Hilfe von Magie, besorgen konnte, neben einigen anderen Dingen. Allerdings ließen Magier sich ihre Dienste teuer bezahlen und nur der Adel besaß das Gold, um an Frischobst aus dem Süden oder Südwesten zu gelangen. Getrocknet jedoch waren die Früchte für einen Teil des Volkes eher erschwinglich.

Naira erspähte sogar einen kleinen und mehr praktischen als ästhetischen Tisch eines reisenden, übermüdeten Magiers, der es dennoch schaffte, ein wenig naserümpfend auf alle Menschen um ihn herum herabzublicken. Er verkaufte verschiedene kleine, verzauberte Dinge, von Magierlampen, die über Jahre hinweg leuchteten, bis hin zu Waschschalen, in denen das Wasser für Stunden warm blieb. Die Gegenstände waren mit Magiesteinen versehen. In der Lampe hing in einer kleinen Halterung ein Stein, der bei eintretender Dunkelheit zu leuchten begann, und am

Boden der Wasserschale befand sich ein weiterer Stein, der bei Kontakt mit Wasser Hitze erzeugte. Soweit Naira wusste, dauerte es Jahre, bis die Magie in diesen Steinen aufgebraucht war und sie wieder von einem Magier aufgeladen werden mussten.

Ein Blick auf die Preise jedoch ließ Naira rasch weitergehen. Solche Gegenstände konnten sich nur die reichsten Familien der Stadt leisten und vielleicht ein paar der Elfen, wenn ihnen danach war.

Die jahrhunderte alte Eiche, die neben dem Tempel auf der östlichen Seite des Marktes wuchs, war hoch genug, dass ihre Äste mühelos die umliegenden Hausdächer überragten. Was sie zu einem recht beeindruckenden Baum machte, denn das Wirtshaus *'Zwischen Hier und Da'* war ein zweistöckiges Gebäude mit ausgebautem Dachstuhl und neben dem Tempel das größte Gebäude am Markt. Der Baum überragte sie alle mühelos.

Nairas Blick streifte den Tempel. Das hoch aufragende Gebäude war aus hellem, nahezu weißem Stein. Elegante Fresken schmückten die Säulen des Eingangsbogen und in die dunkle Holztür selbst war eine kupferne Sonne eingelassen, die poliert im Licht glänzte.

Die großen Fenster entlang des Gebäudes waren aus farbigem Glas, das die Geschichte des Lichts darstellte. Der Reihe nach zeigten sie, wie der Gott des Lichts aus der Sonne geboren wurde, gekleidet in Gold, das sich von seiner dunkleren Haut abhob, und mit einer leuchtenden Krone auf dem Haupt.

Neben ihm wurde seine Frau aus dem Mond geboren, ihre Haut bleich und gehüllt in weiße Kleidung und einer Rüstung aus Silber. Sie war bewaffnet mit einem Speer und einem Schild aus Mondstein. Nach den Schriften hatten beide den Platz von Sonne und Mond eingenommen, um über die geschaffene Welt zu wachen.

Die Mondtochter bewachte die Nacht und stand schützend und stark an der Seite ihres leuchtenden Mannes, der am Tage die Hände wärmend über alles legte.

Ein weiteres Fenster zeigte die Entstehung der Welt Elathion und wie der Gott des Lichts sein Herz in die Mitte von allem gab, um der Erde Leben einzuhauchen. Der Gott des Lichts befand sich über der Welt, die Arme ausgebreitet und er hatte die Augen vertrauensvoll geschlossen. Unter ihm befand sich eine abgerundete, einfache Karte von Elathion, deren farbiges Glas von goldenem Metall umrahmt war.

Die Mondtochter hielt die Dunkelheit und das Nichts von der Welt und ihrem Mann fern. Sie wandelte des Nachts, wenn das Licht ihres Mannes wich und er sich schlafen legte.

Die Mondtochter und ihre Kinder, die Sterne, geschaffen aus Strähnen ihres weißen Haares und Tropfen ihres silbernen Blutes, wachten über den Nachthimmel. Gemeinsam beschützten sie die geschaffene Welt und alles was auf ihr lebte. Es hieß in den Schriften, die Mondtochter wäre der größte Schutz vor allem Bösen und sollte sie je fallen, würde der Gott des Lichts sein Ende in einer großen, letzten Schlacht gegen das Nichts finden und die Welt würde zerstört werden.

Naira hielt für eine kurze Sekunde inne, als sie sich erinnerte, wie lange sie den Tempel schon nicht mehr besucht hatte. Es war schon Monate her. Das letzte Mal war sie mit ihren Eltern hier gewesen, bevor ihre Mutter wieder einmal für einen Auftrag aufgebrochen war und ihr Vater sich erneut seiner Arbeit am Hafen zuwandte und für Wochen nicht heimkehrte.

Naira verbrachte seit Jahren beinahe ihre ganze Zeit in Nurethal mit den Elfen und besuchte eher den Tempel der Valia, der Götter der Elfen, als den Tempel des Lichts. In den letzten Monaten war sie auch viel zu beschäftigt damit gewesen, ihre Prüfung für Monsterjagden abzuschließen, um für mehr als ein oder zwei Stunden nach Simerin zurück zu kehren.

Der Markt war erfüllt von dem geschäftigen Treiben der Verkäufer und Händler und den langsam eintreffenden Kunden. Während

Naira sich nach dem Stand der Elfen umsah, erhob der erste Marktschreier seine Stimme, um die Blicke der eintrudelnden Käufer auf sich zu ziehen. Sie sah aus dem Augenwinkel, wie einer der Fischer eine Schale mit Resten auf den Boden stellte und ein paar der streunenden Katzen zu ihm huschten. Der Mann schenkte den Tieren ein kleines, warmes Lächeln, ehe er ein nicht weniger freundliches, jedoch professionelleres Lächeln seinem ersten Kunden zuwarf.

Naira wusste, dass die kommende Woche einen noch geschäftigeren Markt bringen würde, denn nächste Woche trafen die meisten Schiffe von außerhalb ein. Das geschah nur alle paar Monate und wurde deshalb von vielen freudig erwartet. Vielleicht war sogar mit Stoffen aus Ba Kut zu rechnen, oder Teppichen aus Kharlat. Schiffe aus Ba Kut brachten oft vieles mit, von Seide und Samt bis zu Damast und Brokat, welche für die Elfen interessant waren.

Da Nairas Vater der Buchhalter des Hafens war, war er stets über jedes Kommen und Gehen informiert und wann neue Güter eintrafen. Wenn er einmal nach Hause kam, ließ er meist den Hafenplan für die nächste Zeit zurück.

Naira verpasste seine kurze Heimkehr meist und wusste nie genau, wie sie sich fühlen sollte, wenn sie den Hafenplan am Esstisch fand. Ihr Vater blieb für gewöhnlich in der Herberge des Hafens, vor allem wenn ihre Mutter ebenfalls wegen Maleraufträgen für einige Monate fort war.

Als Naira an dem lokalen Wein- und Schnapshändler vorbeiging, entdeckte sie den Stand der Elfen.

Die Elfen hatten ein leichtes, weißes Zelt mit silbernen und blauen Stickereien entlang der Ränder zum Schutz vor der Sonne über ihrem bemalten Wagen aufgestellt. Naira erhaschte zwischen Interessenten einen Blick auf die Auslagen und auf die Kisten mit Elfenwein, die sie verkauften.

Es gab verzierte Teller und Schalen und sogar zwei Streichinstrumente, eine Harfe und eine Fiedel. Ein paar hölzerne, bemalte Spielzeuge für Kinder waren ebenfalls dabei, sowie einige filigrane Auslagen des Goldschmieds der Elfen. Viele der Besucher waren jedoch hier, um Aufträge abzugeben, die die Elfen beim nächsten Marktbesuch mitbringen würden oder um eben jene Arbeiten abzuholen.

Naira erspähte ein paar verschlossene Kisten, versehen mit kleinen Namenszetteln, die zur Abholung bereit standen und neben denen sich ein neues, bemaltes Schild für das beliebteste Wirtshaus ihrer Stadt befand. Es war sogar das bekannteste Wirtshaus entlang der ganzen Küste, wenn man so manchem Kapitän Glauben schenken konnte. Die Bewohner Simerins gaben das auch gerne und mit Stolz weiter.

Die dunkle Schrift, in denen die Lettern '*Zwischen Hier und Da*' geschrieben waren, war wunderschön geschwungen und klar. Über den Worten befand sich ein großer, überschäumender Humpen, mit Äpfeln an der einen und einem Kuchenstück auf der anderen Seite. Umrahmt wurde das Schnitzwerk von einem Band dunkleren Holzes, welches gute zwei Zentimeter vom hellen, äußeren Rand entfernt eingelassen worden war. Am oberen Ende des Schildes befanden sich zwei solide Haken aus dunklem Metall zum Aufhängen.

Naira spürte, wie ihr jemand auf die Schulter tippte und wandte sich überrascht um. Im nächsten Augenblick breitete sich ein erfreutes Grinsen auf ihrem Gesicht aus und sie umarmte Ethariel, wobei sie sich etwas auf die Zehenspitzen stellen musste. Der große Elf war einer ihrer engsten Freunde und er erwiderte ihre Umarmung nicht minder fest.

Für einen Moment umgab sie sein vertrauter Geruch nach Wald und Leder, sowie einer leichten Note von Pferd und Waffenöl. Er musste sich erst an diesem Morgen um sein Schwert gekümmert haben.

Ethariel war größer und ein wenig kräftiger gebaut als die schmaleren und eleganteren Elfen, die den Wald bei Simerin bewohnten. Seine Haut war von einem dunkleren Stahlgrau. Er sagte es läge daran, dass er und seine Familien zu den Gebirgselfen aus dem Land Ogril gehörten.

In Ogril standen die Dinge zwischen den Elfen und dem derzeitigen König Morlon erschreckend schlecht. Das letzte, das Naira vor über einem Jahr gehört hatte war, dass ein Krieg zwischen Menschen und Nicht-Menschen ausgebrochen war. Die Zwerge, die zuvor ebenfalls in Ogril gelebt hatten, waren nach einem Massaker in ihrer Stadt aus dem Land vertrieben worden. Soweit Naira wusste, hatten nur wenige Zwerge überlebt. Jetzt stand nur noch der Elfenkönig Tohlar der Unsterbliche gegen Morlon und Ogrils König war fest entschlossen, auch die Elfen entweder auszulöschen oder ebenfalls gänzlich zu vertreiben.

Naira konnte kaum verstehen, wie es soweit kommen konnte, doch nach dem, was die Elfen ihr in Nurethal erzählt hatten, hatte Morlon in den letzten fünfzehn Jahren den Hass seines Volkes geschürt und gegen alle gerichtet, die keine Menschen waren.

Ethariel erinnerte sich nur teilweise an seine alte Heimat. Er war recht jung gewesen, als seine Eltern mit ihm vor vielleicht achtzehn Jahren während eines damaligen Krieges zwischen Ogril und Egresand nach Talha geflohen waren. An die Reise selbst erinnerte er sich dagegen recht gut und er hatte ihr hin und wieder davon erzählt.

Über Ogril selbst sprach er nicht gerne, genauso wie seine Eltern. Naira hatte das Gefühl, sie sorgten sich um ihre alte Heimat und schämten sich ein wenig dafür, dass sie nicht geblieben waren, um heute vielleicht helfen zu können.

Andere Elfen in Nurethal jedoch hatten Naira von ihrem Volk in Ogril erzählt. Es gab Geschichten von König Tohlars ungebrochener Stärke und seinem Schwert, dem nachgesagt wurde, seine Frau hätte es aus Sternenlicht geschmiedet. Die Elfen erzählten Naira von dem Bündnis zwischen den Elfen und Zwergen in Ogril, bis die Zwerge fliehen mussten, und von den uralten Tempeln und Bauten des Bergvolkes.

Ethariel und Naira hatten sich kennen gelernt, als Naira um die sechs Jahre alt gewesen war und sich im Wald der Elfen verlaufen hatte. Ethariel war damals mit seiner Mutter unterwegs gewesen und die beiden hatten Naira zufällig gefunden.

Ethariel trug heute eine schwarze Hose, die trotz ihres weichen Aussehens robust war, feste Lederstiefel und ein weißes Hemd, über das er eine dunkelgrüne, ärmellose Tunika geworfen hatte. Naira sah, dass er die maßgefertigte, schwarze Holzschwertscheide auf seinem Rücken nicht abgelegt hatte, auch wenn sie im Augenblick leer war. Die Schwertscheide war so angefertigt, dass Ethariel die Waffe ohne Schwierigkeiten auf dem Rücken tragen und zum Kampf ziehen konnte.

Ethariel sagte immer, dass es für ihn so am praktischsten war und nachdem sie beide seit den Prüfungen den Monsterjägern angehörten, war ein Schwert auf dem Rücken definitiv sinnvoll, auch wenn Naira bevorzugte, ihres an der Seite zu tragen.

Die Stadtwache von Simerin bestand darauf, dass Waffen innerhalb der Stadtmauern nicht getragen werden durften. Das galt auch für die Elfen, egal wie gut sie bekannt und wie oft sie da waren. Deshalb verwahrte Ethariel sein Langschwert im Augenblick in einer Truhe auf dem Wagen der Elfen.

Sein schwarzes Haar war lang und an den Schläfen entlang zurück geflochten. Ein kleines, schiefes Grinsen schlich sich auf Ethariels Gesicht und er legte ihr eine Hand auf die Schulter, die er einen Moment zuvor angetippt hatte.

17

Seine Hände zeigten Schwielen von Jahren des Schwertkampfes und er hatte eine Narbe auf seinem rechten Arm, die er sich als Kind bei einem Sturz zugezogen hatte, als er und Naira einmal leichtsinnig in den Bäumen herumgeturnt waren.

„Du bist früh", sagte er und obwohl er den Großteil seines Lebens in Talha verbracht hatte, schwang stets ein leichter Akzent in seiner Stimme mit, wenn er nicht auf valorisch mit ihr sprach.

Valor war die Sprache der Elfen und fast alle Elfen wuchsen wenigstens zweisprachig auf. Sie teilten die gleiche Sprache, mit ein paar abweichenden Dialekten, und sie lernten die Muttersprache von dem Land, in dem sie lebten, dazu.

Ethariel warf einen Blick auf den Wagen der Elfen.

„Lanara!", rief er laut genug, um über das verwobene Stimmengewirr des Marktes gehört zu werden. „Naira ist hier!"

Einen Moment später erschien eine Elfe hinter dem Wagen. Sie war flink und schlaksig, mit rotbraunen Haaren und einem spitzbübischen Lächeln auf dem sommersprossigen Gesicht.

„Naira, *En' Harell*", grüßte sie und zog Naira rasch in eine warme, feste Umarmung, die Naira ebenso enthusiastisch erwiderte. Lanara hatte ihr Haar aufwendig und elegant geflochten, damit es ihr nicht im Weg war und als hübscher Zopf zwischen ihren Schulterblättern herabfiel.

Sie duftete leicht nach Wald und Gras, vermengt mit einem blumigen Hauch ihres Lieblingsparfüms. Lanara verwendete es gerne, seitdem sie es einmal aus Zufall bei einem Händler aus Barnecia entdeckt hatte.

„Wenn wir das Schild des Wirtes abgeliefert haben, können wir gehen", sagte Lanara, sobald sie Naira losließ. „Wir werden erst wieder gebraucht, wenn am Abend alle zusammenpacken." Ihr Grinsen wuchs ein wenig und in ihren Augen erschien ein verschmitztes Funkeln. „Die restliche Zeit gehört ganz uns."

Naira nickte und warf den anderen Elfen am Stand einen Gruß zu, den sie warm erwiderten, ehe sie sich wieder den Kunden zuwandten.

Ethariel ergriff das Schild für das Wirtshaus, das fast so hoch wie sein ganzer Oberkörper war. Als sie aus dem Schatten des Wagens traten, bekam das Holz im Licht der Sonne einen leicht goldgelben Schimmer, ähnlich wie warmer Honig.

Die Schrift war dunkel eingebrannt und hob sich deutlich lesbar von dem Rest des Schildes ab, während die Schnitzereien mit heller, doch gut sichtbarer Farbe, bestrichen waren. Als Naira leicht mit den Fingern über die abgerundeten Kanten strich, fühlte sich das Holz warm und glatt an. Sie vermutete, dass es mit einer Tinktur bestrichen worden war, die es vor jedem Wetter und Sturm schützen würde.

Wie Naira die Elfen kannte und vor allem die Qualitätsarbeit, auf die sie zurecht stolz waren, war die Tinktur sogar leicht mit Magie versetzt und äußerst hochwertig. Das Schild musste einiges gekostet haben, kein Wetter würde ihm je etwas anhaben können und die Farben würden für Jahre weder verblassen noch abblättern.

Sie machten sich zu dritt auf den Weg, wobei Lanara mit leichten und schnellen Schritten voranging, damit Ethariel es leichter hatte, sich zwischen den Marktbesuchern hindurch zu bewegen.

Lanara trug eine braune, weiche Hose, zusammen mit einem cremefarbenen Hemd und einer ärmellosen, einfachen Weste. An ihrer linken Hand befand sich ein Handschuh für Bogenschützen, mit einer Armschiene um ihren Unterarm. Wie Ethariel hatte sie ihre Waffen, einen Bogen und den Köcher mit Pfeilen, beim Betreten von Simerin ablegen müssen.

Naira konnte es kaum erwarten, dass sie das Schild bei dem Wirt abgaben und die Stadt verließen. Ethariel war seit Jahren ihr Kampf- und Übungspartner für das Schwert und sie trafen sich fast täglich für gemeinsame Übungsstunden. Naira hatte ihr Schwert, schlicht aber robust, vor zwei Jahren von ihren Eltern zum Geburtstag geschenkt bekommen, damit sie nicht länger eines von den Elfen leihen musste.

Einen Bogen und Köcher mit Pfeilen sowie eine passende Rüstung waren ihr von den Elfen nach der bestandenen Prüfung geschenkt worden, damit sie für die kommenden Jagden gut ausgestattet war.

Das Wirtshaus befand sich direkt beim Markt, neben der Straße, die vom Hafen hinaufführte. Die Mitte des großen Marktplatzes wurde von einem runden, breiten Brunnen eingenommen, an dem sich häufig Kinder tummelten und abends das eine oder andere junge Liebespaar saß, um den Sonnenuntergang zu genießen.

Naira und ihre Freunde traten die breite Vorstufe des Wirtshauses nach oben zur großen, dunklen Eingangstür hinauf. Die Messingklinke war wie üblich poliert und die Tür schwang ohne Quietschen auf. Die dicken Dielen des Bodens knarrten vertraut und einladend unter ihren Schritten.

Der Schankraum war groß und geräumig, mit frisch geputzten Fenstern die angenehm viel Licht hereinließen. Zwei metallene Kronleuchter hingen von den hohen Deckenbalken herab und sie wurden regelmäßig von Wachs befreit und mit neuen Kerzen ausgestattet, womit es nachts selten schummeriges Licht gab.

Glatt geschliffene und polierte Tische mit robusten Stühlen standen im Raum verteilt, wobei der Platz vor dem breiten, großen Steinkamin frei blieb. Selbst im Winter wurde es dort zu heiß, um sich für längere Zeit nah an das prasselnde Feuer zu setzen. Jetzt im frühen Sommer war die Feuerstelle kalt, frei von Asche und leer von Holzscheiten. Nur Reste von Ruß blieben schwärzend an den Steinen zurück.

Rechts, am Ende des Raumes, führte eine stabile Treppe mit Geländer an der Wand entlang nach oben in das Obergeschoss, in dem Ben, der Wirt, mit seinem Partner Elra zusammenlebte und wo sich ebenfalls die mietbaren Fremdenzimmer befanden.

Unter dem ausgebauten Dach wohnten seit Jahren stets zwei Schankmägde und ein Musiker. Der Mann spielte nahezu jeden Abend Lieder und wenn es noch früh genug war, erzählte er den Kindern die eine oder andere Geschichte. Je später es wurde und je mehr Getränke ausgegeben waren, desto wilder und verruchter wurden seine Lieder, was für raues Gelächter sorgte. Der Musiker hatte Familie in einer der großen Städte, was dazu führte, dass er neuen Tratsch zu erzählen hatte oder gerade beliebte, neue Lieder zum Aufspielen zugeschickt bekam.

Ein paar Gäste waren anwesend und sie sahen neugierig herüber, als Naira und ihre Freunde eintraten. Die Gäste beäugten das neue Schild, manche erfreut und der eine oder andere neidisch, ehe sie sich wieder ihren Mahlzeiten und Gesprächen zuwandten.

Ben stand hinter seinem Tresen und sah auf, sobald sie eintraten. Ein erfreutes Grinsen erschien auf seinem Gesicht und er stellte rasch die Flasche beiseite, die er abgewischt hatte. Mit großen Schritten trat er hinter dem Tresen vor und zu ihnen. Hinter dem Tresen standen am Rücken der Bar etwa auf Bauchhöhe zwei große Bierfässer und rechts und links davon säumten Regale voller Flaschen und Gläser die Wand.

Ben war ein sehr großer, kräftiger Mann, mit Händen wie Pranken und dessen ergrauendes Brusthaar stark genug war, dass die Spitzen bei seinem Kragen herauslugten. Sein ebenfalls leicht ergrauter Bart war dicht und gepflegt, während seine kürzeren Haare am Kopf stets zurückgekämmt waren. Nur nach langen, aufregenden Abenden sah er zerzaust aus.

Bens Gesicht war freundlich und er war stets mit einem Lächeln anzutreffen. Wusste man einen guten Witz zu erzählen, war es ein Leichtes ihm ein Lachen zu entlocken.

„Grüßt den Tag! Pünktlich wie versprochen, dann lasst mal sehen", sagte Ben erfreut und nahm Ethariel das Schild ab. Er hielt es mühelos vor sich, wobei die Muskeln seiner Arme deutlicher hervortraten.

Bewundernd ließ er den Blick über das Schild schweifen und wandte sich dann an Ethariel und Lanara. „Wundervolle Arbeit. Überbringt dem Meister meinen Dank und meine Komplimente, es ist genauso geworden wie ich es wollte. Einfach prächtig!"

Behutsam legte er das Schild auf einem Tisch neben sich ab und bedeutete ihnen zu warten, ehe er rasch durch eine unauffällige Tür links neben der Bar in die Küche verschwand.

Naira nahm sich einen Moment, um tief einzuatmen. Es roch im Schankraum nach Sommersonne und Holzpolitur, vermischt mit dem Duft von bereits kochendem Essen und backenden Kuchen. In ein paar Wochen wurden die ersten Äpfel an den Bäumen reif zur Ernte, was bedeutete, dass Elra dann Richtung Herbst wieder seinen berühmten Apfelstrudel backen würde.

Ganz zu schweigen von dem heißen, gesüßten Apfelwein, den Elra häufig im Winter servierte. Naira freute sich schon darauf, abends schnell ins Wirtshaus zu huschen und einen Strudel mitzunehmen oder einen Becher zu trinken.

Naira wusste auch, dass es im Wirtshaus bald geschäftiger zugehen würde. Sobald die Aufregung des Marktes abgeklungen war, würden mehr und mehr Leute für ihr Frühstück hier eintreffen. Von Bewohnern Simerins über Händler und Seeleute, alle mit ein wenig Geld in den Taschen, kehrten hier ein.

Allerspätestens am Mittag würde es voll sein und an den Abenden wurde es nahezu unmöglich, noch einen freien Tisch zu bekommen, wenn man zu spät eintraf. Wer nicht gleich wieder ging, konnte an der Bar warten bis etwas frei wurde und etwas trinken. Ben erschien einen Moment später mit raschen Schritten, die schwer und klar auf dem Holzboden klangen. Er reichte Lanara einen gut gefüllten, faustgroßen Beutel.

„Das ist, was ich noch schulde. Die Hälfte vorab, die andere Hälfte nach Lieferung. Oh, wartet bitte einen Moment." Ben warf einen prüfenden Blick zu der geschlossenen Küchentür und eilte dann zur Bar. Er zog einen ledernen Umschlag hinter dem Tresen hervor, den er Lanara ebenfalls reichte.

„Für den Elfenschmied, übergebt ihm das bitte", fügte Ben hinzu und ein erfreutes, beinahe schon spitzbübisches Grinsen erschien auf seinem Gesicht. Er warf einen erneuten Blick über die Schulter und senkte dann verschwörerisch die Stimme, damit niemand sonst ihn hören konnte. „Es ist für ein Set Elfenküchenmesser. Das will ich Elra zum Jahrestag schenken, er wollte schon immer welche haben. Aber behaltet das für euch, er weiß von nichts." Zufrieden sah Ben sie an. „Kann ich sonst noch etwas für euch tun?", fragte er und richtete sich ein wenig auf.

Manchmal, wenn Ben so vor ihr stand, fragte Naira sich unwillkürlich, ob sie die Decke des Schankraumes so hoch gebaut hatten, damit er sich den Kopf nicht anstieß. Er war der größte Mann in Simerin, er war sogar der größte Mann, den Naira je gesehen hatte und ihr waren schon einige hochgewachsene Seefahrer begegnet. Wobei, da war einmal ein dunkelhäutiger Mann aus Kharlat gewesen, der möglicherweise so groß wie Ben gewesen sein könnte. Der Seefahrer hatte einige spannende Geschichten erzählt und ihr ein paar Seemannsknoten beigebracht.

Früher, als sie ein kleines Mädchen gewesen war, hatte Nairas Vater sie zum Hafen mitgenommen, wann immer ihre Mutter nicht auf sie aufpassen wollte. Da er sich immer rasch in seinen

Dokumenten verloren hatte, hatte Naira Anschluss bei den Seefahrern gefunden. Zumindest denen, die sich nicht daran störten, dass ihnen ein Kind hinterher tapste.

Naira hatte schon immer die Geschichten der Seeleute geliebt. Sie hatte Matrosen oder Kapitäne gefunden, die sich darüber freuten, ihr von den Abenteuern auf See zu erzählen. Meist ent- oder beluden sie dabei ihre Schiffe und Naira hatte ausgeholfen, wo sie konnte, und dazu noch ein wenig über Schiffe gelernt.

Manche der Schiffe hatten eine faustgroße, silberne Glocke weit vorne am Bug, vor ihrer Gallionsfigur befestigt, die über dem Wasser hing. Die Glocke gab nie ein Geräusch von sich und die Hälfte der Seefahrer schnaubte, wenn sie ein Schiff damit sahen, während die andere Hälfte verstehend nickte.

„Aberglaube", hatte ein Kapitän einmal gesagt, als er ihr von den Legenden der Meere erzählt hatte. „Es heißt, eine stille, silberne Glocke gibt Klänge von sich, wenn die Knochenpiraten mit ihren Untoten in der Nähe sind. Sie sind auf der Suche nach denen, die sie verraten und in den Tod gestürzt haben. Ich glaube nicht daran, aber manche tun es. Es ist nur eine Geschichte."

Andere Seefahrer erzählten von fremden Ländern, von Wüsten und Dschungeln und riesigen Klippen oder Bergen, die so hoch waren, dass sie in den Wolken verschwanden. Sie berichteten von den Piraten, denen man unterwegs begegnen konnte und den Kämpfen auf See. Sie erzählten von Inseln, die niemand jemals erreichen würde, der nicht dort lebte. Diese Inseln waren völlig von Nebel umgeben und kein fremdes Schiff kam jemals aus dem Nebel wieder zurück. Die Matrosen erzählten von Inseln, auf denen Vulkane aktiv waren und alle paar Jahre Feuer spien oder von den Pirateninseln, bei denen warme Strömungen und viele heiße Quellen für ein faszinierendes Klima sorgten.

Manchmal sprachen sie auch von Drachen und Wyvern, vom Meervolk und Meeresungeheuern und anderen Monstern. Wenn

Naira ehrlich war, liebte sie diese Geschichten und Legenden von allen am meisten. Einige Seefahrer hatten ihr sogar ein oder zwei der Lieder beigebracht, die sie auf See sangen.

„Nein, das wäre alles", sagte Lanara und zog sie aus ihren Gedanken. „Wir wünschen einen schönen Tag."

„Kommt doch heute Abend vorbei", sagte Ben zum Abschied. „Der Markt hat einen reisenden Dichter aus Toran angelockt, der wollte ein paar seiner Werke zum Besten geben, bevor er mit einem Schiff weiterfährt." Sein Lächeln schwand etwas. „Bestimmt hat er Neuigkeiten über den Krieg an den Grenzen."

Ben schien den Ernst im nächsten Moment wieder bewusst abzuschütteln. „Auf jeden Fall hat er vorhin beim Mieten eines Zimmers erwähnt, dass er an der Akademie der Magie studiert hat. Wir könnten also vielleicht neben Gedichten mit einer kleinen Demonstration seiner Kräfte rechnen. Und soweit ich weiß, bricht er morgen auch schon wieder auf."

Naira tauschte einen Blick mit ihren Freunden, die interessiert aussahen, und nickte dann. „Wir werden hier sein."

„An Markttagen bleiben die Tore immer länger offen", fügte Lanara hinzu. „Wir sollten also etwas bleiben können."

Ben lächelte und offenbarte dabei einen leicht schief stehenden Schneidezahn. „Wunderbar. Bis heute Abend dann, nutzt den Tag und möge das Licht euch begleiten."

Mit diesen Worten wandte er sich dem Schild zu und Lanara öffnete die Tür, damit sie wieder nach draußen treten konnten.

„Ist deine Mutter derzeit nicht in Toran?", fragte Ethariel Naira, als sie sich ihren Weg durch den Markt zurück zu dem Stand der Elfen suchten.

Naira nickte. „Sie malt Gemälde von einer Adelsfamilie, soweit ich weiß. Sie wird wahrscheinlich erst am Ende des Herbstes zur Erntefeier wieder zurück sein. Die Reise ist lang und wenn sie sich schon auf den Weg gemacht hat, wird sie noch für ein oder zwei weitere Aufträge in der Gegend bleiben."

Als sie den Brunnen erreichten, wandte Ethariel sich ihr kurz zu. „Warte hier. Wir holen rasch unsere Sachen und verschwinden dann." Er warf dem Schwert an ihrer Hüfte ein kleines Grinsen zu. „Du hast ja bereits alles."

Naira nickte und achtete darauf, nicht zu nahe bei zwei Kindern zu stehen, die mit ihren Händen das kühle Wasser des Brunnens umher spritzten und mit Gelächter versuchten sich gegenseitig zu treffen. Ihre Freunde gingen mit langen, raschen Schritten weiter.

Naira wollte sich gerade ein wenig gegen den Brunnen lehnen, als sie eine vertraute Gruppe Gleichaltriger zwischen den Marktbesuchern entdeckte.

„Verflucht", grollte sie leise und richtete sich ein wenig auf. Einen Augenblick später hatte der Anführer der Gruppe sie auch schon entdeckt.

Jeral, der blonde, stämmige Sohn des teuersten und bekanntesten Schmieds von Simerin, stieß seine Freunde mit dem Ellbogen an und nickte in ihre Richtung. Naira unterdrückte ein Seufzen, als die vierköpfige Gruppe auf sie zu kam. Sie konnte allerdings nicht verbergen, wie sie kurz die Zähne aufeinander presste und das Kinn ein wenig weiter hob.

„Naira, sieht man dich auch mal wieder", höhnte Jeral, sobald er nahe genug war. Er setzte ein Lächeln auf, das jedoch zu viele Zähne zeigte, um auch nur im Entferntesten freundlich zu sein. „Wo hast du denn deine Spitzohren gelassen?"

Jeral blieb vor ihr stehen und zu seinen beiden Seiten verteilten sich seine besten Freunde Ian und Torvald, zusammen mit ihrer Kindheitsfreundin Arana. Ian war schlaksig und groß gewachsen und sein Gesicht war gezeichnet von Aknenarben. Torvald hingegen war kleiner als Ian und Jeral und, Nairas Meinung nach, auch um einiges ärmer dran im Oberstübchen. Arana, die ihr langes Haar hübsch geflochten hatte, sagte meist nicht viel, zog dafür jedoch die angewidertsten Gesichtsausdrücke, die Naira je gesehen hatte.

„Zieh weiter, Jeral", warnte Naira ihn mit einer Stimme, die ruhiger klang, als sie sich fühlte.

Jerals scharfes Lächeln wurde ein wenig breiter und seine Augen verdunkelten sich mit schlecht verborgener Abneigung. Jeral selbst schüchterte sie nicht ein, das hatte er noch nie, weder als kleiner pausbackiger Junge noch als kräftiger Schmiedelehrling. Und erst recht nicht seitdem Naira ihn früher ein paar Mal im Unterricht dabei ertappt hatte, wie er zuerst ausgiebig in der Nase gepopelt und die Popel dann auch noch gegessen hatte.

Als Gruppe jedoch waren sie eindrucksvoller als Naira lieb war. Zum Glück hatte sie von den Elfen das Gruppenkämpfen gelernt. Auch wenn es bisher noch nicht zum Schlagabtausch gekommen war, Jeral wurde mit jeder Begegnung unangenehmer.

„Sonst passiert was? Schießt du mir einen Pfeil ins Bein?", spottete Jeral mit einer abfälligen Geste. „Ziehst dich nackt aus und tanzt singend um die Eiche?"

Das Gerücht, Elfen würden sich entkleiden und im Mondlicht tanzen, um ihren Göttern zu huldigen, war damals im Krieg gegen die Elfen aufgetaucht. Es war natürlich vollkommener Unsinn. Jeder mit ein wenig Grips im Kopf wusste das, ganz zu schweigen von jemandem, dessen Eltern die Schulbildung zahlen konnten. Jeral musste sich wohl während jeder Geschichtsstunde das Gehirn stückchenweise aus der Nase gepopelt haben.

Naira trat einen Schritt auf ihn zu. „Ich würde dich ja mit einem Pfeil entmannen, doch da gibt es nichts zu treffen."

Jerals Lächeln wurde mehr zu einer zähneknirschenden Grimasse. Er beugte sich ein wenig vor und war nun nah genug, dass Naira den Geruch der Schmiede riechen konnte, der metallen an ihm haftete.

„Pass auf dein Mundwerk auf -" Jeral brach ab und Naira sah im nächsten Moment, was er vor ihr bemerkt hatte.

Ethariel und Lanara kehrten mit langen Schritten zurück. Sie hatten zwei der trittsicheren, wendigen Pferde der Elfen dabei und starrten Jeral und seine Freunde mit der gleichen Abneigung an, die ihnen entgegenschlug.

Naira sah, dass Ethariel sein Schwert tuchumschlungen an seinem Sattel festgebunden hatte und die Waffe wirkte auf den ersten Blick stets etwas groß für ihn. Sobald man allerdings sein Geschick damit sah, lösten sich alle Zweifel auf, ob er mit dem Schwert richtig umgehen konnte.

„Gibt es Schwierigkeiten?", fragte Lanara mit gezwungener Freundlichkeit. Ihr Blick war dabei alles andere als wohlgesonnen. Sie hatte ihren Bogen am Sattel ihres Pferdes hängen, zusammen mit dem Köcher, der im Augenblick verschlossen war, so dass die Pfeile nicht erreichbar waren.

Jeral grinste Ethariel zähnefletschend an und nickte hochmütig zu seinem Schwert. „Hast wohl was zu kompensieren, *Elf*." Er spuckte das letzte Wort wie eine Beleidigung aus.

Ethariel schnaubte und erwiderte Jerals Grinsen genauso unfreundlich. „Ich? Niemals." Er klang selbstironisch genug, dass Jeral verdutzt innehielt. Ethariel musterte ihn herablassend. „Bei dir jedoch bin ich mir nicht so sicher."

Naira bemerkte, wie ihre Freunde sie nun flankierten, was sie wie eine Spiegelung zu Jeral und seinen Freunden aussehen ließ. Die Zügel der Pferde hatten die Elfen losgelassen, was den Tieren ein paar Schritte Abstand zu ihnen gab.

Naira sah, wie Jerals Muskeln sich anspannten und seine Hände sich zu Fäusten ballten. Er richtete sich drohend auf, wie ein wütender Bulle, der mehr als zum Kampf bereit war, bis Ian unerwartet Jerals Arm packte.

„Wachen", zischte Ian und warf einen nervösen Blick zu dem bewaffneten Paar, das langsam aber wachsam in ihre Richtung ging. Jeral schüttelte die Hand an seinem Arm ab und spuckte auf den Boden. Er sah Naira an. „Viel Spaß beim Würmer suchen im Wald, *Briar*."

Die Bezeichnung hatte Naira noch nie erschreckt und sie war sich nicht sicher, warum Jeral angefangen hatte, sie so zu nennen. Briar war die Mörderin des alten Königs. Thayn hatte Briar jahrelang in seinen Diensten gehabt ohne zu bemerken, dass sie in Wahrheit eine Spionin von Amardan war. Nach Briars Verrat und Mord an Thayn war ihr die Flucht in ihre Heimat gelungen, woraufhin der Krieg ausgebrochen war.

„So ein wenig Wurm würde dir nicht schlecht stehen, du krummbuckliger Seuchenkobold", schnaubte Lanara, während sie einen Schritt vortrat.

Naira wurde unterdessen immer wütender. Jeral schaffte es immer mehr, sie aus der Ruhe zu bringen mit seinem grollenden Hass auf die Elfen. Einen Hass, den Naira noch nie verstanden hatte. Manchmal kam es ihr so vor, als wären Jeral und seine Freunde lebende Relikte aus alten Zeiten, als Elfen und Menschen sich noch gegenseitig getötet und verachtet hatten.

Bei Lanaras Worten zuckte ein Muskel in Jerals Wange und Naira war sich sicher, er hielt sich nur zurück, da die Wachen immer noch in ihre Richtung unterwegs waren.

„Feiges Waldpack, wartet nur bis wir uns treffen, wenn keine Wachen da sind", grollte er in Richtung Ethariel und Lanara, ehe er mit seinen Freunden und einem angewiderten Naserümpfen zwischen den Marktbesuchern verschwand.

„Der Kerl wird mit jedem Mal unangenehmer", murrte Lanara und ergriff rasch die Zügel der Pferde. „Kommt, ich habe auch wenig Lust, mit den Wachen zu reden."

Sie gingen rasch weiter, ehe Lanara sich wieder an Ethariel wandte. „Ich habe dich gewarnt, dass dir das Schwert blöde Sprüche einbringen wird."

Ethariel lachte kurz auf. „Das ist es wert. Ich habe sowieso nur gelernt es zu benutzen, weil Ithiel gewettet hat, dass ich niemals mit einem Schwert umgehen kann, das so groß ist." Er zuckte grinsend mit einer Schulter. „Und jetzt mag ich es zu sehr, um es abzulegen."

Lanara rollte amüsiert mit den Augen. „Ithiel und du, ihr schließt wirklich die dümmsten Wetten ab." Sie warf Naira einen Blick zu. „Und du bist da auch nicht besser."

Naira grinste, als sie an die Wetten dachte, zu denen Ithiel sie aufgestachelt hatte. Der Elf besaß eine wahre Chaosseele und sie waren gemeinsam in einige Schwierigkeiten geraten.

„Hat Jeral viel Ärger gemacht?", wandte Ethariel sich an Naira, während sie den Markt zurückließen. „Verpass ihm das nächste Mal ruhig einen rechten Haken, wenn er sich wieder so aufspielen will."

Naira schnaubte und ein kurzes, humorloses Lächeln erschien schief auf ihrem Gesicht. „Nur um mich mit der ganzen Gruppe anzulegen und hinterher Ärger mit der Wache zu bekommen? Schläge kurieren leider keine Dummheit."

Ethariel legte ihr einen Arm um die Schultern. „Das ist wahr." Er schwieg einen Moment und sah sie dann mit einem spitz-bübischen Grinsen an. „Aber es bringt ihnen bei, dass ihre kleine Posse nicht ausreicht, um sich mit uns anzulegen."

Lanara lachte kurz und stupste Naira mit dem Ellbogen an. „Und vergiss nicht, niemand sonst ist auf ihrer Seite. Die Idiotie stirbt in Simerin langsam aber sicher aus. Wenn wir Glück haben, sind das die letzten Exemplare, mit denen wir uns herumschlagen müs-sen."

„Oh, ich bin mir sicher, Jeral weiß, dass er ohne sein Fußvolk keine Chance hätte", fügte Ethariel hinzu, ehe er seinen Arm wieder von Nairas Schulter nahm, damit sie sich beim Gehen nicht im Weg waren. „Schmiedemuskeln hin oder her, Naira und ich sind ausgebildete Monsterjäger und du eine der besten Bogenschützen in der Gegend. Er würde niemals im Alleingang so große Töne spucken."

Lanara summte zustimmend und langsam entspannten sie sich alle wieder ein wenig. Sie begegneten Jeral nicht oft, doch jedes Mal wieder fragte Naira sich, ob es eines Tages zum Schlagabtausch kommen würde. Naira wusste nur, dass sie nicht diejenige wäre, die diesen Streit lostrat.

Bald erreichten sie die Stadtmauer, die an zwei Stellen, im Süden und im Westen, mit großen, schweren Doppelflügeltoren Einlass durch die Mauer gewährte. Neben jedem der Eingangstore gab es eine überdachte Plattform, die an der Mauer entlang hinauf ragte und an der eine etwas wackelige Leiter hochführte.

Früher war das der Posten für die Kriegsmagier gewesen, die sich dort während Angriffen aufgehalten und die Stadtmauer verteidigt hatten. Heutzutage jedoch waren sie leer und Naira hatte noch nie auch nur einen Kriegsmagier getroffen. Nach dem, was sie gehört hatte, befanden sich die Kriegsmagier derzeit entweder an der Front oder in der Hauptstadt, um König Etrim zu verteidigen.

Der Wall um Simerin bestand zur Hälfte aus Stein. Die dicke, graue Mauer erhob sich dabei etwa bis zu drei Meter, ehe sie mit einer harten, ebenso dicken Holzfassade gute eineinhalb Meter fortgesetzt wurde. Die Torbögen bestanden gänzlich aus Stein und die Flügeltüren waren aus dickem, mit Stahl verstärktem Holz gefertigt. Vor den Türen konnte ein kräftiges Metallgitter herabgelassen werden, um für zusätzlichen Schutz zu sorgen.

Das Fallgitter stammte noch aus der Zeit, als Angriffe auf Simerin üblicher gewesen waren und obwohl sie schon seit vielen Jahren keine Verwendung mehr fanden, wurden sie gründlich instandgehalten.

Naira selbst hatte nie einen Überfall auf Simerin erlebt oder mitbekommen. Der Krieg mit Amardan fand am anderen Ende Talhas statt, soweit von Simerin entfernt, wie es geografisch nur möglich war. Nachdem Etrim die Kämpfe all die Jahre bei den Grenzen gehalten hatte und die Kriegsschiffe Amardans an der Königlichen Flotte nicht vorbeikamen, waren sie hier oben an der Küste vollkommen sicher vor den Streitkräften von Amardan.

Der letzte große Kampf, den Simerin selbst erlebt hatte, lag bald schon hundertdreißig Jahre zurück, als damals die Elfen in Talha noch im Krieg mit den Menschen gestanden hatten. Seit dem Friedensabkommen war das jedoch vorbei.

Selbst der Krieg gegen die Drachenmagier, der vor gut hundertzehn Jahren von beinahe der ganzen Welt ausgetragen worden war, hatte Simerin nie erreicht, auch wenn er in anderen Teilen Talhas gewütet hatte.

Die Stadtwachen waren gut ausgebildet und zahlreich genug, um mögliche Banditen abzuschrecken, und am Hafen trieben sich häufig genug Söldner oder kampferfahrene Seeleute herum, die in potentiellen Notlagen angeheuert werden konnten. Nicht, dass es bisher einen Grund dazu gegeben hätte, doch die Möglichkeit für Verstärkung war da.

Dazu legten genug Schiffe der königlichen Flotte an, um Angreifer die sich der Stadt vom Ozean näherten einzuschüchtern. Die Flotte war effizient genug, dass Naira vielleicht ein oder zwei Mal im Jahr von Piratenschiffen in der Nähe erfuhr. Die Piraten schienen jedoch nur die umliegenden kleinen Häfen anzusteuern, nie Simerin selbst.

Um Monster mussten sie sich die meisten Sorgen machen, wobei die Elfen hierbei eine große Hilfe waren. Mit deren Jägern, allein oder in gelegentlicher Zusammenarbeit mit den Wachen, konnte man sich für gewöhnlich gut um Monster kümmern, die zur Bedrohung wurden.

Sobald Naira und ihre Freunde das Tor hinter sich gelassen hatten, hielten sie inne, um ihre Waffen anzulegen und die Sattelgurte zu überprüfen. Sie banden noch ein paar Glöckchen an den Sattel, damit die Leute auf den Straßen sie frühzeitig hörten, bevor sie sich auf die Rücken der Pferde schwangen. Naira saß dabei heute hinter Ethariel und schlang einen Arm um seine Mitte, ehe sie los ritten.

Sie gewannen rasch Abstand zu Simerin und schlugen einen sandigen Weg entlang der Höfe und Felder ein. In einen leichten Trab verfallend, ritten sie an wogenden Weizenfeldern und Reihen an Obstbäumen und Beerenbüschen vorbei, deren erste Ernte bereits schon abgeerntet wurde.

Die Kühe weideten auf Wiesen und ein Stück weiter konnte Naira den Schäfer sehen, der mit seinem Hund auf einem Stein saß und seine Schützlinge beim Grasen beobachtete.

Der Wald der Elfen begann sich unweit von den letzten Feldern und Wiesen zu erheben, groß und kräftig mit gesunden Bäumen. Derzeit gab es jede Menge wachsende Kräuter und wilde Beeren, die nur darauf warteten, gepflückt zu werden. Naira erinnerte sich an unzählige Tage in ihrer Kindheit, in der sie mit Ethariel und später mit Lanara und oft anderen Freunden zusammen durch den Wald gestreift und mit Beerensaft verschmierten Händen und Hemden zurückgekehrt war.

Solange Naira sich erinnern konnte, war der Wald voller Leben und er schien die Elfen stets mit einem Wispern des Windes und einem Rauschen der Blätter willkommen zu heißen und sie auf ihren Wegen zu begleiten.

Naira, die so viel Zeit mit Elfen verbrachte, fühlte sich ebenso im Wald willkommen. Eine warme Brise wisperte an ihnen vorbei, brachte das Raunen der Bäume mit sich und für einen Moment kam es Naira so vor, als würde sie den lächelnden Kuss der Valia, den Göttern der Elfen, auf ihrem Haupt spüren.

Nurethal, die kleine Stadt der Elfen, die im Herzen des Waldes lag, war nur zu finden, wenn man ein Elf war oder von ihnen eingeladen wurde. Jahrelang hatte Magie die Stadt verborgen gehalten, so dass sie während der damaligen Kriege mit den Menschen nie gefunden wurde.

Keine Siedlung der Elfen konnte ohne deren Willkommen gefunden werden. Die Magier in den Städten waren sich sicher, dass es Illusionsmagie war, so subtil und gekonnt gesponnen, dass selbst Erzmagier sie nicht finden konnten. Die Elfen lächelten nur und sagten, sie stünden unter dem Schutz der Valia und ihre Götter achteten auf sie.

Der Weg der Elfen war leicht zu erkennen, schon deshalb, da der Eingang des Waldes von zwei steinernen Statuen gekennzeichnet wurde, die zwei Götter der Valia darstellten. Den Gott des Schutzes und der sicheren Reise, Ro'lin, und die Göttin des Waldes und der Tiere, Arelia.

Die Straße der Elfen selbst war in regelmäßigen Abständen mit steinernen, behauenen Säulen versehen, die bis zur Schulter der Pferde reichten und in denen nachts Magiesteine leuchteten, damit all jene, die im Dunkeln wanderten, sicher nach Hause fanden.

Wandelte ein Fremder mit bösen Absichten jedoch auf einem Elfenweg, so kam er früher oder später immer an einer anderen Stelle des Waldes wieder heraus, ohne auch nur einen einzigen Elf oder gar eines ihrer Häuser zu finden.

Nachdem Naira und ihre Freunde dem Weg ein gutes Stück gefolgt waren, bogen Lanara und Ethariel in den Wald ab und folgten einem Trampelpfad. Es dauerte nicht lange bis der Trainingsbereich der Elfen in Sicht kam. Es befanden sich bereits einige Elfen dort und wer sich nicht gerade konzentrierte, sah auf und winkte oder grüßte sie mit einem Ruf. Naira konnte auf den ersten Blick keinen ihrer engeren Freunde sehen.

Lanara und Ethariel ließen die Pferde frei grasen, während sie ihre Waffen nahmen und mit Naira einen freien Platz aufsuchten.

„Mal sehen, ob wir dein Können mit dem Bogen nicht noch verfeinert bekommen", sagte Lanara mit einem Grinsen, während sie Naira eine Armschiene reichte. „Du bist ganz gut, aber ich denke, ein wenig mehr Treffsicherheit schadet nie."

„Warum muss Ethariel das nicht machen?", scherzte Naira, als sie die Schiene anlegte. „Sein Bogen sammelt schon Staub und Spinnweben an."

Ethariel, der es sich in einem Fleckchen Sonne bequem machte, grinste nur.

„Ich mag Bogenschießen vielleicht nicht besonders, aber ich bin trotzdem gut genug und ich übe hin und wieder. Staub und Spinnweben", schnaubte er mit einem amüsierten Kopfschütteln und schloss die Augen. „Lanara hat bereits alle Hoffnung aufgegeben, dass ich eine Vorliebe für den Bogen entwickele. Du bist ihr jetzt ausgeliefert."

Lanara rollte amüsiert mit den Augen und bedeutete dann Naira, dass sie beginnen konnten.

Das Training für Bogenschießen verlief mit einigen Scherzen und kleinen Korrekturen Lanaras. Hin und wieder wanderte einer der anderen Elfen hinüber, um sich kurz mit Ethariel zu unterhalten oder zu fragen, ob sie heute noch Gruppenkämpfe übten und noch jemanden brauchten, was Ethariel ablehnte. Morgen jedoch, sagte er, falls man sich ihnen dann noch anschließen wollte.

„Deine Treffsicherheit ist gut", sagte Lanara zufrieden, als sie das Bogenschießen für den Tag beendete. Sie reichte Naira einen

Wasserschlauch. „Lass dir von Ethariel nicht einreden, Bogen-schießen wäre uninteressant. Für Monsterjäger ist es unver-zichtbar."

„Was? Ich? Das würde ich niemals tun", sagte Ethariel von seinem Fleck in der Sonne. Dann neigte er den Kopf etwas. „Doch du hast recht, Pfeil und Bogen sind auf der Monsterjagd wichtig."

Sie legten eine Pause ein, um etwas zu essen, und Naira nahm die Armschiene wieder ab. Sie aßen ihr Mahl aus getrocknetem Fleisch auf weichem, würzigem Brot. Dazu gab es ein paar am Morgen gepflückte Früchte und Beeren, sowie ein Stück weichen Käse, den ein anderer Elf ihnen anbot.

Kaum, dass sie mit der Pause fertig waren und sich etwas Zeit zum Verdauen gegönnt hatten, kam Ethariel mit beinahe katzenhafter Leichtigkeit auf die Füße. Naira tat es ihm gleich und sie nahmen ihre Plätze ein. Ethariel wartete, bis sie die Waffe gezogen hatte, ehe er auf sie zu trat.

Das Kreuzen der Klingen war wie ein vertrauter und zugleich herausfordernder Tanz. Das Geräusch von Stahl auf Stahl war wie Musik in Nairas Ohren, als sie sich mit Ethariel Schlagabtausch auf Schlagabtausch lieferte.

Sie probten Manöver um Manöver und legten zwischendurch die eine oder andere Trinkpause ein. Die ganze Zeit über achteten sie darauf, in den Schatten zu bleiben und der Hitze der Sonne ein wenig zu entgehen.

Als Ethariel schließlich die Trainingseinheit beendete, klebte Nairas Hemd feucht an ihr und Schweißtropfen rannen ihr die Schläfen und den Nacken hinab. Ihre Arme fühlten sich nun end-gültig ausgelaugt an und ihre Augen brannten ein wenig vom Schweiß. Ethariel war ebenfalls verschwitzt und warf ihr ein zufriedenes, erschöpftes Grinsen zu, während er seine Atmung wieder beruhigte.

Sie steckten beide ihre Schwerter weg und setzten sich zu Lanara an den Rand des Trainingsplatzes, die ihnen jeweils einen Wasserschlauch reichte. Naira wischte sich kurz mit dem Ärmel über das Gesicht und trank.

Lanara musterte Nairas inzwischen ziemlich zerzausten Zopf und rutschte kurzerhand hinter sie. Mit geschickten Fingern öffnete sie den Zopf und kämmte mit den Fingern hindurch, ehe sie mit geübten, raschen Bewegungen Nairas Haar erneut flocht.

Lanara vollendete den Zopf mit einem kleinen Band, um die Haare damit zusammenzuhalten. Naira spürte, wie der Zopf leicht aber spürbar zwischen ihren Schulterblättern bis zum unteren Rücken fiel, sobald Lanara ihn losließ.

„Bitte sehr", sagte Lanara zufrieden und Naira warf ihr einen dankbaren Blick zu. Ihre Freundin lehnte sich daraufhin gegen Nairas Schulter und streckte die Beine aus, die sie über Ethariels Schoß warf. Er legte lediglich eine Hand über ihre Knie und trank noch einmal von seinem Wasserschlauch.

Das Geräusch von Hufen auf weichem Waldboden ließ sie und andere Elfen in der Nähe aufsehen. Ethariel richtete sich ein wenig auf, als ein Reiter zwischen den Bäumen erschien. Der Elf saß ab, sobald er ihre Gruppe erreichte. Er trug die kupferne, polierte Anstecknadel der Monsterjäger auf der Brust. Auf seine Geste hin blieb Ethariel sitzen, wobei Lanara sich aufrechter hinsetzte.

„Ethariel, Naira", sagte der Elf mit einer tiefen, melodischen Stimme. Seine Haut war sonnengebräunt und sein Gesicht war übersät von unzähligen, feinen Sommersprossen. „Ich bin hier mit einer Nachricht von Kalia, einer der führenden Jägerinnen. Es wurde ein Troll gesichtet und es ist dringend. Wenn ihr mit ihr reiten wollt, müsst ihr morgen früh für die Jagd bereit sein und am Tempel warten."

Naira sog überrascht die Luft ein und tauschte einen Blick mit Ethariel.

Trolle, das hatten Elfen bestätigt, die bereits einmal einen gejagt hatten, waren bisweilen doppelt so groß wie ein ausgewachsener Mensch und häufig dreimal so breit. Sie hatten ledrige, dicke Haut, die von felsigem Grau zu schlammigem Grün oder matschigem Braun reichen konnte, je nach dem, aus welcher Region sie stammten.

Trolle waren zäh und trotz ihres schwerfällig wirkenden Ganges konnten sie überraschend schnell werden. Ihre Arme waren stark genug um ganze Felsbrocken hoch zu wuchten und sie etliche Meter weit zu schleudern, mit genug Kraft, dass es einem Menschen beim Aufprall sämtliche Knochen brach und ihn meist sofort umbrachte.

Glücklicherweise lebten Trolle bevorzugt in Gebirgen, Mooren, an zerklüfteten Küsten oder in größtenteils unbewohnten Wäldern und für gewöhnlich blieben sie auch dort. Um Simerin herum selbst gab es keine Trolle mehr und andere, an der Küste heimische Monster, waren Dank der Elfen nur hin und wieder ein Problem. Es passierte recht selten, dass Monster von selbst ihren Weg in die dichter besiedelten Gegenden fanden. Die meisten mieden Zivilisation, solange ihr Zuhause unangetastet blieb.

Menschen hingegen hatten schon einmal einen Troll in die Nähe von Simerin gebracht und behauptet, dass er mit dem richtigen Zauber oder Training zu einer gefügigen, wenn auch dümmlichen, Arbeitskraft werden könnte.

Der Versuch war vollkommen gescheitert. Der Troll war ausgebrochen, bevor der Magier eingetroffen war, der ihn binden sollte, und hatte eine Spur aus Zerstörung und Toten zurück-gelassen, bis die Elfen ihn erreicht und erlegt hatten.

Das würde ihre erste Jagd werden. Für sie und Ethariel. Auf Ethariels fragenden und aufgeregten Blick hin nickte Naira entschlossen und sie spürte, wie ein nervöses, wenn auch ebenfalls aufgeregtes Lächeln auf ihr Gesicht trat.

Ethariel wandte sich an den anderen Elf. „Wir werden da sein."
Der Elf neigte zustimmend das Haupt, wobei ein paar Strähnen seines roten Haares nach vorne fielen und im Sonnenlicht glänzten, wie poliertes Kupfer. Er schenkte ihnen ein kleines Lächeln.
„Ich werde es Kalia wissen lassen. Willkommen zu eurer ersten Jagd. Die Valia seien mit euch." Mit diesen Worten stieg er wieder auf sein Pferd und ritt davon.
Ethariel wandte sich an Naira. „Sieht so aus, als wäre es soweit."
Er grinste sie an und seine Augen funkelten erfreut. „Unsere erste gemeinsame Jagd."
Naira spürte gleichermaßen Aufregung und Freude, sowie einen Hauch von Nervosität und Angst in ihrer Brust aufsteigen. Es war soweit.

Die Knochen gebrochen oder zermalmt, Köpfe zerquetscht und Gliedmaßen ausgerissen oder von Steinen zerdrückt. Ich habe so ziemlich alles gesehen, was Trolle Menschen antun können, und doch weiß ich frustrierend wenig über die Biologie der Monster selbst.

Die Elfen sind wie erwartet wenig hilfreich. Ich denke, selbst sie sind nicht dumm genug, sich anheuern zulassen, um Trolle so lange auf Trab zu halten, damit ich alles dokumentieren kann. Sie erledigen diese Jagden immer so schnell sie können.

Vielleicht bezahle ich ein paar Dorftrottel. Für genügend Silber oder sogar das eine oder andere Goldstück lässt sich alles auf dem Land kaufen und selbst der eine oder andere Schlaue ist bereit etwas Dummes zu tun.

Ich werde meine Forschungen fertigstellen und dieses Buch schreiben, komme was wolle.

- Persönliche Notizen von Enima Phorol, Autor des Buches „Enzyklopädie der Monster und Wesen Elathions".

Die Nacht vor der Jagd

Die Sonne begann sich dem Abend zuzuneigen, als Naira mit ihren Freunden das Tor von Simerin erreichte. Sie war diesmal im Sattel, während Ethariel seitlich hinter ihr saß und mit einer Schulter gegen ihren Rücken lehnte. Er hatte beide Hände frei, um Lanara gestikulierend Kämpfe gegen Trolle zu erklären und Naira fügte hin und wieder etwas hinzu oder erzählte von Geschichten, die reisende Seefahrer ihr von Trollen erzählt hatten.

Sie hielten an der Mauer lange genug, um abzusitzen und ihre Waffen an die Sättel zu binden. Lanara hatte Tücher in einer Satteltasche dabei, mit denen sie die Schwerter genug umschlingen konnten, um von der Wache mit einem entspannten Wink hinein gelassen zu werden.

Unterwegs begegneten ihnen einige Bewohner, die sich auf den Heimweg machten oder in Richtung des Wirtshauses aufbrachen.

Es gab neben Bens Wirtshaus zwei Kaschemmen am Hafen und am anderen Ende von Simerin fanden sich eine kleinere Bar und eine Spelunke, die von Leuten besucht wurden, die das Menschengedränge im 'Zwischen Hier und Da' vermeiden wollten. Oder die nur ein paar wenige Kupfermünzen für ein paar Biere zahlen wollten, auch wenn das dann verwässertes Bier war.

Es gab noch zwei weitere Wirtshäuser in Simerin, die ebenfalls Fremdenzimmer vermieteten, und sie hatten einen recht angenehmen Ruf, wenn er auch nicht an Bens und Elras Wirtshaus heranreichte.

„Wollen wir immer noch den Dichter hören?", fragte Lanara, während sie Naira zu ihrem Zuhause begleiteten. Naira nickte und reichte Ethariel die Zügel zurück. Das braune Pferd neigte sich ihr zu und Naira kraulte seine Nase, was dem Tier ein kleines, zufriedenes Seufzen entlockte.

„Ich hätte nichts dagegen", sagte sie.

Ethariel zuckte mit einer Schulter. „Warum nicht. Wir können so jedenfalls zu Abend essen."

„Dann helfen wir beim Abbau des Stands und treffen uns anschließend im *'Zwischen Hier und Da'*", sagte Lanara. „Wer zuerst da ist, besorgt einen Tisch, wenn noch einer frei ist."

Sie trennten sich und Naira trat rasch in ihr Zuhause. Sie ließ die staubigen und dreckigen Stiefel dabei am Eingang stehen und warf einen kurzen Blick in die Küche. Der Küchentisch war leer, kein neuer Hafenplan war zu sehen, was bedeutete, ihr Vater war den Tag über nicht nach Hause gekommen.

Naira erwartete ihn später auch nicht zurück, er würde wahrscheinlich die Nacht in der Hafenherberge verbringen, so wie er es die meisten Nächte tat. Ihr Vater war der einzige Hafenmeister in der Gegend und nahm seine Arbeit sehr ernst. Unter seiner Führung war der Hafen wahrlich aufgeblüht und es lief alles wie am Schnürchen.

Naira erreichte das obere Stockwerk und betrat ihr Zimmer, das gegenüber dem Schlafzimmer ihrer Eltern lag. Sie zog ihre verschwitzte Kleidung aus, sobald sie in den Raum getreten war, und legte die Kleidung auf einem Hocker ab, ehe sie ihr Schwert sachte daneben an die Wand lehnte.

Ihr Zimmer war recht kahl, sie hatte ein Bett und eine Kommode mit einem Hocker in der Ecke und das war bereits alles. Nachdem Naira jedoch nicht viel Zeit hier verbrachte, machte sie sich auch nicht die Mühe sich heimeliger einzurichten.

Auf ihrer Kommode stand eine Schale mit Wasser und sie vollzog eine rasche Katzenwäsche, ehe sie in frische Kleidung schlüpfte.

Naira warf zum Schluss noch ein ärmelloses Wams über ihr einfaches, ungefärbtes Leinenhemd. Der Sommer mochte beginnen, doch es gab noch genügend Abende, an denen der Wind von der Küste kühl über das Land strich.

Dieses Mal ließ sie ihr Schwert zurück und nahm ihre Geldbörse mit, ehe sie die Treppe wieder nach unten eilte und in ihre Stiefel schlüpfte.

Sie ging die Straßen mit langen Schritten hinab und erreichte das Wirtshaus. Das neue Schild hatte bereits das alte ersetzt. Es war ein Stück über der Tür an einer robusten, in der Wand verankerten Metallstange angebracht und wurde von einer leicht staubigen Laterne am Ende der Stange warm erleuchtet.

Ein paar letzte Kunden huschten über den Marktplatz und überredeten ein paar der einpackenden Händler noch rasch einige Waren wieder auszupacken. Die meisten Stände waren bereits vollständig abgebaut und mit Kisten beladene Karren standen an der Seite des Marktes. Für eine kleine Gebühr konnten sie über Nacht dort bleiben und die Wachen würden darauf achten, dass nichts gestohlen wurde.

Naira war glücklicherweise rechtzeitig am Wirtshaus angekommen, um noch einen der kleineren Tische an einem Fenster zu ergattern. Sobald sie saß, nahm Naira sich einen Moment Zeit sich umzusehen. Sie nickte verschiedenen Leuten zu, sobald ihre Blicke sich begegneten, doch die meisten waren zufrieden damit, sie zu ignorieren.

Was Naira, wenn sie ehrlich war, nicht überraschte. Sie bekam nur noch wenig vom Leben in Simerin mit und die meisten Leute hatten schon seit Langem begonnen, sie wie eine Außenstehende zu behandeln, auch wenn ihr Vater sich nachwievor in das Leben der Stadt einbrachte. Der Gedanke, dass er mehr Zeit für so etwas als für seine eigene Tochter hatte, ließ Naira insgeheim immer noch ein wenig bitter und traurig werden.

Ein Stück rechts neben dem Eingang, an einem Tisch in der Ecke, sah sie den Schäfer. Sein Hund lag eingerollt unter dem Tisch und hatte den Kopf auf einem Fuß des Schäfers abgelegt. Naira war sich fast sicher, den Hund über das Stimmengewirr hinweg schnarchen zu hören. Der Schweinehirte und ein Bauer, der die meisten Kühe hielt, saßen mit am Tisch, die Beine ein wenig zurückgezogen, um dem Hund genug Platz zu lassen. Die Gerüche ihrer Kleidung sorgten dafür, dass nur robustere Leute sich in ihre Nähe setzten und daher war sogar noch ein kleiner Tisch direkt neben den Herren frei.

Der Hauptschmied von Simerin und Jerals Vater war heute mit seiner Familie anwesend und sie saßen an einem der Tische in Nairas Nähe. Naira bemerkte, wie Jeral ihr einen bösen Blick zuwarf und sie starrte kurz zurück, ehe sie sich wieder abwandte. Sein Vater stieß ihn schließlich an und Jeral sah zurück auf sein Essen.

Naira machte sich im Wirtshaus keine Gedanken um Jeral. Ben tolerierte kein schlechtes Benehmen und hatte keine Schwierigkeiten selbst reiche Leute hinauszuwerfen.

Sie ließ ihren Blick weiter über die anwesenden Gäste schweifen. Es waren bereits einige Händler da und Naira wusste, sobald die restlichen Stände draußen vollständig abgebaut waren, würden auch die anderen Händler eintreffen. Bis dahin würden auch wieder einige Tische frei werden, da die Familien mit Kindern bald mit ihrer Mahlzeit fertig sein und wieder aufbrechen würden.

Naira entdeckte ein paar der Wachen, die nach Schichtende jedoch ohne ihre Rüstungen und Schwerter an einem größeren Tisch beisammen saßen. Nicht unweit von ihnen hatten sich ein paar Handwerker an einem der größten Tische zusammengesetzt und der örtliche Pferdeherr, der die Zucht und Ausbildung der Reittiere von Simerin verwaltete, war ebenfalls anwesend. Sie schienen alle angeregt über etwas zu sprechen, während sie zwischendurch von ihren Humpen tranken und auf ihr Essen warteten.

An der kalten Feuerstelle saß der Musiker, der gerade einige Kinder unterhielt. Seine Gesten waren ausladend und seine Mimik ausdrucksstark, als er ihnen eine Geschichte erzählte. Wenn Naira genau zuhörte, klang es wie die Geschichte des kleinen Koboldes Nenak, der gewitzt die Welt durchstreifte und dabei auf einen Riesen traf. Die Kinder lachten auf und hörten dann wieder aufmerksam zu, während an dem Hocker des Musikers seine Fiedel lehnte.

Naira sah wie seine Hand immer wieder zu dem Instrument glitt und leicht und liebevoll darüberstrich, wahrscheinlich wollte er sich vergewissern, dass es noch da war und nicht drohte abzurutschen oder umzufallen.

Ben stand wie jeden Abend hinter dem Tresen der Bar und schenkte Biere und Schnaps geschwind aus. Soweit Naira wusste, hatte er heute einige Kisten elfischen Weines erwerben können und vor einer Woche sogar ein Gebräu von Naasford, das es ziemlich in sich hatte.

Ben wartete auch noch auf eine Lieferung Zwergenschnaps. Das Gebräu war äußerst schwer zu bekommen und seitdem er verkündet hatte, er würde die Kisten bis zum Herbst erhalten, freuten sich schon viele neugierig darauf.

In Talha selbst lebten kaum Zwerge. Nachdem König Morlon den Zwergenkönig Louthar und sein Volk vertrieben hatte, gab es nur noch wenig andere Städte des Bergvolks anderswo in der Welt. Der Schnaps war dementsprechend schwer zu bekommen und teuer zu erwerben. Naira war sich sicher, dass nur die wenigsten in Simerin ein Gläschen bezahlen konnten, wenn die Flaschen einmal geliefert waren.

Ben grüßte herzlich seine Gäste, unterhielt sich und reichte gefüllte Krüge an die vorbei gehenden Schankmägde. Die beiden Frauen lebten schon seit Jahren als Aushilfen hier und erwiderten die Rufe der Gäste mit Leichtigkeit. Sie scherzten mit anderen, während sie gekonnt zwischen den Tischen hindurch manövrierten und Getränke sowie Mahlzeiten zu den richtigen Leuten brachten, ohne jemals zu stocken oder gar versehentlich etwas zu verschütten.

Bens Lebenspartner Elra war ebenso geschäftig wie alle anderen. Er war der Koch des Wirtshauses und ein ziemlich begnadeter noch dazu, was viele Seefahrer immer erfreute. Es wurden regelmäßig Komplimente an den Koch ausgesprochen und viele Kapitäne waren nach Jahren zu Stammkunden geworden, wann immer sie in Simerin anlegten.

Vier Küchenhelfer, junge Burschen aus der Stadt, die für einen kleinen Lohn nachmittags und abends aushalfen, eilten zwischen Küche und Schankraum hin und her. Sie holten benutzte Teller und halfen den Schankmägden größere Mengen an Essen an Tische zu bringen, ehe sie wieder zum Abwasch in der Küche verschwanden.

Es dauerte nicht lange, bis Lanara und Ethariel das Wirtshaus betraten und Naira winkte ihnen zu. Ihre Freunde ließen sich auf den beiden freien Stühlen am Tisch nieder und kurz darauf kam eine Schankmagd zu ihnen.

Sie alle bestellten eine Portion des Tagesgerichts und Getränke. Naira und ihre Freunde wandten sich dann einander zu, um sich über das Stimmengewirr hinweg zu unterhalten. Als das Essen kurz darauf kam, betrat auch der Dichter, von dem Ben gesprochen hatte, das Wirtshaus.

Es war recht leicht, ihn zu erkennen, was hauptsächlich daran lag, dass einige Gäste sich zu ihm umdrehten und ihn begrüßten. Die Leute fragten nach seiner Reise und Neuigkeiten aus Toran.

Der Dichter wirkte trotz seiner guten Kleidung etwas zerzaust und staubig. Er nahm sich die Zeit, mit den Leuten zu sprechen, tauschte Witze und schnelle Worte und wurde schließlich am Tisch der Handwerker eingeladen, sich zu setzen und mit ihnen zu speisen.

Naira war halb mit ihrem Essen fertig, als der Dichter wieder aufstand und zu dem Musiker schritt. Die Männer unterhielten sich mit gedämpfter Stimme, dann schickte der Musiker die Kinder zu ihren Eltern zurück, während der Dichter sich aufrichtete und dem vollen Schankraum zuwandte.

Der Musiker ergriff seine Fiedel und strich mit dem Bogen gekonnt über die Saiten. Es wurde ruhig im Schankraum. Nur noch sehr leise war ein wenig Stimmenraunen zu hören und das Klicken und Klacken von Besteck und Krügen verstummte für den Moment, als die Leute die Köpfe hoben und dem Duo am Kamin ihre volle Aufmerksamkeit schenkten.

Der Dichter trat einen Schritt vor und räusperte sich, während der Musiker eine leise, helle Melodie anstimmte, die leicht und ohne Eile dahinschwebte. Der Dichter atmete tief ein und stellte sich mit einer kleinen Verneigung als Andor vor, ehe er mit seinem ersten, selbstverfassten Werk begann.

Das erste Gedicht war kurz und einfach, es handelte von einer Liebe zwischen einer adeligen Tochter und einem Stallburschen, die damit endete, dass beide getrennt wurden und sich nie wiedersahen. Ein wenig düster so früh am Abend, doch den Leuten schien es größtenteils zu gefallen.

Andor stimmte das zweite Gedicht an, länger und wortgewandter, es ging mehr in Richtung einer Ballade. Es handelte von dem derzeitigen Krieg und der Talschlacht von Keira, die vor einem Jahr stattgefunden hatte und allen mehr als bekannt war.

Die Talschlacht war der bisher bitterste Kampf mit Amardan gewesen und hatte sich über Wochen erstreckt. Naira hatte gehört, dass die Gebirge und Wiesen selbst nach einem Jahr noch schwarz waren von der Magie, die dort getobt hatte. Sie hatten es Kaydra zu verdanken, der Kriegsfürstin im Süden Talhas, welche die Talschlacht für sie gewonnen und das Heer Amardans zurück hinter die Grenze getrieben hatte. Seitdem war Amardan kein weiterer Vorstoß jenseits der Grenze gelungen.

Andors Hingabe für seine Werke war nicht abzustreiten, doch es hörte sich für Naira an, als befänden sich seine Verse teilweise noch ein wenig in der Entwicklungsphase. Zugleich konnte sie jedoch sagen, dass sie schon weitaus schlechtere Einlagen im *'Zwischen Hier und Da'* gehört hatte. *Weitaus* schlechtere. Darunter einige betrunkene Balladen, die darin geendet hatten, dass die meisten Gäste vor Lachen beinahe aus ihren Stühlen gefallen waren und der betrunkene Künstler selbst so viel gekichert hatte, dass keine sinnvollen Worte mehr über seine Lippen gekommen waren.

Die anwesenden Gäste fühlten sich an diesem Abend gut unterhalten und zwischen dem dritten und vierten Gedicht gab Andor eine kleine Probe seiner magischen Kräfte zum Besten. Er ließ über den Kindern ein paar schimmernde Schmetterlinge entstehen, die sich in einen harmlosen Funkenregen auflösten und die Kleinen zum erfreuten Lachen und begeisterten Luftschnappen brachte. Andor ließ noch eine Handvoll leere Krüge schweben und erschuf ein paar glänzende Goldmünzen aus der Luft, die sich mit einem Schimmern wieder auflösten.

Naira vermutete, dass die kleine Darbietung mehr Taschen-spielertrick als aufwendige, lang studierte Magie war. Der Hafen spülte immer wieder ein paar rauere, reisende Magier an und die sparten sich für gewöhnlich solche Demonstrationen, um ihre Kräfte lieber in verkäufliches Handwerk zu stecken.

Vor drei Jahren hatten sie einen Magier aus Toran für einige Tage zu Besuch gehabt. Er hatte im Wirtshaus genächtigt und am Hafen beim Bau der Herberge für Seefahrer, Schiffsbauer und Hafen-arbeiter geholfen. Bis dahin hatte der Hafen nur ein moderates Gebäude mit ein paar kleinen Fremdenzimmern gehabt.

Naira war damals sogar zum Hafen gegangen, damit sie ihn bei der Arbeit sehen konnte. Der Magier hatte breite, schwere Balken mühelos hochschweben lassen und Wände aus Backstein und Mörtel mit einem Wink seiner Hand zusammengesetzt, ohne die vorbereiteten Materialien auch nur ein einziges Mal zu berühren. Der Bau der Herberge, der sonst einige Monate gedauert hätte, war durch den Magier in zehn Tagen abgeschlossen gewesen.

Naira wusste, dass Simerin auch nicht der einzige Ort war, an dem andere Magier beim Bau geholfen hatten. In den letzten drei bis vier Jahren hatte es Arbeiten im ganzen Land gegeben, von denen reisende Händler erfreut erzählt hatten.

Es waren mehr Akademien gegründet und für mehr Menschen zugänglich gemacht worden. Mehr Heiler wurden ausgebildet und Tempel wurden erweitert um jenen Heilern im Dienste der Menschen einen Ort für ihre Tätigkeit und ein Zuhause zu bieten. Die meistbefahrenen Straßen waren entweder weiter ausgebaut oder besser befestigt worden, damit die Menschen schneller vorankamen.

Der Magier, der damals beim Bau der Herberge geholfen hatte, hatte an einem Abend in dem Wirtshaus ein wenig von Magie erzählt. Magier wurden mit ihren Fähigkeiten geboren und egal aus welcher Schicht man stammte, zeigten sich diese Talente einmal, wurde man an der Akademie der Magier aufgenommen.

Es gab allerdings auch einige Leute aus reichen Familien, die zwar Talent hatten, sich jedoch nicht viel daraus machten, sich zu richtigen Magiern ausbilden zu lassen.

Diese Leute besuchten meist die Akademie für Magie für vielleicht ein oder zwei Jahre und lernten dabei nicht mehr als ihr Badewasser zu erhitzen und die eine oder andere Illusion heraufzubeschwören, um jemanden zu beeindrucken. Für gewöhnlich beließen sie es dann dabei und wandten sich anderen Studien zu, die entweder weniger Disziplin und Hingabe benötigten oder sie früher das Lernen beenden ließen.

Ein ernsthafter Magier, hatte der Magier aus der Hauptstadt gesagt, würde seine Kräfte normalerweise nicht für Unsinn und Belustigung wie schwebende Hüte verschwenden. Dazu war magisches Können zu wertvoll und gefragt. Naira war sich allerdings recht sicher, dass es genügend angehende oder auch ältere und vollständig ausgebildete Magier gab, die bestimmt einigen Unfug mit ihren Fähigkeiten anstellten, einfach weil sie es konnten.

Sie kannte kaum jemanden, der nicht wenigstens ein paar Mal in schwachsinnige Schwierigkeiten geriet oder einfach ausprobierte, was alles möglich war. Naira selbst hatte mit ihren Freunden so einige Dinge angestellt, die im Nachhinein vielleicht nicht gerade die besten oder klügsten Ideen gewesen waren.

Nach dem vierten Gedicht legte Andor eine Pause ein und, während die Familien mit ihren Kindern nach Hause aufbrachen und die wartenden Händler rasch die freien Plätze ergatterten, nutzte der Musiker die Gelegenheit um aufzuspielen.

Ethariel leerte seinen Krug und musterte Naira und Lanara, während Gelächter und Gemurmel unter den Gästen ausbrach.

Ethariel lehnte sich etwas vor, um gehört zu werden, als die meisten Gäste bei der ersten Strophe des Liedes *'Des Adels Blume'* mit einstiegen.

„Wollen wir verschwinden?", fragte er. „Unsere Freunde wollen im Wald zusammen feiern und haben uns eingeladen." Er sah kurz Naira an. „Wir können zwar nicht lange bleiben, da wir an der Jagd teilnehmen, aber wir können noch zu ihnen stoßen. Du solltest auch besser bei mir oder Lanara übernachten, die Jäger brechen morgen kurz nach der Dämmerung auf."

Lanaras Gesicht hellte sich zustimmend auf und sie wandte sich fragend Naira zu. Die aß rasch den letzten Bissen und trank ihren Krug leer, ehe sie ihn auf dem Tisch abstellte.

„Ich gehe zahlen und dann können wir los", sagte sie. Bevor sie sich erheben konnte, reichten ihre Freunde ihr das Geld für ihre eigenen Speisen und Getränke.

Naira suchte sich ihren Weg zum Tresen durch den gut besuchten Schankraum. Zwischen zwei Tischen musste sie stehen bleiben, als ein paar Gäste sich bereit machten, um zu gehen, und den Weg versperrten. Sie hörte dabei den Dichter und die Handwerker, die wieder zusammen an einem Tisch saßen.

„Wie ist die Lage so an den Grenzen? Habt Ihr etwas gehört?", fragte einer der Handwerker und Naira sah wie Andor ein wenig ratlos die Schultern hob.

„Unverändert, von dem was ich gehört habe, wobei wir jedoch die Überhand in diesem Krieg haben. Soweit ich weiß, gab es seit dem letzten Jahr und der Talschlacht von Keira auch keine neuen Vorstöße von Amardan." Andor lehnte sich verschwörerisch vor. „Viele sagen jedoch, dass Amardan nicht so viele Ressourcen hat wie wir. Deren König hat unterschätzt, wie gut Etrim nach Thayns Tod die Krone steht. Wenn es so weiter geht, endet der Krieg bald, allein weil wir mehr Gold und bessere Versorgung und Verbindungen zu anderen Ländern haben."

Die Handwerker murmelten und schienen weder beruhigt noch aufgeregt von diesen Neuigkeiten. Es lag eher ein allgemeines Gefühl von 'na hoffentlich nimmt bald alles ein Ende' in der Luft.

„Natürlich gewinnen wir früher oder später", sagte eine der Frauen gerade noch laut genug, dass Naira sie über das Stimmengewirr im Wirtshaus hinweg hören konnte. „Etrim stellt sich nicht so schlecht an, wie ich befürchtet habe, nachdem er die Hälfte seines Rates nach seiner Krönung entlassen hatte. Seine Königin beneide ich jedoch nicht. Stellt euch vor, ihr wärt mit

Etrim verheiratet. Ein Herz aus Eis hat er, sagen die Leute und er lächelt nie. Nicht ein einziges Mal."

Andor räusperte sich rasch, bevor die Frau noch mehr über den derzeitigen König sagen konnte. Naira war sich sicher, wenn Leute aus Toran so ein Gerede hören würden, würde ganz schnell Geschrei nach Verleumdung laut werden. Egal ob es stimmte oder nicht, solche Gerüchte über den König laut auszusprechen zog in gewisser Gesellschaft Konsequenzen mit sich.

Hier jedoch nicht. Die Menschen im 'Zwischen Hier und Da' sahen solche Gespräche eher entspannt, was vielleicht auch an dem großen Abstand zur Hauptstadt lag.

„Wie dem auch sei, Etrim hat in unserem Land auch was zum Guten verändert", fügte Andor rasch hinzu. „Dass die Elfen gesetzlich dieselben Rechte wie wir haben, hat es vor ihm nicht gegeben."

Dann schweifte Andors Blick zu Ben und Elra, die im Augenblick gemeinsam hinter der Theke dicht beieinander standen. Ben hatte sich ein wenig herabgebeugt, damit Elra ihm etwas ins Ohr sagen konnte.

„Die beiden sind also vereint, habe ich das richtig verstanden?", fragte Andor und deutete dabei vage in Richtung Bar. „Im Namen des Lichts ebenfalls?"

Der Tischler nickte und schob seinen beinahe leeren Teller etwas beiseite, um sich auf den Tisch zu stützen. „Seit dem der König es gesetzlich erlaubt hat. Vor vier Jahren war das glaube ich. Hat für einigen Aufruhr in anderen Teilen Talhas gesorgt, wie ich gehört habe. Hier bei uns war das weitaus willkommener."

Andor sah noch einmal zur Bar hinüber und wirkte ein wenig überrascht. „Entschuldigt die Frage, die beiden waren schon vorher als Partner bekannt? Das ist ein wenig ungewöhnlich für mich. Bisher habe ich nur von solchen bekannten Partnerschaften in den großen Städten gehört."

Der Pferdeherr nickte, sein Gesicht nun ernster. „Es ist leider noch nicht so weit verbreitet, doch wir sind hier keine rückständigen Tölpel wie es sie anderswo im Land gibt. Sie lieben einander, wieso sollten sie da keinen Bund eingehen? Wir haben es aber auch meinem Großvater zu verdanken, der damals Bürgermeister von Simerin war und in seiner Zeit viel mit unnützen Vorurteilen aufgeräumt hatte. Die beiden folgenden Bürgermeister haben die Tradition gewahrt, zusammen mit den Tempelpriestern, die das unterstützt haben."

„Verstehe." Andor warf einen letzten, nachdenklichen Blick zur Bar.

Naira hörte noch, wie er erneut zum Sprechen ansetzte, doch sie konnte jetzt weiter gehen und hatte sich bereits mit vier Schritten zu weit von dem Tisch entfernt, um über das nächste Lied des Musikers und die speisenden Gäste hinweg noch deutliche Worte zu hören.

Naira erinnerte sich noch gut an den Tag von Elras und Bens Vereinigung. Ihr Bündnis war mit dem üppigsten Essen des Jahres und mit so viel Met, Bier und Schnaps gefeiert worden, gefühlt die halbe Stadt hatte am nächsten Tag einen Kater gehabt.

Naira wich einer der Schankmägde aus, die mit einigen erneut gefüllten Krügen in den Händen an ihr vorbeischritt. Ein Küchenjunge eilte ihr etwas außer Atem hinter her, zwei Tabletts mit vollen Tellern auf den Händen balancierend.

Naira schaffte es, die Bar in einem Moment zu erreichen, in dem Ben gerade Zeit hatte. Naira hätte auch eine der Schankmägde zum Zahlen abfangen können, doch sie wechselte immer gerne ein paar Worte mit Ben und Elra, wenn es möglich war. Naira zahlte für das Essen und nickte Elra mit einem Lächeln zu, als der Koch noch einen Moment länger hinter der Bar stand.

Elra war ein langbeiniger, schlanker Mann mit kleinen Schnitt- und Brandnarben an den Händen. Sie waren alle vom Kochen, wie er ihr gesagt hatte, als sie ihn einmal gefragt hatte. Seine Haut war dunkler und sein Gesicht wirkte leicht angespannt von dem geschäftigen Abend, doch seine braunen Augen waren so freundlich und aufmerksam wie immer, als er Nairas Lächeln erwiderte. Wo Bens Bart eher begann zu ergrauen, schlich sich bei Elra langsam ein erster Hauch von Silber entlang der Schläfen in seine schwarzen, kurzen Locken. Sein fein geschnittener Kinnbart war noch frei von Grau und tiefschwarz.

„Ihr geht schon?", fragte Ben, der das Geld entgegennahm und ihr zwei Kupfermünzen zurück reichte. Die Münzen waren auf einer Seite geprägt mit dem Wappen Talhas, einem Adler mit Wellen dahinter und auf der Vorderseite befand sich die Krone des Königs. „Es war schön, euch heute Abend hier zu haben. Richte Ethariel und Lanara eine schöne Nacht von mir aus."

„Es war schön, hier zu sein." Naira schob die Münzen in ihre Tasche und trat von der Bar zurück. „Habt eine gute Zeit, ihr beiden. Das Licht sei mit euch."

„Und mit euch", sagte Elra und in seiner Stimme schwang ein leichter Akzent mit.

Elra schenkte ihr noch einen raschen Abschiedswink, ehe er sich wieder der Küche zuwandte. Ein paar der Gäste riefen Ben amüsiert zu, seinem Mann nicht nach zu starren, und lieber weiter auszuschenken. Ben lachte kurz und zapfte mit einem Grinsen weitere Biere ab.

Naira suchte sich ihren Weg zwischen Gästen und Tischen entlang zurück zu ihren Freunden. Ethariel und Lanara waren bereits aufbruchsbereit und sie traten gemeinsam nach draußen. Die Tür fiel hinter ihnen mit einem deutlichen Klicken ins Schloss, was die Musik und das gut gelaunte Stimmengewirr zu undeutlichen Hintergrundgeräuschen dämpfte.

Die Nacht war schon längst vollständig hereingebrochen, was eine Myriade von Sternen dazu einlud, sich silbern und hell über den

Himmel zu ergießen. Die Straßen und Wege der Stadt wurden jetzt von metallenen Laternen erhellt, deren leicht staubige Gläser groß waren, um möglichst viel Licht auf die Pflastersteine zu werfen. Die Laternen waren allesamt Magierlampen, ein Luxus, für den der letzte Bürgermeister im Laufe der Jahre gesorgt hatte.

Eine kleine Gruppe von jüngeren Leuten hielt sich unauffällig am Brunnen auf. Sie wirkten zu jung, um ohne ihre Eltern noch im Wirtshaus zu bleiben oder am Hafen in einer Schenke unterwegs zu sein und zu alt, um wie die Kinder zeitig schlafen zu gehen.

Die Gruppe blieb für sich, sie saßen beisammen am Brunnenrand und unterhielten sich, wobei es verdächtig so aussah, als ließen sie eine Flasche untereinander umherwandern. Wahrscheinlich Met oder dergleichen, das war noch am einfachsten zu bekommen oder von einem Elternteil zu stibitzen.

Die vier Wachen, die nachts auf die Karren und Wägen der Händler aufpassten, schienen sie betont nicht zu bemerken und sich lieber entspannt zu unterhalten. Naira war sich recht sicher, dass die Wachen ihnen den Spaß ließen, bis es wirklich zu spät wurde und sie die Jugendlichen heim scheuchen würden.

Ethariel und Lanara banden die zwei Pferde los, die sie neben drei weiteren Reittieren an einem strohbedeckten Platz seitlich neben dem Wirtshaus gelassen hatten. Ben hatte keinen Stall bei seinem Wirtshaus, doch er hatte ein großes Vordach seitlich anbringen lassen, zusammen mit einigen Ringen in der Wand, an denen Pferde, Maultiere und Esel angebunden werden konnten.

Mit Stroh unter den Hufen und Heu, das den Tieren am Abend gebracht wurde, war das für viele Reisende mehr als ausreichend.

Naira und ihre Freunde gingen mit den Pferden in Richtung des Westtores. Sie legten einen kurzen Stopp bei Nairas Zuhause ein, damit sie Kleidung zum Wechseln und ihre Ausrüstung mitnehmen konnte, die sie für die morgige Jagd brauchte.

Die Wachen am Tor, welche andere waren als am Tage, erinnerten Naira mit brummigen, kargen Worten daran, dass die Tore nur noch für bestenfalls zwei Stunden offen blieben. Wenn sie nicht außerhalb von Simerin schlafen wollte, sollte sie bis dahin zurück sein.

Sie traten mit den Pferden unter dem Tor hindurch und Naira schwang sich hinter Lanara auf den Rücken des Pferdes, während Ethariel seines direkt neben sie lenkte.

Zu dieser späten Stunde mussten sie sich keine Gedanken darüber machen, ob sie den Weg für etwaige Reisende oder Händler und Bauern versperrten. Niemand sonst schien noch auf den Straßen außerhalb Simerins unterwegs zu sein, daher hatten sie den Weg ganz für sich. Ethariel und Lanara ließen die Glöckchen jedoch an den Sätteln. Wenn sie später im Wald waren, würden die Geräusche die Tiere vor ihrer Anwesenheit warnen.

Sobald sie den Wald erreicht hatten, folgten sie der beleuchteten Elfenstraße für eine kurze Weile, ehe sie auf einen anderen Pfad abbogen, als zuvor am Tag. Naira sah kaum etwas in der Finsternis, doch Ethariel und Lanara hatten bessere Augen als sie und konnten selbst in der nächtlichen Dunkelheit den Pfad sehen, dem sie folgten.

Naira war umgeben von dem Geruch von feuchter Erde und frischen Blättern. Die Schritte der Pferde wurden von den Glöckchen begleitet und das Geräusch erfüllte die Luft. Ethariel ritt voran, da der Pfad zwischen den Bäumen zu schmal wurde, um weiterhin Seite an Seite zu bleiben, und Naira hörte, wie sein Pferd schnaubte. Wenn sie den Kopf in den Nacken legte, konnte sie zwischen dem Blätterdach in kleinen Lücken den Himmel erspähen.

Es dauerte nicht mehr lange, bis Naira das leise Rauschen und Plätschern von fließendem Wasser hörte und der Wald um sie herum von dem Schein eines entfernten Lagerfeuers langsam erhellt wurde.

Sie konnte die Baumstämme und Büsche um sich herum wiedererkennen und neigte sich ein wenig an Lanara vorbei, um das Feuer zu sehen, das neben einem breiteren Bach entzündet worden war. Naira kannte diese Stelle. Sie war als Kind mit Ethariel oft hier gewesen und sie hatten sich an einem Tag während eines lauten Streits mit ausgebuddelten Würmern beworfen, bis sie beide anfangen mussten zu lachen und sich kurz darauf vergeben hatten.

Der Wald war entlang des Ufers etwas zurückgewichen und drei liegende, modrige Baumstämme waren nah genug am Feuer, damit man sich gut darum herum setzen konnte.

Es saß bereits eine kleine Gruppe Elfen in Lanaras und Ethariels Alter dort, die aufsahen, als sie die Pferde hörten. Ihre Gesichter hellten sich auf und sie grinsten ihnen vergnügt entgegen, sobald sie zwischen den Bäumen hervor ritten.

„En' Harell", grüßten die Elfen im Chor und Naira und ihre Freunde erwiderten es mit einem erfreuten Lächeln.

Sobald Lanara abgestiegen war, schwang Naira ihr Bein über den Rücken, so dass sie für einen Augenblick seitwärts saß. Bevor sie von selbst auf den Boden springen konnte, war eine Elfe bereits vom Feuer aufgestanden und half ihr mit einem kleinen Lächeln herab. Naira zog sie in eine Umarmung, was die Elfe warm erwiderte.

„Es ist schön dich zu sehen, Illera", sagte Naira und Illera drückte kurz ihre Hände, als sie zurücktrat.

„Dich ebenfalls", sagte sie und strich ihr dunkles, leicht lockiges Haar hinter ein spitzes Ohr, ehe sie Naira bei der Hand nahm und mit sich zum Feuer zog.

Naira setzte sich neben sie und Ithiel, der sie erfreut mit einer warmen Umarmung grüßte. Ithiel war einer der größten Elfen, die

Naira kannte, sein schwarzes Haar erschien stets etwas wild und seine grünen Augen waren von einem spitzbübischen Funkeln erfüllt.

Ithiel hielt grinsend eine Flasche hoch. „Rate mal, wer den alten Orath dazu gebracht hat, seine beste Flasche rauszurücken?"

Illera lachte. „Du hättest Ithiel sehen sollen, ich glaube er war noch nie so nervig und gleichermaßen charmant. Orath wusste zum Schluss nicht mal mehr, was er sagen sollte und hat ihm die Flasche praktisch an den Kopf geworfen."

Ethariel, der unterdessen die Pferde zum Wasser geschickt hatte, lachte kurz auf. „Hat Ithiel nicht auf alle diese Wirkung?"

Ithiel sog gespielt entsetzt die Luft ein. „Und hier dachte ich, ihr schätzt mein diplomatisches Gemüt." Auf Ethariels und Illeras ungläubiges Schnauben hin, deutete er mit der Flasche auf seine schmunzelnden Freunde. „Ich teile von jetzt an nur noch mit Naira, das habt ihr jetzt davon."

Ethariel und Lanara setzten sich glucksend und es wurden ein paar weitere Flaschen hervorgeholt.

„Das hier ist eine Spezialität von uns", sagte Ithiel mit einem verschwörerischen Blick und bot Naira seine Flasche an. „Wir verkaufen das nicht an Außenstehende und Orath ist der beste Brauer."

Naira nahm einen Schluck und ihr Gesicht hellte sich auf. „Es ist wirklich gut."

Ithiel nickte zufrieden und Ethariel stupste ihn an. „Gib sie mir."

Mit einem Augenrollen reichte Ithiel die Flasche weiter. Ethariel nahm einen Schluck und gab ein zustimmendes Geräusch von sich. „Orath hat wirklich die besten Jahrgänge", sagte er zufrieden und nahm noch einen Schluck.

Ithiels Gesicht hellte sich mit einem Mal auf und er wechselte das Thema: „Oh ja, ich habe gehört ihr geht auf die Jagd, Naira, Ethariel."

Naira hielt inne und nickte mit einem Lächeln, das sowohl erfreut als auch ein wenig aufgeregt und nervös war. Ithiel warf einen Arm über ihre Schultern und drückte sie kurz.

„Dann lasst uns anstoßen, auf Nairas und Ethariels erste Jagd! *Tithrien lo ma elatar!*", rief er und angelte sich von Ethariel die Flasche zurück, die er Orath abgeschwatzt hatte.

„*Tithrien lo ma elatar!*" riefen die anderen Elfen zustimmend und hoben ihre Flaschen gen Himmel, ehe sie anstießen und es für einen Augenblick still wurde, als alle tranken. Naira nahm dabei eine Flasche Obstwein entgegen, die Illera ihr reichte.

„Habt ihr noch etwas über die Jagd gehört?", fragte Ethariel an ihre Freunde gewandt.

Ithiel neigte den Kopf. „Der Troll ist, soweit ich weiß, bei den Feldern auf der anderen Seite des Bjar aufgetaucht. Die Seite des Flusses hat häufiger Schwierigkeiten mit Monstern. Was nicht überraschend ist, wenn man bedenkt, dass sie unsereins vor vielen Jahren aus der Gegend vertrieben und jetzt keine Monsterjäger haben."

„Vermutlich hat irgendein *Skoll* den Troll mit dem Schiff her geschmuggelt und er ist entkommen. Es wäre nicht das erste Mal", fügte Illera mit einem Schulterzucken hinzu.

Naira fühlte sich unwillkürlich wieder nervös. Sie wusste zwar alles über die Monster Talhas und einiges über die Monster, die im Rest der Welt gefunden werden konnten, doch sie hatte noch nie eines bekämpft. Sie tauschte einen Blick mit Ethariel, der ebenfalls gleichermaßen aufgeregt und ein wenig rastlos schien.

Illera klatschte kurz in die Hände und zog die Aufmerksamkeit der anderen auf sich. „Genug mit dem Ernst, lasst uns Spaß haben und trinken! Die Nacht währt nicht ewig und diese beiden hier müssen morgen früh aufstehen."

Mit einem Lachen hoben die Elfen die Flaschen, während Naira einen erneuten Schluck von dem Wein in ihrer Hand nahm. Er schmeckte gut, doch selbst der Wein konnte Naira nicht ihre Nervosität nehmen.

Ein Troll als erste Jagd, das war ziemlich gefährlich. Naira hatte genug Geschichten gehört, in denen bereits ein einziger Fehler dazu geführt hatte, dass fast die ganze Gruppe schwer verletzt wurde oder jemand gestorben war. Sie wollte wirklich, wirklich nichts falsch machen und erst recht wollte sie nicht, dass anderen ihretwegen etwas passierte.

Sie nahm noch einen Schluck und versuchte auf andere Gedanken zu kommen. Es würde schon alles gut gehen, das musste es einfach.

Des Adels Blume seufzt auf Seide
sie singt im goldenen Schein
und betört ihn besser als jeder Wein

Ihre Blüte verbirgt den süß'sten Nektar
sie öffnet sich unter Küssen
und dem Tanz von Fingern

Gefunden wird sie in der Nacht
lieblich und erden duftend
zwischen Gassen und Straßen

Des Adels Blume
reizend und verrucht
lässt sie für seine Freude nichts unversucht

- 'Des Adels Blume', geschrieben von Felion,
dem 15ten Hofbarden der Krone.

Die Jagd

„Du hast alles?", fragte Ethariel, während er sich in den Sattel schwang und selbst noch einmal kurz seine Satteltaschen überprüfte.

Naira fühlte nach der Stecknadel der Jäger an der Rüstung die sie zum Abschluss ihrer Prüfung erhalten hatte. Die Rüstungen der Jäger bestanden aus einer robusten Gambeson, die unter der metallenen Torsorüstung getragen wurde. Auf der Brust des Plattenpanzers befand sich das Symbol der Elfen, ein großer Baum, an dessen Stamm sich ein Schwert und ein Bogen kreuzten. Dazu trugen die meisten Elfen noch Arm- und Beinschutz.

Nachdem Naira noch ihre Satteltaschen überprüft hatte, nickte sie. Alles war da. Die Elfen hatten ihr für die Jagd ein Pferd zur Verfügung gestellt, eine braune Stute, die ausdauernd und schnell war.

Für die Jagd auf den Troll waren sie ein sechsköpfiger Trupp, wobei einer von ihnen als Heiler dabei war und primär als Bogenschütze etwas Abstand zum Kampfgeschehen halten würde. Auf Monsterjagden konnte man nie vorsichtig genug sein, besonders dann nicht, wenn die Monster um einiges größer und um vieles stärker waren als man selbst.

Naira atmete leise tiefer ein, um ihre Nerven zu beruhigen. Sie war vorbereitet worden und zwar sehr gut, die Elfen würden sie andernfalls niemals mitnehmen. Und dennoch...Unruhe durchzog ihre Glieder und kroch ihren Rücken hinauf. Naira hoffte wirklich, sie würde auf der Jagd nichts falsch machen, wenigstens nichts Wichtiges.

Sie schwang sich ebenfalls in den Sattel und wandte sich mit Ethariel dem Jagdtrupp zu, der neben ihnen noch ein letztes Mal die eigenen Taschen überprüfte. Sie alle hatten sich am Tempel der Valia versammelt, um gemeinsam loszureiten.

Kalia, eine Elfe mit dunkler Haut und schwarzbraunen, geflochtenen Haaren war die erfahrenste Jägerin in Nurethal und würde sie bei dieser Jagd führen. Sobald alle sicher in den Sätteln saßen, winkte Kalia den schmalen Trupp mit sich zum Südausgang von Nurethal, wo der Älteste bereits auf sie wartete, um sie mit dem Segen der Valia auf den Weg zu schicken.

Nurethal war stets eine Augenweide. Die Bäume wuchsen hier hoch und breit und die Häuser der Elfen waren aus weißem Stein, elegant erbaut, am Fuße der Bäume. Viele Häuser schienen mit dem Holz zu verschmelzen oder es führten gewundene Treppen an den dicken Stämmen hinauf zu Häusern, die galant auf den niedrigsten Ästen der Bäume ruhten.

Nurethal war kreisförmig und bisweilen in die Bäume gebaut. Die Elfen hatten geschickt Lichter und Lampen entlang der Äste gesponnen, so dass des Nachts die Baumkronen sanft golden zu leuchten schienen.

In der Mitte stand der Tempel der Valia, in dem auch die Heiler wohnten, und daneben wuchs der größte Baum des Waldes in die Höhe. Es war ein mächtiger Baum, der schon so lange lebte, dass niemand sein genaues Alter kannte.

Alle Gebäude besaßen große Fenster und Türen, die mit filigranen Schnitzereien verziert waren. Über jedem Eingang war ein Segen der Valia in das Holz des Türrahmens geschnitzt. Viele der Häuser besaßen zudem behauene Stein- oder geschnitzte Holzsäulen, welche Dachvorsprünge stützten und an denen Pflanzen emporrankten.

Es war stets sauber hier, alle Wege waren mit hellgrauem, glattem Stein gepflastert und wurden von hohen, schmalen Laternen begleitet, die nachts ein helles Licht spendeten. Die Stadt schien von einem Gefühl der Leichtigkeit und Eleganz umgeben zu sein, während der Himmel sich blau über ihnen erstreckte, umrahmt von dem Grün der Bäume.

„*Elithen ma Valia uro osha en lothlora*", erhob der Älteste das Wort im Segensspruch der Valia, als sie ihn erreichten und sich vor ihm versammelten. Sein geflochtenes Haar war lang und schneeweiß, seine Haltung aufrecht und stark. Er nickte ihnen gemessen zu. „*Vae indra en lothra.*"

Damit trat er zur Seite und Kalia rief sie mit sich, während sie ihr Pferd antrieb. Zusammen ließen sie Nurethal hinter sich, begleitet von ein paar Segenswünschen von Familienmitgliedern und Freunden, die sich zum Abschied neben dem Ältesten versammelt hatten. Ethariels Eltern waren ebenfalls anwesend, genauso wie Lanara, Ithiel und Illera, die ihnen verschlafen nachwinkten.

Naira ritt neben Ethariel und sie tauschten einen kurzen Blick. Sie sah, dass er genauso aufgeregt war wie sie. Ethariel warf ihr dennoch ein zuversichtliches Lächeln zu, das Naira ein wenig schief erwiderte. Jetzt, da sie losritten, legte sich ihre Unruhe und ihre Nervosität flaute ein wenig ab, je mehr Bäume an ihnen vorbeizogen.

Sie ließen den Wald der Elfen hinter sich und ritten in flottem, gleichmäßigem Tempo die Straße hinab, vorbei an Feldern und Höfen. Hin und wieder bemerkte Naira wie jemand bei der Arbeit inne hielt und zu dem Trupp hinüber sah. Die Bauern hatten bereits ihre Hemden für die Arbeit auf den Feldern abgenommen und ihre Frauen hatten sich für leichte Kleider entschieden und die Haare mit Tüchern aus dem Gesicht gebunden, während sie Früchte und Gemüse ernteten.

Sie ritten mit gleichmäßigem Tempo und legten über den Tag verteilt genügend Pausen ein. Am Abend erreichten die Jäger eine Brücke, die über den Bjar führte und Naira konnte jetzt mit Sicherheit sagen, dass sie noch nie soweit von Zuhause fort gewesen war. Die andere Seite des Bjar war so weit entfernt, Naira hatte das Gefühl, der tiefe Fluss hatte die Breite eines großen Sees. Wahrscheinlich war das sogar zutreffend.

Die Brücke erhob sich wie der breite, aufragende Buckel eines Riesen vor ihnen. Sie war hauptsächlich deshalb so hoch gebaut, damit die Handelsschiffe sicher darunter durch segeln konnten. Selbst Fluten konnten die dicken, steinernen Pfeiler der Brücke nicht einreißen. So wie es aussah, würden sogar die kleineren Kriegsschiffe der königlichen Flotte unter der Brücke passieren können, auch wenn es für größere oder gar Flaggschiffe auf keinen Fall möglich war, nicht ohne die Segel und Maste zu beschädigen.

Die Schritte der Pferde waren deutlich auf dem Stein der Brücke zu hören. Sie zügelten die Tiere zu einem langsameren Tempo, um die Handvoll anderer Reisender nicht versehentlich umzureiten. Die Brücke ging recht steil nach oben, was ebenfalls von einem flotten Tempo abriet.

Als sie den höchsten Punkt erreichten, nahm Naira sich einen Moment, um sich umzusehen. Es kam ihr vor, als könnte sie weit über das Land blicken. Über die Wipfel naher Wälder hinweg bis zum Schimmer des Ozeans, während die untergehende Sonne goldenes Licht über alles warf und die wenigen Wolken am Himmel tiefrot färbte.

Sie konnte sogar vage Simerin sehen. Die Hafenstadt hob sich schattig und weit entfernt als kleiner Umriss von der Umgebung ab. Naira war noch nie so hoch oben gewesen. Dank des Flachlands in dieser Region der Küste gab es wenig Hügel oder gar Klippen. In anderen Küstenbereichen Talhas sah das schon wieder anders aus und vor allem die Ostküste war dank scharfer und hoch aufragender Klippen nur schwer bewohnbar.

Für einen Augenblick hatte Naira die bislang schönste Aussicht ihres Lebens vor sich. Dann musste sie den Blick abwenden und es ging abwärts, von der Brücke herunter.

„Wir schlagen bald ein Lager auf", rief Kalia und sobald sie die Brücke verlassen hatten, trieben sie die Pferde erneut an.

65

Kalia, wie Naira bemerkte, ritt sogar einen Nethral, ein Blutspferd der Elfen. Das Pferd, obwohl es äußerlich nur wenig von den üblichen Pferden zu unterscheiden war, wirkte anders als die treuen, ausdauernden Reittiere der restlichen Jäger. Kalias Pferd umgab eine Aura von subtiler, alter Magie, seine Augen waren wachsam und seine Hufe stark und schnell. Er schien zu wissen, was Kalia wollte, bevor sie auch nur einen Befehl geben musste.

Die meisten Nethral suchten sich ihre Reiter aus, wenn sie ihnen begegneten, und blieben bis zum Ende bei ihnen. Die noch ungebundenen Nethral ließen sich jederzeit von anderen reiten, doch da es nicht viele von ihnen gab, wurden sie nur in den wenigsten Fällen an einen Elf für einen Ritt verliehen. Naira fand die Pferde faszinierend.

Sie schlugen ihr Lager auf einer Wiese neben der sandigen Straße auf. Die Pferde wurden abgesattelt und gefüttert, ehe sie frei grasen und sich ausruhen konnten, wobei sie sich nicht weit von ihren Reitern entfernten. Naira half dabei, das Lager aufzubauen und ließ sich ein paar Kniffe zeigen, wie es am schnellsten ging, während der Heiler ein rasches Abendessen zubereitete.

Es wurde ein überraschend entspannter Abend dafür, dass sie so eilig unterwegs gewesen waren. Die Elfen erzählten von ihren bisherigen Jagden und beantworteten alle Fragen, die Naira oder Ethariel während des Abends einfielen.

Enrin, ein Elf, der Naira beim Lernen der Monsterarten für die Prüfung viel geholfen hatte, schlang einen Arm um ihre Schultern und Naira lehnte sich ein wenig gegen ihn. „Die Valia wachen über uns, mach dir keine Sorgen." Er drückte warm ihren Arm und lächelte. „Und für den Rest halten wir zusammen."

Naira lächelte ihn dankbar an und kurz darauf brachten ihr die Elfen eines der Reiselieder bei, die sie gerne auf der Straße sangen.

Die Wälder rufen uns
Und die Flüsse singen
Wir folgen den Liedern der Ahnen
Geborgen in den Armen der Valia

Winde leiten unsere Pferde
Sie schlüpfen tragend unter ihre Hufe
Und heben sie hoch hinauf
Lassen sie springen über Berg und Wiese

Unser Harfenklang eilt uns voraus
Und all die Lieder die wir singen
Werden uns zu Heim und Familie bringen
Egal wie lang der Weg auch sei

Die Valia, sie leiten uns
Schützen Weg und Pfad
Sodass wo immer Elfen reisen
Es ihnen gut gehen mag

Naira hörte ihnen zu, als sie das Lied danach in der Sprache der Elfen wiederholten. Wahrscheinlich hatten sie es zuerst in der Menschensprache gesungen, damit es Naira so leicht wie möglich fiel, alles zu verstehen. Naira war froh, dass sie valorisch gut beherrschte und selbst ohne die vorherige Übersetzung hätte sie keinerlei Schwierigkeiten mit dem Lied gehabt.
Naira liebte es den Gesängen der Elfen zu lauschen und auf ihre freundliche Aufforderung hin sang sie mit ihnen zusammen.
Kalia sorgte letztendlich dafür, dass der Abend ausklang und sich alle schlafen legten, damit sie am Morgen gestärkt für den Ritt erwachten. Naira legte ihre Schlafrolle neben Ethariels, während zwei weitere Elfen sich Rücken an Rücken hinlegten und ein

anderer Elf ein Bein über die Elfe neben sich warf, die dafür ein Stück seines mitgebrachten Kissens einnahm.

Elfen liebten den Körperkontakt, wenn sie jemanden mochten und sie waren nicht scheu sich in vertrauter Gesellschaft auszudrücken. In unbekannter oder gar ungewollter Gesellschaft jedoch bevorzugten sie es kühl und distanziert zu wirken, was die Elfen für viele Außenstehende abgehoben oder gar abweisend wirken ließ.

Kalia übernahm die erste Wache. Sie wirkte entspannt, doch Naira bemerkte ihren aufmerksamen Blick und das leichte Zucken ihrer Ohren, wenn sie etwas hörte. Kalias Ohren waren ein wenig spitzer und länger als die von Ethariel. Überhaupt, wenn man genauer hinsah, ähnelte kein Elfenohr dem anderen.

Naira schlief schneller ein, als sie gedacht hatte, mit Ethariels Rücken gegen ihren Arm gepresst und ihren Fingerspitzen auf ihrem Schwertgriff ruhend.

Sie erwachte mit ihrem Arm immer noch gegen Ethariels Rücken gepresst, doch während der Nacht hatte sie ein Bein über seine Waden geworfen. Kurz darauf gab es ein Frühstück aus süßem Brot mit eingebackenen Nüssen und ein paar getrockneten Früchten und geräuchertem Fleisch, ehe sie das Lager wieder abbrachen.

Die Pferde waren ausgeruht und wie zuvor mit langen, gleichmäßigen Schritten unterwegs. Kalia legte ein zügiges Tempo vor und die Landschaft flog förmlich an Naira vorbei.

Unterwegs begegnete ihnen eine Gruppe rau aussehender Gesellen und Naira entging nicht, wie die Fremden ihre Waffen und Rüstungen beäugten. Dann bemerkte die Gruppe das Jagdsymbol der Elfen an ihren Kleidungen und sah beinahe beiläufig wieder weg, während sie weiter ritten.

„Das sind Banditen, möglicherweise", meinte Enrin sobald sie die Gruppe ein Stück hinter sich gelassen hatten. „Jedenfalls kenne ich diese Blicke, sie wissen, wir sind den Ärger nicht wert und lassen uns in Ruhe." Der Elf sah wieder nach vorn. „Allerdings sollten sie bald geschnappt werden, wenn sie anfangen Leute auszurauben."

Naira widerstand dem Verlangen sich umzudrehen und einen Blick zurück zu werfen.

„Gibt es viele Probleme auf den Straßen?", fragte sie Enrin.

Er neigte nachdenklich das Haupt. „Mehr als sonst, seit dem Krieg. Die Straßen sind immer nur moderat sicher, selbst in friedlichen Zeiten, doch die Gefahr, ausgeraubt zu werden, nimmt zu, je weiter südlich du gehst. Wir haben noch Glück, so weit weg vom Krieg." Er warf ihr ein beruhigendes Lächeln zu. „Natürlich ist es sicherer, solange du auf den Straßen der Elfen bleibst. Die meisten Menschen wissen kaum einmal, wo sie sind, und wir achten gut auf die Unseren."

Das brachte Naira zum Lächeln. Kalia rief ihnen in diesem Moment zu, dass sie gleich in die Wälder abbiegen würden und Naira und Enrin verfielen in achtsames Schweigen.

Die Pausen über den restlichen Tag verteilt waren kurz, meist nur um schnell etwas zu essen und die Pferde zu versorgen. Am Abend waren Pferd und Reiter froh zu rasten und das Lager aufzuschlagen. Naira fühlte sich ziemlich erschöpft, sie war noch nie so viel und so lange geritten. Kalia gab ihr eine kleine Kräutermischung gegen Muskelkater zu trinken, bevor sie wieder die erste Wache übernahm.

Der nächste Tag brachte das gleiche Tempo mit sich und nur kurze Zeit für rasche Mahlzeiten. Die Eile war auch nicht unberechtigt. Der Troll musste so schnell wie möglich erlegt werden, bevor er bei Höfen unwiderrufliche Schäden anrichtete oder im schlimmsten Falle Menschen tötete.

Am Nachmittag erreichten sie Brola, das kleine Städtchen, in dessen Nähe der Troll gesichtet worden war. Kalia und Enrin holten weitere Informationen vom Bürgermeister ein, der ihnen mitteilte, dass der Troll von einer kleinen Gruppe lokaler Jäger vor zwei Tagen in einen naheliegenden Wald abgedrängt wurde, den er bisher nicht wieder verlassen hatte.

„Denkt daran, Trolle sehen meist schlecht, aber sie hören und riechen gut", erinnerte Kalia Naira und Ethariel, während sie auf den Wald zuritten. „Geht mit leisen Schritten und achtet auf die Windrichtung, dann solltet ihr unbemerkt bleiben."

Als der Wald in Sicht kam, sah Naira erste Spuren, die der Troll hinterlassen hatte. Einige armdicke Bäume waren umgeknickt wie Streichhölzer und ein großer Felsbrocken lag ein Stück vom Wald entfernt, mit einem kleinen Aufschlagloch dazwischen. Der Troll musste ihn geworfen haben.

Einer der örtlichen Jäger kam ihnen in der Nähe des Waldrandes entgegen.

„Wir hab'n ihn nich' weit verfolgt", sagte der Mann zu Kalia. Er wirkte müde und angespannt, sein dichter Bart zerzaust und seine Kleidung staubig und fleckig. „Nur weit genug um zu wissen, dass er weiter in den Wald gelauf'n is'. Seither hab'n wir ihn nich' mehr rauskommen sehn und die Dörfer auf der andren Seite hab'n auch keine Meldung raus gegeb'n, dass er bei ihnen aufgetaucht is'."

„Verstehe, könnt Ihr mir mehr über den Troll sagen?", fragte Kalia und Naira lehnte sich ein wenig im Sattel vor.

Der Jäger runzelte die Stirn und kratzte sich kurz durch den Bart, ehe er ein wenig hilflos die Schultern hob. „Ich hab noch nie 'nen Troll geseh'n. Groß war er, bestimmt doppelt so groß wie ich und steingrau. Breite Hände und platte Füße hatte er und sein Rück'n sah irgendwie gepanzert aus." Sein Gesicht wurde düster und grimmig. „Hat mit dem Steinbrocken da fast Torben und Corrin umgebracht. Die werd'n nie wieder laufen könn'n."

70

„Danke für Eure Hilfe, wir kümmern uns so schnell wie möglich um ihn." Kalia neigte respektvoll den Kopf und der Jäger beeilte sich ebenfalls zu nicken, ehe sie weiter ritten.

„Möge das Licht bei euch sein!", rief ihnen der Jäger noch nach, bevor sie außer Hörweite waren.

„Klingt nach einem Bergtroll", sagte Kalia, sobald sie in die Schatten des Waldes eintauchten. Sie runzelte ein wenig die Stirn. „Was ziemlich abstrus ist. Um Brola sind zwar Hügel, aber so ein Troll ist hier nicht Zuhause und wäre niemals von allein durch ganz Simerin gelaufen. Bergtrolle leben im Süden."

„Denkst du, jemand hat ihn hergebracht?", fragte Enrin. „Das ist schon einmal passiert."

Kalia hob eine Schulter. „Wahrscheinlich. Ich werde dem ansässigen Lord einen Brief schreiben, damit er sich die Sache näher ansieht, wenn wir hier fertig sind." Sie deutete auf den Boden. „Hier, seht ihr? Wir können seinen Fußspuren noch folgen. Haltet Ausschau nach frisch gebrochenen Ästen. Wenn wir vermuten, er ist in der Nähe, gehen wir zu Fuß weiter. Die Pferde sind zu groß und zu laut."

Naira, genauso wie die anderen Jäger, wandte daraufhin ihre Aufmerksamkeit ihrer Umgebung zu, während sie weiter ritten.

Naira musterte die vierzehigen Fußspuren, die sich deutlich in dem weichen Waldboden abzeichneten, und die zerbrochenen Äste und geplätteten Büsche. Ein paar Vögel zwitscherten um sie herum und Insekten summten, doch ansonsten war der Wald ruhig und beinahe friedlich.

Anspannung durchzog jedoch ihren Körper und auch die Elfen um sie herum waren zu vorsichtig und achtsam um ein wirkliches Gefühl von Frieden auch nur im Entferntesten zuzulassen.

Nairas Mund fühlte sich trocken an und ihr Herz schlug schnell und stark.

Schließlich erhob einer der Elfen die Stimme und ließ sie wissen gebrochene Äste zu sehen, die noch Grün aufwiesen. Sie stiegen alle zusammen ab und auf Kalias Empfehlung hin banden sie die Pferde nicht an.

„Für den Fall der Fälle, es ist immer besser, wenn sie frei laufen können", sagte sie, die Stimme gesenkt. „Von hier an heißt es leise und behutsam sein. Sobald wir den Troll sehen, formen wir Zweiergruppen und teilen uns ein wenig auf. Naira, du bleibst bei mir, Ethariel du gehst mit Enrin."

Das war eine Grundregel für neue Jäger: die ersten Jagden verbrachten sie an der Seite der erfahrensten Jäger. Naira nickte und versuchte zu ignorieren, wie Nervosität weiter in ihr aufstieg.

Die Schritte der Jäger waren kaum mehr als ein Wispern auf dem Waldboden. Schon bald fanden sich mehr und mehr Anzeichen für die Gegenwart des Trolls. An einem breiten Baum war an einer Stelle die Rinde komplett abgeschabt, als hätte er seinen großen Rücken daran gekratzt. Dünne und kleinere Bäume waren achtlos aus dem Weg geknickt oder gleich ganz entwurzelt worden und die Fußspuren wurden tiefer und frischer.

Zuletzt fanden sie auch die frisch abgenagten Reste eines Reh-kadavers. Kalia warnte sie nicht zu nah heranzutreten, damit sie die Fliegen nicht aufscheuchten, die sich wie eine leise summende Schicht auf dem Kadaver befanden.

„Wir haben gleich seinen Unterschlupf", sagte Kalia leise und hob die Hand, um sie weiter zu winken, da hörten sie schwere, stapfende Schritte. Nairas Herz machte einen Satz und ein tiefes, rollendes Grollen war für ein paar Augenblicke zu hören.

Kalias Wink wurde zu einer raschen Geste und um sie herum teilten die Elfen sich auf. Sie zogen Pfeile aus den Köchern und legten sie an die Bögen, auch wenn sie den Bogen noch nicht spannten. Naira tauschte einen letzten Blick mit Ethariel. Sie folgte Kalia auf leisen Sohlen und zog dabei selbst einen Pfeil.

Bereits nach wenigen Metern kam der Troll in Sicht. Er war riesig, wahrlich doppelt so groß wie ein Mensch, mit dicker, nebelgrauer Haut und sein Rücken sah wirklich merkwürdig gepanzert aus. Wie eine dicke Hornhaut, die sich felsig von seinem Nacken über seine Schultern hinab erstreckte.

Seine Augen, als er den Kopf wandte, waren ein wenig zusammengekniffen, als hätte er Probleme alles gut zu sehen. Bergtrolle, die Höhlen bevorzugten, hatten von allen Trollen die schlechteste Sicht. Seine großen Hände sahen rau aus und waren robust genug, dass selbst die schärfsten Felskanten ihnen wenig anhaben konnten.

Der Troll bewegte sich schwerfällig, doch genug Elfen hatten Naira gewarnt, sich davon nicht täuschen zu lassen. Trolle konnten schnell werden, sobald sie zu kämpfen begannen.

Kalia wartete, bis die anderen Elfen in Position waren. Die Jäger blieben noch nah genug um sich weiterhin gegenseitig durch das Blätterwerk von Bäumen und Büschen sehen zu können. Der Heiler hatte sich auf einen Baum gezogen und hockte geduckt auf einem dicken Ast.

„Bereit?", fragte Kalia Naira leise. „Denk daran, ziel auf den Kopf. Wenn du dir unsicher bist, versuch die Beine zu treffen, oder wenn er sich umdreht, seinen Bauch."

„Bereit", flüsterte Naira mit einem Nicken zurück, obwohl sie sich nicht so fühlte. Ihr Herz schlug schnell und stark pochend gegen ihre Rippen. Sie atmete leise tiefer ein und langsam wieder aus.

Kalia hob die Hand und zusammen mit den andern Elfen spannte Naira den Bogen. Sie zielte auf den Kopf des Trolls, der in diesem Moment stehen blieb, um sich die Seite zu kratzen. Ihre Hände zitterten glücklicherweise nicht, doch ihr Atem war ein wenig flach.

Kalia ließ den Arm sinken und Naira feuerte den Pfeil ab. Ihr Herz machte einen Satz und schlug noch stärker und sie hielt die Luft an, als die Pfeile auf den Troll zu schnellten. Der Troll jedoch hatte sich im letzten Moment ein wenig zur Seite geneigt, um sich nun den Hintern kratzen zu können.

Ihr Pfeil traf in den Nacken, oberhalb der natürlichen Panzerung, während ein anderer Pfeil in der Wange des Trolls stecken blieb. Die restlichen Pfeile prallten auf seine Panzerung und schafften es nicht ganz, sie zu durchbohren und ein letzter Pfeil bohrte sich in seinen Oberschenkel.

Der Troll brüllte dunkel und schmerzerfüllt und so zornig, Naira spürte ein leichtes Zittern in der Erde unter ihren Füßen.

„Pfeile!", rief Kalia und Naira griff rasch nach dem nächsten. Der Troll wirbelte zu ihnen herum. Wütend und nicht im mindesten gehindert von den Pfeilen, die in ihm steckten, obwohl dunkles Blut hervorzuquellen begann.

Naira spannte hastig den Bogen, während bereits weitere Pfeile abgefeuert wurden. Der Troll hatte den Arm zum Schutz hochgerissen und zog sich dabei den Pfeil aus der Wange, während er mit großen, bebenden Schritten auf sie zurannte.

„Bogenschützen auf die Bäume!" Kalias Stimme erhob sich über den Lärm des brüllenden Trolls und Naira trat hastig mit ihr zurück. „Der Rest von euch, zieht die Schwerter!"

Als Kalia ihr nicht den Befehl gab zu klettern, zog Naira sich hastig den Bogen über und griff nach ihrem Schwert. Kalia an ihrer Seite tat es ihr gleich.

„Wir locken ihn weiter zwischen die Bäume!", rief Kalia, während die Bogenschützen sich innerhalb weniger Augenblicke in die Bäume hinaufgezogen hatten und im Blätterwerk verschwanden, um sicherer vor dem Troll zu sein. „Das macht es schwerer für ihn etwas zu werfen!"

Der Troll erreichte sie im nächsten Augenblick, wutentbrannt und zähnebleckend das Maul aufgerissen. Die Elfen am Boden wichen geschickt zurück und duckten sich unter den wütend grabschenden Händen des Trolls durch. Der Troll brüllte erneut vor Wut, tief und so laut, dass es die Blätter an den Bäumen und Büschen um sie herum zum Beben brachte.

Naira hob ihr Schwert vor sich und wich rasch zurück, einem aufgebrachten Tritt des Trolls ausweichend. Ihr Herz schlug rasend schnell. Von den Bäumen schnellten weitere Pfeile herab und Naira sah Ethariel knapp einem zornigen Schlag des Trolls ausweichen. Er hatte sein Schwert ebenfalls gezogen und schlug rasch nach dem Monster. Dank der dicken Haut jedoch und dem schlechten Winkel hinterließ er lediglich eine flache Schnittwunde. Der Troll hatte ihr und Kalia jetzt beinahe den Rücken zugedreht, um erneut nach Ethariel zu haschen. Enrin war mit einem Satz bei ihm und schlug mit einem Schrei ebenfalls zu. Naira wollte ihnen helfen, als Kalia ihren Arm packte und ihr knapp signalisierte, einen Moment zu warten.

Naira sah zurück und begriff, dass Ethariel und Enrin den Troll ablenkten und dabei angriffen so gut und so viel sie konnten. Mit einem weiteren, wütenden Brüllen hatte der Troll Kalia und ihr nun beinahe vollständig den Rücken zugewandt.

„Triff seine Seite, unterhalb der Rippen", sagte Kalia zu Naira, ihre Stimme grimmig und dunkel. Sie hatte den Blick entschlossen und scharf auf den Troll gerichtet. „Ich nehme seinen Kopf."

Naira ergriff ihr Schwert fester mit beiden Händen und als der Troll erneut nach Ethariel und Enrin haschte, die beide mit einem raschen Schritt knapp auswichen, schnellte sie vor und griff an. Neben ihr duckte Kalia sich ein wenig und sprang ab, als Nairas Schwert den Troll in der Seite traf. Naira spürte den Aufprall, wie ihre Klinge in das Fleisch sank und sah wie dunkles Blut hervortrat. Es blieb verschmiert an ihrem Schwert zurück und als der Troll aufbrüllte, hing Kalia bereits auf seinem Rücken.

Als er sich von Nairas Schlag krümmte, hielt Kalia sich an seiner Schulter fest, zog sich das letzte Stück hoch und holte mit ihrem Schwert aus.

Im nächsten Moment jedoch ließ Kalia los und riss die Klinge herum. Naira bemerkte aus dem Augenwinkel gerade noch eine dunkle, vorschnellende Gestalt, da wurde Kalia bereits von dem auftauchenden Wesen von dem Rücken des Trolls gerissen.

„Baumling!", schrie Enrin als Kalia ein Stück von ihnen entfernt aufschlug und Naira wich rasch zurück. Der Troll riss seinen Arm herum und sie schaffte es sich unter seiner Faust zu ducken, als er nach ihr schlug. Naira hatte an seiner Seite eine lange Wunde hinterlassen, aus der dickflüssiges dunkles Blut sickerte. Sie schien jedoch nicht so tief zu sein wie gedacht.

Der Troll trat nun einen Schritt zurück, um auch sie im Sichtfeld zu haben, und Naira riskierte einen raschen Blick zu Kalia.

Der Baumling hatte sie ein gutes Stück zur Seite gezerrt und Naira erhaschte einen Blick auf die Kreatur. Sie war spindeldürr und von einem dunklen Braungrün, halb so groß wie ein Mensch. Sie kauerte über Kalia, die Klauen, wie im Wahn in sie grabend, während Kalia das Schwert zwischen sich und die Kreatur stieß. Kalia wehrte das Schlimmste ab und Naira sah, wie sie versuchte einen Fuß zwischen sich und den Baumling zu bekommen, um das Monster von sich treten zu können.

Enrin gab Ethariel einen raschen Befehl und Ethariel wich von dem Troll fort und eilte zu Kalia. Zwei weitere Pfeile regneten auf den Troll herab, was ihn genug ablenkte, damit Naira sich unter einem weiteren seiner Faustschläge ducken und erneut selbst angreifen konnte.

Nairas Klinge zog sich über das Bein des Trolls, diesmal mit mehr Kraft und hinterließ eine tiefe Wunde. Der Troll trat im nächsten Moment wütend und reflexartig zu. Naira spürte, wie sie von den Füßen gerissen und jegliche Luft aus ihren Lungen gepresst wurde.

Einen Augenblick später prallte sie mit voller Wucht gegen einen Baum. Sie spürte entlang ihrer Rippen ein Brechen und etwas in ihrem Rücken gab mit einem trockenen *Knack* nach.

Für einen Moment wurde ihre Sicht schwarz und als sie wieder ein wenig Luft in ihre Lungen saugen konnte, lag sie am Fuße des Baumes. Sie fühlte sich vollkommen taub, ihr Gehör schien für einige Sekunden verwirrend dumpf, ehe der Schleier sich lichtete. Brennend breiteten sich beißende Schmerzen entlang ihres Rückens aus und sie spürte wie ihre Muskeln sich zusammenzogen. Ein leichtes Beben der Erde brachte sie dazu den Kopf zu heben.

Der Troll setzte ihr mit großen Schritten nach, das Maul vor Zorn aufgerissen. Er brüllte und war trotz seines hinkenden und stark blutenden Beines viel schneller als sie gedacht hatte.

Enrin setzte dem Monster nach und schlug zu, sein Gesicht angespannt und finster. Er traf die Seite, die Naira bereits verwundet hatte, und sie sah, wie seine Klinge tiefer eindrang und einen erneuten Schwall Blut zum vortreten brachte. Der Troll heulte auf und stoppte mit einem Stolpern, was Naira genug Zeit gab, um mit einem gepressten Keuchen und der Hilfe ihres Schwertes mühevoll auf die Beine zu kommen.

Sie konnte sich nicht vollständig aufrichten oder richtig einatmen und biss die Zähne zusammen, als sie ihr Schwert mit beiden Händen ergriff. Die letzten zwei Schritte auf den Troll zu fühlten sich an, als würde sie erneut jeden Atem verlieren und ein Feuer sich entlang ihres Rückens in ihr Fleisch fressen. Der Troll hatte inzwischen nach Enrin geschlagen, der ausgewichen war und Naira hatte den entblößten Bauch des Trolls vor sich, der für diesen Augenblick noch aufgebracht Enrin ansah.

Mit einem keuchenden Aufschrei schlug sie zu. Naira konnte spüren, dass die Haut am Bauch weicher war und ihr Schwert tief in das Fleisch sank. Der Troll krümmte sich zusammen, beide Hände mit einem Heulen auf seinen blutenden Bauch gepresst.

Ein Pfeil traf sein Bein über dem Knie und es knickte ein. Der Troll fing sich mit einer Hand ab und Enrin sprang ohne zu zögern auf seinen Rücken.

Naira begegnete seinem Blick und sie hoben beide die Schwerter. Nahezu gleichzeitig schlugen sie zu. Nairas Klinge traf auf die linke Seite des Nackens und Enrins auf die rechte. Nairas Schlag war alles andere als perfekt, Schmerz und Angst ließen sie fahrig werden, doch sie hatte all ihre Kraft hineingelegt, und es reichte.

Der Troll erschlaffte, sein Kopf beinahe vollständig abgetrennt, während Enrin von seinem Rücken sprang und Naira sich mit einem Keuchen ein paar hinkende Schritte zurück zog. Gerade noch rechtzeitig, da der Troll nach vorne sackte und mit einem feuchten, dumpfen Geräusch aufprallte.

Sein Kopf löste sich dabei komplett und kam mit einem kleinen, kurzen Rollen neben Naira zum liegen, das Gesicht in die Erde gedrückt. Blut begann sich in einer großen, dunklen Pfütze auszubreiten.

Naira starrte für einen Augenblick auf seinen Körper und trat von dem Blut fort. Sie atmete flach und fühlte sich, als würde ihr ganzer Rücken und ihr Brustkorb aus nichts als Schmerzen bestehen. Ihre Hände zitterten und sie ließ rasch ihr Schwert sinken.

Enrin erreichte mit einem Sprung ihre Seite und warf ihr einen besorgten Blick zu, unsicher wie er sie stützen sollte, ehe sie sich gemeinsam Kalia zuwandten.

Kalia war wieder auf den Füßen, doch ihre Rüstung wies an einigen Stellen tiefe Risse auf. Der Baumling lebte noch und Ethariel schlug nach ihm. Weitere Pfeile wurden aus den Bäumen abgefeuert, doch das kleine Monster wich sowohl der Klinge als auch den Pfeilen aus.

Der Baumling war schnell, wirkte jedoch auch deutlich ange-schlagen und als Ethariel ihn zum erneuten Ausweichen zwang, trat Kalia vor, das Schwert in den Händen haltend. Mit einem wütenden Laut schlug sie zu.

Die Bewegung war so schnell, dass Naira ihr kaum folgen konnte. Als die Klinge auf das kleine Monster traf, war ein eigenartiges Knacken zu hören. Der Schlag ließ den Kopf des Baumlings auf den moosbewachsenen Boden fallen, während der dürre Körper zusammenbrach, wie ein Haufen trockener Zweige.

Naira konnte erstmals einen ersten richtigen Blick auf das Monster werfen. Die Haut wirkte seltsam hart, wie versteinerte Rinde und die Klauen waren lang und messerscharf. Sie wagte einen Blick auf den Kopf und sah ein lippenloses Gesicht und blutverschmierte, lange und spitze Zähne. Sie bemerkte die gelben Augen des Monsters und dass es anstatt einer Nase zwei Schlitze im flachen Gesicht hatte. Es besaß weder Haare noch Fell irgendwo am Körper.

Kalia hob den Blick, als sie sicher war, dass der Baumling tot war, und sah sie alle rasch und prüfend an. Sie runzelte besorgt die Stirn, sobald sie Naira sah. Kalias Gesicht wirkte erschreckend fahl und Naira fragte sich unwillkürlich, wie viel Blut sie bei dem Angriff verloren hatte.

Der Heiler sprang aus dem Baum und eilte mit schnellen Schritten zu ihnen, während er sich seinen Bogen überstreifte. Sein Gesicht war angespannt und ernst.

„Setzt euch, beide", sagte er zu Naira und Kalia.

„Was hatte ein Baumling hier zu suchen?", fragte Enrin, der achtsam und misstrauisch ihre Umgebung musterte, während die andere Bogenschützin, Alana, ebenfalls den Baum verließ. Enrin hatte sich ein wenig vor Naira und Kalia gestellt für den Fall, dass ein weiteres Monster unerwartet erscheinen würde.

Ethariel, sobald er Naira geholfen hatte sich zu setzen, tat es Enrin gleich, genauso wie Alana, die sicherheitshalber einen Pfeil am Bogen angelegt ließ.

„Ich weiß es nicht", antwortete Kalia grimmig und ließ die Hand von ihrer verwundeten Seite fallen. Der Heiler legte sachte die Hände auf die Verletzungen und blaues, sanftes Licht stieg wie Dunst auf. Das Licht schlang sich um seine Finger und breitete sich entlang der Wunden aus wie Nebel, der vom Meer ans Land geweht wurde.

Kalias Gesicht begann sich langsam zu entspannen und als sie erleichtert aufatmete, schwand die Magie. Der Heiler richtete sich auf und trat an Nairas Seite.

„Ein Baumling hat in diesen Gefilden nichts zu suchen, die leben im Inneren des Landes, nicht hier oben", sagte Enrin. „Mich besorgt auch, warum wir seine Spuren nirgendwo auf dem Weg hierher gesehen haben. Baumlinge markieren ihr Revier genauso wie Trolle."

Naira spürte wie die Fingerspitzen des Heilers ihre Schulter und Seite berührten. Er schien einen Moment später zu wissen, wo sie verletzt war und sie hielt still, als seine Hände sich über ihren Rücken und ihre Rippen legten.

Dasselbe blaue, neblige Licht stieg auf und breitete sich entlang ihrer Verletzungen aus. Naira spürte, wie die Magie sanft und kühlend den Schmerz auflöste. Es war ein wenig merkwürdig zu spüren, wie ihre Rippen wieder in Ordnung kamen, ihre verhärteten Muskeln sich entspannten und sich etwas in ihrem Rücken wieder zusammenfügte.

Die Erleichterung war jedoch viel größer und Naira bemerkte, wie ihr von den Verletzungen kalter Schweiß auf der Stirn stand. Der Heiler ließ sie los und abgesehen von dem Gefühl, als hätte sie einen üblen Muskelkater, war alles wieder in Ordnung. Ihr Herzschlag beruhigte sich ebenfalls langsam.

„Das ist wahr", sagte Kalia und zog Nairas Aufmerksamkeit wieder auf sich. Die Jägerin sah erneut grimmig aus. Sie nickte zu Alana und Enrin. „Seht euch beim Trollversteck um. Ich kann nicht glauben, dass wir die Anwesenheit eines Baumlings nicht bemerkt haben."

Kalia wischte sich Blut vom Hals. „Ich werde auch mit dem Bürgermeister reden. Wenn er uns verschwiegen hat, dass mehr Monster hier waren, wäre das..." Sie atmete kurz tiefer ein und Naira sah einen Anflug von unterdrückter Wut in ihrem Gesicht. „Ich hätte uns darauf vorbereitet und noch zwei weitere Jäger mitgebracht."

Enrin und Alana verschwanden nahezu lautlos zwischen den Bäumen, die Augen dabei aufmerksam auf die Umgebung gerichtet. Der Heiler sah noch kurz nach Ethariel und heilte ein paar Schnitte entlang seines Arms, ehe der Elf begann die Köpfe der Monster einzusammeln. Als Beweis, dass sie erfolgreich gewesen waren.

Sobald das erledigt war, rollte er spezielles Werkzeug aus und begann die nützlichen Teile der Monster herauszuschneiden. Naira wusste, dass die Elfen diese Stücke später weiterverkauften, an Alchemisten oder Magier, die damit mehr anfangen konnten als sie. Nur selten behielten sie Knochen oder Blut oder Giftdrüsen oder dergleichen für ihre eigenen Zwecke.

Kalia runzelte die Stirn. „Mich sorgt auch, wie zwei Monster so nah beieinander gelebt haben. Der Baumling hat mich von dem Troll gezogen und ich glaube nicht, dass das ein opportunistischer Angriff war. Für gewöhnlich warten Baumlinge, um zu sehen, wer den Kampf überlebt, und entweder stehlen sie etwas von dem Kadaver der Beute, oder sie greifen den Gewinner an, wenn sie denken, sie schaffen es zu gewinnen."

„Trolle vertragen sich kaum mit ihren eigenen Artgenossen und Baumlinge sind für gewöhnlich in kleinen Gruppen anzutreffen", sagte Ethariel und Naira zog die Brauen zusammen, während sie ihre leicht bebenden Hände auf ihre Beine presste. Sie hörten nur langsam auf zu zittern.

Ethariel fuhr sich über die Haare und deutete auf die Bäume rundherum. „Wie konnten die Jäger von Brola nicht wissen, dass der Baumling hier war? Das ist ein viel besuchter Wald für Tierjagden und Holzfäller. Der Baumling hätte sie schon längst angegriffen."

„Was, wenn die Monster zusammen hergekommen sind?", fragte Naira und Kalias Stirnrunzeln vertiefte sich, doch sie stritt die Idee nicht gleich ab. „Trolle und Baumlinge teilen sich für gewöhnlich selten das Revier, sie könnten sich in diesem Fall tatsächlich vertragen haben."

Kalia wischte Blut von ihren Händen an ihre Hose. „Möglich ist es. So rätselhaft das auch ist, wir sind nicht dafür verantwortlich, es herauszufinden. Ich werde allerdings mit dem Bürgermeister sprechen, ob Informationen zurückgehalten wurden."

Kalia kam mit einem kleinen Ächzen auf die Füße. „Es ist Lord Dinces Aufgabe, sich darum zu kümmern. Diese Ländereien liegen in seiner Verantwortung und wir jagen nur worum wir gebeten werden."

Sie streckte die Hand aus und Naira ergriff sie. Kalia zog sie mit einem kräftigen Ruck auf die Füße und klopfte ihr dann auf die Schulter.

„Du hast das heute gut gemacht." Kalia sah sie ernst an, während Ethariel und der Heiler begannen verschossene, noch intakte Pfeile einzusammeln und sie behielten die Umgebung wachsam im Auge. Es gab ihnen einen Moment der Privatsphäre. Kalias Stimme wurde leiser. „Alles gut? Der Troll hat dich ziemlich übel erwischt."

Naira nickte und schluckte. „Ja." Sie presste ihre Hände wieder gegen ihre Oberschenkel, um das verebbende Zittern zu verbergen. Dann versuchte sie es mit einem Lächeln. „Jagden verlaufen wohl nie ganz nach Plan, oder?"

Kalia lachte kurz humorlos auf. „Das ist wohl wahr. Komm, gehen wir."

Auf ein Pfeifen hin fanden die Pferde zu ihnen und schnaubten leise, als sie den Geruch von Blut bemerkten. Kalias Nethral beäugte und beschnupperte ihre geheilte Seite ausgiebig, bevor er sie leise und sanft anschnaubte. Kaila strich kurz über die Nase ihres Pferdes und schwang sich in den Sattel.

Der Heiler brachte ihr die zwei Säcke mit den Köpfen und Kalia band sie am Sattel fest. Sie wartete noch bis der Heiler die Beutel mit herausgeschnittenen Monsterstücken an seinem Sattel befestigt hatte, ehe sie ihnen bedeutete ebenfalls aufzusteigen.

Sie ritten zum Trollversteck zurück und fanden Enrin und Alana auf der anderen Seite der kleinen Lichtung. Der Troll hatte dort einen behelfsmäßigen Unterschlupf aus abgeknickten Ästen und einigen umgewuchteten großen Steinbrocken gebaut.

„Der Baumling hat Spuren auf der anderen Seite hinterlassen", sagte Alana, sobald sie zu ihnen aufgeschlossen hatten. Sie hatte die Stirn gerunzelt und nickte zu den Bäumen. „Wir hätten es nur gesehen, wenn wir von dieser Richtung gekommen wären oder den Trollbau umrundet hätten."

Kalia zog die Brauen zusammen. „Die beiden haben sich ein Revier geteilt?" Sie presste kurz die Lippen aufeinander. „Äußerst ungewöhnlich...aber nicht vollkommen unmöglich. Gehen wir, ich werde dafür sorgen, dass der Bürgermeister Lord Dinces informiert. Wenn hier irgendwelche wahnwitzigen *Skoll* Monster schmuggeln und sie entkommen, muss das untersucht werden."

Enrin und Alana schwangen sich in die Sättel und gemeinsam ließen sie die kleine Lichtung zurück.

Auf dem Weg aus dem Wald spürte Naira, wie sie mit einem Mal unerwartet müde wurde. Ethariel, der neben ihr ritt, ergriff ihre Schulter und drückte sie kurz beruhigend.

„Geht mir gerade auch so", murmelte er und sie bemerkte, dass er ebenfalls erschöpfter wirkte als zuvor. Er hielt ihre Schulter einen Moment länger fest und ließ sie dann mit einem letzten Drücken los.

Sobald sie den Wald verließen, war Naira überrascht zu bemerken, dass es später Nachmittag war. Die Suche nach dem Troll hatte länger gedauert, als sie gedacht hatte. Wenigstens war der Kampf selbst schnell vorüber gewesen.

„Wir bleiben heute Nacht in Brola", sagte Kalia. „Erholt euch von der Jagd und nehmt ein Bad, wenn ihr wollt. Morgen früh reiten wir heim."

Enrin lenkte sein Pferd zu Naira und Ethariel und mit einem Lächeln klopfte er Naira und Ethariel auf die Schultern.

„Ihr habt eure erste Jagd erfolgreich bestanden und ihr habt das gut gemacht", sagte er und sah Naira an. „Du und ich, wir haben dem Troll sogar den Todesstoß gegeben, das ist keine einfache Sache." Er sah Ethariel an. „Und du hast mit Kalia einen Baumling besiegt!"

Enrin hob die Stimme und rief grinsend: „Ich gebe zur Feier heute Abend eine Runde aus!"

Monsterjäger sind meist unter Elfen zu finden. Soweit ich es beobachten konnte, liegt das an den langen Feindseligkeiten zwischen Mensch und Elf und der Notwendigkeit der Elfen, irgendwo ihr Geld zu verdienen. Sie haben getan, was sonst niemand tun wollte: Sie jagten Monster.

Heute ist ihr Werk hoch angesehen und sie lassen sich ihre Dienste gut bezahlen. Ihre Arbeit ist es jedoch auch wert. Mein Vater sagte mir einst, ein erfahrener Monsterjäger sei so gut wie fünf seiner besten Männer. Sie sind schnell, unerschrocken und äußerst geschickt.

Ich versuche schon seit langem die Elfen dazu zu bewegen, ihr Wissen mit uns zu teilen, oder meine Männer und Frauen aus-zubilden. Vergeblich jedoch. Die Elfen erinnern sich noch zu gut an die Kriege und wie lange sie von den Menschen verachtet wurden.

Ich versuche es dennoch weiter, mit beständiger Geduld und Freundlichkeit.

- Ein Brief geschrieben von Gennia Anett, Lady von Krall, einer Stadt in Talha.

Wahre Gerüchte

Brola war um einiges kleiner als Simerin und die Häuser wirkten verwinkelter und näher aneinander gequetscht. Es war nicht schwer zu sehen, wie Brola als kleine Ansammlung von Höfen begonnen hatte und im Laufe der letzten vierzig Jahre zu einer kleinen Stadt gewachsen war. Die Menschen waren seither zusammengerückt, um den Schutz der gebauten Mauer nicht verlassen zu müssen.

Die Bewohner beäugten sie neugierig, als sie durch die Tore ritten und Naira entging nicht das Getuschel und das schlecht verborgene Deuten auf ihren Trupp.

Es war nicht zu übersehen, dass sie von einem Kampf zurückkehrten. Kalia hatte getrocknetes Blut entlang ihrer Seite, Ethariel klebte Blut am Arm und Naira sah aufgemischt aus. Was zu erwarten war, wenn man von einem Troll gegen einen Baum getreten oder von einem Baumling angefallen wurde.

Das keine Elfen in dieser Region lebten, führte zusätzlich dazu, dass die Leute sie beäugten und ihnen hinterher gafften. Unangenehm war es, keine Frage, doch es war auch nicht überraschend. Und Naira bekam dabei als Mensch noch die geringere Aufmerksamkeit.

Kalia trennte sich kurz darauf von ihnen, um den Bürgermeister aufzusuchen und die Köpfe zu überbringen. Enrin führte sie mit sich zu einem kleinen Gasthaus, das 'Am Eckstein' hieß.

„Ich miete die Zimmer für heute Nacht. Wenn ihr wollt, könnt ihr euch noch etwas umsehen", sagte er, sobald ihre Pferde versorgt und untergebracht waren. „Zum Abendessen treffen wir uns alle im Schankraum."

„Ich werde ein Badehaus aufsuchen", sagte Ethariel an Naira gewandt. „Wenn du auch ein Bad willst, kannst du gerne mitkommen."

Naira nickte. „Weißt du wo eins ist?"

„Einen Moment." Ethariel holte rasch zu einem der anderen Elfen auf und kehrte nach ein paar gewechselten Worten zu ihr zurück. Er warf ihr ein kleines Lächeln zu. „Jetzt schon."

Sie gingen Seite an Seite die Straße hinab, in die Richtung, die Ethariel gesagt worden war. Naira war müde und ihr Körper fühlte sich nachwievor wie ein einziger Muskelkater an. Die Erinnerungen der Jagd waren frisch und spielten sich immer wieder vor ihrem inneren Auge ab.

Das Badehaus, das sie aufsuchten, war ein sauberes Gebäude mit weiß gekalkten Wänden und einer Reihe bunter, üppig blühender Blumenkästen neben der Eingangstür. Als sie eintraten, grüßte sie eine alte, hutzlige Frau, die hinter einem Schreibpult saß. Der Boden war mit Holz ausgelegt und die Wände waren genauso weiß wie draußen.

Sie zahlten jeweils für ein privates Bad und wurden dann von der freundlichen Frau zu den Waschzimmern geführt.

Die privaten Baderäume waren sauber und gerade noch groß genug, dass ein Badezuber hineinpasste und man sich daneben entkleiden und wieder ankleiden konnte. Ein gefüllter, dampfender Badezuber wartete bereits auf Naira, als sie in den Raum trat, zusammen mit sauberen, gefalteten Leinentüchern und einem Stück Seife auf einem Hocker in der Ecke.

Sobald sie in das warme Wasser sank, entspannte Naira sich langsam Stück für Stück und sie schloss mit einem leisen Seufzen die Augen.

Naira beendete ihr Bad vor Ethariel und wartete draußen auf ihn. Sie fühlte sich nun weitaus besser, auch wenn ihre Kleidung immer noch nach Schweiß und Wald roch, und sie hatte, trotz Schrubben, die Blutflecken bisher nicht aus Hemd und Hose bekommen. Glücklicherweise waren sie schwer zu sehen, auch wenn Naira sich an einigen Stellen nicht sicher war, ob das Blut von ihr oder dem Troll stammte.

Während sie den Blick schweifen ließ, musterte sie den Marktplatz nicht unweit von dem Badehaus. Da es bereits spät wurde, wurden viele Stände langsam abgebaut. Naira richtete sich rasch auf, als sie einen Stand mit einer vertrauten Gildenflagge und einer bekannten Gestalt am Verkaufstisch entdeckte.

Ethariel trat aus dem Badehaus und sie winkte ihn rasch mit sich.

„Vella und ihre Eltern sind hier", sagte sie und ging bereits auf den Marktplatz zu. Ethariels Gesicht hellte sich überrascht auf und er folgte ihr. „Sagen wir Hallo."

Sie legten den Weg zum Stand rasch zurück und Naira bemerkte, wie sich ein Lächeln auf ihr Gesicht stahl.

„Vella", rief Naira und hob zum Gruß die Hand, als die rundliche junge Frau hinter dem Stand aufsah.

Sie ging Naira bis zum Kinn und hatte ein Gesicht voller Sommersprossen. Ihre Haut war dunkler und sie hatte lockige, schwarze Haare, die sie mit einem farbigen, bestickten Tuch zurückgebunden hatte. Ihre Mutter stammte aus Kharlat und hatte ihr die dichten Locken und eine dunklere Haut vererbt. Vellas Gesicht hellte sich auf, als sie Naira und Ethariel sah, und sie warf ihnen ein erfreutes Grinsen zu.

„Wie schön, euch hier zu sehen!", sagte sie und trat rasch hinter dem Tisch hervor, um sie beide zu umarmen, bevor sie an ihren Platz zurückkehrte. „Was bringt euch her? Ich habe erst übernächsten Monat damit gerechnet, euch wieder zu sehen, früher hätten wir Simerin nicht erreicht. Pa und Ma wollten noch ein paar Orte besuchen, ehe wir zu euch kommen."

Sie gestikulierte dabei vage hinter sich, zu einem transportfähigen Amboss und den kleinen Schmiedewerkzeugen, über die ihr Vater gebeugt war. Sein hellbraunes Haar war bereits stark von grau durchzogen und seine beginnende Glatze war noch deutlicher zu sehen, als vor über einem Jahr, als Naira ihn das letzte Mal gesehen hatte. Seit dem Krieg war Vellas Familie weiter und länger unterwegs, um ihre Waren zu verkaufen, und sie kamen nur noch einmal im Jahr in Simerin vorbei.

Vellas Mutter konnte Naira im Augenblick nicht sehen, was bedeutete, dass sie entweder ein paar Einkäufe erledigte, oder sich um andere Angelegenheiten kümmerte.

Vellas Vater hantierte mit feinem Werkzeug und gravierte ein paar letzte, filigrane Blumen in ein elegantes Amulett. Ein Stück neben ihm saß Vellas Rabe auf einer Stange. Er hatte die Augen geschlossen und döste vor sich hin.

Naira kannte Vella schon seitdem sie beide Kinder waren und sie waren stets gute Freunde geblieben, trotz der langen Zeit, die sie sich oft nicht sahen. Vellas Vater war reisender Goldschmied, ihre Mutter Händlerin und Vellas Eltern hielten schon seit Jahren gerne in Simerin, um die Schmuckstücke an Seeleute oder Händler von Übersee zu verkaufen. Vor allem Vellas Mutter hatte gutes Geschick im Handeln und Feilschen, während ihr Vater lieber über seine Werkzeuge gebeugt war.

„Pa, Naira und Ethariel sind hier", rief Vella über ihre Schulter. Ihr Vater murmelte etwas Unverständliches und wedelte grüßend und ein wenig abwesend mit einer Hand ohne auch nur für einen Moment von seiner Arbeit aufzusehen. Er wirkte sehr konzentriert. Vella wandte sich ihnen wieder zu.

„Aber wirklich, was macht ihr hier?" Als sie sprach, fiel ihr Blick auf die Stecknadel an Nairas und Ethariels Schultern und ihre Augen weiteten sich. „Ihr wart auf der Jagd? Dann habt ihr die Prüfung bestanden? Herzlichen Glückwünsch!"

Ethariel grinste stolz. „Haben wir und Naira hat ihr erstes Monster heute erlegt. Der Troll, der hier im Wald war, ist Geschichte und ich habe es sogar mit einem Baumling zu tun bekommen."

„Das ist, also wirklich, gute Arbeit ihr beiden!", lobte Vella mit einem erfreuten und erleichterten Grinsen. „Wir hatten uns wegen des Trolls schon ein wenig Gedanken gemacht."

Ethariel nickte und räusperte sich dann, ehe er sich ein wenig vorlehnte.

„Das ist vielleicht gerade unpassend, doch ihr seid vor ein paar Monaten nahe der Grenze gewesen, richtig?", fragte er. „Wie sieht es da aus? Wir haben schon länger keine nützlichen Neuigkeiten mehr gehört."

Vella wurde mit einem Schlag ernster und sie zog die Brauen zusammen. „Im Süden geht es weitaus härter zu als hier oben im Norden, wir sind daher nicht ganz so weit gereist wie geplant. Ich fürchte ich kann euch auch nichts Neues erzählen. Die Menschen sind in den letzten Jahren rauer und immer misstrauischer geworden." Sie seufzte leise und ihre Schultern sanken leicht herab. „Ich hoffe wirklich, der Krieg findet bald ein Ende."

„Habt ihr die Talschlacht von Keira im letzten Jahr mitbekommen?", fragte Ethariel. „Ihr wart zu der Zeit im Süden unterwegs, nicht wahr?"

Vellas Mund spannte sich kurz an. „Wir waren nah genug, um in der Entfernung die Rauchwolken zu sehen, aber nicht nah genug, um von der Schlacht selbst etwas mitzubekommen. Der ganze Himmel über dem Tal war dunkel und ich habe gehört, es hat selbst Tage später noch Asche geregnet. Die Felder in der Nähe von Keira sind heute noch unbestellbar und viele Bauern mussten umgesiedelt werden. Was auch immer die Magier getan haben, es muss übel gewesen sein."

Sie hielt inne und ihr Blick huschte an Naira vorbei. Naira konnte sehen, wie ein Ausdruck von erfreuter Überraschung auf Vellas Gesicht erschien.

„Entschuldigt kurz. Nikita, willkommen!", sagte Vella rasch und sie strich ein paar Falten ihres langen Rockes glatt. „Ich hätte nicht gedacht, dich so bald wieder zu sehen. Doch ich freue mich, wirklich."

Naira und Ethariel traten einen Schritt zur Seite und wandten sich um, um zu sehen, wen Vella angesprochen hatte.

Nikita war einen halben Kopf größer als Naira und sah aus, als würde sie oder ihre Familie aus Men'as stammen, einem südöstlichen Reich, das jenseits des Wilden Landes und halb neben Kharlat lag.

Sie hatte braune Haut und lange schwarze Haare, die geflochten und mit einer roten Schleife zusammengebunden waren.

Nikita trug ein langärmliges Hemd aus einem dunkleren Rot, zusammen mit einer schwarzen Hose und ebenso schwarzen Lederstiefeln. Darüber trug sie eine Söldnerrüstung und sie führte eine Glefe mit sich. Naira bemerkte eine kleine Narbe an der Seite ihres Halses und ein paar weitere Narben an den Knöcheln ihrer Hände. Sie hatte wohl ein paar Mal handgreiflich werden müssen oder war in Schlägereien geraten.

Nikita wirkte angespannt und ein wenig müde, als hätte sie in letzter Zeit wenig Ruhe gehabt. Ihre dunklen Augen musterten Naira und Ethariel kurz, wobei sie überraschend ernst aussah.

Nikita sah zu Vella zurück, die den Sitz ihres Tuches überprüfte und ein wenig zurecht zupfte und deren Lächeln warm und nervös geworden war. Vella musterte Nikita genauer und ihr Lächeln schwand ein wenig.

„Ist alles in Ordnung?", fragte Vella leise. „Es ist schon etwas her, seitdem wir uns gesehen haben."

Nikitas Blick huschte kurz zu Ethariel und Naira. „Hättest du Zeit?"

Nikitas Stimme war ebenfalls leise und sie klang etwas weicher als Naira gedacht hätte. Naira überlegte, ob sie und Ethariel sich verabschieden sollten, um den beiden ihre Privatsphäre zu geben. Vellas Gesicht hellte sich auf.

„Natürlich." Vella sah kurz zur Seite. „Du kannst am Wagen warten, wenn du möchtest. Ich bin gleich da."

Nikita neigte dankbar den Kopf und ging dann mit einem höflichen Nicken zu Ethariel und Naira davon. Ihre Schritte waren leise und sie bog neben dem Stand zu dem Wagen ab, mit dem Vella und ihre Familie reisten und in dem sie schliefen, wenn sie einmal kein Dorf oder Städtchen rechtzeitig erreichen konnten.

Naira sah zu Vella zurück, die Nikita einen Moment länger hinterher blickte und sich ihnen dann wieder zuwandte.

„Das war Nikita, ich habe sie im Süden kennen gelernt und ihr bei etwas geholfen. Ihr müsst sie unbedingt besser kennen lernen, falls sie mit nach Simerin kommt." Vella presste kurz die Hände auf ihre Wangen und Naira sah das Lächeln, das sie damit halb verbarg. „Vielleicht kann ich sie sogar überzeugen, mit uns zu reisen."

Dann wechselte Vella rasch das Thema. „Aber genug davon, seid ihr beide lange hier? Pa, Ma und ich brechen in ein paar Tagen wieder auf, auch wenn wir erst noch andere Orte aufsuchen, bevor wir nach Simerin kommen."

„Wir kehren morgen früh heim", sagte Ethariel und warf einen kurzen Blick auf die Abendsonne. „Wir sollten uns ehrlich gesagt wieder auf den Weg machen."

Mit dem Bad, das sie genommen hatten, war es durchaus später geworden und Naira fühlte sich langsam gleichermaßen hungrig und müde. Vella machte eine kleine, scheuchende Geste, während sie spitzbübisch lächelte und einen blitzschnellen, kurzen Blick in Richtung des Wagens warf.

„Dann ab mit euch beiden, ich will euch nicht aufhalten. Wir sehen uns bald in Simerin, dann können wir uns in Ruhe unterhalten. Ich bin sicher, es gibt einiges zu erzählen." Sie zwinkerte ihnen zu. „Vielleicht habt ihr bis dahin sogar noch mehr Monster erlegt. Ich drücke euch die Daumen!"

Sie verabschiedeten sich und Naira und Ethariel machten sich auf den Rückweg zum Gasthaus. Ethariel wirkte inzwischen ebenfalls müde und sie legten die Strecke schweigend und mit langen Schritten zurück.

Im Gasthaus wurden sie von Enrin rasch an einen Tisch gerufen. Die anderen Elfen waren ebenfalls anwesend und Kalia reichte ihnen den Anteil des Jagdgeldes, der ihnen zustand. Naira war ehrlich überrascht zu sehen, dass es nicht wenig war. Fünfzig Goldmünzen, fünfzehn Silber und dreißig Kupfer.

„Das Kopfgeld des Trolls war gut und der Baumling hat noch einen kleinen Zusatz eingebracht", sagte Kalia, als sie ihren überraschten Blick bemerkte. Dann runzelte sie die Stirn. „Wobei der Bürgermeister nicht erklären konnte, woher der Baumling kam. Niemand hat das Monster zuvor erwähnt oder gar bemerkt."

„Könnte er wirklich mit dem Troll zusammen hergekommen sein? Oder was, wenn der Baumling kurz vor dem Troll ankam? Niemand hat mehr den Wald betreten, seitdem die Jäger den Troll hineingetrieben hatten und damit konnte niemand von ihm wissen", fragte Naira nach.

Kalia gab ein nachdenkliches Geräusch von sich. „Trolle sind zwar Einzelgänger, aber es gab ein paar seltene Fälle, in denen sie sich das Revier geteilt haben. So unwahrscheinlich wie es normalerweise wäre, ich denke, das ist hier passiert." Sie seufzte. „Auch wenn ich nicht weiß, was zwei Monster, die nicht in den Norden gehören, hier gemacht haben."

Naira vermutete, wie die Elfen, dass jemand die Monster hergeschmuggelt hatte, auch wenn es bisher keine Beweise dafür zu geben schien. Doch zur gleichen Zeit war es nicht ihre Aufgabe herauszufinden, was passiert war, selbst wenn es Naira interessierte. Darum musste sich der ansässige Lord kümmern.

Lord Dinces war wenigstens verlässlich, was das anging. Monsterbedrohungen nahm er für gewöhnlich sehr ernst und er hatte für

Banditen genauso wenig Geduld oder Toleranz wie König Etrim. Naira hatte schon ein paar Leute scherzen gehört, dass Dinces und Etrim sich vortrefflich verstehen mussten, wenn man bedachte, dass keiner von beiden jemals gelächelt hatte oder das Wort 'Witz' auch nur im Entferntesten zu kennen schien.

Ihr Essen an diesem Abend bestand aus einem dicken Kartoffeleintopf mit Karotten und ein paar Fleischstückchen. Ihnen wurden ein paar Scheiben hartes Brot gereicht, die sie in kleine Stücke brachen und im Eintopf aufweichten und mitaßen.

Zwei Gläser Honigmet später bezog Naira das Zimmer, das sie sich mit Alana und Kalia teilte. Es war spät und sie war erschöpft von der Jagd.

Alles in allem war es wirklich nicht allzu schlecht gelaufen, dachte sie bei sich. Egal wie angsteinflößend es auch gewesen war, sie hatte es geschafft. Sie hatte ihre erste Jagd erfolgreich abgeschlossen.

~*~

Lanara war sehr erfreut sie wiederzusehen und ließ sich alle Einzelheiten der Jagd von Naira und Ethariel erzählen. Mit ihrer Rückkehr hielt auch die erste wirkliche Hitze des Sommers Einzug und Naira war froher denn je, mit den Elfen befreundet zu sein. Der Wald war kühler als die offenen Felder oder die staubigen Straßen von Simerin.

Sie verbrachten ihre Zeit nach dem Training damit, neue Wege zwischen Bäumen zu finden oder sich auf den kühlen Waldboden zu legen. Naira, Ethariel und Lanara, zusammen mit Ithiel und Illera suchten an den heißesten Nachmittagen immer wieder das Meer auf, um sich in den Fluten abzukühlen.

Es war eine Freude, von den Klippen hinabzuspringen oder zu tauchen, wenn das Meer ruhig und nahezu glasklar war. Einmal konnten sie sogar einen Kampf zwischen einem Piratenschiff und einem Schiff der königlichen Flotte verfolgen.

„Frage mich, wer das ist", murmelte Ithiel, der die Augen leicht zusammengekniffen hatte. „Ich habe gehört, die *'Sturmreiter'* wurde in unseren Gewässern gesichtet. Allerdings weiter im Süden, unten bei Brenau. Denkt ihr, sie sind bis hierher gesegelt, ohne versenkt zu werden?"

„Die verrückten Piraten?", fragte Naira und sah selbst zu den beiden Schiffen hinüber.

Sie waren zu weit entfernt um Details zu erkennen, abgesehen von den weißen Segeln der königlichen Flotte, auf denen sich groß das blaue Wappen von Talha befand. Das Piratenschiff schien einfach nur dunkel zu sein. Dunkles Holz und dunkle Segel. Nicht schwarz, sondern mehr wie ein dunkles Grün.

Magie explodierte plötzlich zwischen den Schiffen. Blitze zuckten wie in einem wolkenlosen Gewitter und bäumten sich auf, wie die skelettierte Hand eines Riesen.

Naira sog unwillkürlich erleichtert die Luft ein und den Elfen um sie herum ging es nicht anders, als die Magie des dunklen Schiffes auf den magischen Schutzwall des Flottenschiffes stieß.

Naira kam es fast so vor, als könnte sie das Knacken und scharfe Knallen hören, als der Blitzzauber sich zwischen den Schiffen entlud. Selbst mit der großen Entfernung zum Festland war es unmöglich zu übersehen, wie das Meer begann sich zu regen und langsam aufzubäumen.

Naira und ihre Freunde beobachteten, wie die Schiffe von immer höher werdenden Wellen auseinander getrieben wurden und Naira begriff einen Moment später, dass ein Wasserzauber dafür verantwortlich sein musste.

„Der Himmel", murmelte Illera und Naira wandte mit den anderen den Blick von den Schiffen ab. Eine Wolkenfront am Horizont schien sich zu nähern, weitaus schneller als die träge Geschwindigkeit des Windes es an so einem sonnigen, ruhigen Tag sonst möglich machte.

Naira sah, wie die Segel des dunklen Schiffes einen plötzlichen, starken Wind fingen und sich das Schiff mit einem sichtbaren Ruck und zunehmender Geschwindigkeit weiter entfernten. Naira vermutete einen Windzauber, doch sie konnte die Menschen an Bord kaum wahrnehmen und war sich nicht sicher, ob einer von ihnen den Zauber gewirkt hatte. Es war jedoch unmöglich zu übersehen, dass das dunkle Schiff rasch an Distanz gewann. Sie wurden schneller. Zu schnell, als dass das Königsschiff mithalten konnte, selbst als deren Segel sich mit einem Zauber strafften.

„Sie werden die Piraten wahrscheinlich nur davonjagen", sagte Ethariel und Naira stimmte ihm zu. Das Flottenschiff ließ nun selbst ein paar magische Blitze los, die teilweise im Wasser landeten und die Wellen kurz grell und weiß aufleuchten ließen. Der Rest prallte auf einen magischen Schild auf, der sich an einer Seite des Piratenschiffs innerhalb eines Augenblickes erstreckte.

Das Flottenschiff wurde Momente später langsamer und die Segel erschlafften wieder ein wenig, während das Piratenschiff die Geschwindigkeit beibehielt.

Eine kleine Böe erreichte kurz darauf auch die Küste, während das Piratenschiff kleiner und kleiner wurde. Der Wind brachte den Geruch von Ozon mit sich. Naira konnte sogar einen verfliegenden Hauch von Restmagie wahrnehmen. Es war ein Prickeln auf ihrer Haut, das vom Wind getragen und verstreut wurde, Energie die vom kurzen Kampf übriggeblieben war.

„Die Piraten waren nicht auf Ärger aus", murmelte Ithiel. „Das Flottenschiff ist eines der kleineren, die Piraten hätten es versenken oder entern können, vor allem, weil ich glaube, dass das wirklich die 'Sturmreiter' war."

Die 'Sturmreiter' war eines der bekanntesten und berüchtigtsten Piratenschiffe, nicht nur zählte es zu den größten, sondern auch zu den gefährlichsten. Die Zwillinge, die gemeinsam den Kapitänstitel trugen, waren schon von manchen Seefahrern als vollkommen wahnsinnig oder gar besessen bezeichnet worden. Ihre Crew wurde als genauso verrückt angesehen.

Es hieß, die Piraten fürchteten keinen Sturm und suchten den Kampf mit der gleichen Freude, mit der sie Leute in ihr Bett verführten und Schätze kaperten.

Nach einem weiteren Moment des Beobachtens wandten Naira und ihre Freunde sich wieder ab. Das Piratenschiff war nun nur noch ein kleiner, dunkler Umriss und das Flottenschiff kehrte auf seine Route zurück. Es schien, als wäre alles wieder unter Kontrolle. Das schlechte Wetter jedoch hatte deutlich an Geschwindigkeit zugelegt und rollte unaufhaltsam auf das Festland zu. Naira war sich nicht sicher, ob ein Zauber von einem der Schiffsmagier dafür gesorgt hatte, oder ob es Zufall war, dass die Wolkenfront sich ihnen zunehmend schneller näherte. Das Piratenschiff würde auf jeden Fall in einen Sturm geraten, wenn es den derzeitigen Kurs beibehielt.

~*~

Weitere Tage vergingen und Naira und Ethariel, zu ihrer Überraschung und der vieler anderer Jäger, brachen bald auf eine zweite Jagd auf. Sie waren auch nicht die einzigen. Mit ihrer Gruppe ritten zwei weitere Jagdtrupps los, die sich jedoch unterwegs von ihnen trennten, um sich andernorts um Probleme zu kümmern.

Kalia, die sie bei dieser Jagd erneut leitete, ließ sie wissen, dass bisher noch niemand wusste, wo der Troll und Baumling von ihrer letzten Jagd hergekommen oder wie sie in den Norden gelangt waren.

Die zweite Jagd verlief besser. Sie kämpften gegen Ghule und Naira musste insgeheim zugeben, dass Ghule von Angesicht zu Angesicht weitaus unheimlicher waren, als sie in Büchern und von den Elfen beschrieben wurden.

Ghule waren vierbeinige Kreaturen die als Aasfresser meist von Menschensiedlungen fernblieben, doch Kriege oder eine Ansammlung von Leichen lockten sie früher oder später hervor. Sobald sie dann einmal gelernt hatten, dass Menschen gut zu reißen waren mit ihren scharfen Klauen und langen Zähnen, wurden sie zu einem wirklichen Problem.

Ghule hatten die Größe eines kleinen Ponys und ihr aschgraues Fell war kurz und äußerst borstig. Entlang ihrer Rücken wuchsen unzählige, kleine Stacheln, die größere Monster davon abhalten sollten in einem Kampf einfach zuzubeißen.

Sie waren schnell und flink und ließen sich nur schwer wieder in die Flucht schlagen. Deshalb und da sie nach einiger Zeit wieder zurückkehrten, war es eine der Regeln der Jäger, Ghulrudel vollständig zu töten, wenn man wegen ihnen angeheuert wurde.

Ghule waren an Talhas Küsten allerdings absolut nicht heimisch, sie waren kein Freund von Salzwasser oder den vielen Stürmen und starken Winden die es dort oft gab. Dass sie so weit im Norden waren, war mehr als überraschend, vor allem wenn man den Krieg bedachte.

Ghule in entgegengesetzter Richtung von Schlachten und Toten zu finden war beunruhigend auf eine Weise, die keiner der Jäger wirklich in Worte fassen wollte.

Naira wurde in diesem Kampf bis auf einige Kratzer nicht verwundet und sie tauschte ein erleichtertes und auch ein wenig aufgeregtes Grinsen mit Ethariel, sobald der letzte Ghul fiel und sie gewonnen hatten.

Enrin klopfte ihr und Ethariel lobend auf die Schultern und rief, dass er wieder eine Runde ausgeben würde, woraufhin die anderen Elfen erfreut jubelten und lachten.

„Ich kehre nicht mit euch zurück", sagte Kalia, nachdem sie das Geld für die erfolgreich abgeschlossene Jagd verteilt hatte. Die Stimmung ihrer Gruppe wurde schlagartig ernster. „Ich reite zu Lord Dinces. Irgendetwas stimmt hier nicht, es tauchen zu viele Monster auf und ich werde nach einer Audienz fragen. Passt auf dem Heimweg auf euch auf."

„Sie hat recht", murmelte Enrin mit einem Stirnrunzeln auf dem Ritt zurück. „Ghule gehören nicht hierher, sie meiden die Küste." Er seufzte und rieb sich kurz über das Gesicht. „So langsam glaube ich, irgendetwas Merkwürdiges geht hier vor sich."

Wenn sie nur wüssten was. Naira wusste, dass die beiden anderen Jagdtrupps der Elfen sich ebenfalls um ungewöhnliche Vorkommnisse kümmerten und sie runzelte nachdenklich die Stirn.

Von dem, was die anderen Jäger ihr erzählt hatten, gab es die meisten Jagdaufträge über die Sommermonate hinweg und mehr, wenn der Hunger die Monster nach dem Winter aus ihren Verstecken trieb und die Paarungszeiten begannen. Allerdings gab es selbst im Sommer nur alle paar Tage ein oder zwei Aufträge. Die Jäger hätten es noch verstanden, wenn die lokalen Monster mal eine aktivere Saison hatten. Das passierte alle paar Jahre. Doch dass innerhalb von wenigen Wochen mehr Aufträge als sonst auftauchten, und noch dazu für Monster, die nicht an die Küste gehörten? Das war besorgniserregend. Wenn das so weiter ging, würden sie innerhalb der nächsten Wochen die Menge an Aufträgen erledigt haben, die sich normalerweise durch den ganzen Sommer erstreckten.

„Woran, denkt ihr, liegt es?", fragte Lanara, sobald Naira und Ethariel ihr davon erzählten, während sie in Bens Wirtshaus saßen. Ben war heute Abend gut beschäftigt, da zuvor am Morgen einige Handelsschiffe eingelaufen waren und viele Seeleute beschlossen hatten, hier einzukehren.

Naira runzelte die Stirn. „Es gibt immer aktivere Jahreszeiten. Die Paarungszeit beispielsweise oder nach dem Winter, wenn das Essen noch knapp ist oder Monster aus dem Winterschlaf erwachen. Aber das?"

Sie tauschte einen Blick mit Ethariel, der fortfuhr: „Ich habe nachgefragt, alle Monster, die in den letzten Wochen von uns gejagt wurden, waren hier nicht heimisch. Sie halten sich eher entlang der Gebirge auf, die uns von Amardan trennen und in den dichten Wäldern davor, oder in der Mitte des Landes oder in den Mooren entlang der Ostküste."

„Könnte der Krieg sie hochgescheucht haben?", fragte Lanara.

Naira schüttelte den Kopf. „Den Krieg gibt es schon seit fünf Jahren, wir hätten das früher bemerkt, ganz abgesehen davon, dass die meisten Monster sogar eher noch von den Toten angezogen werden." Sie zog die Brauen zusammen. „Aber vielleicht treibt sie wirklich etwas hoch. Ich hoffe, Kalia hat Glück mit Dinces und er hat Antworten oder untersucht die Sache weiter."

In diesem Moment stimmte der Musiker, begleitet von seiner Fiedel, ein fröhliches Lied an. Die meisten Gäste begannen mitzusingen und einige klopften dabei mit den Krügen im Takt auf die Tische. Es wurde zu Laut, um sich noch zu unterhalten, und Naira und ihre Freunde ließen ihr Gespräch fallen.

Naira verbrachte diese Nacht ausnahmsweise in Simerin. Sie war umgeben von Stille und ihr fiel es schwer einzuschlafen. Am nächsten Morgen jedoch war sie überrascht, als ein Bote ihr einen Brief von ihrer Mutter überreichte.

Naira öffnete rasch den Umschlag und zog das Blatt Papier darin hervor.

Ihre Mutter schrieb wie üblich sauber und geschwungen und sie ließ Naira wissen, sie würde zur Erntefeier am Ende des Herbstes wieder zurück in Simerin sein. Ihr ginge es gut und sie käme gut mit ihrer Arbeit voran. Sie erwähnte noch mit ein paar Worten, für wen sie derzeit Porträts malte und wünschte Naira und ihrem Vater eine schöne Zeit.

Wenige Minuten darauf tauchte zur Nairas Erstaunen ihr Vater auf, der endlich wieder ein wenig Zeit zu haben schien. Oder, wisperte eine leise Stimme in Nairas Hinterkopf, er hatte sich wieder daran erinnert, dass er eine Tochter hatte. Sie wechselten ein paar Worte miteinander und ihr Vater ließ sie wissen, er würde bis morgen zuhause bleiben.

„Bleib, wir können das Wochenende zusammen verbringen", sagte er und für einen Moment fühlte Naira sich versucht abzulehnen.

Sie hatte selbst einen Tagesplan, sie war Monsterjägerin und hatte Training, das sie nicht verpassen wollte. Für einen Augenblick wollte sie einmal diejenige sein, die keine Zeit hatte und fortging.

Doch ihr Vater war so selten zuhause und so sehr es einen Teil von ihr ärgerte, dass er von ihr erwartete, alles stehen und liegen zu lassen, so ergriff sie dennoch die Chance, wieder Zeit mit ihm zu verbringen.

Naira eilte zu den Toren um Ethariel und Lanara wissen zu lassen, dass sie nicht zu ihrem üblichen Training kommen würde.

Da ihr Vater an den beiden Wochenendtagen erschienen war, nahm er sie zum üblichen Tempeltag mit, der dreimal im Monat zu jedem Ende der langen Wochen stattfand.

Naira stellte dabei fest, dass sie es wirklich nicht vermisst hatte, her zu kommen. Ihre Gedanken schweiften unaufhörlich ab und sie hörte dem Priester kaum zu, obwohl er deutlich und bewegt sprach.

Ihr Blick wanderte über das bunte Glas der Tempelfenster und die dort dargestellten, ihr bekannten Szenen der Erschaffung der Welt, den Gott des Lichts und der Tochter des Mondes.

An einem Fenster war der Gott des Lichts zu sehen, der Wärme und Geborgenheit mit dargebotenen Händen spendete. Auf einem anderen Fenster lieferte er sich mit seiner Frau die Schlacht gegen die Dunkelheit, dem Vater aller Monster, der die Ungetüme der Welt aus Eifersucht dem Licht gegenüber erschaffen hatte, und um jegliche Hoffnung von den Menschen zu rauben.

Es stand in den heiligen Schriften des Lichts geschrieben, dass die Dunkelheit auch Hass und Gier erschaffen hatte, um die Menschen dazu zu bringen, sich gegenseitig zu zerstören und sich vom Licht abzuwenden.

Nairas Blick schweifte weiter. Hinter dem Priester, am Ende des Tempels und auf einem kleinen Podest liegend, konnte sie das Buch von Talhas Geschichte erspähen.

Es war ein dicker, in Leder geschlagener Band, in den kleine, glänzende Edelsteine eingelassen waren. Die Seiten selbst waren mit farbigen Illustrationen versehen und in geschwungener Schrift wurde von den Geschehnissen der letzten Jahrhunderte berichtet.

Sei es der erste König, der ihr Land gegründet hatte, der Krieg mit den Elfen oder die Schlacht gegen die Drachenmagier, die auf die Zerstörung der Welt aus gewesen waren, alles wurde aufgezeichnet. Soweit Naira wusste, war jeder Tempel mit so einem Buch ausgestattet, auch wenn sie unterschiedlich teuer oder prunkvoll in der Herstellung waren.

Es wurden dabei unaufhörlich wichtige Geschehnisse weiter ein- oder nachgetragen. Der derzeit führende Priester war persönlich dafür verantwortlich, alles niederzuschreiben, wann immer er Texte für das Geschichtsbuch aus Toran zugeschickt bekam. Sollten die Seiten einmal ausgehen, wurde das Buch an einen speziellen Buchbinder geschickt, der neue Seiten dazu fügte und das Buch neu einband.

Als sie den Tempel wieder verließen, fiel Naira auf, dass sie die Worte des Priesters nicht wirklich gehört hatte, so sehr war sie in Gedanken versunken gewesen.

Dennoch freute sie sich vorsichtig ein wenig darüber, wieder etwas Zeit mit ihrem Vater verbringen zu können. Allerdings war er auch Zuhause viel beschäftigt. Er beantwortete oder verfasste Briefe, die er abgeben würde, sobald er wieder am Hafen sein würde. Ein oder zwei Briefe gingen dabei sogar direkt an Toran selbst.

Doch wenn er sich einmal ein paar Momente Zeit nahm, bewies er, dass er ein schlauer und durchaus humorvoller Mann war. Er grub ein altes Brettspiel aus, um mit Naira bis tief in die Nacht zu spielen und lustige Anekdoten aus seiner Arbeit zum Besten zu geben.

Am nächsten Tag brach er auch schon wieder auf, früher als erwartet, und Naira war sich nicht sicher, ob sie froh war, dass er wieder ging, oder traurig darüber, dass er keine Zeit mehr hatte. Sie brach lieber rasch auf, als sich darüber genauer Gedanken zu machen, und kehrte zu ihren Freunden außerhalb von Simerin zurück.

Für einige Tage betrat sie Simerin überhaupt nicht und nahm anschließend mit Ethariel an einer weiteren Jagd mit Kalia und Enrin teil. Dieses Mal jagten sie heimische Monster. Ein paar der riesigen Seeschlangen, die entlang der Küste lebten, hatten ein Fischerdorf angegriffen und bereits drei Leute verspeist, sowie zahlreiche Netze zerrissen und zwei der Fischerboote versenkt.

Die Seeschlangen ließen sich gut vertreiben und sanken mit zischendem Fauchen zurück in die Fluten, ihre flossenartigen Kämme entlang ihrer Rücken warnend aufgestellt. Sie sollten für lange Zeit nicht wieder zurückkommen. Seeschlangen ließen sich für gewöhnlich glücklicherweise gut verjagen und mieden danach Orte an denen sie angegriffen oder Artgenossen getötet worden waren.

Den großen Markt in Simerin ließen Naira und ihre Freunde sich jedoch nicht entgehen. Es wurden die Ernten aus der Umgebung feilgeboten, von saftigen Früchten über frisches Gemüse bis zu gebrautem Bier und Kräutern für die Küche. Säcke an Mehl und Hafer standen zu Verkauf und Honigbrot und kleine Obsttorten waren an einem Bäckerstand zu ergattern.

Es waren viele Handelsleute von Außerlandes eingetroffen, die Stoffe und Arbeiten von Handwerkern, Webern und Nähern aus Ba Kut und Kharlat bis hin zu Egresand und Naasford verkauften. Obst, seltene Gewürze aus aller Welt und sogar eine Handvoll Bücher in anderen Sprachen waren an diesem Tag ebenfalls zu erwerben. Auch wenn alles recht teuer war, gab es einige Leute in Simerin, die sich etwas davon leisten konnten.

Am Nachmittag wagten Naira und ihre Freunde einen kurzen Besuch in Bens Wirtshaus, das in der Hitze glücklicherweise nicht so voll war, dass die anwesenden Menschen den Raum nicht unerträglich weiter erwärmten.

Ben reichte ihnen ein paar Gläser gekühlten Met. Mit einem stolzen Grinsen zeigte er ihnen, dass er seit einigen Tagen zwei Fässer besaß, die von einem reisenden Magier aus Kharlat be-arbeitet worden waren. Die eingravierten Runen und eingesetzten Magiesteine hielten die Kälte innerhalb der Fässer aufrecht und ließen die Hitze von außen nicht hinein. Es war teuer gewesen, doch Ben sagte, für ihn habe es sich gelohnt.

„Außerdem", fügte er lächelnd hinzu, „läuft das Geschäft schon seit Jahren sehr gut und ich konnte es mir leisten. Und es erfreut natürlich die Leute."

„Falls ihr heute Abend kommen wollt, denkt daran, wir schließen früher", sagte Ben, während er zwei Gläser gekühlten Bieres an zwei Marktschreier reichte, die gerne ein wenig mehr dafür zahlten, dass es kalt war. „Heute Nacht ist Neumond, da möchte sich niemand zu lange nachts draußen aufhalten."

Neumond, die Nacht der Geisterwesen.

Es hieß, dass sich an den mondlosen Nächten Geisterwesen in der irdischen Welt herumtrieben. Sie wisperten wandernden Leuten Versprechen zu und sobald man zustimmte, zehrten sie die Seele auf und stahlen den Körper, um unbemerkt unter den Lebenden zu wandeln.

Diese Geschichten wurden jedem Kind erzählt und jedes zweite Schiff, das im Hafen einlief, brachte Seeleute mit sich, die auf all ihr Hab und Gut schworen, dass sie schon einmal ein solches Geisterwesen gesehen hatten. Da die Magier jedoch davon erzählten, dass sie bisweilen mit solchen Geisterwesen zu tun hatten, tat niemand die Geschichten als Humbugab.

Spirits, so wurden die Geisterwesen im verschworenen Flüsterton genannt, als würde es die Wesen anlocken, wenn man ihren Namen zu laut aussprach. Sie brachten die Leute dazu, in mondlosen Nächten die Häuser nach Einbruch der Dunkelheit nicht mehr zu verlassen. Nicht wenige Einwohner von Simerin entzündeten zusätzlich Kerzen oder Lampen, um im Licht zu schlafen. Finsternis lud die Geisterwesen ein und zu starkes Licht scheuchte sie davon, so zumindest sagte man es.

Auf jeden Fall brannten auch die Feuerschalen am Tempel in Neumondnächten heller und die Wachen an den Toren blieben lieber im Schein der Lampen oder trugen entzündete Fackeln mit sich.

Selbst die Menschen, die solche Geschichten als übertrieben abtaten oder prahlten, sie würden sich nicht vor Monstern fürchten, blieben in diesen Nächten eher in der Nähe von Laternen und dem Lichtschein.

Der Neumond kam und ging ohne Vorfälle.

Dann, eine Woche später, begannen die Gerüchte Simerin zu erreichen.

Selbst Naira, die nur wenig Zeit mit den Menschen in der Hafenstadt verbrachte, bekam alles an einem Morgen von Lia zu hören.

„Eine ganz schreckliche Krankheit soll es sein", erzählte ihre Nachbarin, die wegen des warmen Sommers schlecht schlief und daher im Morgengrauen bereits wach gewesen war und Naira abgefangen hatte. „Die Menschen reden von Fieber und Husten, der so stark wird, dass die Leute ihr eigenes Blut ausspucken. Es fängt mit dem Husten an, der immer schlimmer wird. Dann kommt das Fieber und sie werden schwächer, bis sie schließlich nicht mehr aufstehen können."

Lia trat einen eindringlichen Schritt vor. „Es heißt, bisher hat noch niemand überlebt, trotz den besten Bemühungen der Heiler. Manche haben nur ein paar Wochen durchgehalten. Es hat im Süden bei der Grenze angefangen und soll nun Toran erreicht haben. Wahrscheinlich hat sich die Krankheit sogar noch weiter ausgebreitet."

Naira war erschrocken erstarrt und Lias hutzliges, sonst so freundliches Gesicht war voller Sorge. Dunkel erinnerte Naira sich daran, dass ihre Nachbarin einen Enkel hatte, der in Toran wohnte. Sie atmete scharf ein, als sie an ihre Mutter dachte, die sich derzeit ebenfalls dort aufhielt.

„Weiß man schon mehr?", fragte Naira rasch. „Ist es wirklich so schlimm? Gerüchte kommen immer verzerrt hier an, es muss nicht so sein, wie alle erzählen."

Lia schüttelte den Kopf. „Mein Enkel hat mir geschrieben. Sie haben Toran abgeriegelt und wer etwas braucht, muss sein Anliegen der Wache vortragen. Die kümmern sich dann darum, dass Nahrung oder Kleidung herbeigeschafft werden. Es ist nur eine Sicherheitsvorkehrung, hat er gesagt, doch wenn ich nicht so alt wäre, würde ich mich auf den Weg machen. Selbst wenn ich nicht hineingelassen werden würde, würde ich vor der Stadt warten." Sie hob das Kinn und Naira sah die Kraft, die sie selbst im hohen Alter aufrecht gehen und alle Arbeiten selbst erledigen ließ. „Er ist Familie."

Naira wusste nicht, was sie sagen konnte, um Lia die Sorgen zu nehmen. Oder um ihre eigenen Sorgen, in Bezug auf ihre Mutter, zu beruhigen. Naira versuchte dennoch im Geiste daran fest zu halten, dass es nicht so schlimm sein würde. Die Leute übertrieben gerne, wenn sie erzählten. Wenn Naira alle Gerüchte glauben würde, dann wäre König Etrim gänzlich aus Eis und fuchtelte mit einem verfluchten Schwert herum.

Nach einem Moment des Zögerns legte Naira vorsichtig und tröstend eine Hand auf Lias Schulter.

Die alte Dame setzte ein Lächeln auf und winkte ab. „Aber was sorge ich dich damit. Danke, dass du mir zugehört hast. Nun ab mit dir, ich weiß ja, dass du verschwindest, sobald die Wachen die Tore auch nur ansehen. Wer weiß, wann wir dich wiedersehen. Manchmal frage ich mich, warum du überhaupt noch nach Simerin zurückkommst, wenn dir die Elfen so viel lieber sind."

Naira spürte, wie ihr Gesicht steinern wurde, und zog ihre Hand rasch zurück. Sie ignorierte den missbilligenden Tonfall, der Lias Stimme befallen hatte, und straffte die Schultern.

Ihre Nachbarin konnte so wenig von Nairas Freunden halten, wie sie wollte, Naira würde niemals die Elfen aufgeben.

Lia hatte noch zu viele Gedanken der alten Zeiten in sich. Als Elfen im besten Falle noch Arbeitskräfte waren, die man schlecht bezahlt hatte, und im schlimmsten Falle waren sie die Plage der Wälder und Hügel, die den Menschen im Weg waren und einfach verschwinden sollten. Bisher hatte Lia noch kaum Gutes über Elfen zu sagen gehabt und Naira hatte genug vergebliche Gespräche geführt, um zu wissen, dass ihre Nachbarin zu unwillig und gewollt ignorant war um ihre Meinung zu ändern.

Naira machte sich ohne ein weiteres Wort auf den Weg. Die Wachen am Tor wirkten nicht allzu glücklich darüber, dass jemand schon in aller Frühe die Stadt verlassen wollte und sie jetzt schon aufsperren mussten. Naira trug ihren Namen in das leicht zerkratzte Buch ein, mit dem die Stadtwache die Aktivitäten an Simerins Toren dokumentierten.

Außerhalb der Tore wartete Ethariel bereits mit einem zweiten Pferd auf sie und Naira bemerkte, wie ernst er aussah und dass er die Brauen zusammengezogen hatte. Seine Schultern waren leicht angespannt und Naira wusste, er machte sich über etwas Sorgen. Lanara war nicht zu sehen, was für gewöhnlich bedeutete, sie würde am Wald zu ihnen aufschließen.

„Hast du schon von der Krankheit gehört?", fragte Ethariel ohne Umschweife, während Naira sich in den Sattel des zweiten Pferdes schwang.

„Lia hat mir eben davon erzählt. Sie haben Toran abgeriegelt", sagte Naira. Ethariel trieb sein Pferd mit einer leichten Bewegung an und Naira folgte ihm.

„Bei uns ist die Nachricht auch angekommen. Lanara und ich haben gestern Abend davon erfahren. Soweit ich weiß, hat es im Süden entlang der Grenze angefangen und sich weiter nach Norden ausgebreitet." Ethariels Stimme klang ein wenig angespannt, als er fortfuhr: „Keiner hört mehr etwas von den Dörfern im Süden. Es gibt nur Berichte, dass die Straßen und Wege gesperrt werden, damit sich die Seuche nicht weiter ausbreitet."

Naira dachte unwillkürlich an den Krieg, den sie mit Amardan führten, und ihr flaues Gefühl im Magen wurde schlimmer. Etrim mochte den Krieg bisher gekonnt geführt haben, doch selbst er konnte nur wenig ausrichten, wenn sein Volk krank wurde. Solange Amardan nicht ebenfalls befallen wurde, konnte das den Krieg schnell ins wahrlich Schlechte wenden.

„Weiß man schon was es ist? Oder was die Krankheit ausgelöst hat?", fragte Naira, während sie in Richtung des Waldes ritten. Ethariel schüttelte den Kopf. „Nein, nichts dergleichen wurde erwähnt. Die Ältesten haben Vögel ausgesandt in der Hoffnung, die anderen Dörfer der Elfen zu erreichen und mehr zu erfahren." Er presste die Lippen zusammen und holte tief Luft. „Naira, auch wir werden davon befallen."

Nairas übles Gefühl wurde zu Eis in ihrem Bauch. „Ihr seid doch immun gegen die Krankheiten der Menschen."

Die einzigen Elfen, die je von den Krankheiten der Menschen befallen wurden, waren entweder sehr geschwächt oder schon krank. Menschen im Gegenzug fingen sich für gewöhnlich auch nicht die Krankheiten der Elfen oder Zwerge ein, außer in besonderen Umständen.

Ethariels Stimme klang grimmig. „Was immer es ist, wir sind nicht davor gefeit. Egal ob jung oder alt, krank oder gesund." Sein Tonfall wurde dunkel und sie sah, wie er für einen Moment die Finger fest um die Zügel schloss. „Es erwischt jeden. Und es gibt bisher kein Heilmittel, zumindest keines von dem wir wissen."

Naira zog die Brauen zusammen, während ihr Herz nervös schneller schlug.

Naira und Ethariel verfielen in düsteres Schweigen, begleitet von den flotten Schritten der Pferde und dem blassen Licht der frühmorgendlichen Sonne, die langsam immer weiter aufging und Hitze mit sich brachte.

Lanara wartete am Waldrand und ihr Gesicht war genauso angespannt wie Ethariels. Es blieb nach ein paar gewechselten Worten weiterhin still zwischen ihnen, während sie zu dritt weiter in den Wald hineinritten.

Die Übungsstunden hatten sie wegen der Sommerhitze eingeschränkt und sie legten genug Pausen ein, damit sie sich abkühlen und etwas trinken konnten.

Sowohl Ethariel als auch Lanara schienen heute froher denn je über das Training zu sein und Naira selbst warf sich mit mehr Elan in die Kämpfe und das Bogenschießen. Es war ein Segen, sich wenigstens auch nur für kurze Zeit von ihren schwirrenden Gedanken abzulenken. Naira war sich sicher, dass es ihren Freunden genauso ging.

Sie kehrte am Abend nicht nach Simerin zurück und übernachtete stattdessen bei Ethariel, dessen Eltern sie warm und erfreut willkommen hießen.

Die kühlen Steinböden ihres Heims, die großen Fenster, die viel Tageslicht hereinließen und die von Nelvey gewebten Bildteppiche waren Naira so vertraut, sie könnte die lichten Räume und Flure mit geschlossenen Augen nachzeichnen.

Was zuerst als gelegentliches Bleiben in ihrer Kindheit angefangen hatte, seit dem Tag an dem Nelvey sie als verlaufenes Kind im Wald gefunden hatte, war für sie inzwischen zu einer zweiten Heimat geworden.

Ethariels Eltern waren zwei wundervolle Elfen. Sein Vater Oleyn war groß und wirkte meist nachdenklich, sogar ein wenig grüblerisch, wann immer er kein Lächeln auf den Lippen hatte. Seine Haut trug das helle Grau der Gebirgselfen aus Ogril und sein Haar hatte die Farbe von geschwärztem Metall mit einem Silberschimmer, wann immer Sonnenlicht darauf traf.

Ethariels Mutter Nelvey war eine zierliche Elfe mit einem wundervollen Lachen, lebhaften Händen und einem Geist voller Geschichten. Ihre Haut war von einem ein wenig dunklerem Grau als die ihres Mannes und sie trug ihr schwarzes Haar in einem langen, glänzenden Zopf, in dem sich häufig schimmernde silberne Spangen befanden.

Zu Nairas Überraschung hatten Ethariels Eltern heute einen Brief ihrer Mutter bei sich.

„Ein Bote hat ihn zu uns gebracht, als man dich nicht zuhause antreffen oder abfangen konnte", sagte Nelvey und gab Naira einen Kuss auf das Haar, während sie den Brief überreichte. „Ich hoffe, es ist alles in Ordnung."

Nach dem Abendessen, sobald sie sich auf Ethariels Zimmer zurückgezogen hatten, entfaltete Naira den Brief. Ethariel hatte eine Kerze für sie entzündet, bevor er begann eine Bettrolle auf dem Boden neben seinem Bett auszubreiten.

Dazu legte er eine weiche Decke, die seine Eltern Naira vor ein paar Jahren zum Geburtstag geschenkt hatten. Sie war von Nelvey gewebt worden und Oleyn hatte sie über Tage hinweg fein säuberlich bestickt.

Naira begann zu lesen und spürte wie neu entfachte Sorge ihren Magen zusammenzog und ihren Mund trocken werden ließ.

Der Brief ihrer Mutter war so wortgewandt verfasst worden, wie Naira es von ihr gewohnt war, doch die leicht schiefe Schrift sprach von Eile. Toran war abgeriegelt worden, erzählte ihre Mutter. Sie müsse bleiben, bis die Gefahr der Ansteckung gebannt sei oder die Krankheit geheilt werden könne. Wie lange das dauern würde, hatte ihr niemand sagen können.

Ihre Mutter musste den Brief bestimmt vor zwei oder drei Wochen geschrieben haben, der Postweg zwischen Toran und Simerin war recht lang, wenn man keine Briefvögel verwendete oder Magier bezahlte, und Letzteres war immer teuer.

Wie lange ging das mit der Krankheit schon vor sich? Erfuhren sie erst jetzt davon, da Simerin soweit von Toran entfernt lag?

Im Brief sprach ihre Mutter auch davon, dass sie nach diesem hier keine weiteren Briefe mehr verschicken durfte, nicht von der Hauptstadt aus. Die Sorge vor Ansteckung war bei den Heilern zu groß. Sie erlaubten noch nicht einmal mehr Nachrichten per Briefvogel zu versenden. Nur Magiern und ausgewählten Personen war es noch gestattet, Nachrichten zu verfassen oder zu erhalten.

Das war eine Verordnung, welche die Elfen in Toran bestimmt ignorieren würden. Sie gaben nie den Kontakt mit ihren Leuten auf, nicht seit den alten Kriegen mit den Menschen und allem, was damals vorgefallen war.

Ihre Mutter beendete den Brief mit den beruhigenden Worten, dass es ihr gut gehe und sie Hoffnung habe, dass die Abriegelung bald aufgehoben werde und sie vor dem Winter nach Hause zurückkehren könne.

Naira stand für einen langen Moment am Fenster und starrte auf die geschwungenen Tintenlinien.

„Ist alles in Ordnung?", fragte Ethariel. Er hatte, während sie gelesen hatte, den Raum verlassen und trug jetzt seine Schlafkleidung. „Du siehst aus, als wäre etwas passiert."

Naira reichte ihm wortlos den Brief und ließ sich auf den Stuhl an seinem Schreibpult sinken.

„Das klingt wirklich nicht gut", murmelte Ethariel ein paar Momente später und er hatte besorgt und ein wenig düster die Stirn gerunzelt. Er faltete den Brief zusammen und reichte ihn Naira zurück. „Hoffen wir, sie hat Recht, und es löst sich bald alles wieder auf. Dann müssen wir uns beide keine Sorgen mehr machen."

Naira nickte und verließ ebenfalls kurz den Raum, um sich im Waschzimmer umzuziehen. Sie betteten sich für die Nacht nieder und Ethariel löschte die letzte Kerze. Das sanfte Rauschen der Bäume um die Elfenstadt herum war durch das offene Fenster zu hören. Das Säuseln der Blätter im Wind war stets wie ein Einschlaflied für Naira gewesen, doch in dieser Nacht brachte es ihr wenig Trost.

„*Alenda Olos*", sagte Ethariel leise.

„*Alenda Olos*", wisperte Naira zurück und starrte an die Decke hinauf.

Der Schlaf wich ihr lange aus und sie war dankbarer denn je, bei Ethariel und seiner Familie bleiben zu können.

Der Gedanke, jetzt in Simerin zu sein, wo die Stille in ihrem Zuhause zu einem lebendigen, erdrückenden Ding herangewachsen wäre, erfüllte sie mit Kälte.

Sie schloss die Augen und hoffte, der nächste Tag würde wieder Gutes mit sich bringen.

Magie ist der Dreh- und Angelpunkt unserer Welt. Alles ist inzwischen von ihr durchzogen, sei es unser alltägliches Leben oder die Kriege an den Fronten.

Es ist unmöglich festzustellen, wann genau Magie und deren Verwendung begonnen hat, viel ist im Laufe der Zeit zerstört worden und noch mehr Wissen während Kriegen verloren gegangen, doch die ältesten Aufzeichnungen reichen bald neunhundert Jahre zurück.

Ein Leben ohne magische Werke ist heute kaum noch vorstellbar, sei es eine Waschschüssel, deren Wasser stets warm bleibt oder ein Schutzzauber, der Krieger auf Schlachtfeldern für eine Weile vor Schaden bewahrt.

Wir können mit genug Magiern die doppelte Menge an Ernte einfahren oder innerhalb von Monaten eine ganze Stadt erbauen. Es scheint, als hätten wir bereits alles geschaffen, das möglich ist.

Doch was ist mit Magie, die scheinbar außerhalb unserer Reichweite liegt? Die Macht, einen Zauber zu erschaffen, der sich über eine ganze Küste legt oder gar die Fähigkeit die Zeit zu beeinflussen?

Ich sage, wir stehen noch am Anfang, selbst nach all dieser Zeit. Und eines Tages wird der Moment kommen, an dem wir weitere Barrieren durchbrechen und etwas zuvor Unmögliches möglich machen.

- Auszug einer These über „Theoretische und Praktische Magie", geschrieben von Magister Ben Lebrecht.

Geschlossene Tore

Als Naira wenige Tage später die Tür zu ihrem Zuhause öffnete, war sie überrascht zu sehen, dass ihr Vater anwesend war. Sie hatte damit gerechnet, ihn für drei oder gar vier Wochen nicht wieder zu sehen. Sie selbst war nur hier, weil sie eines ihrer Ersatzhemden und ein neues Paar Socken holen wollte.

Ihr Vater sah müder aus, als es für ihn üblich war. Ernst und angespannt.

„Willkommen zurück, Vater", sagte Naira und konnte ihre Überraschung und Verwirrung nicht aus ihrer Stimme heraushalten.

„Der Hafen wird geschlossen", sagte ihr Vater ohne Umschweife und schulterte seinen Arbeitsrucksack. Es sah beinahe so aus, als hätte er lediglich noch ein wenig gewartet, um zu sehen, ob sie auftauchen würde, bevor er selbst wieder ging. „Ich bin vorbeigekommen, um es dich wissen zu lassen. Ich werde wahrscheinlich weiterhin nicht viel da sein, es gibt immer noch genug zu tun, vor allem um die Leute zu beruhigen, wenn die Handelsschiffe nicht mehr einlaufen dürfen."

„Warum..." Naira fühlte sich für einen Moment erstarrt. „Es ist wegen der Krankheit, nicht wahr?"

Das Gesicht ihres Vaters wurde grimmig und düster. „Die Krankheit breitet sich aus wie ein Lauffeuer, Naira. Gestern erhielt ich eine Nachricht von unserem Teleporttisch, weißt du, das ist eines der Dinger, die von Magiern an den Häfen aufgestellt werden."

Naira sagte ihm nicht, dass sie das schon längst wusste. Er hatte ihr den Tisch sogar einmal gezeigt.

Ihr Vater fuhr fort: „König Etrim hat den Befehl gestern Morgen gegeben. Es werden keine weiteren Schiffe mehr an den Docks akzeptiert und jenen die derzeit angelegt haben, wird empfohlen entweder zu bleiben oder sofort abzureisen, wenn die Krankheit den Hafen noch nicht erreicht hat."

Ihr Vater atmete ruckartig aus. „Abgesehen von der königlichen Flotte natürlich, die haben weiterhin Erlaubnis Häfen anzufahren, um Vorräte aufzustocken."

Ihr Vater zupfte einen Hemdärmel zurecht. „Naira, bleib von jetzt an lieber in Simerin. Es wird nicht mehr lange dauern bis auch wir unsere Tore schließen müssen."

Sie atmete scharf ein. „Ist es wirklich so schlimm?"

Ihr Vater musterte sie und seufzte dann schwer. „Ich fürchte ja. Ein durchreisender Heiler meinte, er hätte so etwas noch nie gesehen. Eine Seuche, die sich nicht heilen lässt, die sich ungehindert ausbreitet und jeden befällt, Mensch und Elf gleichermaßen. Sei vorsichtig, Naira. Gerade mit all den Händlern und Reisenden, die hier durchkommen, ist unsere Stadt anfälliger als andere Orte."

Er sah sie eindringlich an. „Pass auf dich auf, Naira, versprich es mir. Diese Seuche ist nicht nur schrecklich, sondern wird auch den Krieg schlimmer machen. Wer weiß, wie sich die Lage weiterentwickelt und wie viele Leute desertieren und welche Banditen sich das zu Nutze machen, oder ob die Piraten unsere Küsten häufiger angreifen. Ganz zu schweigen davon, wie schnell die Leute hier in Panik geraten können, wenn die Tore einmal geschlossen sind."

„Ich werde aufpassen", versprach Naira und ihr Vater schien zufrieden mit ihrer Antwort.

„Gut, das ist gut." Er fuhr mit den Händen über seinen Wams und schien für einen Moment in Gedanken zu versinken. „Ich fürchte ich muss wieder los. Ich werde versuchen, bald wieder etwas Zeit zu haben. Mach es gut, Naira."

Ihr Vater drückte kurz im Vorbeigehen ihre Schulter und verschwand dann mit eiligen Schritten aus dem Haus. Naira schaffte es gerade noch seinen Abschiedsgruß zu erwidern. Dann war sie wieder allein.

Das Gespräch ließ sie jedoch mit größer werdender Sorge zurück und das ungute Gefühl in ihrem Magen erschien erneut und weitaus schlechter als zuvor. Mit einem Mal war alles so viel...realer als zuvor. Als könnte die Krankheit tatsächlich ihre Stadt erreichen. Als würde sie jederzeit hier sein, greifbar und unausweichlich. Anders als der Krieg, den sie zwar auf eine Weise mitbekamen, der jedoch so weit weg war, dass er mit Simerin selbst beinahe nichts zu tun zu haben schien. Dazu kam, dass der Krieg sich seit fünf Jahren unaufhörlich an der Grenze befand und nicht weiterwanderte. Die Leute hier im Norden hatten sich daran gewöhnt, von dem Krieg zu sprechen, als würde er sie nicht wirklich betreffen.

Die Krankheit jedoch fühlte sich weitaus präsenter an. Echt und als würde sie hinter Naira stehen und ihr mit eiskaltem Atem über den Nacken hauchen. Wenn sie ehrlich war, machte ihr das alles nicht wenig Angst. Sie schauderte und eilte zu ihrem Zimmer hinauf. Sie ergriff rasch das Hemd und die Socken für die sie gekommen war.

Der Hafen wurde geschlossen und, sie gab ihrem Vater Recht, höchstwahrscheinlich bald auch die Tore von Simerin selbst.

Naira fühlte sich hin und her gerissen, als sie das Haus wieder verließ. Sollte sie hier bleiben, wie ihr Vater es sich wünschte? Oder sollte sie bei den Elfen sein, wenn es soweit war?

Lia war an diesem Morgen nicht zu sehen und Naira ging mit eiligen Schritten die Straße hinab in Richtung Tor. Es waren ein paar Menschen außer Haus und die Straßen wurden langsam lebhafter, als die Stadt immer mehr erwachte und die Leute Fenster und Ladentüren öffneten oder für ihre Arbeit aufbrachen.

Die beiden Wachen am Tor wirkten ein wenig träge und sie winkten Naira einfach durch, während einer ihren Namen krakelig aufschrieb. Auf der anderen Seite wurde Naira von ihren Freunden begrüßt, die auf sie gewartet hatten.

Sie schwang sich hinter Lanara auf das Pferd und Naira erzählte ihnen von dem, was ihr Vater gesagt hatte, als sie zum Wald zurückkehrten. Ihre Freunde schwiegen düster und niemand wusste etwas zu sagen. Es gab jedoch auch nichts, was sie tun konnten.

Naira warf sich noch mehr als sonst in das heutige Training, um sich davon abzulenken.

Am Ende des Trainings suchten sie gemeinsam einen Bach auf, um sich abzukühlen. Naira bemerkte dabei, dass Lanara inzwischen ein wenig ungesund aussah. Die Wangen ihrer Freundin hatten ein zu starkes Rot angenommen, während der Rest ihres Gesichtes nahezu unnatürlich bleich wirkte.

„Ist alles in Ordnung?", fragte Naira.

Lanara hielt inne und presste ihre Hände auf die Wangen. „Ja, mach dir keine Sorgen." Sie schenkte Naira ein schiefes Lächeln. „Es ist heute wärmer als sonst. Ich muss mich nur ausruhen, dann geht es mir im Handumdrehen wieder besser."

Naira dachte an die sich ausbreitende Krankheit und sie unterdrückte diesen Gedanken im nächsten Moment mit aller Kraft. Nur weil jeder darüber sprach, hieß das noch lange nicht, dass gleich auch jeder krank wurde. Es war einfach wirklich ein heißer Tag.

Ethariel zog seine Stiefel und Socken aus. „Dann hören wir am besten für heute auf, es wird bis zum Abend ohnehin nur noch heißer."

Er watete in den Bach und Naira und Lanara taten es ihm gleich. Naira seufzte leise, als das klare Wasser ihre Füße und Waden kühlte. Der Saum ihrer hochgekrempelten Hose wurde zwar ein wenig nass, doch an einem Sommertag wie diesem war das egal. Alles trocknete schnell.

Ethariel warf ihnen ein spitzbübisches Grinsen zu und Naira hob mit geweiteten Augen warnend die Hände, da zog er ihr bereits die Füße weg. Mit einem überraschten Laut fiel Naira nach hinten über ins Wasser. Als sie auftauchte, lachte Ethariel und auch Lanara kicherte, wobei sie vorsichtshalber ein paar Schritte zurück trat. Naira kam auf die Füße und hechtete mit einem breiten Grinsen nach Ethariel.

„Naira, warte-"

Im nächsten Augenblick lagen sie beide im Wasser, die Haare voll mit dem feinen Sand und Schlick der am Grund des Baches lag. Lanara warf sich kurzerhand auf sie und sie begannen sich gegenseitig Wasser ins Gesicht zu spritzen, bis sie vor Lachen innehalten mussten, um wieder zu Atem zu kommen.

Naira konnte jedoch nicht anders, als Lanara etwas im Auge zu behalten. Das Rot schwand zwar ein wenig aus ihren Wangen und sie war weniger bleich, doch nachdem sie den Bach wieder verließen, schien sie wieder erschöpfter zu werden.

Am Abend, als Naira beschloss, die Nacht bei den Elfen zu bleiben, sah Lanara müde und krank aus.

„Ich brauche nur etwas Schlaf", sagte sie und gab Naira einen kleinen Klaps auf die Schulter. „Mach dir keine Sorgen."

~*~

Über die nächsten Tage hinweg ging es Lanara immer schlechter. Ihr Gesicht wurde bleicher und ihre Bewegungen langsamer und schwerfälliger.

Als Naira und Ethariel schließlich von zwei aufeinanderfolgenden Jagden zurückkehrten, war Lanara fast nur noch am Husten. Naira fühlte sich, als hätte sie einen Magen aus Eis. Angst und Sorge krochen ihren Rücken hinauf und gruben sich unter ihre Haut.

„Sie ist nicht die Einzige", murmelte Ethariel, nachdem sie Lanara zuhause besucht hatten. Naira konnte an seinem Gesicht sehen, dass er dasselbe dachte wie sie. Ausruhen würde Lanara nicht helfen, nicht wenn sie unter der mysteriösen Krankheit litt. „Es gibt andere Elfen, die angefangen haben zu husten. Die Heiler haben sie zu sich in den Tempel geholt. Lanara wird sicherlich bald zu ihnen gebracht."

Naira dachte an Kalia, die an diesem Morgen grau im Gesicht gewesen war und ein paar Mal gehustet hatte. Ihr Nethralpferd hatte sie ausgiebig beschnuppert, sobald sie abgestiegen war, als könnte es riechen, dass etwas nicht stimmte.

„Denkst du, es ist die Krankheit?", fragte Naira leise und Ethariel schloss die Augen, ehe er nickte. Naira atmete tief ein und langsam wieder aus. „Ja, das fürchte ich auch."

Das Gefühl von Ohnmacht, zu wissen, dass sie nichts tun konnten, fraß sich wie ein gieriger Wurm durch Nairas Inneres, um sie mit Unruhe und Angst zu erfüllen. Es gab immer noch kein Heilmittel.

„Bald wird Simerin die Tore schließen, wenn es uns schon erreicht hat", sagte Ethariel und sah sie ernst an. „Bleibst du bei uns?"

Naira öffnete den Mund und schloss ihn wieder, sobald sie sich an die Worte ihres Vaters erinnerte. Sie wusste es nicht. Ethariel legte eine Hand auf ihre Schulter und drückte sie verstehend. Dann nickte er zu den Schwertern, die sie bei sich trugen.

„Lass uns trainieren. Vielleicht bringt uns das auf andere Gedanken."

Als Naira an diesem Abend nach Simerin zurückkehrte, ging sie nur lang genug Heim, um ihre Sachen abzustellen, ehe sie sich auf den Weg zu Bens Wirtshaus machte. Das Letzte, das sie in diesem Augenblick ertragen konnte, war mit ihren schwirrenden Gedanken alleine zuhause zu sitzen.

Zu ihrer Überraschung war am Tempel einiges los und sie traf am Eingang von *Zwischen Hier und Da* auf Ben, der gerade die

Tür hinter sich abschloss. Das neue Schild hing über ihm, erhellt vom Schein der langsam sinkenden Sonne. Die Fenster seines Wirtshauses waren dunkel. Nicht eine entzündete Kerze oder Lampe war drinnen zu sehen und es war kein Geräusch aus dem Wirtshaus zu hören. Das Gebäude wirkte nahezu geisterhaft in der ungewohnten Stille.

Bens Gesicht war angespannt und ernst, mit Falten und Schatten, die sie bei ihm noch nie gesehen hatte. Seit Naira sich erinnern konnte, war Ben mit einem Funkeln in den Augen anzutreffen und er hatte stets ein offenes Ohr, selbst wenn er beschäftigt wirkte. Er war voller Humor und großen, ausdrucksstarken Gesten, wenn ihn etwas begeisterte. Er lächelte oft und viel und fand selbst an tristen Tagen etwas Positives, um die Menschen rundherum aufzumuntern.

„Ist etwas passiert?", fragte Naira und Ben wandte sich ihr zu. Die Schlüssel der Tür wirkten klein in seiner großen Hand und er schloss die Finger langsam um das dunkle Metall.

„Elra ist krank." Seine Stimme war leise und er starrte auf seine Hand, ehe er sich bückte und etwas neben sich von der Vorstufe des Wirtshauses aufhob. Naira sah, dass es ein gläsernes Windlicht war. Das Gefäß war etwa so groß wie seine Hand und es brannte eine große Kerze darin. Eine Kerze, die fast eine ganze Nacht lang brennen konnte.

Ihr Mund wurde trocken und Ben hielt das Licht vorsichtig, mit einer Hand darüber, um es noch weiter vor den Winden der Küste zu schützen.

Windlichter waren für die wichtigsten Wünsche an den Gott des Lichts. An klaren Nächten wurden sie in und rund um den Tempel aufgestellt, damit die Sterne sie abholen und hinauf tragen konnten zur Frau des Gottes. Die Mondtochter sah sich die Wünsche an und jene, welche von einem reinen Herzen gesprochen wurden, brachte sie dann zu ihrem Mann. War die Kerze vor dem nächsten Morgen erloschen, war der Wunsch, mit dem die Flamme entzündet worden war, angenommen und dem Gott des Lichts gebracht worden.

„Wir versammeln uns alle am Tempel", sagte Ben und räusperte sich leicht.

Naira hatte bisher nur einmal in ihrem Leben viele Windlichter zugleich entzündet gesehen. Das war vor zehn Jahren gewesen, als in einem zu heißen Sommer ein riesiges Feuer entlang des Waldes und der Küste gewütet hatte. Zwei Tage später war eine Magierin eingetroffen und hatte das Feuer in Schach gehalten, bis es von selbst ausgebrannt war.

Naira wusste für einen langen Moment nichts zu sagen und nickte schließlich nur stumm. In ihrem Inneren hatte sich nach dem Schock von Bens Worten eine eigenartige, kalte Taubheit ausgebreitet, unter der sich finster ein übles Gefühl zusammenbraute. Sie konnte es fast nicht glauben. Elra war auch krank?

„Komm mit", sagte Ben leise und er versuchte nicht einmal zu lächeln. Er sah so besorgt aus, dass Naira ihn am liebsten umarmt hätte. „Ich habe noch ein Windlicht. Wenn du möchtest, kann ich es holen."

Naira fühlte sich erneut sprachlos, dieses Mal angesichts Bens liebem Angebot. „Gerne, vielen Dank. Schulde ich dir etwas dafür?"

Er schüttelte den Kopf. „Das sind keine guten Zeiten, Naira. Ich glaube daran, dass wir am meisten erreichen, wenn wir alle zusammenhalten. Warte kurz hier, ich bin gleich wieder da."

Ben schloss die Tür erneut auf, wobei er dieses Mal sein Windlicht nicht losließ. Als er nach drinnen verschwand, sah Naira, dass wirklich nicht ein einziges Licht brannte.

Sie hatte den Schankraum des Wirtshauses noch nie so gesehen. *'Zwischen Hier und Da'* hatte immer Gäste, mal etwas weniger, mal weitaus mehr und es lag meist ein Gefühl von gut gelaunter Geschäftigkeit in der Luft. Es war ein Raum voll Freude und gefüllt mit den Gerüchen von wunderbarem Essen und gutem Bier. Es hatte immer Licht im Wirtshaus geschienen und es war stets irgendwo leicht das Knarren der Dielen neben dem Stimmengewirr der Gäste zu hören.

Jetzt blieb nur das fahle Zwielicht des schwindenden Tages, welches ein paar Tische blass erhellte und lange, dunkle Schatten über den Boden warf. Zum ersten Mal hing kein Geruch von kochenden Mahlzeiten oder frisch gezapftem Bier in der Luft.

Es war still und die Stille schien noch schwerer und größer zu sein als in ihrem Zuhause, so als hätte sich ein gewaltiges, unsichtbares Biest im Schankraum ausgebreitet und die Klauen in die Dielenbretter gegraben. Als würden die Schatten selbst stärker und dunkler werden.

Bei dem Glück der letzten Zeit hatte Elra wahrscheinlich dieselbe Krankheit, wie viele andere und wie wahrscheinlich auch Lanara. Naira schluckte. Sie wünschte, er, Lanara und alle anderen würden wieder gesund werden. Sie mochte Elra. Er und Ben waren warmherzige Menschen und stets gut aufgelegt. Naira hatte seit Jahren ihre Abende in dem Wirtshaus verbracht, wenn sie nicht bei den Elfen bleiben konnte.

Als Ben mit einem weiteren Windlicht zurückkam, spürte Naira, wie sich etwas Düsteres und Angespanntes um ihre Rippen zu legen schien. Es fühlte sich beinahe so an, als würde es ihr ein wenig die Luft rauben.

„Willst du es hier anzünden?", fragte Ben und als sie nickte, reichte er ihr die Kerze und etwas zum Entzünden. Naira kniete sich mit dem Windlicht kurz hin und entfachte den Docht, während Ben die Tür wieder schloss. Für einen Augenblick starrte sie auf die flackernde Flamme und atmete tief ein, während sie im Geiste einen Wunsch aussprach.

Heilt die Krankheit, dachte sie und setzte die Kerze geschickt in das Windlicht, ehe sie es ergriff und sich wieder erhob.

Ben sagte nichts weiter, während er mit ihr von dem Wirtshaus fortging. Der Tempel war nur ein paar Häuser entfernt und Naira konnte sehen, wie immer mehr Menschen sich auf dem Marktplatz und vor dem Tempel zu sammeln begannen. Nicht mehr lange und sie würden den ganzen Platz füllen.

Die Feuerschalen am Eingang des Tempels wurden in diesem Moment mit einem Auflodern der Flammen entzündet und Naira warf einen schnellen Seitenblick auf Ben.

Seine Schritte wirkten schwer und er hielt den Kopf leicht gebeugt, die Schultern gespannt, als würden Sorge und Angst wie ein schweres, eisernes Joch in seinem Nacken sitzen.

Andere Bewohner schlossen sich ihnen unterwegs an und jeder von ihnen hielt ein Windlicht in den Händen. Selbst die Kinder, die alt genug waren, um eines zu tragen, hatten eins und alle waren bereits entzündet.

Am Tempel ließ der Priester, sein Gesicht ernst und die Stimme verständnisvoll, sie wissen, dass der Tempel selbst bereits mit Lichtern gefüllt war und niemand mehr eintreten konnte. Er wies sie an, die Windlichter um den Tempel herum aufzustellen, ohne zu drängeln oder einander versehentlich zu schubsen.

Es war kaum ein Stimmenmurmeln zu hören, so leise waren die Leute, als sie die Lichter sanft und vorsichtig abstellten, so nah an dem Tempel wie nur möglich, ehe für den nächsten Platz gemacht wurde. Naira sah dabei Jeral und seine Freunde aus dem Augenwinkel und sie atmete leicht auf, als er sein Licht weit entfernt abstellte. Naira suchte mit Ben zusammen eine passende, noch halbwegs freie Stelle und sie sorgten beide dafür, dass die Windlichter gut standen.

Binnen weniger Minuten umgaben den Tempel zahllose Kerzen in einem immer größer werdenden Ring. Wäre der Moment nicht so ernst, wäre es ein wunderschöner Anblick. All das Licht, versammelt wie gefallene Funken der Sonne.

Die Menschen um sie herum waren still und ihre Gesichter angsterfüllt. Einige sahen sogar aus, als hätten sie geweint oder hielten in diesem Augenblick noch Tränen zurück. Ein steter, sanfter Wind zog über sie hinweg und brachte den Geruch des Meeres mit sich.

Der Priester des Lichts trat vor, eine große, brennende Schale in den Händen haltend. Er stellte sie an den Eingangsstufen zur Tür des Tempels ab. Beinahe als wären die Menschen eins, wandten sich die Leute ihm zu. Sehnende Hoffnung erfüllte ihre Blicke.

Naira hörte die Worte des Priesters kaum, als er ein Gebet sprach. Sie warf einen Seitenblick zu Ben, ehe sie zögerlich die Hand hob und kurz seinen Arm drückte. Ben atmete tief ein und langsam wieder aus, ehe er die Schultern straffte. Der Priester vollendete das Gebet und warf eine Handvoll Salz für Reinheit in die Feuerschale, zusammen mit einer Ansammlung getrockneter Heilpflanzen um für rasche Genesung zu bitten.

„Sie werden die Tore schließen", murmelte Ben auf einmal und nickte leicht zu den Wachen hinüber, die in ihrer Rüstung ernst unter den Bewohnern standen. „Heute sind die letzten Schiffe mit Soldaten für die Front aufgebrochen und alle Handelsschiffe sind weg. In den letzten Tagen haben alle, die es sich leisten konnten, die Marktstände leer gekauft, aus Angst vor Nahrungsknappheit in nächster Zeit. Die beiden Wachen dort sind mit der nächsten Schicht an den Toren dran." Ben sah Naira ernst an. „Wenn du gehen möchtest, solltest du es jetzt tun. Später lassen sie niemanden mehr raus."

Naira zögerte und Ben drückte kurz verständnisvoll ihre Schulter. „Geh", flüsterte er. „Wenn ich deinen Vater sehe, erkläre ich es ihm. Du bist es weder ihm noch deiner Mutter schuldig, zu bleiben."

125

Naira atmete tief ein und nickte dann. „Danke."

„Das Licht sei mit dir, Naira." Ben machte einen Schritt zur Seite, damit Naira problemlos an ihm vorbeikam. Mit einem letzten Blick auf die Windlichter schob Naira sich durch die anwesenden Bewohner davon.

Die meisten Leute hatten die Augen im Gebet geschlossen und warfen ihr kleine, irritierte Blicke zu, sobald sie sich mit einem leisen *Entschuldigung* an ihnen vorbei drückte. Eltern trugen ihre Kinder auf den Armen, als hätten sie Angst, sie würden jeden Moment verschwinden oder ihnen entrissen werden. Alte und junge Paare hielten einander fest. Viele hielten den runden Sonnenanhänger, den sie um den Hals trugen, in den Händen, die Finger um das polierte Kupfer geschlossen, während sie stumm beteten.

Naira konnte beinahe schon spüren, wie die Spannung an den Leuten festhielt. Sie wollte sich nicht einmal vorstellen, wie es erst aussehen würde, wenn noch mehr Menschen erkrankten und sich noch mehr Angst breit machte.

Naira konnte nicht bleiben, so sehr es ihr Vater auch gewollt hätte. Der Gedanke, sie würde Ethariel und Lanara nicht mehr sehen können, dass Lanara vielleicht sogar sterben würde, bevor die Tore wieder geöffnet wurden, ließ sie immer schneller gehen.

Was, wenn Ethariel krank wurde und sie nichts davon erfuhr? Was wäre, wenn sie selbst krank wurde und ihre Freunde würden es für Monate nicht wissen? Was, wenn sie alle von der Krankheit dahin gerafft wurden?

Sie konnte nicht in Simerin bleiben und sie schickte ein stilles Gebet an den Gott des Lichts, dass er über Elra und ihre Eltern wachen möge und die Krankheit von Ben fern hielt. Selbst wenn Naira sich nicht als Anhängerin des Lichts sah, so hoffte sie doch, dass da irgendwo jemand war, der zuhörte. Den es kümmerte und der über die Macht verfügte, zu helfen.

Niemand war zu sehen, als sie die Straßen entlang eilte und die Wachen am Tor sahen für einen Moment aus, als würden sie Naira am liebsten befehlen zu bleiben. Dann seufzte einer der beiden.

„Noch sind die Tore offen", murrte er und warf ihr einen grimmigen Blick zu. „Wenn du jetzt gehst, wirst du nicht zurückkommen können, bis wir sie wieder öffnen. Und wer weiß, wann das sein wird."

„Ich verstehe." Naira versuchte mutiger zu klingen, als sie sich in diesem Moment fühlte. Sie war außer Atem und Furcht hatte sich kalt um ihr Herz geschlossen. „Ich will trotzdem gehen."

„Natürlich", murmelte die zweite Wache, während er ihren Namen in das Buch schrieb. „Ab mit dir. Solltest du es dir anders überlegen, hast du vielleicht noch eine halbe Stunde." Er deutete abwesend auf eine Wasseruhr neben einer brennenden Kerze. „Pass auf dich auf."

Mit diesen Worten winkten sie Naira durch das Tor und es schloss sich mit einem düsteren, schweren Knall hinter ihr. Für einen Augenblick fühlte es sich eigenartig endgültig an.

Naira warf einen letzten, nervösen Blick zurück. Unsicherheit stieg kurzzeitig in ihr auf, ehe sie tief einatmete und loslief.

Auf halber Strecke erinnerte sie sich daran, dass sie ihr Schwert und ihre Sachen in Simerin zurückgelassen hatte. Sie konnte jedoch nicht mehr zurückkehren, dafür war es schon zu spät. Die Wachen hatten inzwischen gewechselt und die Tore würden für niemanden mehr geöffnet werden, der nicht mit der Erlaubnis oder einer Nachricht des Königs kam.

Den Kopf schüttelnd und ihr übereiltes Fortgehen verfluchend lief sie weiter, um noch den Waldrand zu erreichen, bevor es so dunkel wurde, dass sie nicht mehr sehen konnte, wohin sie trat.

Außer Atem und verschwitzt erreichte sie die zwei Statuen am Waldrand im letzten Schimmer des Tageslichts. Die Laternen des

Elfenweges brannten bereits und sie würden erst mit dem Tagesanbruch wieder erlöschen.

Der Wald grüßte sie mit einem wispernden und säuselnden Blätterrauschen. Die Luft wurde merklich kühler und es roch nach Erde und Moos und Naira joggte rasch weiter, dem beleuchteten Weg folgend.

Die Wachen am Eingang zu Nurethal waren überrascht, sie zu sehen, und einer von ihnen, Varon, kam ihr entgegen.

„En' Harell Naira, ist alles in Ordnung?", fragte Varon besorgt. Er hatte schwarzes Haar und seine silbern schimmernde Rüstung war überzogen von filigranen Gravuren. Das Symbol der Valia, ein Baum an dessen breiten Stamm sich ein Bogen und ein Schwert kreuzten, befand sich mitten auf seiner Brust. Seine Gleve glänzte im Licht der Laternen.

„In Simerin sind die Tore geschlossen", sagte Naira keuchend und wischte sich ein paar Schweißtropfen vom Gesicht. Ihr Hemd klebte ihr am Rücken. „Ich bin gegangen, bevor sie niemanden mehr rausgelassen haben."

Varon runzelte besorgt die Stirn und nickte dann. „Verstehe, ich lasse es die anderen wissen." Er legte ihr eine Hand auf die Schulter und lächelte beruhigend. „Du bist immer willkommen bei uns und deine Freunde freuen sich bestimmt."

Varon hielt inne und verzog leicht das Gesicht. „Ich fürchte jedoch, Lanara wirst du nicht sehen können. Sie ist von den Heilern in den Tempel gebracht worden und niemand darf die Kranken besuchen."

Naira sog überrascht die Luft ein und Varon drückte kurz tröstend ihre Schulter. Er machte sich nicht die Mühe, ihr Versprechungen darüber zu machen, dass Lanara bestimmt bald wieder auf den Beinen sein würde, und Naira war dankbar dafür.

Wenn Lanara in den Tempel der Valia gebracht worden war, musste es die Krankheit sein. Die Seuche, die ganz Talha heimsuchte.

Naira ballte die Hände zu Fäusten um zu verbergen, dass sie kurz fahrig zitterten. Jemand musste bald ein Heilmittel finden, ansonsten wusste Naira nicht, wie sie das alle überstehen sollten. Sie wollte keinen ihrer Freunde, keinen ihrer Liebsten, zu Grabe tragen.

Selhian ma llona so elanam
En so lia ni
Ma Valia lelith ser ona
En golso lo onas milenia soll

Ma ellia ma saru na olma sahnia
Ma thrien halay olma olwayn
Ma artha ma arlia
Soln ma soll ma norya

Ona olos ip lothra
Soh wil mor olma sahniaen
Ma Valia ip vyl ona
Al nov in var es nig ocea

Selhian ma llona so elanam
En soh lia ni
Ma Valia lelith ser ona
En golso lo onas milenia soll

- Ein Wiegenlied der Elfen.

Fremdeinwirkung

Naira zupfte das Hemd zurecht, das Ethariel ihr geliehen hatte. Es war ein wenig zu groß und die Ärmel zu lang, doch es war leicht und zur Hälfte aus Seide gewebt, was es angenehm kühl machte. Naira hatte zwar stets ein paar Sachen hier bei ihm gelagert, doch die meisten ihrer Kleidungsstücke befanden sich noch in Simerin. Sie wandte sich zu Ethariel um. Er stand am Fenster und starrte mit einem nachdenklich und leicht düsteren Stirnrunzeln hinaus. Naira trat neben ihn und entdeckte nach einem Augenblick, was er musterte. Den Tempel der Valia. Wo Lanara sich befand und niemanden sehen durfte.

„Lanara wollte mir noch etwas sagen, bevor sie abgeholt wurde. Etwas, dass ihr die wenigsten glauben würden, meinte sie", erhob Ethariel das Wort. Er presste kurz die Lippen aufeinander. „Was, wenn es mit der Krankheit zu tun hat, oder etwas anderem Wichtigen? Was, wenn ihr wirklich nicht geglaubt wird?"

Naira warf Ethariel einen Seitenblick zu. „Du willst da rein, oder?"

„Und du nicht?", murmelte er zurück und Naira neigte zustimmend den Kopf. Seit Simerins Tore geschlossen wurden, trug sie einen Knoten aus Sorge unter ihren Rippen und ein kaltes Gefühl stahl sich immer wieder durch ihren Magen.

„Irgendetwas stimmt nicht", sagte Ethariel und strich über die eleganten Zöpfe an seinen Schläfen, die seine Haare davon abhielten, ihm ins Gesicht zu fallen. „Wir Elfen werden nicht einfach so krank und es sollte nicht alle Völker erwischen. Ich vertraue unseren Heilern, doch was, wenn sie zu langsam sind? Was, wenn wir Lanara irgendwie helfen können?"

Das Jagdhorn der Jäger erklang und sie tauschten einen grimmigen Blick. Es waren weitere Monster gesichtet worden und jemand hatte die Elfen um Hilfe gebeten.

Naira gab Ethariel recht. Irgendetwas stimmte nicht. Immer mehr Monster tauchten im Norden auf, Monster die in diesen Gegenden nicht heimisch waren, und sowohl Menschen als auch Elfen litten an derselben Krankheit. Eine Krankheit ohne Heilung. Die Probleme schienen sich zu häufen und sie wussten nicht einmal, wie es inzwischen an der Front aussah.

Von Ethariels Fenster aus konnten sie sehen, wie einer der ältesten Jäger sich auf den Weg machte, um den Ruf des Horns zu beantworten und den Jagdauftrag entgegenzunehmen. Naira war sich sicher, dass bei Sonnenaufgang ein Jägertrupp aufbrechen würde, um sich um das Problem zu kümmern.

Die Elfen hatten im Gegensatz zu Simerin ihre Stadt nicht abgeriegelt und würden das ohne wahrlich düstere Umstände auch nicht tun.

Naira sah zurück zum Tempel. So sehr sie sich auch für gewöhnlich an die Regeln der Elfen hielt, sie musste Lanara sehen und sich vergewissern, dass es ihr noch nicht zu schlecht ging. Dass sie überleben würde. Für einen Moment dachte Naira darüber nach, ob sie sich wohl anstecken konnte, ehe sie diesen Gedanken wieder abschüttelte. Die Krankheit war soweit von nichts aufgehalten worden und hatte bereits ganz Talha befallen. So etwas hatte es noch nie gegeben. Naira war sich recht sicher, dass sie alle früher oder später krank werden würden, egal wie sehr die Angesteckten von den noch Gesunden getrennt wurden.

Lanara zu sehen machte daher keinen Unterschied für Naira. Vor allem nicht, wenn wirklich die Möglichkeit bestand ihr irgendwie zu helfen. Und wenn Lanara etwas wusste oder vermutete, war es umso wichtiger, sie zu besuchen.

„Besuchen wir sie heute Nacht?", fragte sie und nickte zum Tempel hinüber. „Wir können ablehnen, falls wir für die Monster-jagd angefragt werden."

Ethariel nickte. „Sobald wir uns einen guten Überblick verschafft haben, können wir uns nachts rein schleichen. Komm."

Sie verließen das Haus mit einem Abschied an Ethariels Eltern. Nelvey saß an ihrem Webstuhl und spann einen seidenen Stoff aus einem hellen Himmelsblau, während Oleyn ein fließendes Kleid reich bestickte. Beide sahen nur kurz von ihren Arbeiten auf, um ihren Abschiedsgruß zu erwidern, ehe sie sich wieder konzentrierten.

Ethariel und Naira achteten darauf, sich so unauffällig und normal wie möglich zu bewegen, während sie über Seitengassen und einen Umweg zum Tempel gingen. Sie mieden damit auch eine kleine Ansammlung der Jäger. So sehr Naira sich ansonsten der Jagd gerne angeschlossen hätte, sie machte sich zu große Sorgen um Lanara.

Den Tempel zu beobachten stellte sich als ein wenig schwieriger heraus als gedacht. Sie brauchten während der nächsten Stunden einige Ausreden für ihr beiläufiges Herumlungern und mussten immer wieder die gepflasterten Wege entlanglaufen, damit sie keine ungewollte Aufmerksamkeit auf sich zogen.

Letztendlich jedoch hatten sie eine gute Vorstellung davon, wann die Heiler sich ablösten und wie sie zum Krankenflügel des Tempels gelangen konnten, ohne bemerkt zu werden.

„Wir werden nicht lange bleiben können", murmelte Naira, sobald sie sich für das Abendessen auf den Heimweg machten. „Ein paar Minuten sollten allerdings reichen."

Zumindest um zu sehen, wie es Lanara ging und um mit ihr zu sprechen.

Das Essen an diesem Abend war ruhig und ernst, trotz der Versuche von Nelvey und Oleyn sie mit leichten Gesprächen abzulenken.

Naira und Ethariel warteten bis seine Eltern sich für die Nacht hingelegt hatten, ehe sie sich hinausschlichen. Die Gassen und schmalen Straßen der Elfenstadt waren ruhig und größtenteils verlassen, erhellt von dem hellen Licht der Laternen. Der Wald wisperte um sie herum, beinahe so als würde er sie leise bei ihrem Vorhaben begleiten.

Niemand begegnete ihnen und sie hielten sich von den Fenstern fern die noch erhellt waren.

Am Tempel angekommen warteten sie einen Moment lang, ehe sie zum Hintereingang schlichen. Es gab keine Wachen, was Naira nicht überraschte. Die Elfen hatten großen Respekt für einander und die Valia, niemand würde einfach einbrechen. Zumindest war das noch nie vorgefallen

Die Hintertür war nicht verschlossen, was sie für gewöhnlich auch nicht war. Die Tür war lediglich für Botengänge gedacht und jeder Besucher des Tempels trat durch den Vordereingang.

Naira und Ethariel jedoch wussten, dass man sie niemals in den Krankenflügel lassen würde, wenn sie den Tempel für alle sichtbar betraten.

„Verzeiht mir, Valia", flüsterte Ethariel, als er die Tür vorsichtig aufschob und Naira ihre Umgebung im Auge behielt. Für einen Moment hielt Ethariel lauschend still. „Komm."

Auf leisen Sohlen huschten sie hinein und Naira schloss langsam und lautlos die Tür hinter ihnen. Sie befanden sich nun in einem Flur aus weißem Stein, in dem in regelmäßigen Abständen Fackeln in Halterungen brannten.

Es war still und Naira schluckte nervös, während sie und Ethariel weiter schlichen. Den Krankenflügel fanden sie ohne Schwierigkeiten und ohne einem Elf über den Weg zu laufen. Nachts war für gewöhnlich weitaus weniger los und als sie in den Krankenflügel hineinspähten, waren nur eine kleine Handvoll Heiler zu sehen, die sich nachts um alles kümmerten.

Der Krankenflügel war in mehrere kleine Räume unterteilt und der Flur wurde von weiteren Fackeln beleuchtet. Die Türen zu den

Krankenräumen waren entweder angelehnt oder sogar ein Stück geöffnet.

Ethariel führte sie in den Flur und sie huschten rasch in einen der Räume mit einer offenen Tür. Niemand lag in einem der beiden Betten und sie warteten mit angehaltenem Atem, bis ein Heiler mit einem Korb voller Leinentüchern an ihnen vorbeigegangen war.

Lautlos winkte Ethariel sie weiter mit sich.

Sie schlichen zurück in den Flur, weiterhin geduckt und auf leisen Sohlen. Naira war erschrocken, als sie sah, wie viele Elfen bereits in den Betten lagen, als sie im Vorbeigehen auf der Suche nach Lanara kurze Blicke in die Räume warfen. Sie entdeckte Kalia in einem der Räume und die Jägerin schien zu schlafen. Im sanften Schein einer gedimmten Magierlampe wirkte sie fahl und erschöpft. Naira spürte wie ihre Brust enger wurde und das Eis in ihrem Bauch die kalten Finger zu ihren Lungen hinauf streckte.

Zwei weitere Heiler betraten im nächsten Moment den Flur. Naira und Ethariel gelang es nur rechtzeitig in einen weiteren Raum zu huschen und einer Entdeckung zu entgehen, da die Heiler ihnen den Rücken zugewandt hatten. Sie unterhielten sich zu leise, als dass Naira etwas verstehen konnte. Sie warf einen fragenden Seitenblick zu Ethariel, der leicht den Kopf schüttelte. Er konnte das Gespräch ebenfalls nicht überhören.

Nairas Herz pochte lauter, während Ethariel und sie sich kurz in dem dunklen Krankenraum umsahen, in dem sie sich versteckten. Auf den zwei Betten lagen Elfen, die jedoch tief genug schliefen, um sie nicht zu bemerken. Es hing eine Lampe an einem Haken an der Wand, doch sie war gelöscht, was den Raum in Dunkelheit hüllte. Nur ein Streifen Licht fiel vom Flur hinein. Naira konnte hören, wie einer der schlafenden Elfen schwerer und rauer atmete.

Die beiden Heiler gingen an ihnen vorbei und betraten einen anderen Raum. Naira tauschte einen Blick mit Ethariel und gemeinsam huschten sie rasch wieder hinaus.

Im nächsten Raum fanden sie endlich Lanara. Sie war nicht allein, im anderen Bett schlief eine weitere Elfe, die mit dem Gesicht zur Wand da lag. Jedenfalls hoffte Naira, dass sie schlief und sie nicht bemerken würde. Naira trat auf Lanara zu und Ethariel lehnte sachte die Tür hinter ihnen an.

„Lanara?", flüsterte Naira.

Zwischen den beiden Betten befand sich jeweils ein Nachtkästchen und dieses Zimmer hatte an der Wand ein großes Fenster, das ein wenig Licht von draußen herein ließ.

Lanara regte sich, wandte sich ihnen zu und öffnete die Augen. Sie sah beinahe so weiß aus wie das Bettlaken. Ein leichter Schweißfilm lag auf ihrem Gesicht, und die Haut unter ihren Augen hatte sich dunkel und rot verfärbt, beinahe wie Blutergüsse.

Lanara sah überrascht aus und dann sowohl besorgt als auch wenig erleichtert. Ethariel eilte ebenfalls an ihre Seite und Naira ergriff die Hand, die Lanara nach ihr ausstreckte.

„Warum seid ihr hier?", flüsterte Lanara mit rauer Stimme und zog die Brauen zusammen. „Ich dachte, wir dürfen keine Besucher empfangen."

„Wir haben uns reingeschlichen", hauchte Ethariel zurück und legte eine Hand auf ihre Stirn. Er biss sich leicht auf die Unterlippe und schien noch ernster zu werden als zuvor. „Wie geht es dir?"

„Irgendetwas stimmt nicht", flüsterte Lanara, ehe sie so stark hustete, dass es klang, als würde sie versuchen, ihre Lunge loszuwerden. Naira zuckte erschrocken zusammen und Ethariels besorgter Blick huschte von Lanara zur Tür, um sie im Auge zu behalten.

136

Lanara schloss kurz die Augen. „Die Krankheit lässt sich nicht heilen."

„Niemand kann das bisher", antwortete Ethariel zustimmend. Er stand völlig still da und entspannte sich langsam wieder, als keine Schritte zu hören waren. Er wandte sich Lanara zu und strich über ihre Haare, sein Gesicht erfüllt von Sorge.

Lanara schüttelte leicht den Kopf. „Das meine ich nicht. Ich war schon immer magiesensibel. Ich spüre es, wenn die Heiler ihre Kräfte verwenden und dass nichts passiert. Im Gegenteil, es fühlt sich an, als würde es mir dann noch schlechter gehen."

Ethariel und Naira tauschten einen ernsten und besorgten Blick.

„Ich glaube..." Lanara schluckte und befeuchtete ihre Lippen. „Ich glaube, die Krankheit ist nicht natürlich. Sie kann es einfach nicht sein. Jemand muss sie erschaffen haben."

Ethariel sah überrascht und dann ungläubig aus. „Das ist unmöglich. Die Krankheit hat inzwischen ganz Talha ergriffen. Wenn jemand sie tatsächlich erschaffen hätte..."

„So viel Macht hat kein Magier, auch keine Gruppe von ihnen, ich weiß." Lanara sah ihn an und Naira bemerkte, dass sie erschöpfter aussah, als würde selbst dieses kleine Gespräch sie viel Kraft kosten. „Doch die Heiler haben alles versucht, überall in Talha. Niemand ist bisher wieder gesund geworden. Du weißt, wie schnell wir Elfen wieder genesen, selbst wenn es uns wirklich übel erwischen sollte."

Sie hustete erneut und Ethariel half ihr, sich etwas aufzusetzen, ehe Lanara zurücksank und keuchend mit rauer Stimme weitersprach. „Und viele Menschen sind unglaublich zäh. Wie ist es möglich, dass niemand es bisher überstanden hat? Wie kann es sein, dass keine Magie auch nur eine einzige Person heilen konnte? Ethariel, du kannst mir nicht sagen, dass das natürlich ist."

Schweres Schweigen breitete sich aus und die Luft fühlte sich dicker an als zuvor. Nairas Mund war trocken und sie schluckte, um das Gefühl loszuwerden. Lanaras Hand war zu kühl und ihre Finger schlaff. Dann kam ihr ein Gedanke.

„Was, wenn die Magie zuvor gesammelt wurde?", fragte Naira leise, während Ethariels Gesicht sich bei diesem Gedanken verdüsterte. „Über einen langen Zeitraum hinweg?"

Ethariel zog die Brauen zusammen. „Von so etwas habe ich noch nie gehört." Er atmete frustriert aus und fuhr sich durch die Haare. Dabei blieb er kurz mit den Fingern an seinen Zöpfen hängen, ehe er ratlos beide Hände hob und sie ansah. „Das wäre Wahnsinn. Niemand könnte überhaupt so lange an so etwas arbeiten, ohne das es jemand mitbekommt. Allein schon so viel Macht anzusammeln würde mindestens zehn oder fünfzehn Jahre dauern, von dem Erschaffen oder Erfinden eines Krankheits-zaubers ganz zu schweigen. Oder den Kosten, die das mit sich bringen würde. Und die Krankheit nach der Erschaffung aufrecht zu erhalten? Für so lange und in einem ganzen *Land*? Keiner hat genug Macht für so etwas, selbst wenn man irgendwie so viel Magie ansammeln könnte, würde sie innerhalb einiger Wochen aufgebraucht sein."

Er warf rasch einen Blick zur Tür und Naira horchte ebenfalls auf. Sie hörten leise Schritte und warteten angespannt. Sobald die Schritte die Tür passierten, sackten ihre Schultern erleichtert herab.

„Es ist das einzige, das mir einfällt", flüsterte Lanara und schloss für einen Moment die Augen. Sie sah aus, als würde die Krankheit sie bereits fest im Griff haben und Naira hielt ihre Hand unwill-kürlich etwas fester. „Es ist das einzige, das in meinen Augen Sinn ergibt, so unmöglich es auch klingt."

Naira gab Lanara recht, in beiden Punkten. Es klang unmöglich und doch machte es zugleich einen gewissen Sinn. Wie sonst auch ließ sich erklären, dass selbst die mächtigsten Heiler des Landes nichts tun konnten? Das *niemand* bisher etwas tun konnte?

Naira presste die Lippen aufeinander und ein Körnchen Hoffnung keimte in ihr auf, stark und stur. Wenn es jemanden gab, der die Krankheit erschaffen hatte und am Leben hielt, gab es auch eine Möglichkeit, das zu beenden. Vielleicht sogar ein Heilmittel.

Lanara hatte nur begrenzt viel Zeit, sie würde nicht ewig durchhalten können. Elra hatte wahrscheinlich noch weniger, da Simerin im Gegensatz zu Nurethal nur einen Heilmagier hatte und der Rest ihrer Heiler bestand aus Ärzten von der Akademie und Kräuterkundlern. Und selbst ihr Heilmagier war nicht der stärkste. All die Menschen und Elfen, die bisher erkrankt waren, schritten unaufhaltsam dem Tod entgegen.

Naira sah Ethariel an. „Wir sollten es zumindest jemandem sagen." Ihr Blick fiel zurück zu Lanara. „Wir müssen wenigstens etwas versuchen, das ist besser als nichts zu tun." Dann straffte sie die Schultern und drückte Lanaras Hand. „Wir lassen dich nicht einfach sterben."

Sie legte so viel Überzeugung in ihre gesenkte Stimme, wie sie konnte und Lanara schenkte ihr ein schwaches, flüchtiges Lächeln. Das kleine Lächeln fachte Nairas Entschlossenheit und sture Hoffnung weiter an. Sie mussten wenigstens versuchen, mit jemandem zu sprechen, anstatt nur herumzustehen und sich ängstlich zu sorgen.

„Ich werde mit den Heilern hier sprechen", sagte Lanara und schloss erneut die Augen, ehe sie sie wieder öffnete. Dieses Mal wirkte ihr Blick fiebrig. „Wartet noch bis übermorgen und sprecht dann im Tempel mit jemandem. Ob die anderen mir glauben oder nicht, solltet ihr dann erfahren können. Und ob etwas getan werden kann."

Naira zögerte noch einen Moment, ehe sie die Schultern straffte. Sie ließ Lanara los und trat von dem Bett zurück. Ethariel folgte ihr.

„Passt auf euch auf", flüsterte Lanara und schloss wieder die Augen. „Ich werde versuchen zu schlafen."

Naira nickte und für einen Augenblick wusste sie nicht, was sie sagen sollte. *Bleib am Leben? Halte durch?* „Gute Nacht."

„*Alenda Olos*, Lanara", fügte Ethariel leise hinzu.

Sie lauschten noch einen Moment an der Tür und huschten hinaus, sobald der Flur leer war. Die Heiler schienen alle in den Zimmern zu sein und Naira hörte im Vorbeischleichen undeutlich, wie einer von ihnen mit einem der Patienten sprach. Sobald sie den Tempel wieder verließen, atmeten sie beide tief durch.

„Warten wir bis übermorgen", sagte Ethariel. Er legte den Kopf zurück und sah in die Bäume hinauf, zu den Häusern, die auf den Ästen thronten und dem Sternenhimmel, der über ihnen hing. Der Wald um sie herum wisperte rauschend und ein sanfter Wind strich die Straße entlang.

Übermorgen fühlte sich mit einem Mal zu weit entfernt an.

Nethral sind die sogenannten Blutspferde der Elfen. Niemand kann sie mir wirklich erklären und wenn ich Elfen frage, sehen sie mich stets mit diesem eigenartigen Blick an. Wie ein Kind, das fragt, warum die Sonne scheint und gleichzeitig können sie die Verbindung zwischen ihnen und diesen Pferden nicht in Worte fassen.

Vielleicht sind die Nethral ihnen wirklich von ihren Göttern geschenkt worden, um sie sicher in neues Land zu tragen. Vielleicht sind die Pferde auch Monster die einfach nicht wie welche aussehen. Alle Monster tragen einen Funken Magie in sich, manche sogar ein wenig mehr als andere. Wer weiß schon, was diese Nethral wirklich sind?

Ich kann nicht mehr herausfinden, egal wie sehr ich es versuche. Die Elfen sind zu misstrauisch und vorsichtig. Sie würden ihre Nethral niemals aus den Händen geben. Am allerwenigsten an einen Menschen. Zu schade, ich hätte vielleicht etwas herausfinden können, hätte ich eines untersucht. Sie wollen mir nicht einmal ein totes Tier zum Aufschneiden geben.

Ich muss mir wohl etwas überlegen, wenn das Nethral Kapitel in meiner Enzyklopädie nicht aussehen soll wie das lückenhafte Ergebnis stümperhafter Forschung.

- Eine persönliche Notiz von Enima Phorol über Nethral, Autor des Buches „Enzyklopädie der Wesen und Monster Elathions".

Der Aufbruch

Naira und Ethariel zogen am nächsten Morgen früh los zu den Trainingsplätzen der Elfen. Sie waren zu unruhig und ungeduldig um still zu sitzen. So trainierten sie und halfen später am Tag bei einigen anderen Elfen aus.

So erfuhren sie, dass inzwischen die meisten Jäger aufgebrochen waren. Es waren drei verschiedene Monster gesichtet worden und alle an anderen Orten.

„Ich glaube, außer euch sind nur noch zwei andere Jäger da. Zumindest von denen, die noch nicht krank geworden sind", sagte ein älterer Elf, dem sie geholfen hatten, große Säcke Mehl in seine Backstube zu tragen. Der Elf klopfte ihnen auf die Schulter. „Lasst euch jedoch nicht sorgen. Ich bin sicher, es wird alles wieder gut. Die Valia wachen über uns."

Naira nickte lediglich und der Elf reichte ihnen als Dank kleine, frisch gebackene Brote.

Um Talha steht es derzeit wirklich schlecht, dachte Naira, als sie das warme Brötchen in ihrer Hand wendete. Monster tauchten auf, die Krankheit hatte sich ausgebreitet wie ein unaufhaltsames Übel. Die letzte Nachricht, die sie von der Front erreicht hatte, sah wegen all der Umstände alles andere als rosig aus, und selbst diese Nachricht war bereits ein paar Wochen alt. Wer wusste schon, wie es inzwischen wieder im Süden aussah.

„Wenn das so weiter geht, verlieren wir unsere Leute an die Krankheit und unser Land an den Krieg", hörte Naira ein Elfenpärchen reden, das an ihnen vorbei ging. „Bei den Valia, was geht hier nur vor sich?"

„Denkst du, es könnte am Krieg liegen?", fragte Naira Ethariel, sobald sie sich etwas von den beiden entfernt hatten. „Dass jemand im Namen Amardans für die Krankheit gesorgt hat? Sie haben viele äußerst talentierte Magier und wenn sie schon länger an so etwas gearbeitet haben, hätten sie auch die Zeit dafür gehabt alles vorzubereiten."

Naira war sich nicht sicher, wie viel Gold Amardans Krone für so ein Unterfangen besaß, doch Gier und der Wunsch zu siegen hätten König Harau leichtsinnig machen können.

Ethariel verzog düster das Gesicht. „Hoffen wir, dem ist nicht so. Ich wüsste nicht, wie wir uns einen Weg nach Amardan bahnen und die Krankheit stoppen sollen, bevor..."

Er stockte und Naira wusste, was er meinte. Bevor Lanara tot war. Bevor all die anderen erkrankten Menschen und Elfen tot waren.

„Hoffen wir, es ist etwas anderes." Naira fühlte sich mit einem Mal eigenartig närrisch, während sie redete. Hoffen, das war wirklich das einzige, das ihnen im Moment übrigblieb.

Sie presste die Lippen zusammen und Ethariel an ihrer Seite verfiel ebenfalls in Schweigen.

Ethariels Eltern bemerkten, dass etwas mit ihnen nicht stimmte, doch sie ließen das Thema bewusst ruhen. Naira war ihnen dankbar dafür. Es gab keine Worte, die diese Situation besser machen konnten. Es wären lediglich leere Versprechungen gewesen.

Beim Abendessen gab Ethariels Vater ein Husten von sich und der ganze Tisch schien zu erstarren, er selbst mit eingeschlossen.

„Es ist alles gut, ich habe mich nur ein wenig verschluckt", sagte Oleyn, doch es klang nicht überzeugend. Nelvey strich ihm liebevoll eine Strähne hinter das Ohr, doch Naira sah die aufblühende, tief greifende Angst und Sorge, die sich hinter ihrem leicht gezwungenen Lächeln verbarg.

Ethariel starrte auf seinen Teller, die Schultern angespannt und brachte kaum noch ein paar Bissen hinunter. Naira hatte das Gefühl, das leckere Essen wurde zu Asche in ihrem Mund und sie warf immer wieder besorgte Seitenblicke zu Oleyn.

Naira und Ethariel zogen sich nach dem Abendessen auf Ethariels Zimmer zurück und Ethariel öffnete eines der Fenster, um frische Luft herein zu lassen. Im Augenblick war es drückend warm, selbst in den Steingebäuden der Elfen. Nachts jedoch kam dank des Waldes und des Meeres ein kühlerer Wind auf.

Ethariel wandte sich ihr zu, da hörten sie den krächzenden Schrei eines Vogels. Sie sahen beide aus dem Fenster und mit einem überraschten Laut duckte Ethariel sich aus dem Weg, als ein Rabe in das Zimmer glitt.

Naira atmete scharf ein, sobald sie den Raben erkannte. Er war Vellas. Sie hob rasch einen Arm und ignorierte die kleinen Schmerzpunkte, als die Krallen des Vogels sich etwas in ihre Haut drückten, während er auf ihr landete. Der Rabe legte die Flügel an und Naira sah die Briefrolle an dem Bein, das er ihr im nächsten Moment entgegenstreckte.

„Eine Nachricht", sagte sie und brauchte ein paar Sekunden, um einhändig den Brief abzunehmen. Der Rabe wirkte sehr zufrieden mit sich und beäugte das Zimmer aufmerksam.

Ethariel trat rasch an Nairas Seite. Sie waren beide nicht überrascht, dass der Rabe sie gefunden hatte. Vella hatte ihm den Weg zu Ethariels Heim schon vor ein paar Jahren beigebracht, für den Fall, dass sie ihnen einmal wegen etwas wichtigem Bescheid geben wollte. Was Naira jedoch erstaunte, war dass der Rabe überhaupt hier war. Mit allem was derzeit passierte, konnte es bestimmt nichts Gutes verheißen.

Sie rollte die Nachricht aus, vorsichtig darauf bedacht, den Raben nicht mit einer zu heftigen Bewegung abzuschütteln. Er war überraschend schwer und sie war sich sicher, dass seine Krallen Kratzer hinterlassen würden. Der Stoffärmel ihres geliehenen Hemdes war definitiv kein ausreichender Schutz.

Naira las, was Vella geschrieben hatte und Ethariel sah ihr über die Schulter.

Naira, Ethariel, ich brauche eure Hilfe. Es geht um die Krankheit.
Kommt nach Tralin so schnell ihr könnt, es ist sehr wichtig. Beeilt
euch bitte. Vella

Sie tauschten einen Blick. Ethariel rieb sich mit beiden Händen über das Gesicht und atmete tief ein und langsam wieder aus. Naira strich mit den Fingern über den schmalen Papierstreifen. Vella war nicht leicht zu verängstigen, was, wenn sie in Gefahr war? Die Nachricht jedenfalls klang alles andere als gut und Vella war ihre Freundin. Naira fühlte sich für eine lange Sekunde hin und her gerissen, ehe sie die Schultern straffte.
„Was jetzt?", fragte Ethariel und fuhr sich grob durch die Haare.
Nairas Finger schlossen sich etwas fester um die Nachricht. „Wenn wir morgen nichts Konkretes herausfinden oder losgeschickt werden, um Lanara und den anderen zu helfen, reiten wir nach Tralin. Das ist zwei Tage von hier." Sie hob den Papierstreifen. „Was, wenn Vella etwas weiß, das uns helfen kann? Oder sie in großen Schwierigkeiten steckt? Sie würde nicht umsonst nach unserer Hilfe fragen."
Ethariel schwieg und sah zur Seite, ehe er tief einatmete und nickte. „Gut, wenn wir hier nicht helfen können, reiten wir nach Tralin. Aber wir bleiben nicht lange weg."
Naira selbst wollte auch nicht zu lange fortbleiben. Was, wenn es Lanara unerwartet schlechter ging? Was, wenn Ethariels Vater ebenfalls krank war? Oder es doch eine Möglichkeit gab, die Krankheit aufzuhalten und sie waren nicht hier um zu helfen?
„Fünf Tage", sagte Naira entschlossen. „Wenn das Treffen uns nicht weiterhilft oder Vella uns für etwas Wichtiges braucht, sind wir in fünf Tagen wieder zurück."
Ethariel nickte. Seine Schultern sanken etwas herab und er wirkte müde und angespannt. Naira ging zu Ethariels Tisch und der Rabe

hüpfte von ihrem Arm, um auf dem Tisch zu stehen. Sie nutzte die Rückseite von Vellas Papierstreifen, um eine rasche Nachricht zu schreiben.

Der Vogel hielt still, während Naira das Papier erneut aufrollte und sicher an seinem Bein befestigte.

„Gehen wir schlafen," sagte Naira, nachdem sie Vellas Raben zum Fenster gebracht und der Vogel sich mit einigen kräftigen Flügelschlägen in die Luft erhoben hatte. Er verschwand innerhalb kürzester Zeit in der Finsternis der Nacht.

Naira hoffte, dass Vella nicht ebenfalls erkrankt war und deshalb um Hilfe bat. Denn dann würden sie ihr ebenso wenig helfen können wie Lanara.

~*~

Weder Naira noch Ethariel schliefen viel in dieser Nacht. Sie waren vor der Dämmerung auf den Beinen und suchten den Tempel auf, kaum dass die Sonne aufgegangen war.

„Gibt es Neuigkeiten?", fragte Ethariel eine der anwesenden Elfen. Die Druidin der Valia war in weiße, fließende Roben gekleidet, die mit Goldfäden entlang des Saumes und der Ärmel bestickt waren. Auf ihrer Brust befand sich in Gold der Baum mit dem gekreuzten Schwert und Bogen.

Der Tempel war wie üblich sauber und hell und es waren bereits ein paar Elfen anwesend, die vor den Statuen der Valia saßen und beteten.

An den Wänden befanden sich Malereien von den Valia und der Reise der Elfen, die von dem unsterblichen Land Litheanor nach Elathion gekommen waren, als ihre Heimat im Meer versank. Die Bilder zeigten, wie die Valia den Elfen die Nethralpferde schenkten, welche sie über die Ozeane trugen. In den Schriften hieß es, dass die Elfen bei dieser Reise ihre Unsterblichkeit abgelegt hatten, um eine neue Welt betreten zu können.

Einige Elfen in der heutigen Zeit glaubten, dass ihr Herkunftsland schon immer in Elathion existiert hatte und einfach nur vor vielen hundert Jahren in einem der Weltmeere versunken war und die Reise zu neuen Ufern deshalb so in den Schriften niedergeschrieben worden war. Doch andere Elfen wiederrum glaubten, ihre Götter hätten sie tatsächlich von einem anderen Ort in diese Welt geholt.

Die Druidin atmete leise aus und warf ihnen einen entschuldigenden Blick zu.

„Verzeiht, derzeit kann ich nichts sagen. Doch seid versichert, wir lassen es euch und alle anderen wissen, wenn wir einen Weg gefunden haben, die Krankheit zu heilen oder wenn die Ältesten entscheiden, wie es weiter geht. Wenn ihr Nachrichten an die Kranken habt, kann ich sie gerne an die Heiler weitergeben."

Naira spürte, wie Enttäuschung und Sorge ihren Brustkorb einen Augenblick enger schnürten und ihren Geist verfinsterten. Sie tauschte einen Blick mit Ethariel, dessen angespannter Rücken dasselbe ausdrückte. Beide hatten auf eine andere Antwort gehofft. Naira konnte verstehen, dass die Ältesten nichts übereilen oder an unmögliche Theorien glauben wollten, doch zur gleichen Zeit fehlte ihnen, nun ja, die *Zeit*. Der Tod schritt unausweichlich näher, solange niemand ein Heilmittel fand oder eine andere Möglichkeit um die Krankheit zu beenden.

„Verstehe", sagte Naira und presste kurz die Lippen aufeinander. „Könntet Ihr Lanara ausrichten, dass wir für ein paar Tage nach jemandem sehen? Wir kommen so schnell wie möglich zurück, auch für den Fall, dass die Ältesten noch eine Entscheidung treffen, was weiter passiert."

„Natürlich." Die Druidin legte ihnen jeweils eine elegante Hand auf die Schulter. „Habt Mut, ihr beiden. Die Valia sind mit uns. Zögert nicht für ein Gebet zu kommen, um euch zu beruhigen."

Naira und Ethariel entschuldigten sich und traten rasch aus dem Tempel. Sie schwiegen für einen langen Moment und sahen dann einander an.

„Tralin?", fragte Ethariel und eine kaum merkliche, bleibende Spannung ließ sein Gesicht grimmig aussehen.

Naira atmete tief ein. „Ja, wir reiten am besten heute noch los."

Sie machten sich auf den Rückweg zu Ethariels Zuhause und erklärten seinen Eltern, dass sie aufbrechen würden und weshalb. Die beiden wirkten alles andere als glücklich darüber, doch sie hielten sie auch nicht auf. Seine Eltern boten ihnen an schon einmal Proviant für den Weg zu packen, während Naira und Ethariel Pferde holten.

Elbar, der Pferdeherr der Elfen, sah überrascht auf, sobald sie seine Stallungen am Rande der kleinen Stadt aufsuchten. Er musterte sie eingehend, als sie ihn nach zwei Reittieren fragten.

„Um eine Freundin zu besuchen", fügte Naira hinzu. Sein Blick war aufmerksamer als es Naira in diesem Moment lieb war.

„Klingt, als wäre es wichtig",sagte er und schürzte nachdenklich die Lippen, ehe er kurz die Hand hob. „Wartet hier."

Er verschwand in den Stallungen und Naira trat unruhig von einem Fuß auf den anderen, während Ethariel ein paar Strohhalme aufhob und sie verknotete. Sie richteten sich beide auf, als Elbar mit zwei Pferden zurückkehrte. Er hatte ihnen jedoch nicht die normalen Pferde mitgebracht, die den Elfen gehörten. Naira hörte wie Ethariel neben ihr die Luft einsog und ihr selbst klappte kurz sprachlos der Mund auf.

„Das sind keine guten Zeiten", sagte Elbar ernst und er stand aufrecht und nahezu königlich vor ihnen. „Nehmt die Nethral, sie sind schnell, ausdauernd und loyal. Egal was passiert oder wo ihr seid, sie finden entweder euch oder den Weg zurück nach Hause. Sie werden auf euch aufpassen."

„Das hier ist Olianor", fügte er hinzu und reichte Naira die Zügel eines braunen Pferdes. Naira nahm sie ehrfürchtig entgegen. Elbar reichte die anderen Zügel an Ethariel. „Und das hier ist Ithrin."

Nethral. Sie waren das wohl wertvollste Geschenk der Valia an die Elfen. Pferde, die sie über die Meere getragen hatten, bis die Elfen Orte fanden, an denen sie sich niederließen. Es war unmöglich für Naira, die Ehre eines reiten zu dürfen, in Worte zu fassen.

Naira hatte bisher nur ein Nethralpferd aus der Nähe gesehen und das war Kalias gewesen. Bereits auf den ersten Blick wirkten die Nethral ein wenig anders als normale Pferde. Ihre Körper waren stärker und ausdauernder, ihre Blicke intelligent und wachsam, auf eine Weise die tiefer ging, als viele vermuten würden. Allein schon neben ihnen zu stehen gab Naira das Gefühl, als müsste sie nur die Hand ausstrecken, um eine uralte Magie zu berühren. Eine Macht, die seit Generationen in diesen Pferden lebte.

Das braune Pferd vor Naira sah sie an, als wüsste er genau was Naira spürte. Dann schnaubte Olianor leise und sanft.

„Danke", sagten Naira und Ethariel im Chor und Elbar winkte ab.

„Solange ihr mit ihnen zurückkommt, ist alles gut." Er sah sie ernst an. „Das ist alles, was ich will. Kommt mir zurück, ihr beiden, und seid wachsam auf den Straßen. Passt auf euch auf. Die Valia seien mit euch."

„Und mit Euch", sagte Naira und Ethariel neigte respektvoll und dankbar das Haupt.

Die Pferde folgten ihnen leichtfüßig, während sie zu Ethariels Haus zurückkehrten. Ihre Hufe waren dabei leiser auf den Straßen, als Naira es sonst von Reittieren gewohnt war. Ein paar Elfen, die unterwegs waren, warfen ihnen überraschte und dann ernste Blicke zu. Nethralpferde wurden nicht grundlos gesattelt, wenn sie sich noch keinen Reiter ausgesucht hatten. Dass Naira und

Ethariel zwei mit sich führten, hieß, sie würden sich auf einen gefährlichen Ritt begeben.

Naira hoffte, dass dem nicht so war, doch sie fühlte sich ein wenig besser bei dem Gedanken Nethralpferde an ihrer Seite zu haben.

„Hier." Ethariels Mutter half ihnen, die Schlafrollen und leichten Umhänge gegen möglichen Regen und Stürme auf den Rücken der Pferde festzuzurren und den Proviant und Futter für die Pferde in den Satteltaschen zu verteilen. Anschließend wurden noch Köcher mit Pfeilen und ihre Bögen an den Sätteln befestigt. Naira ließ ihren Bogen für gewöhnlich bei Ethariel, da sie ihn nur bei den Elfen brauchte oder dort damit übte.

Beide nahmen sich dabei einen Moment, um die Rüstung der Jäger anzuziehen. Ihnen wurde von Nelvey ein Beutel Münzen gereicht, falls sie unterwegs etwas brauchten oder etwas passieren sollte. Ethariel nahm den Beutel dankend entgegen und reichte ihn an Naira, die dafür sorgte, dass er gut an ihrem Gürtel befestigt war. Ethariel selbst war nie gerne mit mehr Geld als nötig unterwegs.

Ethariels Mutter musterte sie besorgt und presste kurz die Lippen aufeinander, dann schloss sie Ethariel und Naira fest in ihre Arme.

„Passt auf euch auf, versprecht mir das", flüsterte sie und küsste erst seine, dann Nairas Stirn. „Wer weiß, wie gefährlich die Wälder und Wege jetzt geworden sind, da so viele Orte versperrt wurden und der Krieg mit der Krankheit eine üble Wendung bekommt. Ganz zu schweigen von all den Monstern, die immer mehr auftauchen. Nehmt die Pfade der Elfen so oft ihr könnt."

Nelvey ließ sie los und sah sie beide einen Moment lang an, eine Hand jeweils an einer ihrer Wangen liegend. „Kommt bald zurück und bleibt nicht länger fort als nötig."

„Versprochen, *Modra*. Fünf Tage sind wir weg, wenn alles gut geht. Etwas länger, falls Vella wirklich in Schwierigkeiten geraten ist", sagte Ethariel und Nelvey ergriff kurz seine Hand und drückte sie. Dann trat seine Mutter zurück.

Ethariels Vater trat nun vor, um sie ebenfalls in eine Umarmung zu ziehen. Er war ein großer Elf, sogar ein paar Zentimeter größer als sein Sohn und er hielt sie beide einen Moment länger fest, als Naira erwartet hatte. Sie wurde die Erinnerung nicht los, wie Oleyn, am Abend zuvor, gehustet hatte. Dann trat er zurück und atmete tief ein, ehe er sich Naira zuwandte.

„Wir haben noch etwas für dich", sagte er, während Nelvey kurz in das Haus trat um etwas neben der Eingangstür aufzuheben. Sie kehrte mit einem Schwert zurück und Naira stockte für einen Moment überrascht der Atem.

„Du dachtest doch nicht, wir lassen dich ohne Schwert aufbrechen?", fragte Nelvey mit einem etwas wackeligen Lächeln. Sie überreichte Naira die Waffe.

„Wir hatten es als Geburtstagsüberraschung geplant", fügte Oleyn hinzu, der einen Arm um seine Frau schlang. „Es wird dir gute Dienste leisten und du wirst dich immer darauf verlassen können. Halte es scharf und es wird dir ein treuer Weggefährte sein."

Naira fuhr mit einem Finger über die Scheide aus schwarzem glatten Holz. Das Zeichen der Valia war am oberen Ende unterhalb des Schwertgriffs eingeschnitzt, zusammen mit Gravuren von Ranken und Blättern, die sich am Holz hinab wanden. Alle Gravuren waren mit weißsilberner Farbe fein ausgestrichen und schienen fast zu schimmern.

Vorsichtig zog sie das Schwert ein Stück heraus. Der Stahl glänzte wie frisch poliertes Silber und ein Segensspruch der Valia war in der Sprache der Elfen die Klinge hinab in das Metall graviert. Die gewundenen Buchstaben sahen auf elegante Weise kraftvoll aus.

Sie schob das Schwert zurück und sah auf. Keine Worte schienen diesem Geschenk gerecht zu werden. Dann machte sie einen Schritt vor und umarmte Ethariels Eltern erneut, fest und mit all dem Dank und der Ehre, die ihr Herz in diesem Moment erfüllten und für einen Moment die Angst und Entschlossenheit verdrängten.

Nach all den Jahren waren Nelvey und Oleyn wie ein zweites Paar Eltern für Naira. Mehr noch, sie hatten ihr so viel geschenkt, so viel gegeben und so viel beigebracht. Hatten sie stets willkommen geheißen und sie als Teil ihrer Familie angesehen. Beide umarmten sie ebenso fest zurück und ließen sie dann los.

„Danke." Das Wort fühlte sich nicht ausreichend für Naira an, doch an dem kleinen Lächeln, das Ethariels Eltern ihr schenkten, schienen sie genau zu wissen, was für ein Geschenk sie ihr gemacht hatten.

Als Naira sich umwandte, saß Ethariel bereits auf seinem Pferd und für einen Moment war ein kleines Lächeln auf seinem Gesicht zu sehen. Er hatte sein Langschwert auf dem Rücken und rückte seinen Bogen noch einmal zurecht. Er wartete, bis Naira sich in den Sattel geschwungen hatte, ehe er die Zügel aufnahm.

„*Elithen ma Valia uro osha en lothlora*", sprach Ethariels Vater einen Segen der Valia. Ethariel und Naira neigten die Häupter.

„Reitet geschwind. *Varoea.*"

„*Varoea*", erwiderten Naira und Ethariel im Chor.

„*Modra, Ladre*", fügte Ethariel mit einem Nicken hinzu, ehe sie beide die Pferde umwandten.

Naira kam es beinahe so vor, als wüssten die Nethral bereits wohin es ging und ihre Bewegungen waren leicht und schnell, während sie fortritten.

Die Wachen am Südtor nickten ihnen zu und sie tauschten einen Abschiedsgruß. Die beiden Elfen musterten ihre Ausrüstung für einen Augenblick, sagten jedoch nichts. Naira vermutete, nachdem so viele Jäger bereits ausgesandt worden waren, dass die beiden davon ausgingen, dass weitere Monster gesichtet worden waren und sie deshalb aufbrachen.

„Wir sollten uns beeilen", sagte Ethariel. „Vor allem bevor es zu heiß wird."

Sie trieben die Pferde zu einem flotten Trab an und folgten der Straße der Elfen, fort von Nurethal. Naira schluckte unwillkürlich und warf einen letzten Blick zurück, ehe sie um eine sanfte Kurve bogen und der dichte Wald der Elfen die Sicht auf die hellen Gebäude und rankenden Baumhäuser versperrte.

Der Wald rauschte sanft um sie herum und es kam Naira so vor, als würde sie ein ermutigendes und anspornendes Wispern der Bäume begleiten. Vielleicht waren die Valia wirklich mit ihnen.

Sie verließen den Wald schneller als Naira gedacht hatte. Die Nethral bewegten sich so kraftvoll vorwärts, es kam Naira so vor, als würden sie regelrecht dahinfliegen.

Die Hitze des Tages breitete sich bald wie ein schweres Tuch über ihnen aus und sie zügelten die Pferde zu einem langsameren Tempo. Naira spürte wie Schweißtropfen ihren Rücken hinab rinnen, während die Nethral sie zielstrebig und beständig weitertrugen.

Sie überquerten die Brücke des Bjar am Abend und Naira sah zum ersten Mal in ihrem Leben keine Schiffe von Simerin aufbrechen oder in Richtung des Hafens segeln. Der Bjar war leer und die Straßen und Wege, die sie von der riesig aufragenden Brücke aus sehen konnte, waren ebenfalls menschenleer.

Mit einem Mal kam es Naira so vor, als würde sie bemerken, wie still und leise das Land um sie herum geworden war. Als würde der Atem der Krankheit alles zum Erstarren bringen, in der Hoffnung nicht bemerkt und dafür verschont zu werden. Wie verängstigtes Wild, das stillhielt, um vom Wolf übersehen zu werden.

Die erste Nacht schlugen sie ein Lager ein Stück von der Straße entfernt auf. Sie verzichteten darauf, ein Feuer zu entfachen und teilten sich ein kaltes Abendessen. Danach wuschen sie sich mit einem extra Wasserschlauch und Lappen den Schweiß der Reise so gut wie nur möglich ab.

Ethariels Gesicht war angespannt und er fuhr mit den Fingern unablässig über sein Schwert, das er neben sich abgelegt hatte. Naira fühlte sich genauso unruhig. Ein Teil von ihr wollte sofort nach Nurethal zurückkehren, um zu sehen, wie es allen ging, und ein anderer Teil wollte so rasch wie möglich zu Vella. Sie hoffte, Vella wusste etwas, das ihnen irgendwie helfen konnte, die Krankheit zu bekämpfen.

„Ich übernehme die erste Wache", sagte Ethariel. „Wir reiten mit dem Sonnenaufgang weiter."

Naira legte sich auf ihre ausgebreitete Schlafrolle und Ethariel blieb aufmerksam sitzen. Der Himmel war klar in dieser Nacht und übersät mit unzähligen Sternen. Es war sogar die Straße der Mondtochter zu sehen, ein dickes Band dicht beieinander liegender Sterne, das sich in sanften Windungen über den Himmel erstreckte. Es war warm genug, dass sie sogar deckenlos schlafen konnten und die Nethral grasten ein paar Schritte von ihnen entfernt.

Ethariel behielt sein Schwert und den Bogen mit Köcher weiterhin neben sich, griffbereit für den Fall das etwas passierte.

„*Alenda Olos*, Naira", sagte er leise, sobald sie die Augen schloss.

Naira löste Ethariel nach ein paar Stunden unruhigen Schlafes ab, doch auch Ethariel fand nur schwer Ruhe. In dieser Nacht schlief keiner von ihnen gut.

Sie brachen nach einem kalten Frühstück aus dunklem Brot, geräuchertem Fisch und Nüssen mit der aufgehenden Sonne auf.

„Denkst du Tralin ist ebenfalls abgeriegelt?", fragte Ethariel. „Es ist nur ein kleiner Ort, würden sie Fremde fernhalten?"

„Es gibt vielleicht eine Ausgangssperre", sagte Naira nach kurzem Überlegen. „Tralin hat keine Mauer wie Simerin oder Brola und lebt überwiegend von der Landwirtschaft, sie werden sich wahrscheinlich nicht zu sehr an die Abriegelung des Königs halten. Die Bauern müssen schließlich von etwas leben und andere Orte sind von dem Verkauf der Ernte abhängig."

Zumindest hatte Tralin stets Handel mit seinen Ernteerzeughnissen betrieben, wenn sie die Dokumente ihres Vaters noch richtig im Kopf hatte, die sie bei ein paar Besuchen in der Vergangenheit auf seinem Schreibpult gesehen hatte.

„Wir sollten allerdings nahe des Dorfes warten, für den Fall, das Vella uns kommen sieht, bevor wir einfach hineinreiten", schlug sie vor. Die Krankheit machte die Leute nervös und ängstlich, da wollte Naira nicht auch noch unnötig die Dorfbewohner beunruhigen oder sogar von ihnen davongejagt werden.

Ethariel nickte verstehend und sie nutzten einen kleinen, plätschernden Bach, um die Pferde trinken zu lassen und ihre Wasserschläuche aufzufüllen. Sie ritten die Strömung hinauf, so lange sie konnten, um das kühlende Nass zu nutzen. Sowohl Olianor als auch Ithrin schienen sich darüber zu freuen und gingen mit langen Schritten durch das Wasser.

Tralin kam am Abend in Sicht, zusammen mit den ausfächernden Getreidefeldern, auf denen die Ernte bereit stand. Sie umgaben das kleine Dorf wie ein wogender, goldener Ring. Ein paar der Felder waren schon abgeerntet und Naira sah Reihen von Obstbäumen, an die Leitern gelehnt standen und die bereits teilweise abgeerntet aussahen.

Es waren noch einige Bauern und Bäuerinnen auf anderen Feldern, die mit großen Körben Gurken, Tomaten und einige Bohnensorten einsammelten. Sie hielten in ihrer Arbeit inne, um sie zu beäugen. Niemand kam auf sie zu, um mit ihnen zu sprechen oder sie aufzuhalten. Im Gegenteil, es schien, als wollten die Leute lieber so viel Abstand wie möglich halten, ohne sie aus den Augen zu lassen.

Tralin selbst war wirklich nur ein kleiner Ort. Es war aus einem Zusammenschluss einiger Höfe mit ein paar Weiden und mit einem kleinen Bürgerhaus dazu entstanden, in dem Entscheidungen getroffen und ein säuberliches Register über Ernten und Steuern geführt wurde.

Sie zügelten die Pferde, als sie ein Stück von dem ersten Hof entfernt waren. Ein neugieriger Hund kam zu ihnen um die Pferde zu beschnuppern, die geduldig und stolz stillhielten. Nachdem er zufrieden war, trabte der Hund hechelnd wieder davon.

Naira ließ den Blick aufmerksam schweifen und sie war erleichtert, als sie Vella entdeckte. Ihre Freundin stand bei einem Hof am Rande des Örtchens und winkte sie mit großen Bewegungen zu sich.

Rasch trieben sie die Pferde an und trabten die Straße hinab, Staub unter den Hufen aufwirbelnd.

„Dem Licht sei Dank, ihr seid gekommen." Vella warf ihnen ein erleichtertes Lächeln zu, das ihr nervöses und besorgtes Gesicht kurzzeitig aufhellte. „Kommt, schnell."

Ethariel und Naira schwangen sich aus dem Sattel und Vella führte sie zu einem kleinen Stall, in dem ein paar verschwitzte Kaltblüter standen, die bereits ihren Arbeitstag auf den Feldern hinter sich hatten und zufrieden ihr Abendessen kauten. Sie musterten die Neuankömmlinge aufmerksam, während Vella wartete, bis Naira und Ethariel sich um ihre Reittiere gekümmert hatten. Die Nethral waren ruhig und entspannt. Olianor schnaubte leise, als Naira ihm für einen Moment den Nacken kraulte, und wandte sich dann dem Heu zu, dass Ethariel ihnen gebracht hatte.

„Was ist los?", fragte Naira, sobald sie Sattel und Zaumzeug gesäubert und über einen Balken gehängt hatten.

Vella schüttelte den Kopf und senkte die Stimme zu einem Wispern. „Nicht hier. Kommt."

156

Naira tauschte einen verwirrten Blick mit Ethariel, ehe sie Vella folgten, die sie mit langen Schritten zu dem Haupthaus des Hofes führte.

„Die Besitzer sind gerade nicht da, aber sie haben mir erlaubt, euch herein zu lassen", sagte Vella, sobald sie eingetreten waren. Es war ein wenig kühler im Haus, was eine Erleichterung war. „Pa und Ma sind mit ihnen zu einem Nachbarort gefahren, sie sollten noch vor Einbruch der Nacht zurück sein."

Naira ergriff kurz Vellas Schulter. „Geht es dir gut?"

Vella atmete aus und ihre angespannten Schultern sackten ein wenig herab. „Ja, keine Sorge. Wir haben Glück, dass wir hier untergekommen sind. Alle anderen Städte sind abgeriegelt und wenn die Bäuerin uns keinen Platz angeboten hätte, würden wir wahrscheinlich auf den Straßen schlafen müssen."

Vella winkte sie mit sich durch die urige Stube des Bauernhauses mit robusten, glatt geschliffenen Holzmöbeln und einem leeren, kalten Kamin. Sie öffnete eine leicht knarzende Holztür, die mit Gänseblümchen bemalt war und hinter der ein kurzer Flur lag, mit einer schmalen Treppe, die nach oben führte. Vella ging an der Treppe vorbei und zu der Tür, die sich links am Ende des Flures befand.

Sobald sie diese öffnete, war Naira überrascht, Nikita zu sehen, die in dem kleinen, heimeligen Schlafzimmer stand. Die junge Frau musterte sie mit dunklen Augen und einem ernsten, ein wenig angespannten Gesicht. Naira glaubte auch unterdrückte Nervosität in ihrem Blick zu sehen. Vella winkte sie alle in den Raum und schloss die Tür.

Für ein paar Momente brach ein etwas ungeschicktes Ausweichen und Verteilen im Zimmer aus, ehe Naira und Ethariel dazu aufgefordert wurden, sich einfach auf das Bett zu setzen. Vella ließ sich auf dem knarzenden Holzstuhl nieder und Nikita blieb neben der Tür stehen. Sie wirkte jetzt angespannter als zuvor und hatte die Arme vor der Brust verschränkt. Sie trug nachwievor ihre Söldnerrüstung, doch anstatt schwarzer Kleidung darunter hatte sie heute ein weißes, leichtes Hemd und eine braune Hose an.

Vella rieb nervös ihre Handflächen aneinander, tauschte einen Blick mit Nikita und holte dann tief Luft.

„Was ich euch jetzt sage, klingt wahrscheinlich sehr verrückt. Vielleicht sogar unglaubhaft." Sie hielt inne und rang sichtlich mit den Worten. „Die Krankheit, was wisst ihr darüber?"

„Lanara glaubt, dass sie von jemandem erschaffen wurde", sagte Naira. „Wir wissen nicht, wie es möglich sein sollte, aber auch wenn es ziemlich verrückt klingt, macht es mehr Sinn als alles andere bisher."

Vella rutschte auf ihrem Stuhl nach vorne und Nikita richtet sich kaum merklich auf. Vellas Gesicht hatte einen erleichterten Ausdruck angenommen. Sie strich sich eine Locke zurück, die aus dem bestickten Tuch entkommen war, mit dem sie ihre Haarpracht umschlungen hatte.

„Lanara hat recht. Es ist nicht leicht zu erklären, aber lasst es mich versuchen. Als ich Nikita im Süden getroffen habe, hat sie für einen Magier gearbeitet." Vella warf einen kurzen Seitenblick zu Nikita, die jetzt grimmig aussah. Bei Velas Blick jedoch entspannte sie sich wieder ein wenig und sie trat vor.

„Ich bin mir sicher, er ist an der Krankheit schuld. Ich konnte einmal einen Blick auf seine Arbeit erhaschen", sagte Nikita und ließ die verschränkten Arme sinken. „Nachdem ich allerdings nie Magie in irgendeiner Art und Weise studiert habe, wusste ich nicht, was er vorhatte. Doch er hat ein wenig vor mir mit seinem Können und seinem Geschick geprahlt und als die Krankheit dann ausgebrochen ist, wurde mir alles klar."

Nikita fuhr sich über die Haare und wirkte unruhiger als zuvor. Sie fuhr fort: „Selbst dann hat es ein wenig gedauert, bis ich es wirklich glauben konnte. Er wollte unbedingt zu einem Kordon in den Süden für sein Projekt und wie ich gehört habe, ist von dort die Krankheit ausgebrochen."

„Wie hieß der Magier?", fragte Naira und Nikita verzog kurz das Gesicht und für eine Sekunde, war ein angewidertes Zucken um ihre Nase zu sehen.

„Das hat er mir nicht gesagt. Er wollte stets nur Meister Magister genannt werden." In ihrer Stimme schwang ein leises Grollen mit, ehe sie den Kopf schüttelte. „Ich war nur ein halbes Jahr bei ihm, vielleicht auch ein oder zwei Monate länger."

Vella rutschte noch ein wenig auf ihrem Stuhl vor und sie saß jetzt direkt auf der Kante. „Er scheint seine Projekte nie öffentlich mit jemandem geteilt zu haben. Als wir nach einem Magier gefragt haben, der Krankheiten erschafft, haben uns die Leute im besten Falle ausgelacht."

Naira runzelte die Stirn. „Habt ihr einem Lord davon erzählt?"

Vellas Gesicht wurde schlagartig düster und zum ersten Mal in ihrem Leben sah Naira ihre Freundin wahrlich wütend werden.

„Ja." Vella verzog den Mund und es lag Verachtung und Bitterkeit in ihrer Stimme.

Dann seufzte sie und fuhr sich mit einer Hand über ihr Gesicht. „Wir haben uns an Lord Darwen gewandt. Vor ein paar Wochen, nachdem Nikita mich in Brola aufgespürt hatte, sind wir zusammen weitergereist und sie hat mir von allem erzählt. Doch..." Vella atmete tief durch. „Sobald wir mit Lord Darwen gesprochen hatten, sind Leute aufgetaucht, die auf Nikita Jagd gemacht haben. Wir sind nur knapp entkommen. Ihr könnt euch den Rest denken."

Lord Darwen gehörten die Ländereien neben Lord Dinces und Naira war für einen Moment erschrocken zu hören, was passiert war. Darwen war bei den Bürgern recht beliebt, soviel wie Naira gehört hatte. Doch wenn Vella mit ihrer Vermutung recht hatte, steckte der Lord mit dem Magier unter einer Decke. Oder jemand, der in enger Verbindung mit Darwen stand.

„Ich hatte vor Vella nicht gewagt, mit jemandem darüber zu sprechen", fügte Nikita grimmig hinzu. „Der Magister hat mächtige Verbündete. Ich weiß nicht wen, doch er hat Materialien bekommen und konnte Orte betreten, die für normale Magier nicht zugänglich sein sollten. Nachdem Vella mir geholfen hatte, bin ich erst einmal aus dem Süden geflohen. Dann hat sich die Nachricht über die Krankheit verbreitet und ich wusste nicht, wer alles zu ihm gehört und an wen ich mich wenden kann." Sie warf Vella einen Blick zu. „Ich wusste jedoch, dass ich Vella vertrauen kann."

Vella lächelte für einen Moment und ihr Blick wurde weich, ehe sie wieder ernst wurde. „Ihr könnt euch sicher vorstellen, dass wir die Geschichte mit Lord Darwen nicht wiederholen wollten. Wir sind einem Lord und seinen Leuten entkommen, doch sollte noch jemand mit dem Magier zusammenarbeiten, schaffen wir das vielleicht kein zweites Mal." Ihre Finger schlossen sich kurz fester um ihre Knie. „Das letzte Mal war knapp genug."

Nikita warf Vella einen Blick zu und trat dann näher, um ihr eine Hand auf die Schulter zu legen.

Naira rieb sich über den Mund. Das klang alles andere als gut. Es klang ehrlich gesagt sogar sehr gefährlich und ziemlich schrecklich. Welcher Magier konnte so viel Einfluss haben? Ihr fielen nur die Hofmagier des Königs ein, doch Etrim hätte es längst herausgefunden, wenn einer seiner Magier das getan hatte.

Vielleicht war der Magister ein entlassener Hofmagier? Wie viele konnte es davon geben? Und wo konnten sie das herausfinden, ohne sich an einen Lord zu wenden, der vielleicht ebenfalls mit dem Magier zusammenarbeitete? Vor allem machte Naira Sorge, dass die Hofmagier allesamt Erzmagier waren. Erzmagier zählten zu den mächtigsten Magiern die es gab.

Naira wusste, dass viele Menschen bereit waren, für Macht nahezu alles zu tun, und ein Land in dem eine tödliche und scheinbar unheilbare Krankheit wütete? Da ließen sich gut die Zügel in die Hand nehmen und ein König konnte in gegebener Zeit entthront und durch einen neuen ersetzt werden. Vielleicht hatte der Magier Lord Darwen so etwas versprochen und erhielt im Gegenzug Schutz und Unterstützung.

Das war alles möglich, doch ohne Beweise waren ihre Spekulationen nicht besser als Hirngespinste.

„Wie können wir helfen?", fragte Naira und ihr Blick huschte zu Nikita. „Gibt es einen Weg, die Krankheit zu stoppen? Oder den Magier?"

„Wie ist das überhaupt für einen Magier allein möglich?", fragte Ethariel. „Niemand ist so mächtig, um einen so riesigen und umfangreichen Zauber auszuüben."

Nikita hob frustriert und ratlos die Hände. „Ich weiß, das sagt jeder, doch er hat eine Möglichkeit gefunden. Ich konnte sein Labor nie betreten und den Blick auf seine Aufzeichnungen habe ich nur zufällig einmal erhascht. Wie auch immer es möglich ist, er hat irgendwie einen Weg gefunden."

Vella hob das Kinn und sah sie flehend an. „Ich kann hier nicht weiterhelfen und ich kann nicht kämpfen, nicht wie ihr beide. Doch ihr könntet vielleicht etwas tun. Naira, Ethariel, ihr kennt noch andere Leute als ich, ihr seid außerdem Monsterjäger und eure Chancen stehen besser als unsere oder wenn Nikita sich allein auf den Weg macht. Bitte, ich habe niemanden sonst, dem ich vertraue und an den ich mich wenden kann."

Naira hätte Vella auch ohne die Bitte geholfen. Wenn es auch nur eine winzige Möglichkeit gab, die Krankheit zu stoppen oder den magischen Aspekt daraus zu entfernen, damit sie von Ärzten oder Magiern geheilt werden konnte, war es den Versuch allemal wert. Wenn es bedeutete, dass Lanara, Kalia und Elra überlebten, dass niemand mehr sterben musste, war Naira sogar gewillt ein Gespenst zu jagen.

„Wo können wir Beweise finden?", fragte Naira. „Für den Fall, dass wir später jemanden überzeugen müssen, wie etwa den König, einen Lord oder eine Lady, die nicht mit dem Magier zusammenarbeiten."

„In seinem Labor wird alles sein, wenn wir es finden", sagte Nikita. „Er hat sein Zuhause an der grauen Küste. Wo genau, weiß ich nicht, er hat uns stets in das Anwesen hinein und hinaus teleportiert, nachdem wir in Talha angekommen sind."

Vella warf ihnen einen hoffnungsvollen Blick zu. „Ich weiß, es klingt unmöglich, doch wenn ihr Beweise findet und stehlen könnt, wie man die Krankheit aufhalten kann, können wir versuchen, das Wissen dem König zukommen zu lassen." Sie schluckte schwer. „Denn wenn der nichts tun kann, sind wir ohnehin verloren."

„Etrim wird nichts unversucht lassen, nach allem was ich über ihn gehört habe", murmelte Ethariel und hob dann die Stimme. „Habt ihr einen Plan?"

Nikita nahm die Hand von Vellas Schulter und stützte sich leicht mit einer Hand auf die Stuhllehne.

„Ich weiß nur, dass der Magier vorhatte, an die graue Küste zurückzukehren", sagte Nikita und zog die Brauen zusammen. „Allerdings hat er auch einmal davon gesprochen, rechtzeitig zu verschwinden. Ich vermute, er wartet, bis er das volle Ausmaß des Chaos sieht, das seine Krankheit verursacht, und dann verlässt er Talha. Er darf mich nicht finden. Wenn er mich erwischt, war es das für mich." Sie atmete tief durch. „Und für euch, sollte er herausfinden, was ich euch erzählt habe."

Naira glaubte ihr. Wenn der Magier tatsächlich ein ganzes Land mit einer Krankheit verseucht hatte und zusah wie die Leute starben, dann war er auch bereit alles zu tun, um nicht geschnappt zu werden.

Naira tauschte einen Blick mit Ethariel. Das klang gefährlich. Auf eine Weise sogar bedrohlicher als die Kämpfe mit Monstern. Doch Naira war bereit, das Risiko einzugehen. Ethariel gab ihr ein zustimmendes Nicken.

„Wir helfen", sagte sie. Vella sackte erleichtert etwas zusammen. Nikitas Gesicht verlor etwas von dem grimmigen Ausdruck. „Die graue Küste ist weit von hier, wir müssen schnell reisen." Sie wandte sich an Nikita. „Hast du ein Pferd?"

Nikita nickte. „Ich habe alles, was ich brauche, um aufzubrechen."

„Bleibt heute Nacht hier", sagte Vella. „Den Bauern wird es nichts ausmachen, vor allem falls ihr ein paar Münzen entbehren könnt?"

„Natürlich", versicherte Naira ihr.

Das gedämpfte Geräusch von Hufen und das Klirren und Knarren eines Karrens ließ sie alle aufhorchen. Nikita reckte ein wenig den Hals und machte einen Schritt zur Seite, während Vella rasch aufstand, um ebenfalls aus dem Fenster zu sehen.

„Oh, sie sind zurück." Vella strich rasch ihr Kleid glatt. „Ich sage ihnen Bescheid und stelle euch dann vor."

Sie verließ den Raum und eine etwas befremdliche Stille machte sich für einige lange Sekunden breit.

Nikita warf ihnen einen Blick zu. „Danke für eure Hilfe. Ich weiß, es ist nicht ungefährlich."

„Wir sind Monsterjäger", sagte Naira und versuchte es mit einem Lächeln, auch wenn sie sicher war, dass es nicht so selbstsicher aussah, wie sie es gerne gehabt hätte. „Gefahr ist Teil des Geschäfts für uns."

Ethariel gab einen kurzen, makaber amüsierten Laut von sich. „Gut gesagt."

Nikita nickte lediglich verstehend und verfiel wieder in Schweigen.

„Wir sollten morgen so früh wie möglich aufbrechen", erhob Naira das Wort. „Am besten bei Sonnenaufgang, dann können wir so viel Distanz wie möglich zurücklegen."

Nikita neigte zustimmend den Kopf. „Ist mir recht. Ich schlafe für gewöhnlich ohnehin nicht viel."

Vella kehrte einen Augenblick später wieder zurück und winkte sie mit sich.

Ethariel und Naira wurden dem Bauernpaar vorgestellt, das über ein paar Kupfermünzen sehr zufrieden aussah und sie zum Abendessen einlud. Es gab einen Eintopf aus frisch geernteten Bohnen und Kartoffeln mit Karotten. Es wurden einige Zweige Rosmarin dazu gegeben, die zusammen mit ein paar Garten-kräutern für mehr Würze sorgten.

Naira und Ethariel schliefen in dieser Nacht in der Scheune neben den Pferden, da im Haus kein Platz mehr war. Weder Naira noch Ethariel störten sich daran, als sie ihre Bettrollen auslegten. Zwei Meter von ihnen entfernt waren die ersten Ernten aus Heu- und Strohballen zu sehen, die für den Winter auf Farn eingelagert wurden.

„Der Weg zur grauen Küste ist weit", sagte Ethariel leise. Sie hörte in der Dunkelheit, wie er sich mit der Hand über das Gesicht rieb und seine Stimme für einen Moment gedämpft wurde. „Ein Magier." Er lachte humorlos auf. „Alles klingt gleichzeitig so verrückt und dennoch so einleuchtend."

Naira rollte sich auf die Seite. „Es ist unsere beste Chance etwas zu tun. Unsere einzige Chance, wenn wir ehrlich sind. Wir haben sonst keine anderen Hinweise oder Spuren." Sie schloss die Augen und atmete tief durch. Als sie weitersprach, ließ sie ihre Stimme fester und entschlossener klingen, als sie sich fühlte, „Wir schaffen das."

Ethariel gab einen zustimmenden Laut von sich und schien sich mit einem Seufzen etwas zu entspannen.

„*Alenda Olos*", flüsterte Naira und nach einem kurzen Rascheln, stupste sein Fuß gegen ihren.

„*Alenda Olos*", antwortete Ethariel ebenso leise.

In ein paar Stunden würden sie wieder aufbrechen, um einen Magier zu suchen, der mächtiger sein musste als alle anderen, um so eine Krankheit zu erschaffen. Sie mussten einen Weg finden, ihn aufzuhalten, damit die Menschen und Elfen Talhas wieder genesen konnten. Damit niemand mehr starb.

Die Valia sind die acht heidnischen Götter, die über die Elfen wachen. Ich weiß nur die Namen von zweien, Balthin und Ro'ria. Einer meiner Leute hat nach Tagen des Hungerns nur aus den Elfen rausbekommen, dass Balthin wohl der Gott für Krieg und sicheren Schlafes ist und Ro'ria die Göttin der Waffen und Beschützerin von Familien. Oder so etwas in der Art. Ist kein nützliches Wissen, aber verdammt noch mal mehr als wir vorher hatten.

Elfen sind schwer zum Reden zu bringen, egal wie viel Blut wir vergießen. Sie beten jedoch, nachts und wenn wir mit den Verhören aufhören. Dabei wiederholen sie immer und immer wieder denselben Satz, oft genug, dass ich ihn schon in meinen Träumen höre.

'Urna othra ellio urna es olma inethia.'

Keinen blassen Schimmer was es heißt, doch es jagt mir jedes Mal einen Schauer über den Rücken, wenn sie es sagen und mich dabei ansehen.

Die Finsternis möge die Elfen holen, dieses unheilvolle Pack. Wir haben einen ihrer Anführer gefangen genommen und er lächelt nur, selbst nachdem wir ihm die Fingernägel gezogen haben. Selbst nach der Peitsche. Er hat erst aufgehört, als er die Schreie seiner Kameraden gehört hat.

Ich habe ein schlechtes Gefühl, doch ich soll verdammt sein, bevor ich jetzt aufhöre. Wir haben fast gegen die Elfen gewonnen. Ich kann unseren Sieg schon auf der Zunge schmecken.

- Eintrag aus dem persönlichen Tagebuch von Kriegsfürst Hessien Alenn, geboren in Talha und gefallen bei einem nächtlichen Überfall elfischer Streitkräfte.

Wo Monster lauern

Naira, Ethariel und Nikita brachen im Morgengrauen auf. Vella und ihre Mutter verabschiedeten sie, während Vellas Vater noch schlief.

Beide sahen müde und ein wenig zerzaust aus, doch sie gaben Nikita einige Münzen und etwas zusätzliches Essen mit auf den Weg. Nikita hatte ihre Glefe schräg auf den Rücken geschnallt, um das Reiten leichter zu machen und die Hände frei zu haben.

„Passt auf euch auf", sagte Vellas Mutter ernst. Sie hatte, wie ihre Tochter, ein buntes Tuch um ihre dunklen, dichten Locken geschlungen und in ihrer Stimme schwang der Akzent mit, den Naira von Leuten aus der südlichen Region Kharlats kannte. „Die Straßen sind nicht annähernd so sicher, wie sie einmal waren, nicht mit allem, was derzeit vor sich geht."

„Kommt heil wieder zurück", fügte Vella hinzu. Sie stand neben Nikitas Pferd, einer grauen, robusten Stute und strich dem Tier über den Hals. Vella sah zu, wie Nikita aufstieg und fügte hinzu, so leise, dass Naira sie beinahe nicht gehört hätte: „Sei vorsichtig."

Nikita lehnte sich vor, um ihre Hand kurz über Vellas zu legen. Für einen Moment sahen sie einander an.

„Versprochen", sagte Nikita ebenso leise und Vella schenkte ihr ein dünnes Lächeln.

Naira kraulte kurz Olianors Hals, der zufrieden und leise schnaubte, jedoch nicht aufhörte, aufmerksam und achtsam auf ihren Befehl zu warten.

Vella trat von Nikitas Pferd zurück. Sie sah immer noch besorgt aus, doch Naira wusste, sie konnten nichts tun, um ihre Sorgen zu mildern.

„Ich bete für eine sichere Reise", sagte Vellas Mutter, die beruhigend einen Arm um die Schultern ihrer Tochter schlang.

„Wir werden hier bleiben, solange nichts passiert oder der König die Sperren wieder aufhebt."

Naira nickte und Ethariel neigte zum Abschied den Kopf, ehe sie die Pferde antrieben. Sie ritten von dem kleinen Ort fort und trabten kurz darauf die festgetretene Straße hinab. Nikita ritt beständig an Nairas freier Seite.

„Wo, bei der grauen Küste, befindet sich der Magier?", fragte Naira Nikita, sobald sie die letzten Felder hinter sich gelassen hatten und umgeben waren von wogenden Wiesen.

Nikitas Finger schlossen sich kurz etwas fester um die Zügel. „Er sollte in der Nähe eines Ortes namens Ellien sein. Er hat sich ein paar Mal darüber beschwert, dass ein Ritt dorthin einige Stunden dauert."

Naira legte kurz den Kopf schief, während sie im Geiste die Karten von Talha aufrief, die sie schon gesehen hatte. Ellien war ein Städtchen, das nahe der Klippen entlang der grauen Küste erbaut worden war und sich sowohl den arkanischen als auch den astrologischen Forschungen verschrieben hatte. Sie erinnerte sich, dass einige Lieferungen für beide Studienbereiche von Simerin nach Ellien weitergeleitet worden waren.

Es war kein Wunder, dass ein Magier in Ellien oder in der Nähe lebte. Alle Materialien für sämtliche magische Arbeiten würden sich dort mit genug Geld leicht besorgen lassen.

Die Wegstrecke blieb jedoch dieselbe und selbst mit dem Wissen, dass sie bei Ellien ihre Suche beginnen konnten, gab es immer noch viele Meilen rundherum, die es abzusuchen galt.

„Wir werden gut zwei Wochen brauchen, bis wir da sind", sagte Naira und Ethariel zog die Nase kraus. Naira verstand ihn völlig, zwei Wochen waren viel Zeit. „Solange wir ein schnelles Tempo beibehalten und die direktesten Wege ohne Zwischenfälle nehmen können, können wir das einhalten. Ansonsten dauert es noch länger."

„Dann auf, wir haben keine Zeit zu verlieren." Ethariel schnalzte mit der Zunge und Ithiel verfiel in einen leichten Kanter. Naira und Nikita taten es ihm gleich.

Der Tag zog in einem drückenden Schleier aus Hitze und Schweiß rasch an ihnen vorbei und sie suchten den Schatten auf, wann immer es möglich war. Die Pferde waren ausdauernd und kamen gut mit dem Wetter zurecht, solange sie genug zu trinken hatten, doch sie legten zur Sicherheit immer wieder kleine Pausen ein.

Am Ende des Tages schlugen sie ihr Lager in der Nähe neuer Felder auf, an deren Ende ein größerer Hof zu sehen war. Naira rieb Olianor mit einigen Büscheln ausgerissenen Grases ab und kraulte dem Nethralpferd anschließend den Hals, er seufzte und schloss halb die Augen.

Irgendetwas jedoch gab Naira ein unruhiges Gefühl, seitdem sie hier gestoppt hatten, und so runzelte sie die Stirn, während sie den Blick wandern ließ und Olianor zu grasen begann. Hinter ihr begann das Feuer zu knistern, das Nikita entzündet hatte, und sie hörte, wie Ethariel für ihr gemeinsames Abendessen in den Satteltaschen kramte. Es dauerte einen Moment, bis Naira verstand, was eigenartig war und sie so unwohl fühlen ließ. Die Felder.

„Niemand erntet", sagte sie und wandte sich zu Ethariel und Nikita um. Ethariel hob den Blick von den Beuteln mit ihrem Proviant und sah zu den Feldern hinüber. Der Weizen war schon längst reif und nirgendwo waren auch nur Hinweise zu sehen, dass wenigstens Teile der Felder abgeerntet worden waren.

Naira sah zu dem Hof. In keinem der Fenster brannte ein Licht.

„Sollen wir nachsehen?"

Ethariel zögerte und nickte dann. „Aber vorsichtig", sagte er und schwang sein Schwert zurück auf seinen Rücken. „Wir wissen nicht, was passiert ist."

169

Nikita trat das Feuer wieder aus, während Naira und Ethariel rasch zusammenpackten. Die Nethral sahen sich aufmerksam um, während sie ihre Reiter ohne Umschweife zu dem Hof trugen. Nikitas Stute schien ebenso wachsam und ihre Ohren waren gespitzt.

Es war ruhig, als sie im Dämmerlicht den großen Hof erreichten. Zu ruhig. Es waren weder Hühner noch Katzen oder gar ein Hofhund zu sehen. Nicht beim Haupthaus und auch nicht bei der Scheune oder dem Stall. Es drangen keine Geräusche aus dem Stall und die Weiden hinter dem Stall waren leer, soweit Naira im schwindenden Licht sehen konnte.

Die Pferde begannen unruhig zu werden, sobald sie auf den Hof ritten. Nikitas Stute legte die Ohren an und ging nur widerwillig weiter. Die Nethralpferde waren angespannt und sogen rasch Luft ein, als würden sie etwas riechen.

Sie tauschten einen Blick, ehe sie sich aus den Sätteln schwangen und den Pferden bedeuteten zu warten. Nikita und Ethariel zogen ihre Waffen von ihrem Rücken und Naira legte die Hand an den Schwertgriff an ihrer Seite. Es war weiterhin still.

Naira sah hinüber zum Haupthaus und sah, dass die Haustür aufgebrochen war. Sie stand halb offen und schien von etwas angegriffen worden zu sein.

„Die Tür", murmelte Nikita im selben Moment und sie tauschten einen angespannten Blick. „Sollen wir nachsehen?"

Naira war sich recht sicher, dass niemand im Haus mehr am Leben war. Dennoch nickte sie grimmig.

„Nur ein Blick", flüsterte sie. „Danach verschwinden wir von hier."

Sie schlichen gemeinsam auf die Haustür zu. Als sie nah genug am Haus waren, konnte Naira den Zustand der Türe genauer sehen. Tiefe Kratzer zogen sich durch das Holz und am Schloss war es schließlich komplett zersplittert. Ein warnendes Gefühl breitete sich in ihr aus. Das sah nicht nach dem Werk von Banditen oder einem Einbrecher aus. Es roch süßlich nach Verwesung. Wer auch immer dort gelebt hatte, war definitiv tot.

Auf der Türe sah Naira ein großes X, das von den Kratzern an einer Seite durchzogen war und das mit weißem Kalk auf das ausgeblichene Holz gestrichen worden war. Darüber stand, gerade noch groß genug um lesbar zu sein, eines der Gebete an den Gott des Lichts in leicht krakeliger Schrift. Das Gebet der Toten, wenn Naira sich richtig erinnerte.

Bei der Wärme und Gnade der Sonne, mögest du über uns wachen und uns von dem Finsteren erlösen, das über uns gekommen ist. Mögen die Seelen mithilfe der Sterne den Weg hinauf in deine liebenden Hände und zu ihrem ewigen Frieden finden.

„Die Leute hier sind krank gewesen", sagte Nikita leise und grimmig mit einem Blick auf das weiße X. „Sie haben angefangen, das auf Häuser der Erkrankten zu malen, um andere zu warnen."

Der Gedanke, dass sterbende Menschen einfach so alleine zurückgelassen wurden, ließ Naira erschauern. Hatte noch jemand nach ihnen gesehen? Wusste jemand, was hier etwas passiert war, nachdem das Gebet auf die Tür gepinselt worden war?

Naira bewegte sich vorsichtig ein paar leise Schritte vorwärts und stand nun auf der Vorstufe. Der Geruch von Verwesung wurde stärker und sie atmete vorsichtig durch den Mund, ein Gefühl von Übelkeit unterdrückend.

Naira warf einen Blick in den Raum. Möbelstücke waren umgeworfen oder verrückt worden. In der Mitte der Wohnstube entdeckte sie die halb aufgezehrten Körper der Familie, die hier gelebt hatte. Die kleinen Körper der zwei Kinder waren fast nur noch Knochen, die von ein paar Fleischresten und Knorpel zusammengehalten wurden. Zahnabdrücke waren auf ihnen allen zu sehen.

Die Erwachsenen sahen nicht besser aus, wobei die Frau bisher nur halb zerfleischt war. Dem Mann fehlte der Kopf und Naira lehnte sich etwas weiter vor, um besser in den Raum sehen zu können. Sie erstarrte, als sie einen Ghul entdeckte, der sie ebenfalls bemerkte und den Kopf des Mannes mit einem Husten fallen ließ. Er begann zu knurren. Der Kopf rollte über den Boden, das Haar nur noch spärlich vorhanden und die Augen aus den Höhlen gefressen. Der Kiefer war halb abgerissen und Naira sah die Überreste einer fast gefressenen Zunge.

Der zweite Ghul, der bis dahin am Rande des Raumes geschlafen hatte, riss den Kopf hoch, als das Knurren begann und beide Monster sprangen nahezu zeitgleich auf die Füße.

„Ghule!", schrie Naira und warf sich zur Seite gegen die Hauswand. Ethariel reagierte ebenso schnell und Nikita war nur einen Moment langsamer. Naira wusste nicht, ob Nikita jemals gegen Monster gekämpft hatte.

Die Ghule stürzten nacheinander aus dem Haus, gerade als Naira ihr Schwert zog. Die Monster bemerkten sie und warfen sich herum, um sie direkt anzugreifen. Weder Naira noch Ethariel hatten die Zeit Nikita zu fragen, ob sie wusste, wie man Monster bekämpfte, da stürzten die Ghule mit einem grollenden Fauchen vorwärts.

Ethariel und Naira traten vor und duckten sich aus dem Weg, währen Nikita zur Seite auswich. Einer der Ghule wandte sich direkt Naira zu und sie schwang ihr Schwert. Es traf das Monster über der Schulter und schnitt tief in das Fleisch. Dunkles Blut quoll hervor und sie wich rasch zurück, einen wütenden Krallenschlag mit dem Schwert abwehrend.

Dann jaulte der Ghul auf. Nikita hatte ihn getroffen und der Ghul stürzte beinahe zu Boden, als seine Hinterhand nachgab. Nikita zog ihre Glefe aus dem Hinterbein und wirbelte herum um

Ethariel zu helfen, der es geschafft hatte, bei dem Angriff des zweiten Ghuls eine Pranke abzuhacken.

Nairas Ghul wich grollend zurück und sie holte erneut aus, da hörte sie ein schauerliches Heulen hinter sich. Fluchend warf sie einen Blick über ihre Schulter und sah wie die Stalltüre aufgeschleudert wurde, als zwei weitere Ghule hervorbrachen.

Naira schaffte es gerade noch, einen warnenden Laut auszustoßen, bevor sie dem Ghul vor sich ausweichen musste. Ihr Manöver brachte sie direkt an die Schulter des Monsters und mit einem kräftigen Schlag hackte sie ihre Klinge tief genug in den Hals, um ihn mit einem Schwall Blut zusammen brechen zu lassen. Sie schaffte es gerade noch die Klinge erneut zu heben und zu den anpreschenden Ghulen herumzuwirbeln, da machte einer der Ghule einen Satz und riss sie mit einem Sprung zu Boden. Die Luft entwich ihr mit einem Keuchen, doch sie hielt das Schwert weiter erhoben, die freie Hand an die flache Seite gepresst, um das Monster zurückzuhalten, das über sie lehnte. Die Klinge befand sich knapp unter der Kehle des Ghuls, der grollend und geifernd nach ihrem Gesicht schnappte. Dunkles Blut troff von dem Schnitt ihrer Klinge auf sie herab und sie trat dem Ghul in den ungeschützten Bauch.

Das Monster zuckte mit einem röchelnden Jaulen zurück und ein weiterer, schneller Tritt ließ ihn winselnd zur Seite springen. Naira kam mit einem Satz wieder auf die Füße, außer Atem und mit rasendem Herzen.

Der Ghul vor ihr hustete plötzlich und Naira nutzte den Moment, in dem er nach Luft rang, um zuzuschlagen. Ihr Schwert grub sich mit einem feuchten Knacken in den Nacken und mit einem pfeifenden Röcheln brach der Ghul zusammen. Ein letztes, feuchtes Keuchen entkam ihm, bevor er reglos wurde und seine Augen dumpf.

Mit einem Ruck zog Naira die Klinge wieder heraus und wirbelte herum. Sie sah, dass der Ghul, mit der abgeschlagenen Pranke, tot am Boden lag und Ethariel über ihn hinwegsprang, um Nikita zu helfen, die mit dem letzten Ghul kämpfte.

Ihre Glefe hielt das Monster auf Abstand und Naira sah, wie sie ihm bereits mehrere, tiefe Schnittwunden zugefügt hatte. Nikita holte zu einem harten Schlag aus und zog die Klinge über ein Auge des Ghuls. Naira sprang rasch vor und in dem Moment, in dem der Ghul von der Glefe zurückgeschlagen wurde, stieß sie ihr Schwert zwischen seine Rippen. Ein kurzes Jaulen erklang, ehe das Monster mit einem kaum hörbaren Ausatmen verendete und zu Boden stürzte.

„Waren das alle?", fragte Naira und zog ihr Schwert rasch wieder frei. Sie war außer Atem und sie spürte ein scharfes Brennen an den Fingern ihrer freien Hand. Ein rascher Blick zeigte, dass sie sich an ihrer Klinge geschnitten hatte.

„Alles in Ordnung? Wurde jemand verletzt?", fragte Nikita, sobald es so aussah, als würde kein weiterer Ghul erscheinen. Nairas Herzschlag begann sich langsam wieder zu beruhigen und sie bemerkte, dass die Pferde nirgendwo zu sehen waren. Ein rascher Blick rundherum ließ sie erleichtert aufatmen. Die Nethral und Nikitas Stute standen inmitten der Felder und machten sich langsam und wachsam auf den Rückweg zu ihren Reitern. Ihnen war nichts passiert.

Es machte Naira immer noch unruhig, Ghule so weit im Norden zu sehen und dazu noch mitten in bewirtschaftetem Land. Ihre Beutechancen sahen in den Wäldern besser aus, ganz zu schweigen von besseren Unterschlüpfen. Was hatte sie nur hierher getrieben? Und diese arme Familie, hatten die Ghule ihre Leichen gefunden oder waren sie von den Monstern getötet worden?

„Ich bin unverletzt", sagte Ethariel und wischte rasch seine Klinge sauber.

„Ich habe nur ein paar Schnitte", fügte Naira hinzu.

Naira hob ihre eigene, rot verschmierte Klinge und setzte dazu an, sie zu säubern, ehe sie inne hielt. „Wir sollten nachsehen, ob das wirklich alle waren."

Nur um sicher zu gehen. Naira trat an den toten Ghulen vorbei und hörte wie zwei paar Füße ihr leise folgten. Die Haustür stand weiterhin offen und nun wusste Naira, was die Tür so brutal aufgebrochen und so viele tiefe Kratzer im Holz hinterlassen hatte.

Ethariel fluchte leise auf valorisch, als sie eintraten und die Überreste der Familie erneut vor ihnen lagen. Naira schätzte, dass die Kinder nicht älter als fünf und acht gewesen waren. Ethariel und sie sahen sich rasch im Haus um, konnten jedoch keine weiteren Monster finden. Es waren deutliche Spuren zu sehen, wo die Familie von den Ghulen aus den Betten gezerrt worden waren. Da es jedoch nicht nach einem Kampf aussah, ging Naira davon aus, dass alle bereits an der Krankheit verstorben waren, ehe die Monster aufgetaucht waren.

Nikita hatte die Überreste der Familie zusammengesammelt und mit einem Laken so gut es ging bedeckt, als Naira und Ethariel zurückkehrten. Für einen langen Moment standen sie stumm vor den verstümmelten Toten.

„Sollen wir sie verbrennen?", fragte Nikita schließlich. „Das tun wir meist mit den Toten in Men'as."

Nikita schlug nicht vor, die Toten zu begraben, was wohl auch besser so war. Naira wusste, sie hatten nicht die Zeit dafür, Gräber auszuheben. Naira kannte keine Gebete für die Toten und wusste nicht, was sie sagen könnte, um ihnen den letzten Respekt zu zollen.

„Verbrennen wir sie", sagte Naira leise. „Die Mondtochter sollte das Feuer sehen und die Seelen abholen können, auch ohne Gebet. Außer jemand von euch kennt eines?"

„Nicht für die Anhänger des Lichts, aber vielleicht stören sie sich nicht an einem Gebet der Valia", sagte Ethariel und Nikita neigte nachdenklich den Kopf. Ethariel sah zum Nebengebäude des Hofes.

„Sehen wir vorher noch im Stall nach, da waren auch zwei der Monster", schlug er vor.

Gemeinsam verließen sie das Haus und gingen auf den Stall zu, die Waffen gezogen. Die Stalltür stand immer noch offen und ein erneuter Geruch von Verwesung schlug ihnen entgegen. Naira blieb lange genug stehen, um eine Öllampe an der Seite der Stalltür vom Haken zu nehmen. Sie entzündete sie und trat vorsichtig hinein. Ein erster Blick zeigte Überreste von Knochen und Kadavern von gerissenen Schafen.

Naira hörte ein röchelndes Husten. Das Schwert erhoben trat sie um einen langsam schimmelnden Heuhaufen und sah dahinter einen Ghul liegen, abgemagert und schwach. Das Monster hustete erneut und hob leicht den Kopf, ehe es wieder erschlaffte und schwach atmend liegen blieb.

„Die anderen haben auch gehustet", murmelte Naira und trat behutsam einen Schritt vor. Der Ghul reagierte nicht länger und wirkte fiebrig und abwesend.

„Wir sollten ihn töten", sagte Ethariel leise und trat vor, sein Großschwert fest in beiden Händen.

Naira wusste, er hatte recht. Nicht nur, dass es eine Regel der Jäger war, Ghule zu töten, das Monster für einen langsamen und siechenden Tod zurück zu lassen, war auf eine Weise auch grausam. Ethariel hob sein Schwert und mit einem gezielten Stich und einem Zucken des Ghuls, atmete das Monster ein letztes Mal aus, ehe es tot da lag.

Wortlos verließen sie den Stall. Ihre Pferde standen am Rande des Hofes und warteten geduldig. Nikitas Stute schien immer noch etwas angespannt, doch die Nethral waren so ruhig wie eh und je. Die Gefahr war wohl wirklich gebannt.

Die Leichen nach draußen zu tragen war eines der unangenehmsten Dinge, die Naira je getan hatte. Sie fanden ein Paar mehr Laken, um die Leichen richtig einwickeln zu können und sie nicht direkt anfassen zu müssen. Die Kinder nach draußen zu bringen fühlte sich irgendwie noch schlimmer an. Sie waren so klein. Gemeinsam suchten sie gerade genug Holz zusammen, um ein ausreichend großes Feuer zu entzünden.

Das Holz entflammte rasch und bald schon knisterte es lodernd und die Laken fingen ebenfalls Feuer. Als sie verbrannten, entblößten sie Knochen und Fleisch das langsam verkohlte und schwarz wurde. Der Geruch von verbranntem Fleisch begann die Luft zu erfüllen.

Ethariel hatte die Augen geschlossen und bewegte lautlos die Lippen in stillem Gebet. Nikita, zu Nairas anderer Seite, hielt etwas zwischen den Fingern, das Naira als Münze erkannte. Es sah jedoch nicht wie eine Münze aus, die sie kannte und hatte an einem Ende ein Loch, an dem ein geflochtenes Lederband mit einer kleinen silbernen Glocke und einer kleinen Jadekugel hing. Nikita betete ebenfalls.

Sobald sie fertig waren, traten sie von den brennenden Toten zurück und schwangen sich wieder in die Sättel. Inzwischen war es zu dunkel, um zu ihrem vorherigen Rastplatz zurückzufinden. Stattdessen ritten sie mit den Pferden weit genug vom Haus weg, um dem Geruch von verbranntem Fleisch zu entkommen, und sie schlugen ihr Lager am Rande eines Feldes auf.

„Wir sollten die Augen offenhalten", sagte Ethariel, sobald sie ihre Bettrollen ausgelegt hatten. Sie verzichteten auf ein Feuer und stellten stattdessen die entzündete Lampe vom Stall ab, um etwas sehen zu können. „Für den Fall, dass weitere Monster auftauchen."

Ein kaltes Abendessen wurde rasch verzehrt und während Naira auf einem Stück harten, dunklen Brotes kaute, fanden ihre Gedanken keine Ruhe. Was der Familie passiert war, war schrecklich, und Ghule hatten hier nichts verloren. Was war mit den Monstern nur los, dass sie ihre gewohnten Reviere verließen und sich so weit in den Norden wagten? Und diese hier waren krank gewesen. Krank wie die Menschen und Elfen.

Naira setzte sich ruckartig auf und Ethariel und Nikita sahen sie überrascht an.

„Denkt ihr, die Krankheit hat damit zu tun, dass die Monster hoch zu uns in den Norden geflohen sind? Im Süden hat alles angefangen; zeitlich würde es zusammenpassen und diese Ghule haben gehustet." Naira wandte sich Ethariel zu. „Hast du schon einmal von einem hustenden Ghul gehört?"

Ethariel dachte nach. „Normalerweise würde ich sagen, dass es einen anderen Grund haben muss. Monster fangen sich bestimmt nicht dieselbe Krankheit wie Menschen oder gar Elfen ein." Er runzelte düster die Stirn. „Doch wenn die Krankheit ein Zauber ist, ist es...nicht unmöglich."

„Alle Monster tragen ein wenig Magie in sich", fügte Naira hinzu. „Sie haben es im Blut, das macht sie so besonders und gefährlich. Wäre es da so abwegig zu denken, sie könnten auch krank werden? Und dass sie versucht haben davor zu fliehen, so wie Vögel vor einem Sturm?"

„Nikita?" Ethariel wandte sich an ihre bisher nachdenklich stille Begleiterin. „Du meintest doch, der Magier hat den Zauber im Süden freigesetzt, oder?"

Nikita rieb sich mit einer Hand über das Gesicht. „Er hat sich auf den Weg zur Front gemacht, bevor die Krankheit ausgebrochen ist. Ich..." Sie musterte sie abwägend für einen Moment, ehe sie zu einer Entscheidung kam. „Ich bin ihm entkommen, bevor er angekommen ist, doch soweit ich weiß, ja, da hat alles angefangen."

Ethariel und Naira tauschten einen Blick und dann seufzte er.

„Oh, Valia." Ethariel rieb sich kurz über den Mund.

„Du bist ihm entkommen?", hakte Naira vorsichtig nach. Nikita presste kurz die Lippen aufeinander. Etwas Bitteres und Wütendes stahl sich in ihren Blick.

„Der Magier ist kein guter Mensch." Ihre Hände ballten sich zu Fäusten. „Ich habe den Fehler gemacht, mich von ihm anheuern zu lassen, als er Men'as besuchte. Er wollte einen Söldner für zusätzlichen Schutz und ich habe den Auftrag angenommen." Ihre Stimme wurde dunkel und grollend. „Und er ließ mich nicht mehr gehen."

Naira und Ethariel schwiegen erschrocken und Nikita atmete tief durch.

„Er lässt mich jagen, weil ich zu viel weiß und er es hasst, dass ihm jemand entwischt ist." Nikita sah sie an. „Wir müssen ihn aufhalten."

„Natürlich." Ethariel lehnte sich vor und sah sie entschlossen und beruhigend an. „Er wird keinen von uns bekommen."

„Wir werden aufpassen", fügte Naira ebenso entschlossen hinzu. „Und wir werden ihn zur Rechenschaft ziehen."

Nikita sah sie abwechselnd an und nickte dann knapp. Ihre Schultern entspannten sich ein wenig.

„Ich übernehme die erste Wache", sagte Naira und Nikita sah erleichtert darüber aus, dass die Aufmerksamkeit nicht weiter auf ihr lag.

Ethariel und Nikita legten sich kurz darauf schlafen. Naira bemerkte, dass Nikita lange in den Himmel hinauf starrte, ehe sie in leichten Schlaf fiel und Ethariel wälzte sich ein wenig unruhig auf seiner Schlafrolle hin und her.

Naira behielt ihr Schwert griffbereit neben sich und Ethariel schlief ein, sobald sie ihr Bein ausstreckte und ihren Fuß gegen seine Wade drückte. Nikita ging es ähnlich, sobald Naira unauffällig ein wenig näher zu ihr gerutscht war, ohne den Kontakt zu Ethariel zu verlieren.

Nairas Blick wanderte kurz hoch in den Himmel. Die Sterne hatten sich wie jede Nacht in ihrer leuchtenden, unzähligen Pracht über den Himmel ergossen und Naira erkannte einige Sternbilder wieder, welche die Seefahrer ihr einst gezeigt hatten.

Sie zog die Brauen leicht zusammen, als sie bemerkte, dass sie nur noch wenige Tage von einem Neumond entfernt waren. Ob die Geschichten stimmten, dass Spirits in diesen Nächten erschienen? Wenn Naira ehrlich war, wollte sie es nicht herausfinden. Hoffentlich konnten sie rechtzeitig irgendwo unterkommen oder ein großes Feuer entzünden, das die Nacht hindurch brannte. Das Letzte, was sie auf dieser Reise gebrauchen konnten, war von etwas besessen oder gar ihrer Seelen beraubt zu werden.

„Träumt schön", flüsterte sie Nikita und Ethariel zu, die jedoch bereits schliefen und sie nicht mehr hörten. *„Alenda Olos."*

In der Stille der Finsternis horchte Naira wachsam auf mögliche Monster oder Angreifer, doch für diese Nacht blieb es friedlich und ruhig. Die Pferde grasten und hinter ihnen erhob sich der Rauch der verbrannten Leichen in den Himmel.

Ich weiß, ich bin nicht verrückt. Egal was die Leute sagen, mein Sohn ist nicht mehr er selbst, seit er von seiner langen Reise zurück ist. Ich weiß nicht, wie ich es erklären soll, aber er sieht mich an, als würde er mich nicht mehr kennen. Er verbringt Stunden damit, Leute zu beobachten oder stellt die merkwürdigsten Fragen. Vor Kurzem ist er eine Woche lang verschwunden. Zum Schluss dachte ich schon, ich würde ihn nicht wiedersehen. Dann kam er zurück und als ich wissen wollte, wo er gewesen sei, sagte er, er wäre spazieren gegangen. Er hat nicht verstanden, warum ich darüber so aufgebracht war.

Es sind noch viel mehr unerklärliche Dinge geschehen; er hat sich urplötzlich von seiner Verlobten getrennt, er hat nun einen Hund, obwohl er schon seit Kindheit hochallergisch gegen die Tiere ist. Da ist so viel, ich könnte ganze Seiten füllen.

Ich weiß nicht, was auf seiner Reise passiert ist, doch der Mann, der zurückkam, ist nicht länger mein Sohn. Ich bin mir jetzt sehr sicher, dass ein Spirit in ihm wohnt. Bitte, schickt einen eurer Magier zu mir. Ich habe Geld, ich kann zahlen.

Ich weiß, dass es nicht meinen Sohn zurückbringen wird, seine Seele ist für alle Ewigkeit fort, möge das Licht auf ihn achten. Doch ich ertrage es nicht, dieses Ding im Körper meines Sohnes zu wissen, zu sehen, wie es seine Gliedmaßen bewegt wie ein Puppenspieler.

Egal zu welchem Preis, ich will den Spirit tot sehen und meinen Jungen anständig begraben.

- Ein Brief, geschickt an die Akademie der Magie in Naasford, einsortiert im Stapel der angenommenen Aufträge.

Von Feuer und Kindern

Naira atmete auf, als endlich das Ende des Waldes in Sicht kam. Sie hatten den Wald am späten Morgen betreten und waren seit Stunden zwischen Bäumen entlang geritten. Das Blätterdach lichtete sich nun etwas und sie runzelte die Stirn, als sie die hauchdünne Rauchsäule sah, die sich in den Himmel erhob.

„Seht ihr das?", fragte sie über ihre Schulter. „Da ist Rauch."

Ethariel hatte Nikita von den Schwachstellen verschiedener Monster erzählt, falls sie auf weitere treffen sollten. Beide sahen von ihrem Gespräch auf und runzelten die Stirn.

„Mehr Tote?", riet Ethariel. „Verbrennen ist genauso üblich wie begraben in Talha, es wäre nicht ungewöhnlich."

Naira schwieg, doch sie konnte das Gefühl nicht abschütteln, dass irgendetwas hier anders war. Vielleicht hatte Ethariel recht. Simerin selbst war inzwischen überwiegend auf Einäscherungen übergegangen, da der Friedhof langsam zu klein wurde. Nur noch die Reichen wurden beerdigt.

Sobald sie den Wald verließen, sah Naira, dass sie sich nahe eines Dorfes befanden. Und sie sah, was den Rauch verursachte. Ihr Mund wurde staubtrocken und sie erstarrte im Sattel, was Olianor ruckartig stehen bleiben ließ.

Da waren die Überreste eines Scheiterhaufens. Noch glühende Holzreste lagen in der Asche und ein einzelner Pfahl ragte in die Luft, obwohl er so aussah, als würde der nächste starke Wind ihn zum Einbrechen bringen. An dem Pfahl befanden sich die schwarzen Überreste eines Menschen, die Hände über dem Kopf mit Ketten am Pfahl befestigt.

Neben dem verbrannten Scheiterhaufen befanden sich zwei weitere. Sie waren noch nicht entzündet worden und Naira sah, wie hoch das Reisig aufgeschichtet war. Das Feuer würde für Stunden brennen.

Der Wind änderte die Richtung und brachte den Geruch von Asche und verbranntem Fleisch mit sich. Naira fühlte sich für einen Moment so taub, sie war sich nicht einmal sicher, ob sie noch atmete.

Sie bemerkte, dass am Fuße einer der noch stehenden Scheiterhaufen jemand saß. Ein Mann, der den Hut etwas gegen die Sonne ins Gesicht gezogen hatte und auf einem Grashalm kaute.

Naira wandte sich an Ethariel und Nikita, ihre Augen unwillkürlich geweitet. Nikita sah überrumpelt und überrascht aus, während Ethariel die Scheiterhaufen anstarrte, als könne er nicht verstehen, was sie auf der Wiese zu suchen hatten. Doch sie alle wussten, was Scheiterhaufen bedeuteten: Drachenmagier. Nur Drachenmagier wurden heutzutage noch lebendig verbrannt.

Naira trieb ihr Pferd an ohne darüber nachzudenken. Rasch trabte sie auf den Mann zu, der erschrocken aufsah und sich aufrappelte.

„Nicht um unhöflich zu sein", sagte er und schob seinen Strohhut ein wenig zurück um zu ihr aufzusehen. „Aber ihr solltet echt nicht hier sein, Fremde."

Naira gestikulierte mit der Hand, die sie am Vortag bei dem Kampf gegen die Ghule verletzt hatte. Die Schnitte waren glücklicherweise nicht tief. Ihr Herz schlug so schnell wie bei dem Kampf gegen die Monster.

„Was hat das zu bedeuten?", fragte sie rasch.

Das angespannte Gesicht des Mannes hellte sich leicht auf. „Oh, ja, ist für Drachenmagier. Wir haben drei in uns'rem Dorf versteckt gefunden, die sind schuld an all der Krankheit. Wir haben die Mutter zuerst angezündet und die anderen zwei werden gerade geholt. Sind sie alle weg, kann König Etrim mit seinem verfluchten Schwert die Krankheit zerschlagen, und es wird alles wieder gut."

Für einen endlosen Augenblick konnte Naira den Mann einfach nur anstarren.

Sie wusste, dass es üblich war, Drachenmagier entweder an Ort und Stelle niederzustrecken oder sie innerhalb von ein bis zwei Tagen anzuzünden, doch der Anblick der Scheiterhaufen ließ ein übelkeitserregendes Gefühl in ihrem Magen aufsteigen. Und was sollte dieser Schwachsinn, Etrim könne die Krankheit zerschlagen? Naira zog die Brauen zusammen und ließ ihre ausgestreckte Hand sinken. Ihre Finger hatten begonnen zu zittern. Sie erinnerte sich an die Legende der verfluchten Schwerter, die von Magiern erschaffen worden waren. Die Magier waren über ihren Waffen getötet worden und ihr Blut, Hass und ihre Magie hatte die Klingen durchzogen. Niemand hatte jedoch so ein Schwert jemals gesehen oder von den Mächten gehört, die sie angeblich in sich trugen. Die Schwerter waren eine Legende, eine Geschichte, die Leute bei Feuerschein in den Tavernen erzählten. Niemand glaubte wirklich an sie. Oder zumindest hatte Naira das bisher gedacht.

Naira selbst hielt diese Legende nur für ein Märchen, so wie sie die Prophezeiungen für das Ende der Welt in den Büchern der Priester für Geschichten hielt.

Töteten diese Leute deswegen unschuldige Menschen? Waren das wirklich Drachenmagier oder hatten die Dorfbewohner das nur behauptet? Waren sie so verzweifelt wegen der Krankheit, dass sie tatsächlich begannen an Ammenmärchen zu glauben?

„Die Drachenmagier sind nicht schuld an der Krankheit", sagte sie schließlich und ihre Stimme klang dumpf in ihren Ohren.

Der Mann schüttelte den Kopf. „Doch, sind sie. Geboren von der Dunkelheit, das ganze Pack, und sie bringen nichts als Unglück über uns. Ne, bis heute Abend war's das mit denen. Wirst schon sehen Mädchen, der Gott des Lichts wird's für gut heißen und

Etrim erledigt den Rest. Dann hört das Sterben wieder auf. Dann wird alles wieder gut."

Naira starrte den Mann an. Zum ersten Mal in ihrem Leben fühlte sie sich sprachlos vor Entsetzen angesichts dessen, was jemand zu ihr gesagt hatte. Sie bemerkte nur am Rande, wie Ethariel näher ritt und die Zügel ihres Pferdes ergriff.

„Wir stören dann nicht weiter", sagte er und Nairas Blick schnellte zu ihm, als er weiter ritt und ihr Pferd mitführte. Nikita sah ebenso ungläubig und überrumpelt aus. Ihre Stute folgte ihnen und Naira sah, wie auf Nikitas Gesicht ein protestierender Ausdruck erschien.

„Ethariel", sagte Naira und sie hatte ihre eigene Stimme noch nie so scharf gehört. „Wir können doch nicht einfach -"

„Es sind Drachenmagier, Naira", sagte er und warf ihr einen Seitenblick zu. „Wir wissen, was mit ihnen passiert. Wenn die Dorfleute sie nicht töten, würden es die Ritter des ansässigen Lords tun. Man darf sie nicht am Leben lassen. Keinen einzigen von ihnen."

Ihre Finger fühlten sich taub an, als sie nach den Zügeln haschte, die Ethariel noch hielt. Jeder wusste, was seit dem Drachenkrieg mit Drachenmagiern geschah. Naira hatte so viele Geschichten über sie gehört: dass sie verflucht waren, dass sie von Grund auf böse waren, dass jeder Drachenmagier früher oder später einen Drachen zu sich rief und alles um sich herum in Schutt und Asche legte. Drachenmagier stahlen Kinder nachts aus den Betten und raubten jedes Hab und Gut. Sie nahmen sich alles und ließen nichts als Feuer zurück, während ihre Drachen die Menschen fraßen. Es gab sogar das Gerücht, dass Gold die Drachenmagier anlockte wie Elstern und man deshalb gut Acht geben sollte, wie viel Schmuck man trug oder wie viele Goldmünzen man im Haus hatte.

Wer einen Drachenmagier leben ließ, verdammte alle anderen.

Naira sah über ihre Schulter zurück zu den Scheiterhaufen und dem Mann, der sich wieder in den Schatten einer der Scheiterhaufen gesetzt hatte und weiter auf seinem Grashalm kaute. Dann, während sie die Zügel aus Ethariels Hand nahm, zog ein Aufruhr am Dorf ihre Aufmerksamkeit auf sich.

Dorfbewohner waren zu sehen und zwei von ihnen hielten entzündete Fackeln in den Händen. Es dauerte einen Moment, bis Naira sah, wer die übrigen Drachenmagier waren. Mit einem Mal fühlte sie sich, als hätte sie ein Stück Eis verschluckt und als müsste sie sich übergeben.

Das waren Kinder. Das Mädchen sah aus, als wäre sie höchstens fünfzehn, mit sonnengebräunter Haut und hellbraunen Haaren. Der Junge war vielleicht acht und offenbar ihr kleiner Bruder.

„Das sind Kinder!" Das Entsetzen ließ Naira atemlos klingen und sie wandte sich Ethariel so schnell zu, dass sie es in ihrem Nacken knacken hörte. „Kinder!"

Nikita brachte ihre Stute ruckartig zum Stehen und fluchte in ihrer Heimatsprache. Sowohl Olianor als auch Ithiel blieben ebenfalls stehen.

„Das können wir doch nicht zulassen!", rief Nikita entsetzt.

Ethariel starrte zu dem Dorf hinüber, als könne auch er es nicht wirklich glauben. Sie sah, wie etwas über sein Gesicht huschte und seine anfängliche Überzeugung Zweifel bekam. Nikita sah fahl aus und sie tauschte einen Blick mit Naira. Naira konnte an ihrem Blick sehen, dass Nikita mit ihr die Kinder ohne eine Sekunde des Zögerns retten würde. Ihre Finger schlossen sich fester um ihre Zügel, ehe sie sich Ethariel zuwandte.

Naira ergriff seinen Arm. „Wir können sie doch keine Kinder verbrennen lassen! Drachenmagier hin oder her und wer weiß, ob sie überhaupt wirklich Drachenmagier sind!"

„Was sollen wir tun?", fragte er. „Die Dorfbewohner würden niemals zulassen, dass wir sie aufhalten. Sie sind fest von dem überzeugt, was sie tun."

Naira sah zu den Kindern zurück, die ein Stück den Weg hinab gezerrt worden waren. Beide trugen dreckige, zerrissene Kleidung. Das Mädchen wehrte sich und wurde inzwischen von zwei bulligen Bauern halb getragen, während sie um sich trat und Naira konnte das verzweifelte Schreien und Weinen des Jungen bis zu ihnen hören.

Nikita lehnte sich vor, ihr Blick scharf. „Wir reiten mitten in sie hinein", sagte sie und Naira nickte rasch. Sie fühlte sich nahezu fiebrig, als Nikita weitersprach: „Wir packen die Kinder und reiten davon, so schnell wir können. Sie können nicht mit uns mithalten und selbst wenn sie umdrehen, um Pferde zu holen, haben wir die besseren Tiere und genug Vorsprung, um zu entkommen."

Ethariel hielt einen Augenblick, der sich endlos anfühlte, inne, ehe er nickte. „Gut." Sein Gesicht wurde entschlossen. „Holen wir die beiden."

Naira atmete auf und wandte sich an Nikita. „Kannst du uns die Dorfbewohner etwas vom Hals halten, während Ethariel und ich die Kinder packen?"

„Hatte ich vor", sagte Nikita mit einem Nicken und zog ihre Glefe. „Meine Waffe eignet sich besser, um sie auf Abstand zu halten als eure Schwerter."

Für eine Sekunde wollte Naira sie bitten, die Dorfbewohner nicht zu verletzen, doch sie schwieg. Sie vertraute darauf, dass Nikita keinen tödlichen Schlag landen würde. Und wenn sie ehrlich war, fühlte sie sich nicht sonderlich schlecht bei dem Gedanken, dass diese Leute ein paar Schrammen abbekamen. Diese Menschen wollten *Kinder* anzünden. Hatten sogar deren Mutter bereits verbrannt.

Hatten sie überhaupt Beweise dafür, dass die Kinder Drachenmagier waren? Naira fragte sich erschrocken, ob die Leute überhaupt nach Beweisen fragten, oder ob viele der getöteten Drachenmagier einfach nur normale Leute gewesen waren, denen etwas untergeschoben wurde oder die missverstanden worden waren.

„Dann los", sagte Naira. Sie nahm die Zügel in ihre heilende Hand, um die andere frei zu haben und trieb Olianor an. Ihr Herz raste und ihr Mund war staubtrocken, als sie mit Ethariel und Nikita über die Wiese auf die Dorfbewohner zu preschten. Die Nethral rannten mit einer Entschlossenheit, die Naira bis in ihre Knochen spürte.

Es dauerte einen Moment, bis sie von den Leuten bemerkt wurden, dann stoben die Dorfbewohner mit entrüsteten oder erschrockenen Schreien auseinander. Naira beugte sich weit herab und ergriff den Arm des Jungen zuerst, als er von der Frau, die ihn festhielt, erschrocken losgelassen wurde.

Für einen Augenblick befürchtete sie, der Junge könnte wegen seines panischen Strampelns aus ihrem Griff rutschten und unter das Pferd fallen, doch dann schaffte sie es, ihn hoch zu zerren, hoch genug, dass er sich am Sattel festhalten konnte. Hinter ihr brach wütendes Geschrei aus und sie warf einen Blick über die Schulter, während sie den Jungen weiter hochzog, der jetzt ein Bein über den Hals ihres Pferdes warf.

Fluchend wendete sie Olianor und trieb ihn zurück auf die Menge zu. Ethariel und Nikita kämpften beide die Leute zurück, die das Mädchen den Weg hinab geschleppt hatten. Einer von ihnen hielt eine Fackel in den Händen und fuchtelte wild fluchend nach den Pferden, die vor den Flammen zurückscheuten. Der andere Bauer hielt nachwievor das Mädchen fest.

„Hey!" Naira erhob schreiend die Stimme über die Meute und als das Mädchen aufsah, ließ sie die Zügel los und streckte die Hand aus, während sie mit der anderen den Jungen festhielt.

Das tränenüberströmte, panische Gesicht des Mädchens wurde entschlossen. Sie trat dem Mann, der sie hielt, gegen das Bein und warf sich stark genug in den Griff, dass sie sich aus seinen Händen befreien konnte.

Sie hechtete auf Naira zu und ihre schwitzige Hand schloss sich eine Sekunde später um Nairas. Mit einem kräftigen Ruck zog Naira das Mädchen hoch, während Olianor beinahe einen Bauern umrannte, der gerade noch rechtzeitig aus dem Weg sprang. Das Mädchen schaffte es nach einem kurzen Abrutschen hinter Naira auf das Pferd. Zwei Arme schlossen sich hart wie Stahl um Nairas Mitte.

„Festhalten!" rief Naira und trieb ihr Pferd an. Sie beugte sich ein wenig vor, als sie floh, und warf einen kurzen Blick über die Schulter, nur lang genug, um zu sehen, dass Ethariel und Nikita ihr folgten, die Pferde im langgestreckten Renngalopp.

„Links!" erklang Ethariels Stimme und Naira grabschte blind über die Mähne ihres Pferdes, bis sie die Zügel wiederfand, die sie zuvor losgelassen hatte, um die Kinder zu packen, doch Olianor wusste auch so, was sie wollte und wandte sich bereits nach links. Naira sah wenige Meter später eine festgetretene Landstraße auftauchen.

Sie rasten die Straße hinab, die Sonne heiß in ihrem Nacken. Nairas Herz schlug immer noch schnell, der Wind rauschte in ihren Ohren und sie spürte, wie das Mädchen sich an ihr und dem Jungen festklammerte, während der Junge die Finger in Nairas Arme krallte.

Sobald Naira bemerkte, dass ihnen niemand folgte, zügelte sie ihr Pferd etwas, das in einen langsameren Galopp, dann in einen Trab und zum Schluss in den Schritt verfiel. Naira spürte, wie Schweiß ihre Schläfe herabrann und ihr Hemd klebte feucht an ihr. An den Fingern ihrer verletzten Hand befand sich ein wenig frisches Blut.

„Geht es euch gut?", fragte Naira und der Junge brach in Tränen aus. Naira war für eine Sekunde erschrocken, ehe sie ihm tröstend mit der gesunden Hand über den Arm rieb und das Mädchen hinter ihr kämpfte für einen Augenblick deutlich hörbar mit den eigenen Tränen. Ihr Gesicht verbarg sie dabei in Nairas Schulter.

„Danke", flüsterte das Mädchen und ihre Stimme klang heiser, als hätte sie viel geschrien oder seit ein paar Tagen nichts zu trinken gehabt. Die Hände des Mädchens zitterten. „Sie hätten...sie hätten...sie haben unsere Mutter..." Ihre Stimme brach.

Ethariel und Nikita holten zu ihnen auf. Beide beäugten die Kinder besorgt und Nikita streckte die Hand aus, um sie vorsichtig und tröstend auf die Schulter des Mädchens zu legen.

„Ihr seid jetzt sicher", sagte Ethariel. „Gibt es jemanden, zu dem ihr gehen könnt? Wo ihr sicher seid?"

Das Mädchen ließ Naira mit einer Hand los und wischte sich über das Gesicht.

„Wir, wir kommen schon zurecht. Wir kennen jemanden ein paar Meilen von hier. Nur..." Sie warf einen ängstlichen Blick über die Schulter. „Bitte, wenn ihr könnt, bringt uns so weit weg wie möglich."

Ethariel setzte dazu an, etwas zu sagen, ehe er abbrach, um zu husten. Naira und Nikita starrten ihn überrascht, dann erschrocken an und er winkte rasch ab, während er tief Luft holte.

„Natürlich", wandte Naira sich nach einem Moment an das Mädchen. „Wir nehmen euch mit, soweit wir können."

Das Mädchen sackte erleichtert zusammen und der Junge hörte mit einem lauten Schniefen auf zu weinen. Er zitterte und hielt immer noch einen von Nairas Armen fest umklammert, als hätte er Angst zu fallen und zurück zu bleiben, sobald er losließ.

„Kommt." Ethariel trieb sein Pferd sanft an. „Wir sollten nicht zu lange verweilen, für den Fall, dass sie uns doch folgen oder nach uns suchen."

Sie ritten rasch weiter und Naira sah sich immer wieder um. Sie bemerkte, wie Nikita die Umgebung unablässig im Auge behielt, während Ethariel versuchte, die Kinder ein wenig abzulenken. Er bot ihnen etwas von seinem Wasser an und ein wenig zu essen, während sie der Straße immer weiter folgten.

Am Abend schlugen sie ihr Lager abseits des Weges auf und Naira überließ ihre Bettrolle den Geschwistern, die sich als Anne und Lorenz vorgestellt hatten. Es wurde auf ein Feuer verzichtet, damit sie mit dem Rauch und Licht nicht auf sich aufmerksam machten und Ethariel bereitete ihnen ein kaltes Abendessen zu.

„Nimm meine Bettrolle", sagte Nikita leise zu Naira, die nachwievor wachsam war und stets in der Nähe der Kinder blieb. „Ich übernehme die erste Wache."

„Danke", flüsterte Naira müde und erleichtert.

„Ich bin Söldnerin, deshalb hatte mich der Magier auch ange-heuert", fuhr Nikita unerwartet fort und musterte die Umgebung weiterhin wachsam. „Ich habe meine Eltern früh verloren und ein alter Söldner hat mich aufgenommen und mir alles beigebracht."

Sie schenkte Naira ein flüchtiges Lächeln. „Ich bin schon häufiger Leibwächter gewesen. Mach dir keine Sorgen, ich passe auf euch alle auf."

Naira erwiderte ihr Lächeln und drückte kurz Nikitas Schulter in wortlosem Dank.

Die Kinder schliefen ein, sobald sie die Augen schlossen, erschöpft von dem schrecklichen Tag und allem, was sie zuvor durch-gemacht hatten. Naira hatte Nikitas Schlafrolle so ausgelegt, dass sie sich Kopf an Kopf mit Ethariel befand, doch sie konnte trotz ihrer Erschöpfung keine Ruhe finden.

Es war still für eine lange Zeit, bis Naira ein leichtes Stupsen gegen ihre Schulter bemerkte. Sie legte den Kopf in den Nacken und sah Ethariel an, der sich auf den Bauch gerollt und einen Arm ausgestreckt hatte, um sie anzutippen. Der Schein des Feuers erhellte sein Gesicht und sie konnte sehen, dass ihn der Tag genauso mitgenommen hatte wie sie. Er hatte wohl dieselben Probleme einzuschlafen.

„Habe ich dir schon die Geschichte von dem Jungen und der Spinne erzählt?", fragte er leise und obwohl Naira die Geschichte schon kannte, schüttelte sie den Kopf.

Ethariel holte tief Luft, ehe er begann. Geschichten zu erzählen hatte ihn schon immer beruhigt, seitdem sie Kinder waren und er erfreut festgestellt hatte, dass Naira keine Elfengeschichten kannte.

Naira lauschte der Geschichte von dem Jungen Maneal, der Spinnen fürchtete und zertrat, bis er eines Tages in eine Schlucht fiel und sich das Bein brach. Eine riesige Spinne, die in der Schlucht lebte, bot ihre Hilfe an, wenn er im Gegenzug den Elfen beibrachte, ihresgleichen nicht länger zu fürchten, sondern zu verstehen.

Maneal, dem keine andere Wahl blieb, wenn er nach Hause wollte, willigte trotz seiner Angst ein. Wie die Spinne es versprochen hatte, trug sie ihn aus der Schlucht und bis vor die Tür seines Zuhauses. Als er sich umwandte, war er überrascht zu sehen, dass dort nicht länger ein Monster stand, sondern eine vielbeinige Freundin, die sich mit einem Wink ihrer acht Augen verabschiedete.

Maneal zertrat von diesem Tag an keine Spinne mehr und obwohl er des Öfteren immer noch mit seiner Angst kämpfen musste, wusste er nun auch, dass Freundschaft möglich war und ließ es alle Elfen wissen.

192

Naira hörte Ethariel zu, bis seine Stimme leiser und träger wurde und er einschlief. Einen Moment später schaffte es auch Naira endlich einzudösen, während Nikita bei ihnen saß und über sie wachte.

Vater, ich kann noch jetzt die Schreie hören und verbranntes Fleisch im Wind riechen.

Ich bitte Euch, hört mir zu. Gefangene Drachenmagier müssen sofort getötet werden, oder innerhalb eines Tages, wenn die Leute leben wollen.

Ich habe gesehen was passiert, wenn dem nicht so ist. Ich habe die verkohlten Dörfer gesehen. Ich habe gesehen, wie sie brennen. Es ist egal, ob die Drachenmagier noch getötet werden, wenn die Drachen auftauchen. Sind sie einmal da, vernichten sie alles und jeden. Solange es nicht genügend Kriegsmagier oder Drachenbann gibt, sind die Dörfer verloren und selbst eine ganze Stadt wurde schon niedergebrannt.

Ich habe gekämpft, in mehr als einer Schlacht, doch nichts ist so furchterregend wie der Schrei eines Drachen am Himmel. Kein Schatten fällt größer oder finsterer. Drachen lassen niemanden am Leben. Ich habe den letzten Vorfall nur überstanden, da ich bereits ein gutes Stück von dem Dorf entfernt war, als der Drache auftauchte.

Vater, verhängt dieses Gesetz: 'Tötet die Drachenmagier sofort oder einen Tag nach Gefangennahme.'

Das ist das beste, das wir tun können.

- Ein Brief, geschrieben vor über hundert Jahren von Prinz Erling an seinen Vater Ermund, den König des Landes Egresand.

Die Magierin

„Ihr könnt uns hier zurücklassen", sagte Anne, als sie eine Gabelung an der staubigen Landstraße erreichten. Naira zügelte ihr Pferd und Ethariel und Nikita taten es ihr gleich. Lorenz saß vor Nikita im Sattel und hatte bis vor kurzem noch ein wenig gedöst.

„Kommt ihr allein zurecht?", fragte Naira und Anne deutete abseits des Weges. In der Ferne konnte Naira ein etwas schiefes Haus erkennen.

„Eine Freundin unserer Mutter wohnt dort." Anne schluckte schwer, während sie Tränen zurückhielt. Ihre Stimme war ein Flüstern, als sie weitersprach: „Mama hat uns oft mit hier hergenommen, bevor...bevor die Leute uns eingesperrt haben."

„Seid ihr sicher bei ihr?", erhob Nikita das Wort und musterte das Haus ebenfalls.

„Ja." Anne stockte kurz. „M-Mama hat gesagt, wenn jemals etwas passiert, sollen wir zu Mila gehen."

„Sie ist Magierin", fügte Lorenz hinzu, der nervös die Finger in der Mähne von Nikitas Stute vergrub.

Naira sah kurz zum Haus, dann die Straße hinab.

Sie biss sich auf die Lippe und tauschte einen Blick mit Ethariel und Nikita, die beide nickten.

Naira lenkte ihr Pferd von der Straße. „Wir bringen euch den Rest des Weges."

„Wirklich?" Lorenz beugte sich ein wenig vor und Nikita behielt ihn im Auge. Er war an diesem Morgen beinahe vom Pferd gefallen, als er sich einmal zu weit zur Seite gelehnt hatte. Der Junge schien sich einigermaßen von dem Schrecken des vergangenen Tages erholt zu haben, oder zumindest machte er den Anschein. Naira war sich sicher, dass er immer noch ein wenig unter Schock stand.

„So weit ist es nicht", stimmte Ethariel mit einem beruhigenden Lächeln zu und er folgte Naira auf die Wiese.

Es dauerte glücklicherweise nicht allzu lange, bis sie das Haus erreichten. Es war doppelstöckig, recht klein und stand tatsächlich ein wenig schief. Als hätte ein Riese sich versehentlich kurz dagegen gelehnt oder als hätte ein zu starker Wind beim Bau die Stützpfeiler spitzbübisch etwas verschoben.

„Mila!" Anne rutschte vom Pferd und wartete noch lang genug, bis Nikita ihren Bruder aus dem Sattel gehoben hatte, ehe sie zur Tür eilte. Sie klopfte bereits an, während Naira noch absaß.

Ethariel und Nikita traten neben sie und ihre Pferde begannen zu grasen, da hörten sie gedämpfte Schritte und ein Schaben, ehe die Tür mit einem leisen Knarren aufschwang.

Die Frau, die öffnete, sah aus, als ginge sie auf die fünfzig zu und sie stützte sich auf einen einfachen aber robusten Gehstock. Sie hatte ihre braunen Haare zu einem Zopf geflochten und ihre Augen weiteten sich, als sie die Kinder sah.

„Anne, Lorenz." Mila schaffte es, einen Arm auszustrecken, da hatten beide Kinder bereits die Arme um sie geschlungen. Naira bemerkte, wie die Frau gerade noch das Gleichgewicht hielt, so stürmisch waren die beiden. „Was ist passiert?"

Zwischen wieder aufkommenden Tränen erzählte Anne rasch, was passiert war und Lorenz, der sich an der Schürze der Frau festhielt, heulte ebenfalls.

„Oh, ihr Armen. Rein, kommt rein, na los." Mila schob sie sanft ins Haus und bedeutete dann auch Naira und ihren Freunden einzutreten. „Kommt und setzt euch, ich habe noch ein paar frisch gebackene Kekse."

Sie winkte sie alle Richtung Tisch und hinkte dann weiter zu ihrer kleinen Küche. Naira nahm sich einen Moment, um sich umzusehen, während sie den anderen folgte.

Das Haus war innen genauso klein wie außen, doch es wirkte heimelig. Warmes Licht fiel durch die Fenster auf etwas ausgeblichene, helle Teppiche und es hingen Büschel von getrockneten Kräutern an den Deckenbalken. Am Eingang der Küche sah Naira auf einer Seite einen dicken Strang Knoblauch.

Anne und Lorenz setzten sich an den Tisch, als wären sie schon hundert Mal hier gewesen, und Naira atmete leicht auf. Die Kinder waren hier wohl wirklich gut aufgehoben.

Mila kam nach einem kurzen Moment zurück in die Stube und stellte einen Teller Kekse vor den Kindern ab. Bevor Naira oder Ethariel und Nikita sich setzen konnten, winkte Mila sie knapp mit sich zur Seite. Ihr Gesicht war ernst, während Lorenz sich rasch zwei Kekse schnappte und Anne einen in ihren Händen hin und her wendete. Anne hatte kaum Appetit gezeigt, bei keiner der Mahlzeiten. Es überraschte Naira jedoch nicht im Geringsten. Ihr wäre nach solchen Erlebnissen auch nicht nach Essen zumute.

„Danke, dass ihr den beiden geholfen habt", sagte Mila leise und Wut war auf ihrem Gesicht zu sehen. Ihre Finger umklammerten ihren Gehstock fest genug, dass ihre Knöchel weiß hervortraten.

„Diese feigen Hunde, ich kann kaum glauben, was für Tiere diese Leute sind. Sie hätten sie ebenfalls...wenn ihr nicht gewesen wärt -" Mila rieb sich mit einer Hand über das Gesicht und Trauer ersetzte die Wut. „Ich hätte ihre Mutter nicht überzeugen sollen, hier zu bleiben. Die Dorfbewohner haben seit Wochen mit diesen Gerüchten um sich geworfen, aber ich habe ihr gesagt, es wird nur schlimmer, wenn sie geht."

Mila schloss kurz die Augen, um die Trauer und den Schmerz in ihrem Blick zu verbergen.

„Sind die beiden wirklich Drachenmagier?", fragte Ethariel in die entstandene, schwere Stille.

„Diesen Schwachsinn haben sich die Dorfbewohner ausgedacht", sagte Mila bitter. „Allerdings wäre das hier nie ohne die Krankheit passiert, das lässt alle den Kopf verlieren. Die Leute werden regelrecht verrückt."

„Ein Dorfbewohner hat erzählt, es würde helfen, sie zu opfern und Etrim hätte ein verfluchtes Schwert, das die Krankheit vertreiben kann", fügte Naira hinzu. Selbst jetzt noch klang es absolut abstrus und verdreht. Es war eines der unsinnigsten Gerüchte, die sie je gehört hatte.

Mila gab einen frustrierten, angewiderten Laut von sich. „Natürlich glauben sie das. Es gibt nichts, wofür man Drachenmagiern nicht die Schuld gibt. Frag irgendwo nach und sie sind sogar schuld an Fluten oder Impotenz oder Todgeburten." Mila schüttelte den Kopf. „Und wenn man sich umhört, hat angeblich jeder Herrscher ein verfluchtes Schwert. Alles Humbug. Die Schwerter sind genauso echt wie Sockenkobolde. Doch genug davon, kann ich euch irgendwie helfen, als Dank?"

„Lorenz hat erwähnt, Ihr seid Magierin", sagte Naira. Sie hielt kurz zögerlich inne. „Ich hätte eine seltsame Frage."

Mila zog die Brauen überrascht hoch. „Eine seltsame Frage?" Sie lehnte sich ein wenig mehr gegen die Kommode neben ihr, um sich nicht allzu sehr auf ihren Gehstock zu stützen. „Das sind für gewöhnlich die interessantesten. Was willst du wissen?"

Naira dachte einen Moment über die beste Wortwahl nach. „Wir suchen nach einem Magier."

Mila musterte sie genauer. „Das ist keine Frage." Sie neigte den Kopf. „Setzen wir uns."

Sie kehrten zum Tisch zurück. Mila fuhr im Vorbeigehen liebevoll durch Lorenz' Haare, der ihr ein kleines, wackeliges Lächeln schenkte und Krümel von seinem Hemd zupfte. Mila drückte Annes Schulter, die ein wenig in sich zusammensackte und die Augen schloss.

„Also, wofür braucht ihr einen Magier?", fragte Mila, sobald sie alle Platz genommen hatten. „Wenn es nur für Tränke oder

Zauber ist, kann ich euch vielleicht genauso gut helfen. Ich habe dem König gedient, es gibt vieles, das ich beherrsche, und ich bin Erzmagierin in Agrarmagie."

„Ihr habt König Etrim gedient?", fragte Naira überrascht. Mila lächelte kurz, während Naira immer noch ein wenig der Mund offen stand. Vor ihr saß eine Erzmagierin!

„Hauptsächlich seinem Vater, Thayn, aber ja, Etrim auch. Bis zu meinem Reitunfall vor zwei Jahren. Ich wurde zu spät gefunden, um mich vollständig heilen zu können, und ich selbst habe die Heilkunst nie studiert, daher..." Mila gestikulierte vage zu ihrem Bein. „Seitdem habe ich mich vom Hof zurückgezogen, doch ich beherrsche mein Handwerk nachwievor und bin hier auf dem Land tätig."

Naira tauschte einen kurzen Blick mit Ethariel und Nikita. Beide wirkten zurückhaltend, doch sie machten auch keine Anstalten, Naira zu stoppen. Sie wandte sich wieder Mila zu.

„Wir suchen einen Magier an der grauen Küste."

Milas Brauen hoben sich überrascht. „Die graue Küste? Oder Ellien? In Ellien wohnen viele Magier, aber an der Küste selbst nur einer, soweit ich weiß."

„Könnt Ihr uns etwas über ihn erzählen?", fragte Naira. Mila beäugte sie und für einen Moment schien es beinahe, als würde sie nicht antworten, ehe sie leicht nickte.

„Ich weiß nicht viel über ihn. Sein Name ist Belrad und er hat früher unter König Thayn gedient. Wir anderen Hofmagier haben ihn kaum zu Gesicht bekommen und ich habe nie persönlich mit ihm gesprochen. Er hat angeblich stets an Geheimprojekten für die Krone gearbeitet über die er nicht sprechen durfte. Manche haben das geglaubt, andere dachten, er würde nur mit leeren Worten prahlen und sich wichtiger machen als er war. Ein paar Jahre vor Thayns Ermordung ist er dann entlassen worden.

Niemand wusste warum, aber die Gerüchteküche hat gebrodelt."
Mila lehnte sich leicht vor. „Warum sucht ihr nach ihm?"
„Wir haben die Hoffnung, er könnte vielleicht ein paar Dinge
erklären." Naira hoffte, dass ihre vagen Worte ausreichen würden.
Mila sah sie eindringlich an. „Ich habe die besten, klügsten und
begabtesten Magier des Landes in meinem Leben getroffen, und
viele von ihnen sind bessere Lügner als einige der Adligen am Hof.
Sag mir die Wahrheit. Ich bringe keinen Kollegen in Gefahr, auch
wenn ihr Anne und Lorenz geholfen habt."
Naira warf einen Blick zu Nikita, die die Lippen zusammenpresste
und schließlich ein wenig angespannt nickte.
„Wir glauben Belrad hat Wissen über die Krankheit", sagte Naira.
„Oder dass er sogar unmittelbar damit zu tun hat."
Mila starrte sie angespannt und stirnrunzelnd an.
„Ich hatte mir schon gedacht, dass mit der Krankheit etwas nicht
stimmt", murmelte sie schließlich und hob wieder die Stimme.
„Doch niemand hat eine solche Macht, auch Belrad nicht. Ich
bezweifle, dass irgendein Magier auf der ganzen Welt alleine so
etwas Großes schaffen könnte und wenn sich eine ganze Gruppe
hier in Talha dafür zusammengeschlossen hätte, hätte das jemand
bemerkt. Selbst dann hätte die Magie nicht ausgereicht, um diese
Krankheit so weitflächig und so lange aufrecht zu erhalten. Für
eine Region vielleicht, aber nicht für ganz Talha."
Mila hielt inne und ihr Stirnrunzeln vertiefte sich. „Doch vielleicht
weiß Belrad wirklich etwas darüber." Sie gestikulierte mit einer
Hand. „Es gab Gerüchte am Hof, dass er in fragwürdige
Experimente verwickelt sei. Ich hab dem damals nicht viel Gehör
geschenkt. Ich dachte immer, es wäre die Eifersucht der anderen
Magier gewesen, die diese Gerüchte geboren haben, oder
vielleicht Belrad selbst, um mehr Ruhm zu ernten."
Anne und Lorenz saßen beide still und blass am Tisch und Naira
wusste für einen Moment nichts zu sagen.

„Wenn es stimmt", fuhr Mila langsam fort. „Und das ist ein verdammt großes 'wenn', dann solltet ihr euch beeilen, wer weiß, wann die Krankheit auch euch erwischt. Oder ob Belrad nicht bald aus Talha verschwindet."

„Wir sind bereits auf Pferden unterwegs, wir können nicht schneller reisen", sagte Naira. Bis zur grauen Küste war es noch weit.

Mila schien einen Moment nachzudenken. „Sucht den Fluss auf. Wir haben hier eine breite Abzweigung des Bjar, der bis nach Ellien und der grauen Küste fließt. Vielleicht findet ihr jemanden, der euch gegen ausreichende Bezahlung mitnimmt, trotz des Verbots des Königs. Der Weg auf dem Wasser ist schneller, vor allem wenn ihr guten Wind habt."

„Danke." Naira atmete leicht auf. Ein Boot würde ihnen wirklich Zeit sparen, vielleicht sogar genug, damit sie Belrad rechtzeitig aufhalten konnten. Damit niemand zuhause starb.

Mila nickte. „Ich glaube, ihr brecht am besten gleich wieder auf. Ich habe ein wenig Proviant hier, den ich entbehren kann. Als Dankeschön für die Rettung von Anne und Lorenz."

Sie stand auf und ging zurück in ihre Küche.

„Ich helfe ihr tragen", murmelte Nikita und erhob sich.

Anne und Lorenz wirkten ein wenig nervös darüber, dass sie gleich wieder gingen, doch sie verabschiedeten sich mit einer dankbaren Umarmung.

„Passt gut auf euch auf", sagte Naira zum Schluss und Anne nickte ernst.

Nikita kam mit einem Beutel zu ihnen zurück und Mila begleitete sie zur Tür.

„Noch hält das Wetter, reitet schnell und lange, auch wenn ihr die Pferde dabei fordert", sagte Mila. „Ich werde mich mit Leuten in Toran in Verbindung setzen, damit sie sich Belrad genauer ansehen, einige meiner Beziehungen zum Hof stehen noch. So schlecht wie die Dinge im Augenblick sind, ist jeder Verdacht eine Untersuchung wert, denke ich. Solltet ihr also in den nächsten Tagen Ritter des Königs sehen, redet mit ihnen. Möge das Licht mit euch sein."

Die Pferde kamen rasch angetrabt, als sie pfiffen und mit einer letzten Verabschiedung von Mila ritten sie auch schon wieder davon. Dieses Mal jedoch schien ein Gefühl von rastloser Eile an ihren Fersen zu haften und sie trieben die Pferde über längere Strecken mehr an als zuvor.

Die Nethral nahmen die Anstrengung ohne Beschwerde auf sich und auch Nikitas Stute hielt ohne Schwierigkeiten mit. Sie ritten, bis es zu dunkel wurde und schlugen ein rasches Lager abseits des Weges auf. Die Pferde fraßen ihr Futter und schienen schneller als sonst einzuschlafen, während Ethariel die erste Wache übernahm.

Die nächsten drei Tage vergingen mit langen, schnellen Ritten und kurzen Sommernächten. Ethariel hustete ein weiteres Mal unterwegs, was sowohl Naira als auch Nikita dazu brachte, ihn besorgt anzusehen. Naira traute sich für einen Moment nicht zu fragen, ob es ihm gut ging. Wenn sie ehrlich war, fürchtete sie sich vor der Antwort.

„Es war nur eine Fliege", sagte Ethariel rasch und Naira war sich nicht sicher, ob er die Wahrheit sagte. Ethariel würde es nicht zugeben, wenn er krank wäre. Das hatte er noch nie getan, schon als Kind nicht, und diesmal würden die Konsequenzen schlimmer sein.

Ethariel warf ihr einen etwas schärferen Blick zu. „Mir geht es gut, wirklich." Er verzog das Gesicht und beute sich zur Seite, um auf die Straße zu spucken.

Naira öffnete den Mund und schloss ihn dann wieder wortlos.

„Reiten wir schneller", sagte Ethariel. „Ihr habt Mila gehört, wir müssen uns beeilen."

Naira hörte, was er nicht sagte. Wer wusste, wie viel Zeit ihnen noch blieb. Wer wusste, wie viel Zeit den Leuten zuhause noch blieb. Elra, Lanara, Kalia und wahrscheinlich sogar Ethariels Vater, sie alle waren krank. Und wer wusste, wie viele inzwischen noch erkrankt waren. Naira spürte ihre Kehle enger werden bei dem Gedanken, dass sie vielleicht schon zu spät waren. Was, wenn Lanara bereits tot war? Was, wenn Elra gerade starb? Was, wenn sie zurückkamen, nur um zu erfahren, wer in ihrer Abwesenheit von ihnen gegangen war?

Sie schob den Gedanken mit aller Kraft beiseite. Ethariel hatte recht, sie mussten weiter. So schnell wie möglich.

Fünf Magier waren sie an der Zahl
Ihre Schwerter schmiedeten sie aus dunklem Stahl

Macht und Macht gaben sie hinein
Bis die Klingen erstrahlten in magischem Schein

Und wie sie so die Hämmer schwangen
Wieder und wieder voller Verlangen

Regte sich bös' das Mundwerk der Leute
Bis es das Volk vor nichts mehr scheute

Sie kamen zu den Fünf ganz laut
Und hackten ihnen ab das Haupt

Hasserfüllt ward das Leben der Magier verloren
Und aus ihrem Blut wurd' Finst'res geboren

- Ein Gedicht über die Legende der verfluchten Schwerter, verfasst von Dichter Albrecht van Sein.

Die Schmuggler

Der Seitenarm der Bjar kam in Sicht, als sie über einen Hügel ritten. Es hatte sie vier Tage seit ihrem Aufbruch von Mila gekostet, um den Fluss zu finden. Vor allem da sie sich in der Region nicht auskannten und keine Karte besaßen, hätten sie sich einmal beinahe völlig verritten.

Ethariel hatte angefangen häufiger zu husten, doch jedes Mal, wenn Naira oder Nikita dazu ansetzten etwas zu sagen, wechselte er rasch das Thema oder winkte mit ein paar beruhigenden Worten ab. Naira fühlte sich, als würde sich mit jedem Husten eine Faust aus Eis immer mehr um ihr Herz schließen. Ethariel war krank, da war sie sich inzwischen sicher, auch wenn sie sich nicht dazu bringen konnte, es laut auszusprechen.

Noch mehr als zuvor wurde Naira bewusst, dass sie sich beeilen mussten. Egal, was es kostete, sie mussten Ellien so schnell wie nur möglich erreichen.

„Denkst du, wir finden bald ein Boot?", fragte Nikita und lenkte ihr Pferd näher zu Nairas. Ethariel ritt ein Stück voran und spähte am tiefen, rauschenden Wasser entlang.

„Wenn wir Glück haben", antwortete Naira. Sie presste kurz die Lippen aufeinander. „Wenn nötig, stehlen wir eins."

Auch wenn Naira sich nicht ganz sicher war, ob sie weit kämen, so unerfahren, wie sie alle mit dem Segeln waren. Naira hatte zwar die eine oder andere kleine Lehrstunde als Kind bekommen, wenn sie einen der Kapitäne in Simerin in einem guten Moment erwischt hatte, doch sie wusste nicht, ob das reichen würde, um den Bjar sicher hinab zu steuern. Sie war sich ehrlich gesagt nicht einmal sicher, ob sie sich noch richtig an die Lektionen erinnerte. Doch wenn es ihnen half, schneller den Magier zu erreichen, würde Naira, wenn nötig, zehn Boote stehlen.

Der Wind jedenfalls stand auf ihrer Seite. Seit der vergangenen Nacht hatte er stetig in die richtige Richtung zugelegt und auch wenn Naira vermutete, dass sie bald mit einem starken Sommergewitter rechnen konnten, war der Wind ein Segen. Guter Wind hieß gute Fahrt auf dem Wasser.

„Sehen wir, ob wir jemanden finden", sagte Naira. „Mit genug Bezahlung lässt sich vielleicht etwas ausmachen oder sogar jemand anheuern."

Sie folgten dem Flussverlauf in raschem Tempo. Der Seitenarm der Bjar war noch lange nicht so massiv breit wie der Hauptfluss, doch es war immer noch genug Platz für Fischerboote und kleinere Handelsschiffe.

„Da vorne!", rief Ethariel plötzlich und Naira richtete sich rasch im Sattel auf. Sie spähte den Fluss hinab und sah einen Moment später was Ethariel zuerst erblickt hatte. Eines der kleinen Transportschiffe segelte gemächlich den Fluss hinab, die Segel halb eingeholt. Der Kapitän schien definitiv nicht in Eile zu sein.

Sie tauschten einen Blick und Nikita und Ethariel nickten entschlossen.

Naira ließ die Zügel locker und beugte sich vor, als sie ihr Pferd antrieb. Sie spürte wie Olianor die Hufe in den Boden grub und dann kraftvoll losrannte. Sie jagten das Ufer hinab, das Schiff stets im Blick. Wenn sie schnell genug waren, konnten sie es einholen und hoffentlich verfolgen, bis das Schiff anlegte. Oder sie den Kapitän überzeugen konnten anzuhalten.

Ihre Pferde streckten sich lang und das Trommeln der Hufe ging beinahe im Rauschen des Windes und der Wellen unter. Das Schiff kam näher und näher, bis Naira den Namen am Heck lesen konnte und die kleine Flagge am Mast besser sah. 'Albatros' stand auf dem Heck und die Flagge war die einer unabhängigen Handelsgruppe, ein Münzbeutel auf den die Waage des Handels gestickt war.

„Das sind Schmuggler!", rief sie über ihre Schulter. Ethariel sah überrascht aus und sein Blick war fragend. Naira zögerte, ehe sie nickte. Schmuggler waren vielleicht genau die Leute, die sie gerade brauchten. Menschen, die keine Probleme damit hatten, Regeln und Gesetze zu ignorieren, waren hoffentlich dazu bereit, sie mitzunehmen. Mit genügend Bezahlung waren sie vielleicht sogar bereit, sie bis ganz nach Ellien zu bringen.

Sie hielten mit dem Schiff mit und kurz darauf kam ein Dorf in Sicht, von dem zwei Stege ein Stück in den Fluss hinein gebaut worden waren. Niemand war zu sehen, als sie zwischen den Häusern durchritten, doch zwei der Türen waren mit einem weißen X gekennzeichnet. Als Naira Bewegungen hinter den Fenstern sah und wie rasch ein paar Vorhänge zugezogen wurden, atmete sie erleichtert auf. Die Leute hier waren wenigstens noch am Leben.

„Woher kennst du sie?", fragte Nikita, als sie auf die Stege zuritten. Das Schiff hatte inzwischen angelegt und Naira war sich sicher, dass die Crew und der Kapitän sehr wohl wussten, dass sie ihnen folgten.

„Mein Vater hat sich über sie beschwert und mir einmal gesagt, ich solle mich fernhalten, wenn sie in Simerin anlegen", antwortete Naira und zügelte Olianor, während sie beobachtete, wie ein Mann von Bord ging. Seine Schritte waren entschlossen und er wartete bei den Stegen auf sie mit verschränkten Armen.

„Er konnte ihnen nie etwas nachweisen, doch er weiß, dass es ein Schmugglerschiff ist."

Sie erreichten den Mann ein paar Momente später. Er war recht groß, mit gebräuntem und wettergegerbtem Gesicht. Seine kurzen, blonden Haare lugten unter seinem Hut hervor und er musterte sie, ehe er scharf lächelte. Es war kein freundliches Lächeln, bei weitem nicht, doch es war auch nicht drohend oder warnend.

„Sagt mir, was bringt mir das Vergnügen, von euch verfolgt zu werden?", fragte er mit einer ausladenden Geste und sein Blick huschte über sie, wobei er Nikita am längsten zu mustern schien. Seine Kleidung war praktisch und beinahe schlicht. Er trug eine silberne Kette, die unter seinem Hemd verschwand und sein Hut hatte eine breite Krempe zum Schutz gegen die Sommersonne.

Etwas an ihm ließ Naira jedoch zögern. Vielleicht war es die verborgene Härte in seinem Blick oder das leise, ungute Gefühl, das in ihrer Magengegend aufstieg. Doch welche Wahl hatten sie sonst? Er war vielleicht eine ihrer besten Chancen, schnell nach Ellien zu gelangen. Naira sah sonst nirgendwo ein Schiff, selbst hier am Dorf waren lediglich kleine Ruderboote zu sehen, die sich nicht im Geringsten dazu eigneten, zeitig bis nach Ellien zu paddeln.

„Wir brauchen jemanden, der uns mitnimmt, dringend", sagte Naira. Sie stieg von ihrem Pferd ab und legte sich rasch eine Lüge zurecht. „Mein Cousin in Ellien ist krank geworden und wir haben Medizin, die vielleicht hilft. Auch wenn sie uns nicht rein lassen, können wir sie am Tor abgeben Es hat Eile."

Der Mann musterte sie einen Moment länger. „Um nach Ellien zu kommen, müssten wir eines der Königstore passieren." Er rieb sich über das glattrasierte Kinn. Dann musterte er Ethariel und Nikita erneut, ehe er Naira wieder ansah. „Es hat Eile, sagst du? Ein Königstor und volle Segel, das kommt euch teuer." Er lächelte. „Vier Gold pro Person und die Pferde bleiben hier."

Naira hörte, wie Ethariel hinter ihr protestierend einatmete und sie nickte rasch. Zwölf Gold, das hatten sie, auch wenn das alles an Gold war, das sie mit sich führten. Ihnen blieb dann noch ein wenig Silber- und Kupfergeld übrig.

„Abgemacht", sagte sie. Mit einem Schiff konnten sie Ellien binnen weniger Tage erreichen. Es würde so viel schneller gehen, als zu Pferd.

208

Der Mann grinste und es wirkte selbstzufrieden. „Entschlossenheit, das ist gut." Er warf einen kurzen Seitenblick auf ihre Freunde hinter ihr. „Das wird euch am Leben halten ...vermutlich. Ich bin Lago, Kapitän der 'Albatros'. Willkommen an Bord."

Mit einer ausladenden, schwungvollen Geste deutete er auf das Schiff hinter sich. „Beeilt euch, ihr habt ein paar Minuten, um an Bord zu kommen. Wir wollen schnell weiter."

„Naira, bist du sicher?", fragte Ethariel leise, sobald sie sich zu ihm und Nikita umwandte. Ethariel warf Lago einen heimlichen, stirnrunzelnden Blick zu. „Irgendetwas an ihm ist merkwürdig."

„Ich weiß." Naira fuhr sich mit einem Seufzen über die Haare. Ihr geflochtener Zopf war nach dem langen Reiten völlig zerzaust und Schweiß klebte ihr Hemd an ihren Rücken. „Aber das ist unsere beste Chance bisher. Die Pferde, können wir sie einfach hier lassen?"

Das war der Teil der Abmachung, der Naira am wenigsten gefiel, wenn sie ehrlich war. Gold ließ sich wieder verdienen, vor allem in ihrem Metier, doch Pferde waren etwas anderes. Vor allem Nethral.

„Wenn wir sie wegschicken, finden sie den Weg nach Hause von selbst", versicherte Ethariel ihr. „Sie sind Nethral, Elfenpferde finden immer nach Hause zurück."

Naira und Ethariel wandten sich Nikita zu, die zögerte und Lago eindringlich musterte. „Wenn wir Ellien schnell erreichen und dort Pferde mieten können, müssen wir nur noch herausfinden, wo genau Belrad wohnt. Wir haben jetzt seinen Namen, damit können wir ihn schneller finden und aufhalten", murmelte sie und presste kurz die Lippen zusammen, ehe sie nickte. „Ich bin einverstanden, gehen wir."

Sie nahmen rasch ihre Taschen und Waffen von den Pferden, zusammen mit den Bettrollen. Als Naira und Ethariel ihre Pferde nach Hause zurücksandten, zögerte Nikitas Stute, ehe sie sich auf einen Befehl Nikitas umwandte und mit den Nethral mitlief.

„Sie sollte ihnen folgen", sagte Nikita und räusperte sich leicht. „Hoffentlich."

„Für neue Pferde in Ellien wird wahrscheinlich der Rest des Geldes draufgehen", murmelte Ethariel. „Und das werden nicht die besten Pferde sein."

„Stimmt", sagte Naira und straffte dann die Schultern. Lago wartete noch auf sie und er wirkte zunehmend ungeduldiger. „Kommt."

Als sie zu Lago aufschlossen, suchte Naira das Gold hervor und reichte es dem Kapitän. Der nahm sie daraufhin mit einem zufriedenen Lächeln mit an Bord. Die 'Albatros' war ein Einmaster und kein großes Schiff, doch es war schnell, wie er ihnen versicherte. Der Bauch des Schiffes war bereits größtenteils gefüllt mit Kisten und Fässern. Hängematten hingen von Deckenbalken und es schliefen vier Schmuggler darin, die leise vor sich hin schnarchten.

„Es ist nichts Luxuriöses. Hier." Lago deutete vage zu einer leeren Ecke. „Lasst eure Sachen dort. Ihr könnt die Hängematten der Crewmitglieder haben, die die Nachtwache übernehmen."

Mit diesen Worten stieg er wieder an Deck und nach ein paar lauten Rufen setzte sich das Schiff wieder in Bewegung.

„Volle Segel!", hörte Naira Lagos Stimme, während sie ihre Sachen abgestellten. „Wir sind in Eile!"

Sie atmete aus und Erleichterung ließ ihre Schultern ein wenig herab sacken. Sie würden Ellien von jetzt an schnell erreichen. Sie waren an Bord, jetzt hieß es zu warten. Hoffentlich standen die Winde bis zu ihrer Ankunft weiterhin so gut wie an diesem Tag.

Ihre Taschen wurden sicher abgestellt, doch ihre Waffen behielten sie alle bei sich und sie legten auch ihre Rüstungen nicht ab. Nur um sicherzugehen. Das ungute, leise Gefühl hatte sich noch nicht wieder in Naira gelegt und auch wenn sie für diese Reise bezahlt hatte und alles gut aussah, behielt sie die Warnungen ihres Vaters im Hinterkopf.

Naira nahm den Geldbeutel und drückte ihn so platt wie möglich, ehe sie ihn in ihren Stiefel schob. Es war nicht bequem, doch so war er wenigstens gut verborgen und stets bei ihr. Das Letzte, das sie brauchen konnten, war ausgeraubt zu werden, sei es während der Fahrt oder bevor sie von Bord gingen.

Sie kehrten an Deck zurück und innerhalb kürzester Zeit wurden sie von den Schmugglern dazu eingeladen, auszuhelfen.

„Warum die Eile, um nach Ellien zu kommen?" fragte Lago, als sie am Abend in der etwas engen Kombüse saßen und aßen. „Dein Cousin hält doch sicherlich noch ein wenig durch, ihr hättet auch die Landstraße nehmen können."

Die Schmuggler um sie herum unterhielten sich, doch Naira entging nicht, dass die meisten sie im Auge behielten. Ob es aus Neugier war oder weil sie ihnen nicht trauten, konnte sie nicht sagen. Ihre Gesichter waren überraschend verschlossen und nichtssagend. Die Schmuggler schienen sich allerdings auch nicht zu sehr an den Waffen zu stören, die Naira und ihre Freunde weiterhin bei sich trugen. Was vielleicht daran lag, dass auch die Schmuggler bewaffnet waren. Jeder von ihnen trug einen Dolch bei sich und der eine oder andere hatten ein Schwert oder eine Armbrust neben sich lehnen.

„Wir hatten die Befürchtung, es könnte meinem Cousin schneller schlimmer gehen und dass wir nicht rechtzeitig ankommen würden. Er ist schon immer recht anfällig für Krankheiten gewesen", sagte Naira. Lago schien ihre Lüge soweit zu glauben. „Die Medizin die wir dabei haben hilft vielleicht. Wir haben auch die Hoffnung, dass einer der Magier in Ellien helfen kann, solange wir genug Geld dafür mitbringen sie zu bezahlen."

„Da habt ihr wahrscheinlich Pech." Lago lehnte sich entspannt in seinem Stuhl zurück, eine Flasche Rum in der Hand. „In Ellien wohnen größtenteils Erfinder für neue Zauber und Historiker. Einige Alchemisten, Astrologen und Architekten auch, aber wenig Heiler. Und wir alle wissen ohnehin, dass die besten Magier sowieso Etrim gehören und viele der Heiler sind schon vor fünf Jahren an die Front geschickt worden."

Naira wusste nicht, was sie darauf sagen sollte und hob daher wortlos die Schultern. Lago musterte sie und gluckste dann.

„Nun, ihr werdet schon sehen." Er leerte seine Flasche und erhob sich. „Drei der Hängematten sind eure. Schaut einfach, welche leer sind."

Es war still zwischen ihnen in dieser Nacht, doch Naira entging nicht, dass Nikita länger wach blieb als sonst und die schlafenden Schmuggler rundherum im Auge behielt. Ethariel schlief mit einiger Unruhe und erneutem Husten ein, was Naira dazu brachte, unwillkürlich den Atem anzuhalten. Ihr gelang es für lange Zeit nicht einzuschlafen und sie lauschte Ethariels Atemzügen. Kam es ihr nur so vor, oder klangen sie ein wenig schwerer als zuvor?

Am nächsten Morgen, als Naira an Deck trat, grüßte sie ein unerwarteter Anblick.

Rechts und links entlang des Flusses erstreckten sich große, weiße Felder. Hohe Blüten mit langen, breiten Blättern wuchsen in großen Massen und für einen Moment sah es beinahe aus, als würde mitten im Sommer dick Schnee liegen. Der Geruch, den der Wind zu ihnen trug, war beinahe widerlich süß.

„Weißt du, was das ist?", fragte Lago, der neben Naira an die Reling trat.

„Weißer Tod", sagte sie. Naira hatte von der Pflanze gehört, vor allem in Verbindung mit alten Kriegen. „Auch bekannt als Drachenbann."

Lago grinste, doch es hatte etwas Dunkles an sich. „Richtig. Der Drachenbann wächst hier noch von dem Krieg mit den Drachenmagiern. Sie haben die Blüten in riesigen Massen verbrannt und der Rauch, der aufgestiegen ist, hat die Drachen das Bewusstsein verlieren lassen und sie zum Abstürzen gebracht. Da hinten sieht man sogar noch eine der Schalen."

Er deutete vage zur Seite. Aus dem weißen Feld erhob sich ein halbhoher Turm der aussah, als würde er langsam beginnen einzufallen, mit einer gewaltigen Kupferschale oben darauf. Die Schale neigte sich leicht zur Seite, da bereits eine Ecke des Turms weggebröckelt war.

„Der Turm ist immer noch voller Asche. Am Boden der Schale gibt es ein großes Loch, da sind die Reste nach unten durchgefallen, während neue Blüten oben nachgeschaufelt wurden", erklärte Lago und lehnte sich gegen die Reling. „Etrim kümmert sich allerdings nicht darum, das instand zu halten. Soweit ich weiß, liegt es daran, dass in Talha seit gut fünfzig Jahren keine Drachen mehr gesichtet wurden. Heißt es jedenfalls."

Naira wusste von genügend Gerüchten, dass Drachen oder Wyvern angeblich entlang der Küsten gesehen wurden, manchmal sogar etwas weiter im Land. Die Seefahrer und reisende Händler erzählten das gerne, vor allem wenn es Leute dazu brachte, etwas von ihnen zu kaufen oder länger an ihren Ständen stehenzubleiben. Naira glaubte ihnen meist nicht, doch das eine oder andere Mal hatte sich eine Geschichte beinahe wahr angehört. Offiziell war Talha vollkommen drachenfrei.

Lago sah am Bug entlang und sein Gesicht hellte sich ein wenig auf.

„Und da haben wir das Königstor." Er klopfte kurz auf die Reling. „Glücklicherweise unser Einziges auf dem Weg nach Ellien."

Das Königstor ragte gewaltig und massiv vor ihnen auf. Die schweren, großen Banner Talhas wehten leicht im Wind, es war ein silberner Adler auf blauen Wellen darauf gestickt. Das Königstor war gänzlich aus Stein erbaut und wurde rechts und links von gewaltigen Steinadlern geschmückt, welche über das Tor und den Fluss ragten. Sie hatten die Flügel aus- und die Köpfe vorgestreckt, so dass ihre Schnäbel sich in der Mitte über dem Fluss berührten.

Das Königstor war von einem herabgesenkten, metallenen Fallgitter versperrt, so dass kein Schiff hindurch konnte. Das Fallgitter reichte dabei von einer Uferseite zur anderen und für einen Moment fühlte Naira sich sprachlos, angesichts des riesigen, überraschend edlen Bauwerks. Naira war sich sicher, dass sich auf dem Tor selbst ein Übergang befand, damit Soldaten sich bei Angriffen oben positionieren konnten.

Zu ihrer Linken am Ufer befand sich ein kleines Gebäude an das Tor gebaut, zusammen mit einem Steg, der sich entlang des Ufers erstreckte.

„Sie haben die Königstore wegen der Krankheit geschlossen." Lago schenkte ihr ein entspanntes Lächeln und ließ eine Goldmünze zwischen seinen Fingern erscheinen. „Aber wir haben alle unsere Mittel, Wogen zu glätten und Pforten zu öffnen."

Er stieß sich von der Reling ab und gab seinen Leuten Befehle. „Und lächelt schön!", rief er mit einem amüsierten Grinsen. „Die Wachen lieben das."

Die meisten seiner Leute rollten mit den Augen und bemühten sich nicht im Geringsten, diesem Befehl Folge zu leisten. Ein paar andere jedoch grinsten spöttisch.

Naira blieb an der Reling stehen und sah erneut zum Königstor. Der graue Stein war ein wenig verwittert, doch die Adler erhoben sich weiterhin majestätisch über ihnen und als sie auf den Steg zu segelten, sah Naira, dass sich ein weiteres Paar riesiger Adler auf der anderen Seite des Tores befand.

Lago legte am Steg an und verließ kurzzeitig sein Schiff. Naira beobachtete, wie er mit einer der Wachen sprach, die aus dem Gebäude trat, und einen kleinen Beutel überreichte.

„Die Schmuggler waren doch keine schlechte Idee", murmelte Ethariel, der sich mit Nikita zu ihr gesellte. Naira warf Ethariel einen kleinen, prüfenden Blick zu. Es schien ihm bisher noch nicht schlechter zu gehen, auch wenn es so aussah, als hätte er nicht gut geschlafen.

Lago kehrte an Bord zurück. „Von hier aus haben wir freie Fahrt nach Ellien," sagte er und klatschte leicht in die Hände. „Bei diesem Wind würde ich sagen, in drei Tagen erreichen wir die Stadt."

Naira atmete erleichtert aus und Nikita neben ihr entspannte sich ein wenig. Ethariel, so gut er es verbarg, wirkte ebenfalls erleichtert. Drei Tage, das war weniger als die Hälfte der Tage die sie zu Pferd gebraucht hätten. Solange sie sich neue Reittiere besorgen konnten, mussten sie nur noch herausfinden, wo genau sich Belrads Anwesen befand.

Mit einem gewaltigen Knarzen und Quietschen begann das riesige Gitter sich zu erheben. Das Ende des Gitters reichte gut zwei Meter unter Wasser, um wirklich niemanden durchkommen zu lassen. Binnen weniger Momente war ihr Weg frei und Lago nahm seinen Platz hinter dem Steuer ein.

Sie stießen sich vom Steg ab und sobald sie langsam unter dem Tor durchgesegelt waren, rief Lago: „Segel setzen! Volle Kraft voraus!"

Hoffnung machte sich in Naira breit. Sie würden es schaffen. Belrad war bald in Reichweite.

„Wie geht es dir?", fragte sie Ethariel.

„Ich wünschte, du würdest gar nicht erst fragen", murrte er und seufzte dann. „Es geht schon wieder vorüber, Naira. Es ist nur Husten."

Einer der Schmuggler rief etwas, bevor Naira antworten konnte, und sie wichen alle gemeinsam dem Mann aus, der mit großen Schritten zu den Seilen entlang der Reling trat, um das Segel voll herabzulassen.

Naira und ihre Freunde zogen sich etwas von den anderen zurück und Nikita schien aufgeregt und unruhig gleichzeitig.

„Ich muss euch noch etwas sagen, über den Magier", flüsterte sie und warf einen kurzen Blick um sie herum. „Gehen wir unter Deck."

Nikita führte sie die knarrende Treppe hinab und sie fanden einen recht geschützten Ort zwischen ein paar Kisten. Im Augenblick waren nur die Schmuggler anwesend, die Nachtschicht gehabt hatten und sie schnarchten in ihren Hängematten vor sich hin.

Nikita rutschte ein wenig näher zu ihnen. „Wie ihr wisst, habe ich den Magier vor über einem halben Jahr getroffen. Damals war ich in meinem Heimatland Men'as bei einer reisenden Söldnergilde dabei und er hatte mich für zwei Wochen in der Stadt Amenra angeheuert."

Naira und Ethariel warteten geduldig, bis Nikita weitersprach, die für einen Augenblick sichtlich mit ihren Worten rang.

„Die Gilde war wegen Streitereien dabei auseinanderzufallen und als der Magier, als Belrad mir angeboten hatte, mich zu bezahlen, wenn ich ihn nach Talha begleite, als seine Leibwache, hatte ich zugestimmt. Er meinte, er könnte sich nicht einfach nach Hause teleportieren, da er unterwegs noch Dinge erledigen wollte und er wollte zusätzlichen Schutz auf dem Weg zurück. Ich dachte, dass sein Angebot gut war, auch um andere Länder zu sehen."

Ihr Gesichtsausdruck wurde härter. „Ich lag falsch. Auf der Seefahrt hierher hatte ich schon meine Vermutungen, doch ich konnte wohl kaum über Bord springen." Sie atmete tief ein. „Der Mag- Belrad hat Sklaven."

Naira und Ethariel sogen scharf die Luft ein und richteten sich unwillkürlich etwas auf. Sklaverei war schon seit über hundert Jahren in Talha verboten und allein die Idee, jemand könnte einen anderen Menschen besitzen, ließ Wut und Ekel in Naira aufsteigen.

„Belrad wusste sehr wohl, dass ich das bemerkt hatte", fuhr Nikita fort, den Blick auf eine Kiste gerichtet. „Er hat mir ein magisches Armband angelegt, dass es ihm möglich gemacht hat, mich jederzeit zu finden. Er hat einfach weiter so getan, als wäre ich seine bezahlte Leibwache und als wäre ich freiwillig an Bord, vor allem wenn er an Häfen kontrolliert wurde. Er hat mich dann immer mit einem Zauber stumm gehalten, damit ich ihn nicht verraten konnte. Und als wir in Talha angekommen sind, konnte ich nicht einfach davonlaufen."

„Bis du Vella getroffen hast, richtig?", vermutete Naira. Sie wünschte sich, noch mehr als zuvor, dass Belrad in Reichweite war, damit sie ihm die Nase brechen konnte.

Nikita nickte. „Ich habe es geschafft, Belrad glauben lassen, dass ich mich...gefügt hätte. Und als er mich auf einen Botengang zum Markt geschickt hat, habe ich Vella gebeten, das Armband abzunehmen. Ich konnte es nicht selbst tun, doch sie schon. Das war Glück, manche magischen Dinge lassen sich nur vom Besitzer entfernen." Bei diesen Worten zuckte Nikitas Lippe angewidert und wütend hoch.

Nikita holte Luft und sprach weiter: „Danach habe ich zugesehen, dass ich verschwinde. Ich bin untergetaucht und habe aufgepasst, den meisten Leuten nicht zu nahe zu kommen. Bis mich die Gerüchte der Krankheit erreicht haben." Sie fuhr sich über die zurückgebundenen, schwarzen Haare. „Belrad weiß sicherlich, dass ich weiß, er steckt dahinter, und dass ich es anderen erzählen werde."

Nikita sah Ethariel und Naira an. „Ich wollte genug Abstand gewinnen und dann einen Lord wissen lassen, was Belrad tat, damit er aufgehalten werden kann. Aber wir wissen ja, wie das geendet hat." Wut begann in ihren Augen zu funkeln und ihre Stimme wurde dunkel. „Niemand sollte jemals Sklaven besitzen. Oder tun, was Belrad getan hat."

Naira streckte die Hand aus und legte sie auf Nikitas Schulter. „Wir halten ihn auf. Du kannst auf mich zählen."

„Und mich", hob Ethariel das Wort und ergriff Nikitas andere Schulter. „Wir passen aufeinander auf."

Nikita atmete aus und entspannte sich ein wenig. Sie hob das Kinn und sagte: „Und ihr könnt auf mich zählen. Wir bringen Belrad gemeinsam zur Strecke."

Naira lehnte sich ein wenig vor. „Mit welchen Zaubern können wir bei Belrad rechnen? Je mehr wir über seine Kampfweise wissen, desto besser."

Nikita verzog bedauernd das Gesicht. „Ich habe ihn nie kämpfen sehen, aber ich bin mir sehr sicher, dass er Erzmagier ist. In welchen Arten der Magie er jedoch seinen Abschluss gemacht hat, kann ich nicht sagen. Sein teleportieren erkenne ich jedoch im Schlaf, den Zauber hat er ein paar Mal in meiner Nähe oder mit mir und ein paar anderen verwendet."

Nikita sah sie ernst an. „Er wird uns wahrscheinlich unterschätzen und das wird unsere Chance sein. Belrad hat oft genug gesagt, wie wenig Menschen ihm überhaupt vom Kopf her das Wasser reichen können, von seinen anderen Fähigkeiten ganz zu schweigen. Er ist selbstsicher, was sein Können angeht, und wird uns nicht ernst nehmen. Und dass er es nicht auf sich sitzen lassen will, dass ich ihm entwischt bin, können wir uns vielleicht auch zu Nutze machen."

Naira schwieg nachdenklich, als ein Schmuggler unerwartet die knarrende Treppe herab polterte und sich in ihre Richtung wandte. Er sah sie zusammengerückt zwischen den Kisten sitzen und hob eine Braue.

„Lust auszuhelfen?", fragte er. „Ihr habt ja sonst eh nichts zu tun." Naira und ihre Freunde tauschten einen Blick, ehe Naira die Schulter hob. In Gegenwart des Mannes weiter zu sprechen war keine gute Idee. Später würden sie planen, oder besser noch, wenn sie das Schiff wieder verließen und sie wirklich niemand mehr belauschen konnte. Der Schmuggler bedeutete ihnen ihm zu folgen und brachte sie zurück an Deck.

Naira und ihre Freunde legten bis zum Abend Hand an und wurden dann von der Nachtwache abgelöst. Da sie die Essenszeit verpasst hatten, hatte der Koch ihnen etwas zurückgestellt und sobald sie in der Kombüse Platz nahmen, brachte er die Schalen zu ihnen.

„Ist kalt geworden", sagte der Koch und stellte zu Nairas Überraschung eine dunkle Flasche mit auf den Tisch. „Hier, der Käpt'n hat unsere Kiste Apfelwein angebrochen. Wenn ihr was wollt, solltet ihr was trinken, bevor diese gierigen Aasgeier über die letzten Flaschen herfallen. Ich würde sagen, bis morgen ist alles weggesoffen."

„Danke", sagte Ethariel und ergriff die Flasche. Er zog den Korken und roch kurz daran, ehe er überrascht aussah. „Der riecht gut."

Der Koch grinste. „Die Kiste ist von einem vorherigen Kunden. Der konnte nicht ausreichend zahlen und wir haben einen Teil seiner Fracht einbehalten. Der Wein war dabei."

Der Koch brachte ihnen drei Gläser und kehrte dann dazu zurück, die Schalen und Töpfe zu schrubben. Ethariel tauschte einen Blick mit ihnen, ehe er etwas von dem Wein in sein Glas gab und einen kleinen Schluck nahm.

„Schmeckt normal", murmelte er. „Und ist wirklich gut. Wollt ihr etwas?"

„Nur ein bisschen", sagte Nikita und Naira schob ihr Glas ebenfalls zu Ethariel, der ihnen beiden ein wenig einschenkte. Der Wein schmeckte wirklich gut und sie trank einen Schluck, ehe sie sich ihrem Essen zuwandte. Selbst kalt war es noch lecker.

Sie schob ihre Schale von sich sobald sie leer war und trank den letzten Schluck Wein in ihrem Glas. Inzwischen hatte sich ein wohliges, warmes Gefühl in ihr ausgebreitet und ein zufriedenes Seufzen entkam ihr. Ethariel und Nikita sahen ebenfalls entspannter aus, als Naira sie seit Tagen gesehen hatte.

Je weiter das warme Gefühl sich ausbreitete, desto mehr entspannte sie sich. Zum ersten Mal seit Wochen musste sie sich um nichts mehr Sorgen machen. Naira blinzelte und fand ein kleines Lächeln auf ihrem Gesicht, als sie zu den Lampen sah, die an den Wänden der Kombüse hingen. Es waren Magierlampen, was recht ungewöhnlich war. Seeleute konnten sich für gewöhnlich etwas so teures selten leisten, aber vielleicht war das bei Schmugglern anders.

Die Lampen schienen mehr zu leuchten als zuvor. Naira lehnte sich ein wenig im Stuhl zurück, die Hände locker in ihrem Schoß. Nikita begann zu summen und Naira freute sich darüber, wie angenehm ihre Stimme klang. Ethariel hatte lächelnd die Augen geschlossen.

Das Knarren von Planken war zu hören und einen Moment später schlenderte Lago zu ihnen an den Tisch.

„Haben sie's getrunken?", fragte er den Koch, der die Flasche Apfelwein wieder verkorkte und mit einem Nicken beiseitestellte.

Lago setzte sich ihnen gegenüber an den Tisch, immer noch lächelnd. „Hallo", sagte er entspannt. „Wie schön, neue Freunde wiederzusehen."

Naira nickte und lächelte zurück, währen Nikita zustimmend summte und Ethariel winkte. Freunde waren wunderbar und Lago gehörte offensichtlich seinen nach Worten zu ihnen.

„Warum sagt ihr mir nicht, was euch herbringt?", fragte Lago und lehnte sich ein wenig vor. „Von vertrautem Freund zu vertrautem Freund."

„Wir suchen nach einem Magier", antwortete Naira. Alles um sie herum schien nun leicht zu leuchten, als hätte das Licht der Lampen sich wie ein Schleier über alles gelegt. Sie musste sich um nichts Gedanken machen und sie war bei guten Freunden. Genau da, wo sie sein wollte. „Wir denken, er ist schuld an der Krankheit."

Lago nickte verstehend. „Natürlich, kannst du mir seinen Namen sagen?"

„Belrad", antwortete Nikita und ihre Stimme klang verträumt und es brachte Naira ein wenig mehr zum Lächeln. Alles war so schön in diesem Moment. Zum ersten Mal seit Tagen war einfach nur alles wunderbar.

„Hm." Lago schien nachzudenken. „Habt ihr jemandem von ihm erzählt?"

„Mila", murmelte Naira und Ethariel nickte zustimmend.

„Wer ist Mila?", hakte Lago nach. Er lächelte sie an und Naira erwiderte es. „Nur aus Neugier, natürlich."

„Eine Magierin", sagte Ethariel in einer Tonlage, als würde er ein Geheimnis verraten. Er grinste und deutete vage hinter sich. „Sie lebt...irgendwo weiter weg."

Lago musterte sie, ehe er zum Koch sah und einen gefalteten Brief aus seiner Brusttasche zog. „Schicke das an Belrad und hol zwei Männer", befahl er. „Er will Nikita mitnehmen, wenn er herkommt."

Der Koch nickte und nahm den Brief, ehe er die Kombüse verließ. Lago wandte sich zurück an sie.

„Gibt es sonst noch etwas, das ihr mir sagen möchtet?", fragte er.

„Im Bezug auf Belrad oder die Krankheit? Wisst ihr, er ist ein guter

Freund von uns und bezahlt noch besser. Wir wollen ihm doch alle behilflich sein, nicht wahr?"

„Natürlich", sagte Naira und Schweigen fiel über den Tisch, als sie und ihre Freunde nachdachten. Nairas Gedanken flossen zäh dahin. Lago wartete geduldig, bis sie den Kopf schüttelte.

„Wunderbar. Ihr wart sehr hilfreich", sagte er zufrieden.

Naira runzelte die Stirn, als ihr ein Gedanke kam. Sie beugte sich vor. „Belrad darf Nikita nicht bekommen. Er sucht nach ihr."

„Er ist ein Drecksack", fügte Nikita hinzu und Naira bemerkte zum ersten Mal, wie groß Nikitas und Ethariels Pupillen waren. Ihre Augen sahen beinahe gänzlich schwarz aus.

„Oh, dem kann ich nur zustimmen", lachte Lago, ehe er sich zurücklehnte. „Wisst ihr, Rittergold ist wirklich die perfekte Droge für diesen Fall. Es legt weder Zunge noch Gehirn gänzlich lahm und sorgt dafür, dass ihr euch um nichts Sorgen macht. Grandios, nicht?"

Zwei Schmuggler traten herein und einer von ihnen hielt Handschellen in den Händen. Nikita gab einen verwirrten Laut von sich, als ihre Hände damit gebunden wurden.

„Was ist mit den zweien?", fragte einer der Schmuggler und nickte zu Naira und Ethariel.

Lago zuckte mit einer Schulter. „Entscheiden wir, wenn Belrad hier ist. Vielleicht will er sie auch mitnehmen."

Schritte vor der Kombüse ließ Lago aufsehen und er erhob sich. „Und hier ist er, der Mann der Stunde."

„Darf ich vorstellen?", sagte Lago und mit einer übertrieben dramatischen Bewegung zog er die Tür auf. „Meister Magister Belrad. Treuer Kunde meiner Wenigkeit und für euch hat er nun wirklich gut gezahlt."

Ein Mann vielleicht Mitte fünfzig trat herein, gekleidet in eine dunkelblaue, reich mit Gold bestickte Robe. Sein Gesicht war glattrasiert und er hatte den Mund zu einem selbstgefälligen

Lächeln verzogen, während seine grauen Augen kalt auf sie herabsahen.

Belrad war hier.

Rittergold ist wohl die sanfteste und zugleich ekelhafteste Droge, die mir in all meinen Jahren als Feldherr untergekommen ist. Natürlich gibt sie den Soldaten ein tolles Gefühl. Sie fürchten sich vor nichts und niemandem. Sie lächeln und sind selig, als hätte ihnen ein Priester das Gehirn aus den Ohren gefaselt. Sollte uns jemand angreifen, sind sie nutzlos.

Ich habe schon einmal gesehen, wie die besten Kämpfer sich mit einem Lächeln haben abstechen lassen, weil sie Rittergold intus hatten. Verräterisch netter Name, genauso wie die verräterisch liebevolle Wirkung. Wie eine Hure, die einem im Schlaf die Kehle durchschneidet, weil sie dafür von einem Feind bezahlt worden ist.

Wenigstens ist es für Verhöre gut, solange man sich die Wucherpreise leisten kann, weil der Scheiß von Magiern hergestellt wird. Und du kannst keinen verdammten Magier damit ausfragen, dafür ist das Zeug natürlich nutzlos. Ihre Kontrolle über Magie macht sie Immun gegen Rittergold. Das hat irgendetwas mit der Art zu tun, wie diese beschissene Droge von ihnen hergestellt wird.

Ich hasse das Zeug.

- Ausschnitt aus dem persönlichen Tagebuch des Feldherrn Mexis X'ilhan.

Das wilde Land

Belrads Blick schnellte zu Nikita und er richtete sich zur vollen Größe auf.

„Na endlich", sagte er und warf Lago einen missbilligenden Blick zu. „Du hast zu lange gebraucht. Wie viele Tage sind sie schon auf deinem Schiff?"

Lago rollte mit den Augen. „Wir mussten sicher gehen, dass sie nicht Verdacht schöpfen und über Bord springen. Das hier ist ein Fluss, Belrad, nicht der Ozean. Sie könnten problemlos das Ufer erreichen. Es hat gedauert, bis wir sicher waren, dass sie etwas Präpariertes trinken. Sie haben auch keine volle Dosis Rittergold getrunken, aber es sollte reichen, um sie noch ein bisschen länger ruhig zu halten."

Belrad presste die Lippen zusammen. „Natürlich." Er musterte Naira und Ethariel abfällig. „Was ist mit den beiden da?"

Lago hob eine Schulter. „Die sind zusammen hergekommen. Nikita hat ihnen anscheinend alles erzählt."

Belrad hob eine Braue. „Nun, dann entsorge sie", sagte er mit einer herrischen Geste. „Ertränk sie, schlag ihnen die Köpfe ab oder was auch immer ihr Leute mit Gefangenen macht."

Er sagte 'ihr Leute' herablassend und Naira sah, wie Lago nun irritiert wurde. Ihm hatte der Tonfall definitiv nicht gefallen.

Lago verschränkte die Arme vor der Brust. „Warum wirst du sie nicht los? Wir sind nicht deine Müllentsorger und wenn jemand ihre Leichen hier findet, werden sie uns zuerst verdächtigen. Niemand sonst ist schließlich hier durchgekommen."

Belrads Mund zuckte kurz verächtlich. „Was schert mich das? Ich belange mich nicht mit so etwas. Tu, was ich sage, wenn du dein Gold sehen willst."

Lagos Gesichtsausdruck wurde kalt und er ließ die Arme sinken. „Du hast uns Bezahlung für Nikita versprochen und nicht dafür, Anhängsel zu ermorden."

Belrad warf ihm einen harten Blick zu. „Tu, was ich dir sage, oder das hat Konsequenzen."

„Oh, und welche?" Lago machte einen Schritt vorwärts und sein Lächeln war mehr ein Zähnefletschen. „Du brauchst uns. Die Königsritter suchen nach dir und du kannst sie nicht allein bekämpfen."

Belrads Gesicht verzog sich düster und für einen Moment sah es so aus, als würde es zum Schlagabtausch kommen. Dann hob Belrad eine Hand Richtung Naira und Ethariel, ohne von Lago weg zu sehen.

„Wir reden darüber später noch einmal. Hol Nikita weg von ihnen." Auf Belrads Worte hin wurde Nikita aus ihrem Sitz gezogen und Naira beobachtete alles ruhig. Sie fühlte sich nach-wievor entspannt und sorglos. Ethariel winkte und Nikita lächelte sie an. Sie stand unter eigener Kraft, schien jedoch nicht motiviert, sich von selbst zu bewegen, bis der Schmuggler sie auf Belrad zuschob.

„Oh, entsorge auch gleich ihre Leichen mit", sagte Lago. „Wir wollen schließlich nicht, dass jemand sie findet."

Belrad atmete kontrolliert langsam aus. „Nun, dann schicken wir sie gleich an den tödlichsten Ort der Welt, nicht wahr? Lassen sie langsam sterben." Er klang genervt und ungeduldig. „Ich habe wenig Lust meine Kräfte unnötig zu verschwenden."

Belrad schnippte mit den Fingern und unter Naira und Ethariel breitete sich ein silbern-weißer Nebel aus, der sich binnen weniger Augenblicke zu einem Portal formte. Von einer Sekunde zur nächsten stürzten Naira und Ethariel auch schon durch das Portal.

Naira spürte noch, wie der Stuhl unter ihrem Hintern wegrutschte, da wurden ihre Sinne von wirbelndem Weiß erfüllt. Dann heulte ein eisiger Sturm um sie und sie kam hart in tiefem Schnee auf. Die Kälte kam wie ein Schock für ihre Sinne und sie richtete sich tollpatschig wieder auf. Die wohlige Wärme in ihr, die ihren Geist mit sanftem Licht füllte und alles so friedlich wirken ließ, wurde schwächer, angesichts des eisigen Windes, der durch ihre Kleidung fuhr.

Ethariel kämpfte sich neben Naira aus einer Schneewehe und Klumpen von Schnee fielen von ihm ab. Dann standen sie beide da und sahen einander einfach nur an. Naira war unbesorgt über ihren Ortswechsel und eigentlich war der ganze wirbelnde Schnee wirklich schön und der nachtdunkle Himmel war mit schweren Wolken bedeckt.

Sie sah sich um, die Augen ein wenig gegen den scharfen Wind zusammengekniffen.

Naira und Ethariel standen auf einem gewaltigen Gebirge, dessen schneebedeckten Spitzen sich um sie herum erhoben. Naira drehte sich um und sah, wie das Gebirge hinter ihr noch weiter aufragte, bis es in den schweren Wolken verschwand. Schnee stob in dicken Flocken vom dunklen Himmel und wurde von den tosenden Winden zu einem wahren Sturm aufgepeitscht. Es war so kalt, die Luft begann ihr beim Atmen in den Lungen zu schmerzen.

Naira begriff, dass sie nicht nur das Boot verlassen hatten, sie waren auch nicht länger in Talha. Solch gewaltige Gebirge gab es in Talha nicht. Das hier war das wilde Land, das Land der Monster und Drachen. Sie waren so weit von Zuhause fort, Naira konnte es geistig weder erfassen noch sich die Meilen um Meilen vorstellen, die sie zurücklegen müssten, um wieder nach Hause zu kommen. Je nachdem, wo sie im wilden Land gelandet waren, lag gut und gerne halb Elathion zwischen ihnen und ihrer Heimat.

„Hörst du das auch?", fragte Ethariel auf einmal, obwohl er sich nicht besorgt anhörte. Naira öffnete den Mund, um zu verneinen, da hörte sie es. Ein Geräusch wie nur riesige, schwere Füße es machen konnten.

Naira spähte in den Sturm und einen Moment später entdeckte sie, was zwischen den riesigen Felsen des Gebirges auf sie zu kam. Ein Riese. Seine Haut war grau, sein langer, weiß-grauer Bart wehte wie eine zottelige Fahne im Wind und sein Kopf war kahlgeschoren. Der Riese trug grob genähte Kleidung, die aus verschiedenen Einzelteilen zu bestehen schien. Es sah aus wie eine Mischung aus verschiedenen Fellen und zähem Leder. Der Riese trug einen Speer mit sich und Naira war sich sicher, seine Hände waren groß genug, er könnte sie und Ethariel mühelos in einer tragen.

Der Riese entdeckte sie ebenfalls und für einen Sekundenbruchteil starrte er sie einfach nur unter seinen buschigen Augenbrauen heraus an. Dann machte er rasche, lange Schritte auf sie zu. Naira musste ihren Kopf immer weiter zurücklegen, um ihn ansehen zu können, bis ihr Kopf schließlich ganz im Nacken lag und das Hinaufstarren fast schon schmerzte.

Ethariel neben ihr pfiff. „Das", sagte er bewundernd und unbesorgt, „ist zweifellos das größte Monster, das ich je gesehen habe."

Der Riese, sobald er sie erreichte, beugte sich herab und schnappte sie sich mit einer Hand. Naira gab unwillkürlich ein atemloses Quietschen von sich, als die Luft aus ihren Lungen gedrückt wurde. Ethariel, der halb neben sie, halb hinter sie gepresst war, machte ein ähnlich gequetschtes Geräusch.

Der Riese hob seine Faust näher an sein Gesicht und Naira konnte ihn nun besser erkennen. Seine Augen waren gletscherblau, seine Nase groß und knollig und was sie zuvor für einen kahl geschorenen Kopf gehalten hatte, war tatsächlich stark vernarbte

Haut. Der Riese sah aus, als hätte ihm etwas den Kopf verbrannt. Ein Drache vielleicht?

Der Riese öffnete den Mund und grollte etwas. Seine Sprache klang ein bisschen wie knirschende Steine, vermischt mit gutturalen Lauten. Sie hatte keine Ahnung, was er sagte. Nach einem Moment grunzte der Riese und setzte seinen Weg fort, Ethariel und Naira weiterhin in einer Hand festhaltend. Die Finger des Riesen waren überraschend warm und der Wind fegte nur noch um ihre Köpfe und Schultern. Ethariel wand sich etwas im Griff des Riesen, bis er einen Arm befreien konnte, um seine Haare hinter sein Ohr zu schieben.

„Weniger kalt so", merkte Naira an und Ethariel summte zustimmend. Naira lehnte ihren Kopf gegen seine Schulter und er stützte sein Kinn auf ihrer Stirn ab.

Von einem Riesen getragen zu werden war wohl eine der eigenartigsten Empfindungen, die Naira jemals erfahren hatte. Jeder Schritt brachte ein leichtes Wippen der Hand mit sich und es schien eine Erschütterung durch sie zu gehen.

Als die Kälte ihr Gesicht langsam taub werden ließ, runzelte Naira die Stirn. Sie konnte spüren, wie die wohlige Wärme, die sie so sorglos sein ließ, begann abzunehmen. „Ich glaube, wir sollten nicht hier sein."

Ethariel hob das Kinn von ihrer Stirn. „Nein, sollten wir nicht-" Er presste die Hand gegen den Mund, als er in Husten ausbrach.

Naira verdrehte den Kopf, um ihn anzusehen, und ein erster Hauch Sorge brach durch das neblige Wohlgefühl in ihrem Geist. Das war nicht gut. Der Riese grollte und schüttelte sie kurz in seiner Hand, während sein Griff etwas fester wurde. Für einen Moment glaubte Naira, er würde sie zum übergeben bringen. Ihr Magen blieb gerade noch standhaft, doch es vertrieb den letzten Rest des wohligen Gefühls aus ihr.

Nairas Augen weiteten sich, als sie endlich wieder begann, die volle Situation zu verstehen. Oh. Oh nein. Sie sog scharf die Luft ein und Ethariel, der sich von seinem Hustenanfall erholt hatte, sah sie ebenso entsetzt an, wie Naira sich fühlte.

Rasch sahen sie sich um, doch Naira konnte nichts entdecken, das ihnen helfen würde. Ihre Arme waren fest an ihre Seiten gepresst und selbst wenn sie sich befreien konnten, würden sie nur viele Meter in die Tiefe stürzen und wenn ihnen das nicht das Genick brach, würde der Riese sie gleich darauf wahrscheinlich zertrampeln.

„Was tun wir?", fragte Naira angespannt und Ethariel schüttelte den Kopf.

„Ich..." Er verrenkte sich so gut er konnte, um sich umzusehen. Sein Gesicht hellte sich auf, ehe er sie mit grimmiger Entschlossenheit ansah. „Mach dich bereit. Mit etwas Glück wirft er uns."

Naira öffnete den Mund, da hob Ethariel seine freie Hand zu dem Schwert auf seinem Rücken. Sie verstand noch in derselben Sekunde, was er vorhatte, doch sie konnte ihm weder Helfen noch sich vorbereiten. Lediglich ihre Füße baumelten im Freien. Ethariel zog sein Schwert so schnell und stark er konnte. Da die Hand des Riesen der Klinge im Weg war, kam er nicht weit, doch es hatte die gewünschte Wirkung. Mit einem erschrockenen Aufheulen und einem Schwall Blut, von dem selbst Naira etwas abbekam, schreckte der Riese zurück.

Er schleuderte sie mit einem wütenden Grollen von sich und für einen schwerelosen Augenblick bestand die Welt um Naira aus nichts als Schnee und Eis. Im nächsten Augenblick traf sie hart auf eine Schneewehe und rang um Atem. Sie fühlte sich wie betäubt, während ihr Körper sich davon erholte, gegen die schneebedeckte Seite eines Gebirgshanges geworfen zu werden. Sie musste auf einem Felsvorsprung gelandet sein, nachdem sie nicht noch tiefer gefallen war. Sie legte den Kopf in den Nacken und sah den Riesen unweit von ihr entfernt stehen. Er sah sich nun furios um.

„Ethariel?", flüsterte Naira und setzte sich langsam wieder auf, vorsichtig darauf bedacht, die Aufmerksamkeit des Riesen nicht auf sich zu ziehen. Sie bemerkte Ethariel neben sich, und wie er halb von Schnee bedeckt war.

„Bleib unten", antwortete Ethariel mit einem leisen Zischen. Naira spürte eine Hand auf ihrer Schulter, die sie zurück in den Schnee drückte. „Nicht bewegen."

Naira schluckte und duckte sich tiefer in den Schnee. Ethariels Griff an ihrer Schulter war angespannt und fest.

Der Riese grollte, wütend und aufgebracht, doch er wurde nicht laut dabei. Er begann mit den Händen den Schnee zu durchsuchen, wobei er rote Blutflecken hinterließ, und sah sich mit verengten Augen um. Die Kälte des Schnees fraß sich durch Nairas Kleidung, bis ihre Hände nicht nur vor Anspannung zitterten.

Der Riese richtete sich auf und musterte die Felsen um ihn herum. Er machte einen Schritt auf sie zu und spähte entlang der zerklüfteten Kanten und schneebedeckten Vorsprünge. Naira hielt den Atem an, als er sich genau zu Ethariel und ihr beugte. Im nächsten Moment zischte er wütend und wandte sich ruckartig wieder ab. Mit angespannten Schritten stapfte er langsam davon, die Augen weiterhin auf den Boden gerichtet, als würde er noch nach ihnen suchen.

Naira sackte zusammen und ließ ihre Stirn in den Schnee fallen. Ethariel neben ihr seufzte erleichtert und ließ ihre Schulter los.

Dann lachte er kurz, humorlos und zittrig. „Wir leben noch." Er rieb sich mit einer Hand über das Gesicht. „Wir haben so verdammt viel Glück."

Der Gedanke daran, was passiert wäre, wenn sie keines gehabt hätten, jagte einen Schauer durch Naira. Sie kämpfte sich auf die Füße und kauerte sich gegen den scharfen Wind zusammen.

„Komm, wir müssen einen Unterschlupf finden." Sie bot Ethariel eine Hand an und er ergriff sie. Naira half ihm auf die Füße und gemeinsam fanden sie einen Weg von dem Vorsprung hinab zu den Fußstapfen des Riesen. Sie begannen bereits unter dem dichten Schneefall undeutlich zu werden.

„Ohne den Sturm hätte er uns gesehen", murmelte Naira und Ethariel zog sie wortlos mit sich und fort von den Fußspuren, die tiefer in das Gebirge führten.

Nairas Gedanken sprangen zurück zu Nikita und ihr wurde mit einem Mal schlecht. Was würde mit ihr geschehen? Würde der Magier sie einfach nur mitnehmen? Oder würde er sie umbringen? Ein Schauer, der nichts mit der Kälte zu tun hatte, durchzog ihren Körper. Für einen Moment dachte sie, dass sie sich übergeben musste.

„Nikita", sagte sie und Ethariel schloss die Augen, seine Haut fahl und ein Ausdruck von Entsetzen und Sorge huschte über sein Gesicht.

„Oh, Valia", flüsterte er rau. „Denkst du, sie lebt noch?"

„Das muss sie", sagte Naira, obwohl sie es nicht mit Sicherheit wusste. Ihre Stimme zitterte vor unterdrückten Emotionen und sie sah Nikita vor ihrem inneren Auge, in Ketten gelegt und wie sie zu Belrad gebracht wurde. Sie erinnerte sich an Lago und wie beiläufig der Koch sie unter Drogen gesetzt hatte.

Fürs erste jedoch mussten sie irgendwie aus dem Sturm. Naira wusste nicht, wie sie die Nacht überstehen sollten, doch sie würden auf jeden Fall erfrieren, wenn sie nichts taten. Ethariel behielt einen Arm über ihre Schultern geschlungen, damit sie wenigstens ein bisschen Wärme teilen konnten und sich bei dem Sturm nicht verloren.

Sie suchten sich ziellos einen Weg durch den Schnee, zwischen aufragenden Steinwänden und Felsbrocken entlang und Naira versuchte das Zittern zu ignorieren, dass ihren Körper immer mehr ergriff. Ihre Finger und Füße fühlten sich bald taub an, während sie sich weiter ihren Weg mit Ethariel bahnte. Ihre Kleidung wurde eisig und kalt von nassem Schnee. Doch egal wie weit sie auch zu gehen schienen, außer der Steigung des Gebirges und der Tiefe des Schnees schien sich nichts zu verändern. Naira sah keine Höhle, nicht einmal einen Felsvorsprung, der ihnen Schutz vor dem Wind bieten konnte.

Naira wusste weder wie lange sie schon durch den Sturm wanderten, noch wie lange sie es noch durchhalten würden. Sie und Ethariel zitterten inzwischen stark genug, dass sie Mühe hatten, einen Fuß vor den anderen zu setzen. Ihre Kleidung war für den Sommer ausgelegt, nicht für eisige Temperaturen und scharfe Winde und selbst mit ihrer Rüstung waren ihre Hemden und Hosen inzwischen halb gefroren. Das einzig Positive im Moment war, dass sie noch ihre Waffen bei sich trugen und der Geldbeutel in Nairas Stiefel war.

Es dauerte einen Moment, bis Naira bemerkte, als etwas vor ihnen im Sturm erschien. Zuerst hielt sie es für eine ungewöhnlich gerade aufragende Schneesäule, oder vielleicht eine eisbedeckte, steile Felswand.

„Ist das ein Turm?", fragte Ethariel mit bebender Stimme. „Valia sei Dank."

Gemeinsam hasteten sie auf den Turm zu und Naira konnte die Tür des Turmes erkennen, halb zugeschneit und Frost zog sich dick über die dunklen Fenster. Sobald sie die Tür erreichten, drückte Naira rasch die Klinke. Ein erleichterter Laut entkam ihr, als die Tür sich ein kleines Stück öffnen ließ. Dann schien sie jedoch festzustecken. Die Scharniere mussten rostig und gefroren sein.

Mit ihren letzten Kräften warfen sich Naira und Ethariel gegen die Tür, die morsch knarrte und mit jedem weiteren Stoß ein Stück weiter aufging. Sobald die Tür weit genug offenstand, zwängten sie sich hindurch und Naira und Ethariel warfen sich ein letztes Mal gegen die Tür, die sich mit einem leidenden Ächzen schloss. Naira rutschte schwer atmend zu Boden. Sie wollte sich nicht mehr bewegen. Alles war kalt und ihre Hände zitterten unaufhörlich.

Nairas Blick fiel zu Ethariel, der neben der Tür ebenfalls am Boden saß. Sein Gesicht war so bleich, wie sie es noch nie gesehen hatte. Er war fahl, seine schwarzen Haare von Schnee verklumpt und zu dicken Strähnen gefroren.

Naira kam etwas schwerfällig auf die Füße und sah sich um. Der Turm lag im dunklen, es fiel nur wenig Licht durch frostiges Fensterglas und nirgendwo war eine Kerze oder Lampe entzündet. Es roch nach abgestandener, alter Luft und modrigem Holz. Niemand war seit vielen Jahren hier gewesen.

Naira stolperte von Ethariel fort, der sich mühsam aufrappelte. Feuer, sie brauchten dringend Feuer, wenn sie überleben wollten. Naira streckte die Hände tastend vor sich aus und begann sich so rasch wie möglich umzusehen. Sie stieß sich die Hüfte an einer Kommode, hörte, wie Ethariel fluchend über etwas stolperte, und sie fand, nachdem sie einige Gegenstände aus Versehen umstießen, eine Feuerstelle. Es lag staubige Asche darin und Naira tastete daneben herum.

Ihre Finger trafen auf ein paar alte Holzscheite und mit bebenden Fingern begann sie das Holz in die Stelle zu legen, nur um erschrocken zurück zu zucken, als ein Magiestein und Runen glühend aufleuchteten. Das Holz entzündete sich binnen eines Augenblicks und brannte knisternd.

Ethariel sank neben ihr zitternd auf den Boden und sie schlangen die Arme erneut umeinander. Langsam, über viele Minuten hinweg, ließ die bittere Kälte nach und Nairas ganzer Körper begann zu schmerzen, als das Gefühl in ihre Gliedmaßen zurückkehrte. Ihre Kleidung begann ebenfalls zu trocknen.

Naira legte zwei weitere Scheite nach, als die ersten fast verbrannt waren und eine starke Welle der Erschöpfung ergriff sie.

Ethariel schien es mit der Wärme ebenfalls besser zu gehen und sein Zittern legte sich ein wenig rascher als Nairas. Er hatte Kälte schon immer besser vertragen. Ethariel setzte sich auf einmal ruckartig auf und lehnte sich zur Seite, während er in starkes Husten ausbrach. Kleine Blutspritzer befleckten den kalten Steinboden.

Naira zuckte erschrocken zurück und musste im nächsten Moment Tränen und wütende Verzweiflung zurückhalten, die bei dem Anblick in ihr aufstiegen. Naira kämpfte darum, ruhig weiter zu atmen. Ethariel war krank, er würde es niemals vom wilden Land nach Talha zurückschaffen, der Weg war einfach zu lang. Niemand zuhause würde es überleben bis Naira wieder zurück war und Belrad aufgehalten hatte, wenn sie bis dahin nicht selbst erkrankte und starb. Und wer wusste, was unterdessen mit Nikita geschehen würde.

Ethariel, Nikita, all die Menschen zuhause und in Talha, all das Unglück war Belrads Schuld. Und Naira hätte besser aufpassen müssen, verdammt, sie hatte doch gewusst, wie gefährlich Belrad war. Ihre Finger ballten sich unwillkürlich zu Fäusten, ehe sie eine Hand hob und Ethariel vorsichtig den Rücken rieb, sobald sein Husten sich wieder legte.

„Wo im wilden Land sind wir gelandet? Hast du eine Idee?", fragte Ethariel rau und setzte sich wieder auf. Naira beäugte ihn besorgt. Seine graue Haut schien fahler als zuvor und er wischte seine blutbefleckte Hand rasch an seiner Hose ab. Seine Finger zitterten.

„Irgendwo ", sagte Naira ein wenig hilflos. „Licht sei Dank, dass irgendjemand verrücktes hier einmal gelebt hat." Ohne den Turm wären sie im Schnee gestorben.

Ethariel schwieg einen langen Augenblick und schloss dann die Augen. „Naira..."

Er verstummte, doch Naira konnte sich denken, was er nicht sagte. Das wilde Land war riesig, das größte Land in ganz Elathion und Zivilisation war nur entlang der Grenzen des Landes zu finden. Das wilde Land gehörte den Monstern und Drachen. Wer wusste, wie viele Tage oder gar Wochen es dauern würde, bis sie überhaupt auf eine Jägerhütte trafen, geschweige denn ein Dorf. Oder ob sie zuvor von Riesen oder anderen Monstern zerquetscht und gefressen werden würden, wenn die Kälte sie nicht vorher umbrachte.

Das hier war Ethariels Todesurteil. Er hatte keine Wochen Zeit, um nach Zivilisation zu suchen, vielleicht hatte er nur noch ein paar Tage, bevor er nicht einmal mehr aufstehen konnte. Nairas Überlebenschancen sahen dabei nicht besser aus. Sie würde alleine die Temperaturen und Monster nicht überstehen.

Doch wenn hier ein Turm stand, vielleicht waren sie nicht allzu weit von einer Siedlung entfernt? Sie könnten es von hier aus vielleicht noch zu einem Ort schaffen und von dort mussten sie nur noch einen Magier finden, der sie nach Hause teleportieren konnte.

„Solange wir einen Magier finden, können wir zurück", sagte Naira entschlossen, doch ihr Mund war trocken. „Wir zahlen mit all dem Geld das wir noch haben, vielleicht ist es genug. Oder wir können eine Nachricht an König Etrim überbringen lassen."

Ethariel lächelte flüchtig und humorlos angesichts ihres gezwungenen Optimismus, ehe er schwer schluckte. Für einen Augenblick sah Naira, wie zurückhaltend und unsicher er war. Dann nickte er, wie zu sich selbst.

„Wir müssen es wenigstens versuchen", stimmt er zu und sah zu den Fenstern, dessen frostiges Glas nur einen milchigen, verzerrten Blick nach draußen auf den dunklen Himmel und stürmenden Schnee zuließen.

„Wenn der Sturm vorbei ist, machen wir uns auf den Weg", sagte er. „Komm, wir sollten uns umsehen, ob irgendetwas nützliches von dem Vorbesitzer des Turms zurückgelassen wurde."

Mit einem kleinen Ächzen, gefolgt von einem kurzen Husten, kam Ethariel auf die Beine. Naira folgte ihm, wobei ihr Blick auf den Boden fiel und auf das Blut, dass in kleinen Tropfen darauf lag. Sie verdrängte rasch alle Gedanken daran, wie schlecht es um Ethariel stand. Sie würden das durchstehen. Ethariel würde nicht sterben.

Sie waren beide noch am Leben und noch war nichts verloren. Naira konnte nur hoffen und beten, dass Nikita nichts zustoßen würde. Sie mussten sich jetzt noch mehr beeilen als zuvor.

Naira würde nicht ohne Ethariel oder Nikita nach Hause zurückkehren, egal was es kostete.

Von diesem Tag an ist die Nekromantie allen Magiern untersagt. Lediglich ein paar Auserwählten ist es weiterhin gestattet, diese abscheuliche Art der Magie zu studieren, jedoch nur um jenen entgegen zu wirken, die sich dem Wort des arkanischen Rates entgegensetzen wollen. Wenn Magier weiter Nekromantie offen praktizieren, müssen sie aufgehalten werden.

Verteil die neuen Gesetze, die ich beigelegt habe, an alle Akademien und Erzmagier. Die Könige und Königinnen der Länder haben ihre Einwilligung gegeben, dass wir das über die Grenzen hinaus verbreiten.

Und nein, erwähne nichts von der Insel oder was dort geschehen ist. Wir werden diese Veränderungen als arkanischen Umschwung in die Bücher und Geschichtswerke eintragen. Wenn du noch Fragen hast, besprechen wir das besser persönlich.

Hochachtungsvoll,
Trithin, Höchster Erzmagier des arkanischen Rates.

- Ein alter, beinahe gänzlich verblasster Brief, verwahrt in einer geheimen Kammer des arkanischen Rates.

Der Knochenturm

Naira und Ethariel beschlossen sich im Turm umzusehen. Sie hatten die Hoffnung, vielleicht wenigstens ein paar Laken zu finden, egal wie modrig. Der Sturm tobte draußen weiter und selbst wenn er sich wieder legte, ohne zusätzlichen Schutz würden sie erfrieren, sobald sie sich wieder aus dem Turm wagten.

Ethariel fand ein paar Kerzen, die sie anzünden und mitnehmen konnten, um besser sehen zu können. Im Licht der Kerzen stellte Naira fest, dass der Turm nicht so geräumig war, wie sie zuerst gedacht hatte. Das Erdgeschoss, in dem sie sich befanden, war ein Aufenthaltsraum mit einigen muffigen Sofas und alten Kommoden, auf denen staubige Gegenstände standen. Sie fanden eine löchrige Decke bei den Sofas und legten sie schon einmal nahe des knisternden Kamins ab, damit sie bei ihrer Abreise warm sein würde.

„Sehen wir oben nach", schlug Naira vor, sobald sie durch die Kommoden und Beistelltische gewühlt hatten und nichts Nützliches fanden.

In der nächsten Etage fanden sie eine Küche mit Speiseraum und eine große Vorratskammer. Was auch immer an Nahrungsmitteln einmal hier gewesen war, sie fanden lediglich ein paar klebende Schimmelreste, die sie auf keinen Fall anrühren wollten. Selbst die Kälte hatte das Verfaulen nicht aufhalten können.

„Suchen wir nach einem Schlafzimmer oder dergleichen", schlug Ethariel vor. „Da stehen unsere Chancen am besten, wenn etwas zurückgelassen wurde."

Das nächste Stockwerk brachte sie in eine private Bibliothek. Naira hielt die Kerze ein wenig vor sich, um besser sehen zu können, und starrte all die Bücher an, welche die Regale bis zum bersten füllten. Außer an zwei kleinen Lücken schien nirgendwo ein Band zu fehlen.

Sie runzelte die Stirn. „Müssten die Regale nicht leer sein?", fragte sie an Ethariel gewandt. „Wenn niemand mehr hier ist, warum sollte man die Bücher zurücklassen?"

Ethariel zog ebenfalls die Brauen zusammen und trat vor, die Kerze etwas erhoben. „Sieh dir die Bücher genauer an, einige sind verrottet, aber die meisten sehen unbeschadet aus."

Naira zog vorsichtig eines der Bücher hervor und stellte fest, dass er recht hatte, sobald sie eine Schicht Staub fortgeblasen hatte. Der Buchtitel war in einer altmodischen Schrift verfasst, die seit gut hundertfünfzig Jahren nicht mehr verwendet wurde.

„Magiesteine und deren vielfältige Anwendung", las sie vor und tauschte einen Blick mit Ethariel. „Ist das hier etwa ein Magierturm?"

„Möglich. Das könnte diesen abstrusen Ort erklären, an dem der Turm gebaut wurde, und dass er nicht verfallen ist", sagte er, nun mit leiserer Stimme als zuvor. „Seien wir vorsichtig, nur zur Sicherheit. Wer weiß, ob hier nicht jemand paranoides gelebt und Fallen gebaut hat."

Sie waren nun behutsamer, als sie Stufen weiter hinauf gingen. Sobald Naira das nächste Stockwerk betreten hatte, sah sie sich überrascht um. Sie schienen sich nun in einem arkanischen Labor zu befinden, doch das Erstaunlichste sah Naira direkt vor einem der Tische in ihrer Nähe. Es waren zwei Statuen, die dicht beieinanderstanden.

Naira trat darauf zu und sobald sie die Kerze nah genug gebracht hatte, konnte sie einen guten Blick auf die Statuen werfen. Es waren zwei Frauen, ein Mensch und eine Elfe. Die Menschenfrau hatte gerade einen großen Smaragd aus einer kleinen Box gehoben, der sich in einer goldenen Fassung befand. Der Smaragd war als Einziger nicht aus Stein, sondern schien echt zu sein. Die Elfe hatte mit einer Hand die Schulter der Menschenfrau gepackt und die Fingerspitzen ihrer anderen Hand berührten den

Smaragd, als hätte sie ihn der anderen Frau aus der Hand schlagen wollen. Die Kleidung der Elfe war mitten in einer aufbauschenden Bewegung gefangen, als wäre sie zu der Frau herumgewirbelt. Das Gesicht der Elfe war erschrocken, die Augen weit aufgerissen und der Mund wie zur Warnung geöffnet. Das Gesicht der Menschenfrau hingegen sah aus, als wäre sie mitten im Sprechen erstarrt.

„Ethariel", rief Naira über ihre Schulter. Ethariel, der sich auf der anderen Seite des Labors umgesehen hatte, trat rasch an ihre Seite. Beide musterten die Statuen einen weiteren Moment und sahen dann einander an.

„Denkst du...", begann Ethariel und stockte, ehe er den Kopf schüttelte. „Sie können doch unmöglich versteinert sein."

Naira sah sich rasch um, soweit der Schein ihrer Kerzen es zuließ. Selbst mit den verstaubten Phiolen und Tischen um sie herum konnte sie erkennen, dass Gefäße noch teilweise gefüllt waren oder sich Arbeitsmaterialien auf den Tischen befanden. An einem Tisch lagen vergilbte Notizen, dessen Schrift beinahe gänzlich verblasst war.

„Ich glaube doch", antwortete Naira und sie klang so verblüfft, wie sie sich fühlte. Bisher hatte sie von Versteinerung nur in Geschichten gehört. Solch mächtige Magie gehörte in Legenden und Gerüchten über Attentate auf Könige. Diese Art von Magie direkt vor ihr zu sehen, irgendwo im wilden Land, fühlte sich unwirklich an.

Ethariel trat einen Schritt von den Statuen zurück und ließ selbst den Blick schweifen. Naira musterte die Statuen einen Moment länger, ehe ihr ein Gedanke kam.

„Ethariel, so unwahrscheinlich es auch ist, falls wir hier etwas finden um sie zu entsteinern, könnten sie uns vielleicht helfen", sagte Naira und deutete mit ihrer freien Hand auf all die Dinge um sie herum. „Eine von ihnen ist wahrscheinlich Magierin, wenn nicht sogar beide. Sie könnten uns nach Talha zurückbringen."

„Oder sie sind aus gutem Grund versteinert", fügte Ethariel nach einer stillen, schwerwiegenden Sekunde hinzu. Er zögerte und warf den Statuen einen weiteren Blick zu. „Aber vielleicht ist es das Risiko wert."

Naira runzelte besorgt die Stirn. Das war ein guter Einwand. Doch dann brach Ethariel in Husten aus und Naira spürte, wie ihr Herz in ihre Hose rutschte. Die Kälte schien seinen Zustand verschlimmert zu haben.

Naira dachte an all die Kranken zuhause, an Nikita, der sie versprochen hatten, im Kampf gegen Belrad beizustehen, und die Belrad mitgenommen hatte.

„Riskieren wir es", sagte Naira und wandte sich von den Statuen ab. „Durchsuchen wir das Labor."

Sie fanden weitere Kerzen und entzündeten sie, woraufhin mehr und mehr sichtbar wurde. Ein paar Magierlampen gab es auch, doch Naira konnte nicht austüfteln, wie sie angingen. Sie schienen ein anderes Design zu haben als die Lampen in Simerin.

Alles um sie herum war von einer leichten Staubschicht überzogen und Naira und Ethariel waren vorsichtig und achtsam, als sie begannen, Regale und Schubladen zu durchsuchen. Falls irgendwelche gefährlichen Substanzen den Zahn der Zeit überstanden hatten, wollte Naira nichts davon verschütten oder berühren. Was sie unbedingt vermeiden wollte, war Säure auf ihrem Fuß oder ein giftiges Gas in der Luft.

Naira durchsuchte ein Regal mit Büchern und eigenartigen Apparaten, deren Verwendungszweck sie nicht kannte, als Ethariel einen überrascht angewiderten Laut von sich gab. Er hielt die Hand von sich weg, als sie hinüber sah, und es schien etwas Vergammeltes an seinen Fingern zu haften. Ethariel sah sich rasch um, wo er es abwischen konnte.

Naira begann die Bücher durchzusehen, musste sich jedoch rasch eingestehen, dass sie kaum etwas von dem verstand, das sie las. Der Magierjargon war zu stark und sie verstand zu wenig davon. Falls etwas Hilfreiches in den Seiten stand, konnte sie es nicht herauslesen.

Über zwei Tischen entdeckte Naira eine Auszeichnung an der Wand. Sie hielt ihre Kerze näher und sah, dass es sich um das arkanische Herz handelte. So etwas erhielten Erzmagier nach ihrem Abschluss an einer Universität. Egal wo in der Welt dieser Abschluss stattfand, das arkanische Herz sah überall gleich aus. Ein Diamantabdruck in der Mitte, umringt von den sieben Hauptkategorien der Magie. Hellblau für Heilmagie, Gold für Kreation, Orange für Erbauen, Weiß für Elementarmagie, Rot für Kriegsmagie, Hellgrün für Illusionsmagie und zu guter letzt, Silber für Agrarmagie.

Naira stoppte überrascht, als sie etwas Unerwartetes sah. Anstatt der üblichen sieben Magiearten waren hier acht zu sehen. Sie sog leise die Luft ein und Ethariel wandte sich ihr zu.

„Hast du etwas gefunden?", fragte er. „Hier sind nur zerfallene Papiere und Überreste von Dingen die ich nicht genauer ansehen will."

„Auf dem arkanischen Herz hier ist Nekromantie eingetragen", sagte Naira und klang so überrumpelt, wie sie sich fühlte. „Das ist vor hundertvierzig Jahren verboten worden."

Für einen Augenblick schwieg Ethariel ungläubig und fluchte dann leise. „Wie alt ist dieser Ort?"

Naira wusste es nicht. „Suchen wir weiter."

Dennoch warf sie einen Blick zurück auf die Auszeichnung. Hundertvierzig Jahre...wie lange waren die beiden Frauen bloß versteinert? Falls es lange war, würde das für sie ein böses Erwachen geben. Ihr Turm stand zwar tadellos, doch viele Möbel waren dabei zu zerfallen, und wer wusste, wie viele ihrer Liebsten noch lebten. Naira schüttelte den Gedanken rasch wieder ab.

Kurz darauf fand Naira einen verschlossenen Schrank. Er stand nicht so hoch wie die anderen und egal wie sie an den Türen zog, sie öffneten sich nicht. Als Naira einen Schritt zurücktrat, sah sie zu ihrer unangenehmen Überraschung, dass sich auch kein Schloss am Schrank befand.

„Ethariel!", rief sie über ihre Schulter.

Mit wenigen Schritten stand er neben ihr und musterte den Schrank. Er zog die Brauen zusammen und ihre Blicke begegneten sich. Naira sah, dass er den gleichen Gedanken hatte wie sie. Ein verschlossener Schrank bedeutete für gewöhnlich entweder Geheimnisse oder wertvolle Gegenstände.

„Keine Schlüssellöcher...", murmelte Ethariel und zog kurzerhand sein Schwert. „Brechen wir das Ding auf."

Naira zog ihr Schwert ebenfalls. „Vorsichtig, wir wollen nichts darin zerbrechen."

„Natürlich." Ethariel setzte sein Schwert ein Stück über den Scharnieren auf einer Seite an. „Hoffen wir das Holz ist nicht mit Magie verstärkt, sonst sieht es schlecht für uns aus."

Naira tat es ihm auf der anderen Seite gleich und sie hebelten mit den Klingen gegen die rostigen Scharniere. Das Metall ächzte und Naira hörte das Knacken von Holz, als ein Riss entstand. Sie holten jetzt aus und schlugen zu. Beim dritten Schlag brachen die obersten Scharniere aus dem Holz. Es gab keinerlei magische Reaktion bisher. Sie warfen sich triumphierende Blicke zu.

„Machen wir weiter", sagte er und hob rasch sein Schwert. Naira holte tiefer Luft und hob ihr Schwert ebenfalls zum zweiten Scharnier.

Naira war verschwitzt und ihr Mund trocken vor aufkommendem Durst, als sie endlich die letzten der drei Scharniere auf jeder Seite aus dem Holz brachen. Die Schranktüren fielen ihnen immer noch verschlossen entgegen. Naira und Ethariel fingen sie zusammen auf und stellten sie zur Seite.

Ethariel schnappte seine Kerze und brachte sie näher an den Schrank. Vor ihnen standen Flaschen über Flaschen mit verschiedenen Flüssigkeiten, die ein kaum merkliches Leuchten oder Schimmern von sich gaben. In der untersten Reihe der Regale lagen verschiedene Gegenstände. Ein paar goldene Ketten mit Anhängern, einige Tongefäße und sogar eine Handvoll Edelsteine.

„Hast du schon einmal Zaubertränke gesehen?", fragte Naira und Ethariel schüttelte den Kopf. Sie warfen einen Blick zurück auf die Statuen.

„Wir könnten ihnen eins nach dem anderen drüber kippen?", schlug Ethariel vor. „Wir können es nicht viel schlimmer machen."

Naira zögerte zweifelnd, ehe sie ihm im Stillen recht gab. Sie würden die Tränke nie ohne Hilfe identifizieren können und wie Ethariel gesagt hatte, es gab wenig Möglichkeiten, die zwei Statuen in eine schlimmere Situation zu versetzen. Dennoch, Naira konnte nicht leugnen, dass es eine wahnsinnig idiotische und dämliche Idee war. Sie kannten sich überhaupt nicht mit Tränken aus und wenn es tatsächlich schief ging, hatten sie alle Chance auf schnelle Hilfe vertan.

Naira ergriff die erste Flasche. „Hoffen wir das Glück ist mit den Dummen heute Nacht."

Ethariel ergriff die nächste Flasche. „Wenn du eine bessere Idee hast, immer her damit."

Naira hatte keine bessere Idee. Sie traten gemeinsam auf die Statuen zu, ehe Naira zu dem Smaragd nickte.

„Sollten wir den vielleicht erst entfernen?", schlug sie vor. „Der Edelstein ist das einzige an den beiden, das nicht versteinert wurde."

Ethariel runzelte die Stirn und bedeutete ihr zu warten. Er stellte seinen Trank beiseite und huschte zu einem der Schränke mit Schubladen, ehe er mit ein paar Tuchresten zurück kam.

„Ich glaube zwar nicht, dass der Zauber nach all der Zeit noch aktiv ist", sagte er. „Doch wer weiß, so wie alles bisher gelaufen ist, wäre genau das unser Glück. Ich will nicht, dass einer von uns ihr Schicksal teilt."

Ethariel ließ die Materialreste auf das Stück von dem Stein fallen, dass zwischen den versteinerten Händen hervor lugte. Nichts passierte. Sie tauschten einen Blick und Naira griff vorsichtig nach dem bedeckten Smaragd. Sie atmeten beide aus, als nichts passierte.

Es dauerte ein bisschen, bis sie den Edelstein vorsichtig herausbekam. Naira legte den Smaragd rasch beiseite, wobei die Tuchreste nach dem ablegen herab rutschten. Sie entkorkte ihren Trank zuerst. Sie tauschte einen letzten Blick mit Ethariel und goss den Trank dann über die Statuen. Nichts geschah.

Ethariel kippte seinen Trank als nächstes über die Versteinerten, doch auch hier passierte nichts.

„Lass uns die nächsten probieren", sagte er.

Sie gossen Trank um Trank ohne Erfolg über die Statuen, bis sie bei den letzten beiden angekommen waren. Eine der Flaschen war dabei besonders dick und mit Runen überzogen. Der Trank darin war von einem dumpfen Grau, in dem winzige Schneeflocken schwebten. Die andere, einfachere Flasche enthielt eine erdig grüne Mixtur die ein leichtes Leuchten von sich gab.

Naira ergriff die grüne Mixtur und goss sie mit einem letzten Körnchen Hoffnung über die Statuen. Falls das hier oder die nächste Flasche nicht klappte, konnten sie wahrscheinlich nichts weiter tun.

Naira war gerade dabei, enttäuscht die Flasche beiseite zu stellen, als sie plötzlich ein ohrenbetäubendes Knacken hörte.

Erschrocken zuckten Ethariel und sie zurück, als sich Risse an den Statuen entlang fraßen.

„*Vael*", fluchte Ethariel. „Wir haben's verbockt!"

Naira fühlte bittere Enttäuschung und eisige Furcht aufsteigen. Sie hätten Hilfe dringend gebraucht und nun begann alles vor ihren Augen zu zerbröckeln. Sie sah, wie die Risse sich ausweiteten, doch anstatt Kluften in den steinernen Körpern zu hinterlassen, begann Farbe die dunklen Risse zu füllen. Naira griff blind nach Ethariels Arm und hielt ihn fest, während sie beide stumm zusahen, wie der Stein zu brechen schien, nur um das Leben zurück in die Körper zu lassen.

Naira beobachtete, wie die schwungvoll erstarrte Kleidung der Elfe herabfiel, der Stoff von einem edlen Blau und bestickt mit silbernen Pflanzen und Blumen die an der Kleidung empor rankten. Sie sah, wie die dunkle Robe der Menschenfrau zum Vorschein kam und dabei eine Stickerei auf ihrem Rücken sichtbar wurde.

Es war das Symbol der Erzmagier, ein Diamant. Doch die Farbe, in der die Form gestickt war, war keine mit der Naira gerechnet hätte. Es war weder das helle Blau der Heilung, noch das Rot der Kriegsmagie oder gar das Gold der Kreation. Es war Violett, die Farbe der Nekromantie.

Ethariel zog sie weitere Schritte mit sich zurück, als nun auch die Köpfe und Arme und der Rest der Beine von der Versteinerung befreit wurden.

Die Frauen stolperten einen Schritt und sogen scharf die Luft ein. Die Elfe war gegen die Seite der Menschenfrau gepresst und beide starrten mit geweiteten Augen auf ihre Hände hinab, wo sich zuvor der Smaragd befunden hatte. Im nächsten Moment wandten beide sich Naira und Ethariel zu.

Naira sah, wie die Menschenfrau dabei leicht die linke Hand hob, an der sich ein silbernes, mit drei hellgrünen Edelsteinen geschmücktes Armband befand. Im nächsten Augenblick blinzelte Naira verwirrt und wandte sich von ihr ab. Sie konnte die Frau nicht länger direkt ansehen, sie wirkte verschwommen und undeutlich, wie ein Geist, der sich am Rande ihres Gesichtsfeldes befand.

„Wir haben geholfen!", rief Ethariel rasch, ehe er in Husten ausbrach. Sein Griff um Nairas Arm wurde fester und er presste die freie Hand gegen seinen Mund. Naira wagte es nicht den Blick von den beiden Frauen abzuwenden. Oder eher, von der Elfe, sie konnte die andere immer noch nicht direkt ansehen.

Im nächsten Moment jedoch konnte Naira beide Frauen wieder klar sehen. Sie wusste nicht, was eben passiert war, doch sie begriff, dass es definitiv eine Art von Magie gewesen sein musste.

Beide Frauen sahen älter aus. Grau begann die hellbraunen Haare der Menschenfrau zu durchziehen und es waren Falten auf ihrem Gesicht zu sehen. Die Elfe, dunkelhäutig und einen Kopf größer als die andere Frau, zeigte ebenfalls Anzeichen eines höheren Alters. Sie hatte ein buntes Tuch um den Kopf geschlungen und entlang ihrer Mund- und Augenwinkel zeichneten sich tiefere Lachfalten ab.

„Wer seid ihr?", fragte die Elfe, die immer noch mit einer Hand die Schulter der Menschenfrau festhielt. Dann schienen beide den Raum um sich herum wahrzunehmen. Naira sah die Verwirrung auf ihren Gesichtern, gefolgt von Verständnis und Erschrecken.

„Wie lange..." Die Menschenfrau brach ab und atmete beruhigend tief durch, ehe sie Naira und Ethariel eindringlich ansah. „Wie ist es um den Drachenkrieg bestellt?"

Naira war für einen Augenblick verdutzt und sprachlos. Ethariel neben ihr hatte sich endlich vom Husten erholt, wobei Naira aus dem Augenwinkel sah, wie er seine blutbefleckte Hand unauffällig an seiner dunklen Hose abwischte.

„Ich bin Naira und das hier ist Ethariel. Der Drachenkrieg ist hundertzehn Jahre her", sagte Naira, ehe sie einen Schritt vor trat. „Wir brauchen Hilfe."

„Hundert...Oh, Valia." Die Elfe sog scharf die Luft ein und wandte sich sofort an die andere Frau. „Wir müssen nach Vasrath, sofort!" Vasrath, die sagenumwobene Stadt der Drachenmagier. Niemand hatte sie je gefunden und kein verhörter Drachenmagier hatte auch nur das Land verraten, in dem sie sich befinden könnte. Vasrath war daher nicht echt in den Augen der meisten Leute. Viele sagten, durch die vagen Gerüchte um den Ort, dass Vasrath nur eine Lüge war, die von Drachenmagiern in die Welt gesetzt worden war, um sie mächtiger erscheinen zu lassen. Eine Stadt, in der Drachen und ihre Magier zusammenleben konnten, musste gewaltig sein und so etwas vor der Welt zu verstecken, sahen sie daher als unmöglich an.

Naira verschlug es für einen Augenblick den Atem, als sie begriff, was das bedeutete. Die beiden Frauen vor ihr waren Verbündete der Drachenmagier. Warum sonst sollten sie wissen, ob Vasrath überhaupt existierte? Oder wo. Die Drachenstadt gab es also wirklich. Naira presste kurz die Lippen aufeinander und schob diese Gedanken rasch beiseite. Sie konnten es sich nicht leisten, wählerisch zu sein. Nicht mit allem, was auf dem Spiel stand.

Die Menschenfrau nickte der Elfe zu und sah Naira und Ethariel wieder an. „Ich vermute, unsere Hilfe ist die Gegenleistung dafür, dass ihr uns von dem Zauber befreit habt?"

„Wir müssen nach Talha zurück, falls Ihr uns dorthin teleportieren könnt, wäre das perfekt. Am besten an die Nordküste, aber wir müssen nach Talha", sagte Naira rasch und beide Frauen sahen sie kurz überrascht an.

„Nur teleportieren?", fragte die Menschenfrau skeptisch. Auf Nairas Nicken hin straffte sie die Schultern. „Nun gut. Ich bin Selby und das ist meine Frau, Nilija. Ich werde euch helfen."

Naira atmete erleichtert aus und fühlte sich mit einem Mal bis in die Knochen erschöpft. „Vielen Dank."

Nilija trat einen Schritt vor und sah dabei Ethariel an. „Erlaube mir, dich zu heilen, als zusätzlichen Dank."

„Ihr könnt es versuchen, doch bisher hatte niemand Erfolg", sagte er.

Naira konnte aus seiner Stimme hören, dass er daran zweifelte, dass Nilija etwas tun konnte. Doch einen Versuch war es allemal wert.

Nilija zog die Brauen zusammen. „Ich bin eine erfahrene Heilerin und Alchemistin, es gibt bestimmt etwas, das ich tun kann."

„Es ist ein Zauber", sagte Ethariel und Nilija und Selby hielten inne. „Eine Seuche, die auf unserem Land liegt. Wir können etwas dagegen tun, doch wir müssen zurück."

Nilija sah nun besorgt aus. „Darf ich einen Blick darauf werfen? Ich habe noch nie von so etwas gehört."

Ethariel nickte. Nilija dankte ihm auf valorisch und ein sanfter, hellblau leuchtender Nebel begann ihre Hände zu umhüllen. Ethariel ließ Nairas Arm los und Nilija hob die Hände. Der Nebel begann sich um seinen Körper zu legen und Nilija hatte die Augen konzentriert geschlossen. Bis sie scharf Luft holte und sie wieder öffnete.

„Valia", zischte sie, wütend und entsetzt. „Wer auch immer das getan hat, ist ein Monster." Sie senkte leicht das Haupt und Naira wurde schlecht, als sie die Trauer auf dem Gesicht der Elfe sah.

„Verzeih, ich kann wirklich nichts tun."

Ethariel schluckte und nickte wortlos. Schweres Schweigen breitete sich aus, bis Selby sich an Naira wandte.

„Was genau geht in Talha vor sich?", fragte sie.

Naira und Ethariel tauschten einen Blick, ehe Naira Luft holte und sie gemeinsam erzählten, was geschehen war.

„Ohne unsere Freundin Nikita wären wir nie so weit gekommen", fügte Naira zum Schluss hinzu. „Wir müssen auch für sie unbedingt zurück und ihr helfen."

„So wie es klingt, habt ihr es wirklich mit einem Erzmagier zu tun, und einem sehr eingebildeten noch dazu", sagte Selby. „Ihr wärt niemals lebend weggekommen, wenn er sich nicht zu schade für euch gewesen wäre."

„Dennoch wird er sehr gefährlich sein, vor allem wenn er euch einmal ernst nimmt", fügte Nilija hinzu. „Jede Magie kann großen Schaden anrichten, egal worin er seinen Abschluss gemacht hat. Von Heilern die bei Berührung Kochen brechen oder das Herz zerplatzen lassen können, bis hin zu Agrarmagiern, die einem das gesamte Wasser aus dem Körper ziehen. Alle Magie kann sowohl Gutes tun, als auch Schreckliches anrichten."

„Solltet ihr wieder gegen ihn kämpfen, achtet vor allem darauf, ob er anfängt, für seine Zauber zu sprechen", warnte Selby. „Je mächtiger ein Magier, desto weniger muss er sagen und wenn ein Erzmagier einmal zu sprechen beginnt, um Magie zu verwenden, geht schnellstens in Deckung." Selby wartete, bis sie verstehend nickten und wandte sich dann an ihre Frau. „Was kannst du über den Seuchenzauber sagen?"

Nilija presste kurz die Lippen aufeinander. „So etwas habe ich noch nie gesehen und ich hätte den magischen Aspekt in der Krankheit ohne Vorwissen wahrscheinlich auch nicht bemerkt. Der Zauber ist so lebendig, als wäre er vollkommen natürlich. Er ist so geschaffen, dass er jede Magie absorbiert die ich zum Heilen verwenden würde, und das würde alles noch schlimmer machen." Nilija ballte die Hände zu Fäusten. „Dieser Zauber ist für nichts als den Tod gedacht."

Selby starrte ihre Frau sprachlos an und dann Naira und Ethariel. „Was verdammt nochmal..." Sie wurde genauso wütend wie Nilija. „Magie für so etwas zu verwenden!" Selby brach in übles fluchen aus, ehe sie sich zu den Regalen umwandte. „Lasst mich sehen, ob ich etwas finde, um euch helfen zu können. Beherrscht einer von euch Magie?"

„Nein, und wir haben die meisten Tränke über euch gekippt", fügte Naira hinzu, „bei dem Versuch euch zu entsteinern."

„Nur der ist noch übrig." Ethariel hob den grauen Trank mit den winzigen Flocken hoch. „Wie ist euch das überhaupt passiert?"

Nilija sog die Luft ein und nahm ihm die Flasche vorsichtig ab. „Gut, dass ihr den nicht verwendet habt. Selby hat es geschafft, einen der stärksten Schneestürme der letzten zehn Jahre einzufangen. Hättet ihr den frei gesetzt, hättet ihr das nicht überlebt."

„Wir wurden durch eine Falle versteinert." Selby gestikulierte zu dem Smaragd, während sie mit einer anderen Handbewegung die Magierlampen aufleuchten ließ. „Ich hatte den Edelstein in Auftrag gegeben, um einen Zauber darin zu speichern. Ich wollte die Zeit sparen, es selbst machen zu müssen. Doch einer meiner Rivalen, er dürfte inzwischen wohl tot sein, wenn ich richtig vermute, wer es war, hat er den Verzauberer bestochen. Da ich dem Verzauberer vertraut habe, habe ich sein Werk nicht genauer überprüft. Sobald ich den Stein berührt habe, hat die Versteinerung eingesetzt."

Nilija seufzte leise. „Ich habe gesehen, was passiert, und wollte eingreifen. Doch ich war eine Sekunde zu langsam und auch mich hat der Zauber getroffen."

Selby wandte sich einer der leeren Stelle zwischen zwei Tischen zu. Naira sah keine Handbewegung oder hörte Selby etwas murmeln, doch im nächsten Moment schimmerte die Luft vor dem hellen Stein der Wand. War es überhaupt Stein? Naira war sich ehrlich gesagt nicht sicher, die Steine sahen nicht aus wie die, die normalerweise für Gebäude verwendet wurden.

Ein hohes, schmales Regal, das zuvor von Magie verborgen worden war, wurde sichtbar. Gefäße und Holzkisten standen darauf, zusammen mit ein paar kleinen Samtkissen, auf denen sich einzelne Schmuckstücke befanden.

„Woraus ist eigentlich der Turm?", fragte Ethariel, während Selby begann, das Regal zu durchsuchen. „Das sieht nicht aus wie normaler Stein."

„Der Turm ist aus Leviathanknochen", sagte Nilija. „Ich war zuerst skeptisch, doch Selby hat großes Talent im Verzaubern."

Naira und Ethariel konnten sie für einen Moment nur sprachlos anstarren und Selby warf ihnen ein kurzes, stolzes Grinsen über die Schulter zu.

„Knochen?", hakte Ethariel ungläubig nach.

Naira hatte von Leviathanen gehört. Das waren gewaltige Wale, die im Meer lebten und allein schon durch ihr Auftauchen Schiffe zum Kentern bringen konnten.

Selby summte zustimmend. „Warum nicht? Knochen eignen sich prima zum verzaubern. Ich habe einen Hauch Nekromantie dazugefügt und der Turm wird noch in tausend Jahren hier stehen, solange ihn niemand magisch einreißt." Selby sah zu ihnen hinüber. „Gibt es einen speziellen Ort in Talha, an den ihr wollt? Ich habe einige Städte besucht, vielleicht kann ich euch näher an euer Ziel bringen als ihr denkt."

„Wir wollen nach Ellien. Oder eher, außerhalb der Stadt, die Tore sind überall verriegelt worden", sagte Ethariel und Selby lächelte.

„Ich war oft genug in Ellien. Keine Sorge, ich denke ich weiß, wo ich euch hinbringe. Es gibt einen Hof der Postpferde im Stall stehen hat. Er wäre nur etwas weiter von der Stadt entfernt, da Ellien, so weit ich weiß, alle Portale in einer gewissen Umgebung zu einem gesammelten, bewachten Ort zieht. Damit verhindern sie, dass ungewollte Leute unbemerkt in die Stadt kommen." Sie hielt kurz inne und ihr Ausdruck wurde ernster und ein wenig bitter. „Ich hoffe zumindest, dass es den Hof noch gibt. Habt ihr etwas Geld?"

„Ein paar Silbermünzen", sagte Naira und sie war für einen Moment tief dankbar, dass sie ihren Geldbeutel in ihrem Stiefel versteckt hatte.

„Es sollte reichen, um zwei Pferde zu leihen, denke ich", murmelte Selby und wandte sich wieder dem Regal zu.

Nilija stellte die Flasche mit dem gefangenen Schneesturm auf einem Tisch ab und begann Selby zu helfen. Beide murmelten für einige Minuten leise miteinander, ehe sie seufzend von dem Regal forttraten.

„Das sind alles Gegenstände, die für mächtige Magier gedacht waren", sagte Selby und sie klang gleichermaßen frustriert und entschuldigend. „Und selbst wenn die meisten unserer Arbeitsmaterialien nicht zerfallen wären, würde es Wochen dauern um Neues anzufertigen."

Im nächsten Moment jedoch verstummte Selby und sah auf ihr Armband herab. Ihr Gesicht hellte sich auf.

Selby wandte sich Nilija zu. „Schnell, haben wir noch einen Magiestein?"

Auf Nilijas Gesicht machte sich Verständnis breit und sie eilte zu einem der Schränke mit unzähligen Schubladen, währen Selby ihr Armband abnahm.

„Das hier habe ich vor Ewigkeiten einmal geschenkt bekommen", sagte Selby und hielt ihnen das Armband entgegen. „Einer meiner..." sie stockte kurz und schluckte schwer, „Freunde hat das hier aus Spaß für mich gemacht. Es ist das Armband der Ablenkung."

Nilija kehrte mit einem fingernagelgroßen Kristall zurück. „Das hier ist der Letzte, den wir haben. Alle anderen sind für den Drachenkrieg verwendet worden. Wir hatten vor, Nachschub zu holen vor der ganzen...Versteinerung", sagte sie. „Wenn wir

Magie darin speichern, könnt ihr damit später Zauber einsetzen, selbst wenn ihr keine Magier seid. Ihr presst diesen Stein gegen das Amulett und es nimmt die Kraft aus dem Kristall in sich auf, dafür ist es auch ausgelegt, um damit den Zauber zu verwenden."

„Der Zauber wird mit diesem Stein jedoch nur einmal funktionieren", erklärte Selby weiter. Sie nahm den Kristall von Nilija entgegen und schloss ihre Finger darum. Als sie die Faust einen Moment später öffnete, leuchtete der Kristall leicht. „Das Armband wird die Magie verwenden und den eingravierten Zauber damit aktivieren, bis die aufgenommene Macht aufgebraucht ist. Mehr ist leider nicht möglich. Um ehrlich zu sein, war es auch noch ein Prototyp, daher ist es nicht effizienter zu benutzen."

„Die anderen Sachen, die wir haben, funktionieren leider nicht mit einem Magiestein, das Armband ist alles, das wir euch anbieten können", sagte Nilija entschuldigend.

Naira und Ethariel tauschten einen erleichterten Blick. Das Armband könnte ihnen wirklich viel helfen. Ethariel nahm das Schmuckstück und den Kristall entgegen, ehe er sich leicht verneigte.

„Wir wissen nicht, wie wir euch danken können", sagte er und richtete sich wieder auf.

„Rettet euch und euer Heim", sagte Selby ernst. „Das ist Dank genug. Und sollten sich unsere Pfade einmal wieder kreuzen, könnt ihr mir das Armband ja zurückgeben. Seht es als Leihgabe an, wenn euch das hilft."

Dann trat Selby ein paar Schritte zurück. „Mehr können wir nicht für euch tun. Wenn ihr bereit seid, würde ich jetzt ein Portal öffnen."

„Einen Moment noch." Nilija sah mit einem Mal nervös aus. „Der Drachenkrieg, wie ist er ausgegangen?"

Ethariel hielt im Armband anlegen inne und Naira straffte die Schultern, ehe sie antwortete. „Die Drachenmagier sind fast ausgelöscht worden."

Nilijas Gesicht wurde ausdruckslos, ehe sie die Augen schloss und sich von ihnen abwandte. Selbys Hände ballten sich zu Fäusten und Naira glaubte zu spüren, wie der Boden leicht unter ihren Füßen bebte, ehe es mit einem Schlag gespenstisch still wurde. Selbst das Heulen des Schneesturms draußen war nicht länger zu hören. Selby atmete kontrolliert aus und hob die Hände.

„Bringen wir euch nach Ellien." Ihre Stimme klang härter als zuvor und Naira hörte die kaum gezügelte Wut in ihren Worten. Einen Moment später entstand ein silbern-weiß schimmerndes Portal in der Luft und es erinnerte Naira an dichten Nebel, der vom Wind hoch aufgewirbelt wurde.

„Passt auf euch auf", fügte Selby noch hinzu. „Bringt diesen Mistkerl zur Strecke."

Naira nickte und hielt unwillkürlich die Luft an, ehe sie durch das Portal trat. Ethariel war an ihrer Seite und für einen Augenblick waren sie nur von wirbelndem Weiß umgeben, ehe sie auf einer festgetretenen Straße standen. Nur wenige Meter von ihnen entfernt sah Naira einen Hof mit Pferdestall und in der Ferne erhob sich eine dunkle Wolkenfront am Himmel. Ein Sturm zog auf, doch sie waren wieder zurück in Talha und das war das wichtigste. Naira straffte die Schultern und tauschte einen entschlossenen Blick mit Ethariel.

„Beeilen wir uns", sagte sie und gemeinsam liefen sie mit langen Schritten los.

Rosvald, ich möchte, dass du meinen Versteinerungszauber in den Edelstein von Selby Erith einarbeitest. Ich weiß, sie ist schon lange Kundin bei dir, doch möchtest du eine Drachensympathisantin wirklich unterstützen? Niemand weiß, wo sie ihr Heim hat oder gar ihr arkanisches Labor. Das wäre eine Chance, sie auszuschalten. Und ja, bevor du frägst, sie ist mir seit vielen Jahren ein Dorn im Auge, doch das hat damit natürlich nichts zu tun. Ich möchte nur der richtigen Seite in diesem Krieg dienen.

Sollte es dir das Gewissen erleichtern, so biete ich dir ein hübsches Sümmchen Gold für diese Dienstleistung an. Denk darüber nach, Rosvald, und tu das Richtige.

Roys

- Ein verblassender Brief, vergessen in einem selten besuchten Archiv.

Königsritter

Der Hof neben den der Stall gebaut war, sah gut erhalten und bewirtschaftet aus. Die Felder waren bereits fast vollständig abgeerntet und alle Blumen und Kräuter am Hof sahen gepflegt und gewässert aus. Die Hofbesitzer waren nicht erkrankt oder verstorben.

Am Eingang des Hofes befand sich das Holzschild mit dem Symbol der Post, eine Schriftrolle mit dem Siegel des Königs darauf. Es ließ Reisende wissen, dass Postpferde hier standen und auch ein paar gegen Geld geliehen werden konnten.

Sobald sie ihren Weg auf den Hof fanden, kam ihnen auch schon der Hofherr entgegen, ohne dass sie nach ihm suchen mussten. Er war ein großer, kräftiger und gut gekleideter Mann mittleren Alters. Seine Augenbrauen waren so buschig und dicht wie sein Bart und seine braunen Haare sahen ein wenig zerzaust aus.

„Womit kann ich euch helfen?", fragte er überraschend freundlich und musterte sie genau. „Ihr seht aus, als hättet ihr eine schwere Reise hinter euch. Banditen?"

„Ja, vor ein paar Tagen", log Naira rasch und nickte zum Stall hinüber bevor der Mann weitere Fragen stellen konnte. „Können wir Pferde mieten? Wir haben noch ein wenig Silber übrig und wir müssen weiter nach Ellien."

Der Mann richtete sich leicht auf und obwohl seine Freundlichkeit nicht wich, wurde sein Gesichtsausdruck deutlich professioneller.

„Vier Silber pro Pferd", sagte er und Naira schaffte es gerade noch, sich nichts anmerken zu lassen. Der Preis für zwei Pferde war alles an Silber, dass sie noch übrig hatten.

„Wie viel für Essen und Trinken dazu?", fragte sie und hoffte, dass die letzten paar Kupfermünzen die sie besaßen ausreichend sein würden. Die buschigen Brauen des Hofherren wanderten kurz hoch. Er musterte sie nachdenklich.

„Wisst ihr was, drei Silber pro Pferd und ein Silber pro Person für einige Tage Proviant, und die Wasserschläuche bekommt ihr umsonst." Sein Blick wurde kaum merklich weicher. „Das Schicksal hat euch übel mitgespielt, da muss ich euch nicht noch alles Geld aus der Tasche leiern."

Das war...weitaus besser als Naira erwartet hatte. Proviant für mehrere Tage war alles andere als billig. Sie nickte erleichtert.

„Vielen Dank, wirklich", sagte sie rasch und der Mann winkte gutmütig ab.

„Das ist das Mindeste. Ich bin Arev, wartet hier, ich sage meiner Frau Lily sie soll euch etwas zusammenpacken und ich hole dann die Pferde. Wie viele braucht ihr, zwei?"

„Zwei", bestätigte Naira. Für mehr würde das Geld ohnehin nicht reichen und ihnen würden nur noch ihre Kupfermünzen bleiben.

Mit einem Nicken verschwand Arev rasch im Haus und kam ein paar Minuten später wieder zurück. Er winkte sie mit sich und Ethariel und Naira folgten ihm in den Stall. Es gab zwölf Boxen und acht davon waren belegt. Die Pferde waren groß und langbeinig und sie hoben alle wachsam die Köpfe, als der Hofherr eintrat.

„Wir haben fast kein Geld mehr", flüsterte Naira Ethariel zu, der ernst und verstehend nickte.

Arev schien bereits zu wissen welche Pferde er ihnen mitgeben würde, da er zwischen zwei Boxen stehen blieb und nach jemandem rief. Einen Augenblick später polterte ein Stallbursche vom Heulager herunter.

„Tom, hilf mir sie fertig zu machen", sagte Arev und der Junge eilte an seine Seite.

Zwei braune Pferde waren schnell geputzt und gesattelt und kurz darauf erschien auch die Frau des Hofherren. Sie brachte Satteltaschen mit sich, gepackt mit Essen und zwei Wasserschläuchen. Ihnen wurde zusätzlich ein wenig Futter für die Pferde mitgegeben, damit sie während dem Ritt nach Ellien stets bei Kräften blieben.

„Ich habe noch ein paar getrocknete Pflaumen dazu getan", sagte die Hofherrin mit einem warmen Lächeln und verschwörerischem Zwinkern. „Passt gut auf euch auf", fügte sie hinzu, sobald Naira und Ethariel die Taschen dankend angenommen hatten. „Mit all den geschlossenen Toren treiben sich immer mehr Halunken herum und sie suchen nach den wenigen Reisenden die noch unterwegs sind, um sie auszurauben."

Der Hofherr trat zu ihnen, beide Pferde an den Zügeln führend. „Das hier sind Beron und Akio. Sie sind schnell, aber nicht so schreckhaft, dass sie euch bei jedem aufkommenden Wind abwerfen würden." Er warf einen Blick hinaus zu der nähernden Wolkenfront. „Reitet da dennoch am besten nicht durch. Wollt ihr nach Ellien oder zu einem Hof in der Nähe?"

„Nach Ellien, wir wollten entfernte Verwandte besuchen", log Naira und nahm die Zügel von Beron entgegen, die Arev ihr reichte. „Ist es noch weit bis dahin?"

„Nicht besonders", sagte Arev und begleitete sie aus dem Stall um die Straße hinab zu deuten. „Dreißig Meilen in die Richtung, dann kommt ihr zu einem Wegstein und wenn ihr den erreicht habt, ist Ellien vielleicht noch einen knappen Tagesritt entfernt. Je nachdem ob ihr die Pferde fordert oder es ruhiger angeht, seid ihr schneller da oder braucht länger."

Der Hofherr sah sie stirnrunzelnd an. „Rein kommt ihr aber nicht mehr. Mein Bruder wohnt allerdings in einem Dorf vor Ellien, Brewald. Geht zu ihm wenn ihr nirgendwo sonst unterkommen könnt, er würde auch die Pferde annehmen und zu mir zurückbringen. Fragt in Brewald einfach nach Issim. Er sollte euch auch für ein paar Tage aufnehmen können, wenn ihr noch ein wenig Geld übrighabt."

„Danke, wirklich vielen Dank."Naira schwang sich in den Sattel und der Hofherr klopfte kurz beiden Pferden auf die Hälse.

„Nutzt den Tag", sagte Arev zum Abschied und Naira neigte den Kopf.

„Möge das Licht mit Euch sein." Sie trieb ihr Pferd an und es trabte rasch und mit langen Schritten los.

Selbst in der Hitze des Tages waren die Tiere schnell unterwegs und sie schienen Meile um Meile in zügigem Tempo zurückzulegen. Für die ersten zwei Meilen genoss Naira die Hitze, welche die Überreste der frostigen Kälte vom wilden Land aus ihr vertrieb. Dann jedoch wurde es rasch so heiß, dass sie zu schwitzen begann.

Der Wind nahm weiter zu und Naira erinnerte sich daran, dass der Sommer nicht mehr lange anhalten würde. Der kommende Sturm könnte vielleicht sogar das letzte, wirklich große Sommergewitter sein, bevor es über die nächsten zwei, drei Wochen wieder kühler werden würde. Und dann ging auch schon der Herbst los.

Sie hielten unterwegs nur kurz um etwas zu trinken und endlich wieder etwas zu essen, bevor sie weiterreisten. Mit jeder Meile die sie ritten spürte Naira eine steigende Unruhe und Ungeduld in sich. Ethariels Husten war schlimmer geworden und trat mit der Anstrengung häufiger auf. Jedes Mal, wenn Naira es hörte, schien sich ein Hauch Übelkeit in ihrem Magen auszubreiten. Sie trieb ihr Pferd daher an, so schnell und so lange wie sie es wagte, ohne das Tier dabei zu überfordern.

Am Abend traten sie das hohe Gras einer Wiese platt, um sich einen Schlafplatz zu machen, während die Pferde aneinander gebunden neben ihnen ihr Abendessen vertilgten.

„Wir müssen weiterhin schnell reiten", sagte Naira. Ethariel nickte zustimmend, sah jedoch vollkommen erschöpft aus.

Naira gefiel es nicht Ethariel und die Tiere zu belasten, doch ihnen blieb keine andere Wahl. Sie mussten Belrad einholen um ihn aufzuhalten. Um Nikita und Ethariel und all die anderen Leute zu retten, die noch nicht gestorben waren. Naira wagte kaum daran zu denken, wie es um die Leute zuhause bestellt war.

Sie übernahm die erste Wache, sobald sie ihr Abendessen aus dunklem Brot und noch frischen Äpfeln verspeist hatten. Die Hofherrin hatte ihnen auch Nüsse und sogar ein paar Stücke Trockenfleisch mit eingepackt, doch das würden sie erst essen, sobald die frischeren und verderblicheren Nahrungsmittel aufgebraucht waren.

In dieser Nacht hustete Ethariel so stark, es klang als versuchte sein Körper eine halbe Lunge loszuwerden und Naira zuckte bei dem Geräusch in der Dunkelheit zusammen. Ethariel übernahm die nächste Wache etwas später, da Naira ihn länger schlafen ließ. Er brauchte seine Kräfte. Sobald sie sich jedoch hinlegte, suchten sie Albträume heim.

Naira träumte von Nikita die in der Ferne rief, doch egal wie verzweifelt sie auch nach ihr suchte, sie fand sie nicht. Stattdessen stolperte sie über etwas und stürzte. Sobald sie sich umwandte, sah sie Ethariel im Schnee liegen, die Augen leer und starr gen Himmel gerichtet. Sein Mund war blutverschmiert und seine Brust war von Rot bedeckt.

Naira erwachte schweißgebadet, als Ethariel sie im Morgengrauen zum Aufbruch weckte. Er musterte sie und zog sie dann in eine rasche Umarmung.

„Ich schaffe das", flüsterte er entschlossen und Naira hielt ihn einen Augenblick länger fest. „Wir schnappen uns Belrad und das alles wird ein Ende haben."

Naira atmete tief durch und nickte, ehe sie einander losließen.

„Versprich mir auf dich aufzupassen, so gut es geht."

„Ich verspreche es."

Naira drückte dankbar seine Schulter. Sie packten ihre Sachen zusammen und Naira stützte kurz Ethariel, als er von einem erneuten Husten geschüttelt wurde. Blut klebte an seinen Fingern und Naira beschlich das ungute Gefühl, dass Ethariel nicht mehr viel Zeit hatte, bevor sein Körper aufgab und er nicht einmal mehr aufstehen konnte. Wortlos sattelten sie die Pferde und ritten los.

Der Fluss kam zeitgleich mit dem Wegstein von Ellien am frühen Vormittag in Sicht. Naira und Ethariel spähten über das Wasser, nur für den unwahrscheinlichen jedoch nicht unmöglichen Fall, dass die Schmuggler vielleicht da waren. Zu ihrer Erleichterung war kein Schiff in die eine oder andere Richtung zu sehen.

„Wir sollten nach Brewald reiten", schlug Ethariel vor. „Vielleicht kann uns dort jemand sagen, wo Belrad sein Anwesen hat. Ich denke von Ellien werden wir keine Hilfe erhalten."

„Das Anwesen sollte wahrscheinlich westlich von Ellien liegen", sagte Naira. „Östlich fließt der Arm des Bjar weiter ins Meer und ein Großteil der Küste besteht aus zerklüftetem Stein und ist nicht zum bewohnen geeignet."

So war ihr dieser Teil der grauen Küste zumindest beschrieben worden, als Naira ein paar Seefahrer vor Jahren danach gefragt hatte. Sie hoffte es hatte sich inzwischen nichts daran geändert.

„Wir sollten auch umliegende Bauern fragen, wenn wir welche sehen", fügte sie hinzu.

Sie trieben ihre Pferde an und Naira konnte ein leises Aufatmen nicht verhindern, als die Straße sie vom Wasser fortführte.

Die Wolkenfront hing heute dunkel und schwer am Himmel und rollte beständig auf sie zu, wie eine gewaltige, graue Welle. Hoffentlich konnten sie noch bis zum Abend durchreiten, bevor der Sturm über sie hereinbrach, denn es war nicht mehr allzu weit bis nach Ellien. Wenn sie die Pferde forderten, dürften die Mauern der Stadt vielleicht noch vor Einbruch der Nacht in Sicht kommen. Und damit auch Brewald.

Die Hitze des Tages schlug während der nächsten Meilen in immer drückendere Schwüle um. Der Wind nahm stetig zu, bis es in den

Blättern rauschte und die Äste knarrten, als sie nahe an einem Wald vorbeikamen.

Die Pferde machte es nervös, doch sie ließen sich genug beruhigen, dass sie weiter reiten konnten. Die Wolkenfront zog näher und näher, finster und schwer. Als die Sonne begann unterzugehen, befand sich der Sturm fast über ihnen und der Wind zerrte an ihrer Kleidung.

Die Stadtmauern von Ellien waren noch nicht in Sicht gekommen, dafür jedoch, als sie über einen Hügel ritten, sahen Naira und Ethariel im Schein des Sonnenuntergangs etwas anderes.

Ritter in den Farben der Krone, Blau und Silber, und es waren sechs an der Zahl. Sie trugen trotz der drückenden Hitze vollständige Rüstungen und saßen auf beeindruckenden Schlachtrössern. Naira konnte das Trommeln der Hufe und Rasseln ihrer Rüstungen hören.

Anhand der Wappen auf ihren Umhängen und Rüstungen erkannte Naira, dass sie direkt aus Toran kamen. Es waren die Königsritter, die, wie der Name schon sagte, direkt dem König unterstanden. Nur Etrim, seine Königin Resha und sein engster Beraterstab waren befugt, diese Männer und Frauen auszusenden. Waren das vielleicht die Ritter, von denen Lago gesprochen hatte?

Die Ritter schienen eine Abkürzung durch Wiesen genommen zu haben, denn sie stießen erst wenige Momente später ein Stück von ihnen entfernt, auf die Straße nach Ellien. Einer der Ritter sah zu ihnen und hob die Hand. Die Schlachtrösser wurden gezügelt, der Ritter löste sich aus der Gruppe und galoppierte auf sie zu. Naira sah, dass das Pferd nass geschwitzt war, jedoch nicht sonderlich erschöpft wirkte. Es kaute auf seiner Trense, hatte die Augen wachsam auf sie gerichtet und die Ohren aufmerksam nach hinten auf seinen Reiter.

Der Ritter sah selbst im sitzen groß aus, er war vielleicht Mitte Dreißig und ihm stand leicht der Schweiß auf der Stirn. Er hatte gebräunte Haut, einen fein säuberlich gestutzten, schwarzen Kinnbart und dunkle Augen. Seine schwarzen Haare waren an den Seiten rasiert und er hatte die Haare oben auf seinem Kopf zu einem dicken Zopf geflochten, der ihm bis zu den kräftigen Schultern fiel.

Sein Helm hing seitlich am Sattel und silberne Schwingen erhoben sich an beiden Seiten entlang des Metalls, während ein Adlerkopf die Mitte zierte.

„Grüßt den Tag", sagte der Ritter, der sein Pferd knapp zwei Meter vor ihnen entfernt zum stehen brachte. „Was bringt euch zu solchen Zeiten auf die Straßen?"

„Wir besuchen meine Familie", log Naira und sie bemerkte die eingelassenen Edelsteine entlang des Brustpanzers und auf dem Knauf des Schwertgriffs des Ritters, Aquamarin, wenn sie sich nicht täuschte, die Steine des Königshauses. Die Steine leuchteten leicht. Ein genauerer Blick zeigte winzig eingravierte Runen in der Rüstung um die Steine herum.

„Ihre Verwandten wohnen in Brewald", fügte Ethariel hinzu. „Ich bin als Begleitschutz mitgekommen."

Der Ritter neigte leicht den Kopf und seine braunen Augen waren scharf und wachsam. „Brewald? Und von wo kommt ihr, wenn ich fragen darf?"

Simerin war zu weit weg, um plausibel zu klingen, fand Naira. Sie brauchte jedoch einen Moment zu lange, um sich an einen Dorfnamen in dieser Gegend zu erinnern und die Augen des Ritters verengten sich kaum merklich. Er musterte sie und schien sich dann an etwas zu erinnern.

„Habt ihr nicht einer Magierin geholfen? Oder deren Kindern?", fragte er.

„Meint Ihr Mila?", hakte Naira vorsichtig nach und erinnerte sich daran, dass die Magierin sich mit Leuten aus Toran in Verbindung setzen wollte. Könnte das die Königsritter erklären? Vor allem so weit im Norden und so nah an Ellien? Hoffnung stieg in ihr auf und schnürte ihr leicht die Kehle zu.

Naira bemerkte erst, wie ernst und stetig düsterer das Gesicht des Ritters geworden war, als es sich leicht aufhellte.

„Mila, ja. Wir sind auf eine Empfehlung ihrerseits ausgesandt worden." Er gestikulierte wage mit einer gepanzerten Hand zu der Gruppe hinter ihm. Naira konnte nicht anders, als für einen Moment zu hoffen, dass die Rüstungen magisch vor Hitze geschützt waren. Ansonsten würde die Ritter zu dieser Jahreszeit der Hitzschlag treffen, bevor sie auch nur in de Nähe von Belrad kamen.

Der Ritter fuhr fort: „Sie hat Reisende wie euch beschrieben. Obwohl sie meinte, ihr wärt zu dritt." Er wurde wieder so ernst wie zuvor. „Und sie erwähnte auch was ihr gesagt habt."

„Wisst Ihr wo Belrad ist?", fragte Naira eindringlich. „Er hat unsere Freundin geschnappt."

Der Ritter musterte sie erneut, diesmal jedoch nicht mit gekonnt verborgenem Misstrauen und stattdessen nachdenklich und ein wenig besorgt.

„Wir sind auf dem Weg zu Belrad", sagte er. „Habt ihr Neuigkeiten?"

Naira zögerte, ehe sie beschloss, dass nichts was sie sagte diesem Ritter neu wäre, wenn er für Belrad arbeiten sollte. Und wenn sie ehrlich war, hatte sie auch nicht den Eindruck, dass die Königsritter mit dem Magier unter einer Decke steckten. Vielleicht lag es auch an dem etwas naiven Glauben, dass die Macht des Königs überwog und Etrim sich für sein Volk einsetzen würde.

Sie erinnerte sich an das kurze Gespräch zwischen Lago und Belrad und dass es so geklungen hatte, als würde Belrad die

Königsritter entweder fürchten oder als könnten sie ihn zur Strecke bringen.

„Lord Darwen und die Schmuggler des Schiffes 'Albatros' arbeiten mit dem Magier zusammen", sagte sie und hielt dabei unwillkürlich die Zügel ein wenig fester. „Sie wissen, dass Ihr kommt."

„Ich verstehe. Wir werden das untersuchen lassen, sobald Belrad festgenommen ist." Der Ritter verlor ein wenig von seiner professionellen Härte. „Hört zu, ich weiß ihr habt viel hierfür getan und viel riskiert, aber das ist gefährlich. Überlasst alles Weitere uns. Wir sind die Ritter des Königs, wir werden uns um die Sache kümmern."

Naira atmete protestierend ein, ehe sie die Luft anhielt und dann knapp nickte. Ethariel neben ihr öffnete den Mund, ein düsteres Stirnrunzeln auf seinem Gesicht, doch Naira schaffte es, seinem Blick zu begegnen bevor er etwas sagte und er schloss den Mund wider, auch wenn er weiterhin düster das Gesicht verzogen hatte.

Naira befeuchtete kurz ihre Lippen. „Wir verstehen das", sagte sie und fügte hinzu: „Wie heißt Ihr?"

Der Ritter, der ohnehin schon makellos im Sattel saß, schaffte es sich ein wenig weiter aufzurichten. Er legte die Faust an die Brust und hob das Kinn und mit einem Mal sah Naira nicht nur einen Ritter vor sich, sondern Schwert und Schild des Königs. Seine Augen waren scharf und stark und sein Wille unbeugsam.

Sie sah jemanden, der aus der Menge von Rittern und Soldaten Talhas hervorstach und sein Leben, sein Blut, seinen Schweiß und seine Tränen der Krone widmete. Jemanden, der Stürme durchstehen und sich dem Tod selbst widersetzen würde, wenn sein König es nur verlangte.

„Leonas Allon", sagte er würdevoll und vollführte eine kleine Verneigung im Sattel. Selbst sein Pferd neigte für diesen Augenblick den Kopf. „Zu des Königs Diensten."

„Ich bin Naira", stellte Naira sich vor. „Und das ist Ethariel, wir sind Monsterjäger. Falls Ihr unsere Hilfe braucht, sind wir in Brewald zu finden."

Leonas neigte das Haupt und wendete sein Pferd.

„Das Licht sei mit Euch", fügte Naira rasch hinzu.

„Und mit Euch", rief Leonas über seine Schulter und trabte wieder davon.

Sobald er seine Gruppe erreichte, galoppierten sie geschlossen weiter. Das Trommeln der Hufe war deutlich zu hören und es erinnerte Naira vage an die Kampftrommeln die ein paar Seefahrer ihr einmal auf ihren Schiffen gezeigt hatten. Sie hatten Naira sogar ein wenig darauf trommeln lassen, damit sie die Vibrationen spüren konnte und die Seefahrer hatten über ihr beeindrucktes Gesicht breit gegrinst.

„Naira, was -", erhob Ethariel das Wort, nur um in feuchtes Husten auszubrechen. Nairas Herz zog sich zusammen, als er sich über den Sattel beugte und erst nach langen Sekunden wieder rau und keuchend zu Atem kam. „Wir lassen es doch nicht etwa wirklich bleiben?"

„Wir folgen ihnen", sagte Naira und zwang sich, den besorgten Blick von Ethariel abzuwenden, um stattdessen den Königsrittern nachzusehen. „Ich wette, sie wissen wo Belrad wohnt. Wenn wir vorsichtig sind, sehen wir Belrads Anwesen rechtzeitig, um sie auf anderem Weg zu überholen oder ihnen weiter nachzuschleichen. Solange sie noch auf der Straße bleiben, schlagen wir ohnehin dieselbe Richtung ein und es sollte sie nicht zu sehr stutzig machen, wenn wir hinter ihnen bleiben."

Auf Ethariels Gesicht machte sich Verständnis breit. „Wir müssen Belrad so nicht einmal bekämpfen, wir müssen nur in sein Anwesen gelangen", sagte er. „Wir befreien Nikita und finden heraus wie wir die Krankheit aufhalten."

Naira nickte entschlossen. „Wir geben jetzt nicht einfach auf."

Ethariel richtete sich auf. „Natürlich nicht. Reiten wir weiter", sagte er. „Bevor der Sturm über uns hereinbricht und wir sie aus den Augen verlieren."

Aberglaube kann so tödlich sein wie die Pest selbst. Er ergreift Besitz von den Menschen und lässt sie Monster und Schatten sehen, wo keine sind. Sie beschuldigen ihre Mitmenschen und zerren sie auf Scheiterhaufen für etwas, das sie nicht getan haben. Wofür sie nichts können.

Sie sind draußen vor den Toren der Burg, ich kann sie hören. Das aufgebrachte Volk, das denkt ich und die meinen wären an der Pest schuld. Als wären wegen uns all die Leute tot in ihren Häusern und so viele andere krank.

Ich habe meine Frau, unsere Geliebte und unsere Kinder mit meinen treuesten Gefolgsleuten heimlich fortgeschickt. Ich weiß, ich sehe sie nicht wieder. Ich weiß, mich erwartet keine Gnade, und ich weiß, ich muss mich dem Pöbel stellen, damit meine Liebsten entkommen und weiterleben können.

Ich werde nicht fortlaufen, noch werde ich schreien und winseln wie die anderen armen Hunde die sie bereits zerhackt, verbrannt oder totgeprügelt haben.

Ich spare mir das Beten ebenfalls. Wenn unser Gott wahrlich da wäre oder seine Frau die Mondtochter, hätte sicherlich einer von beiden schon geholfen. Nein, mir bleibt jetzt nichts mehr.

Das Tor ist gebrochen, ich höre sie in die Burg stürmen. Meine Zeit ist gekommen.

- Eine Schriftrolle gefunden in einer verfallenen Burg, verfasst in einer zittrigen Schrift.

Bei Sturm und Nacht

Die Königsritter folgten der Straße für vielleicht eine weitere Stunde, ehe sie vom Weg ins Gras abbogen und auf den Wald zuritten, der sich dunkel und dicht jenseits der Wiese erhob. Naira hielt das drängende Bedürfnis im Zaum ihr Pferd anzuspornen, damit sie die Ritter ja nicht aus den Augen verloren. Ethariel und sie wollten keine unnötige Aufmerksamkeit auf sich ziehen, daher mussten sie vorsichtig sein und das beständige Tempo beibehalten.

Sobald sie die Stelle erreichten, an der die Ritter abgebogen waren, sah Naira im schwindenden Tageslicht, dass sich ein schmaler Trampelpfad von der Straße abzweigte und zum Wald führte.

Die Königsritter waren inzwischen weit genug voran geritten, dass Naira gerade noch sehen konnte wie sie zwischen den Bäumen verschwanden.

„Hoffen wir, wir geraten nicht in den Sturm", murmelte Naira, während sie in die Wiese ritten.

„Die Ritter müssen bald rasten, es wird zu dunkel, als dass sie noch genug sehen können", fügte Ethariel hinzu, der sein Pferd im Zaum hielt, als es bei einer stärkeren Böe für einen Moment zur Seite tänzelte und anschließend angespannt schnaubte. „Schlachtrösser mögen sie reiten, doch selbst die können nicht Tag und Nacht durchlaufen. Vor allem, wenn ihnen noch ein Kampf mit Belrad bevorsteht."

„Wir folgen ihnen noch in den Wald", beschloss Naira nachdem sie einen prüfenden Blick hinauf zu den dunklen Wolken geworfen hatte. Der Sturm würde noch in dieser Nacht über sie hereinbrechen, daran gab es keinen Zweifel. „Wir sollten unter den Bäumen ein wenig Schutz finden können."

Sobald Naira und Ethariel ebenfalls die Waldgrenze durchritten, sahen sie sich bereits nach einem möglichst passenden Baum oder Plätzchen für die Nacht um. Ethariel, der besser im Dunklen sah, lotste sie kurz darauf abseits des Trampelpfades zu einer hochwachsenden, dickstämmigen Esche, deren unmittelbare Umgebung frei von Unterholz und Büschen war.

Die Pferde waren nervös, ließen sich jedoch anbinden und fraßen ihr Futter, auch wenn sie immer wieder die Köpfe hochrissen und angespannt lauschten. Der Wind rauschte immer stärker in den Bäumen.

„Denkst du, wir könnten ein Feuer im Regen am brennen erhalten?", fragte Naira und sie musterte die dichte Blätterkrone der Esche für einen Moment, die im Wind rauschte. „Oder wird der Sturm die Flammen früher oder später löschen?"

„Versuchen wir es", sagte Ethariel und begann Zweige und Blätter zusammen zu suchen. Naira half so gut sie konnte, doch es war inzwischen zu dunkel, als dass sie viel erkennen konnte. Bald schon brannte ein Feuer und Ethariel sah abwägend den Baum hinauf.

„Ich klettere kurz hoch und schaue, ob ich den Rauch vom Lager der Ritter sehen kann", sagte er. „Wenn wir wissen wie weit von uns entfernt sie rasten, können wir ihnen morgen besser folgen."

Mit einem Satz sprang er hoch und ergriff mit beiden Händen den niedrigsten Ast der Esche. Er zog sich hinauf und verschwand leise in der Krone des Baumes. Der Wald ächzte inzwischen im Wind um sie herum und Blätter wirbelten durch die Luft.

Naira sah Ethariel hinterher und mit einem trocken werdenden Mund fragte sie sich unwillkürlich, wie lange er noch gegen die Krankheit ankämpfen konnte. Ab wann er nicht einmal mehr ohne Hilfe auf sein Pferd kam. Naira traute es Ethariel durchaus zu, dass er so tat, als ginge es ihm besser, wobei das nicht der Wahrheit entsprach. Er tat wahrscheinlich bereits stur so, als könne er problemlos so weitermachen wie bisher.

Ethariel war stark, das wusste sie, und er kämpfte bereits gegen die Krankheit. Jemand anderes wäre ihr wahrscheinlich schon längst erlegen. Dennoch, selbst ihm würde irgendwann die Kraft ausgehen. Naira fürchtete sich vor dem Moment, an dem sie sich umwandte, nur um zu sehen, dass Ethariel auf dem Boden lag und nicht länger aufstehen konnte.

Ein Rascheln ließ sie kurz darauf wieder aufblicken und sie war ein wenig überrascht zu sehen, dass Ethariel wieder herabkletterte, ohne sich Mühe zu geben so katzenhaft leise wie zuvor zu sein. Er sprang vom Baum sobald er dem Boden nah genug war und kam mit einem dumpfen Geräusch auf.

„Da ist kein Rauch", sagte er und seine Schultern und sein Gesicht waren angespannt. „Ich konnte mich gut umsehen, die Esche ist hoch, und da ist kein Rauch."

„Sie wären doch nicht einfach weiter geritten", sagte Naira, beunruhigt und besorgt. „Nicht bei diesem Wetter."

Ob die Ritter sich das Lagerfeuer gespart hatten? Nein, wahrscheinlich nicht. Noch regnete es nicht und es wäre leichtsinnig, die letzten trockenen Momente nicht zu nutzen, um noch schnell Essen zu erhitzen oder wenigstens für Licht zu sorgen und das Lager richtig aufzuschlagen. Das waren die Ritter des Königs, keine Wegelagerer oder gerade angeheuerten Soldaten. Diese Männer und Frauen waren ausgerüstet mit allem, was sie brauchten, sie hätten auf jeden Fall ein Feuer entzündet.

„Hast du irgendein Licht gesehen?", hakte Naira nach. „Lampen oder Fackeln vielleicht?"

Ethariel schüttelte den Kopf. „Ich habe noch einen Moment länger gewartet, um wirklich sicher zu gehen. Da war nichts, nicht einmal der kleinste Schimmer."

Naira setzte dazu an, etwas zu sagen, da hörten sie mit einem Mal ein lautes Krachen. Es klang wie der Einschlag eines Blitzes, nur dass es bisher noch nicht einmal am Himmel geblitzt hatte. Sie tauschten einen erschrockenen Blick. Konnte das Magie gewesen sein? Wäre es möglich, dass die Ritter von Belrad zuerst aufgespürt worden waren? Naira spürte, wie ihr Herz mit einem Satz zu rasen anfing. War Belrad in diesem Moment hier? Naira und Ethariel ergriffen hastig ihre Sachen, ehe sie zu den Pferden sahen.

„Lassen wir sie lieber hier?", fragte Ethariel und sein ganzer Körperwar nun angespannt, während er rasch das Feuer löschte. „Sie sind zu unruhig und ich bezweifel, dass sie für Kämpfe geschult worden sind."

Mit Pferden wären sie schneller, doch Naira gab Ethariel recht. Wenn die Pferde mit ihnen durchgingen, war niemandem geholfen.

„Wir nehmen sie nur ein Stück mit", beschloss sie nach einer kurzen Sekunde des raschen Denkens. „Nur soweit bis wir sehen oder hören können was los ist."

Sie banden die Pferde los, die nun noch nervöser waren als zuvor, unruhig die Köpfe herumwarfen und mit den Hufen stampften. Sie schnaubten und liefen los, sobald Ethariel und Naira aufgesessen waren. Binnen weniger Augenblicke durchbrachen sie das Unterholz und waren zurück auf dem Trampelpfad, der sie tiefer in den Wald führte.

Ethariel ritt voraus, so schnell wie er es wagte, ohne dass sein Pferd über Wurzeln stolperte. Naira spitzte nervös die Ohren und wartete angespannt. Ein weiterer, scharfer Knall ertönte und die Äste der dünneren Bäume zitterten leicht, während die Pferde einen erschrockenen Satz machten.

Diesmal sah Naira auch, wie sich weiter entfernt ein zuckendes Licht über den Wald erhob und splitterndes Knacken war zu hören, als es so aussah, als würden die Blitze sich abzweigend durch umliegende Bäume fressen.

Die Pferde scheuten und kehrten beinahe um, doch Naira und Ethariel schafften es, sie weiter vorwärts zu drängen. Nur noch ein wenig weiter, dann würden sie die Pferde anbinden und sehen, was los war. Auch wenn Naira sich schon ziemlich sicher war, dass sie wusste, was vor sich ging. Wer sonst würde Königsritter angreifen, als Belrad? Und wie viele Leute arbeiteten insgeheim für Belrad, dass er überhaupt von den Königsrittern wusste, die wegen ihm ausgesandt worden waren?

„Hier!", zischte Naira sobald sie ein Stück näher kamen und nun hörte sie auch etwas anderes neben dem Rauschen des Waldes. Rufe und das Klirren von aufeinandertreffenden Klingen. „Schnell, binden wir sie an!"

Naira stieg ab und band das Pferd an einem dünnen Baum an, während Ethariel neben ihr dasselbe tat. Sobald die Pferde halbwegs in Sicherheit waren, zogen sie die Waffen und eilten weiter, darauf bedacht, nicht zu viel Geräusche zu machen, und die Aufmerksamkeit von Feinden auf sich zu ziehen.

Nairas Herz hämmerte in ihrer Brust, als sie endlich den Ursprung des Lichts erreichten und dann hielt sie mit Mühe ein scharfes Einatmen zurück. Ethariel neben ihr duckte sich etwas mehr gegen den Stamm eines Baumes, die Augen geweitet.

Die Ritter des Königs kämpften gegen eine große Gruppe von Gestalten, die nicht genauer auszumachen waren. Ein Stück hinter der Gruppe war ein kapuzenverhüllter Magier, der weitere Blitze auf die Ritter herabfahren ließ und mit einem mächtigen Tritt die Erde auf einmal so stark spaltete, dass Naira den Boden unter ihren Füßen beben spürte. Einer der Ritter fiel beinahe in den Spalt und seine Kameradin riss ihn im letzten Moment zurück, während sie versuchte, sich eine der angreifenden Gestalten mit einem Hieb vom Hals zu halten.

Naira sah ein magisches Schild um Leonas entstehen, ehe dieser unter einem Angriff des Magiers zerbarst. Einer Ritterin neben ihm ging es im nächsten Augenblick genauso, ihr Schutzschild zersplitterte durch einen Blitz und Leonas rief etwas, dass in dem Tumult des Kampfes Nairas Ohren nicht erreichte.

Im nächsten Lichtblitz sah Naira dann, wer die Gestalten waren, die zusammen mit dem Magier angriffen. Lago und seine Schmuggler waren hier. Mit mehr Leuten als zuvor; die Hälfte der Männer erkannte Naira nicht. Lago musste sie nach Belrads Besuch auf seinem Schiff angeheuert haben, für genau diesen Kampf.

Der Magier selbst hatte seine Kapuze so weit vorgezogen, sie konnte unmöglich sein Gesicht sehen, doch Naira erkannte seine Roben und die goldenen Stickereien darauf. Es war eindeutig Belrad.

Naira sah, wie ein Königsritter einen von Belrad geworfenen Feuerzauber mit einem Waffenschlag in harmlose Funken auf-löste. Im nächsten Moment kreuzte der Ritter erneut die Klinge mit einem von Lagos Männern.

„Zauberbrecher", flüsterte Ethariel auf einmal neben ihr, gerade noch laut genug, dass sie ihn hören konnte. „Ihre Schwerter sind Zauberbrecher. Verdammt, aber auch die können nur gegen bestimmte Zauber etwas tun."

„Wir müssen helfen", zischte Naira und war dabei hinter ihrem Busch aufzustehen, als Ethariel ihren Arm ergriff und sie zurückhielt.

„Wenn wir jetzt da raus gehen, verlieren wir jeden kleinen Vorteil, jeden möglichen Überraschungsmoment, den wir haben", flüs-terte er eindringlich. „Wir greifen ein und Belrad weiß mit absoluter Sicherheit, dass wir hier sind."

Ethariel hatte recht. Naira sah zurück zum Kampf, sah wie Lago einen seiner neuen Männer mit einem starken Stoß in das

Schwert der Ritterin vor ihm stieß und, als sie davon verhindert wurde, ihr im nächsten Moment über die Schulter des sterbenden Mannes in den Nacken schlug. Die Ritterin vermied es, in letzter Sekunde den Kopf zu verlieren.

Für eine Sekunde war Naira entsetzt und verwirrt, ehe sie begriff, was los war. Lago hatte neue Männer angeheuert die geopfert wurden, wenn es nötig war. Männer, die nicht zu seinen vertrautesten Leuten gehörten. Nichts anderes erklärte, wieso die Schmuggler begannen, mit ihren eigenen Verbündeten die Zauberbrecherschwerter für Momente außer Kraft setzten, um selbst zuzuschlagen und Belrad einen Vorteil zu verschaffen.

Die Königsritter waren gut, allesamt und unübersehbar, doch sie kämpften gegen nun gut zwölf skrupellose Schmuggler und einen Erzmagier. Einem, der eine unüberwindliche Krankheit erschaffen hatte.

„Wir helfen", sagte Naira entschlossen und Ethariel atmete tief durch und nickte dann. Er ließ Nairas Arm los und richtete sich mit ihr zusammen auf. Sie ergriffen ihre Waffen etwas fester, ehe sie aus dem Unterholz stürmten.

Aus dem Augenwinkel sah Naira, wie Lagos Koch einen der neuen Schmuggler in das Schwert eines anderen Ritters stieß und noch während der Ritter versuchte, den sterbenden Körper beiseite zu werfen und sein Schwert wieder frei zu ziehen, fuhr ein Blitz auf ihn nieder. Der Königsritter ging mit einem schrillen Schrei zuckend zu Boden und rührte sich nicht mehr.

Im nächsten Augenblick hatte Naira den Koch der Schmuggler erreicht, der sie gerade noch rechtzeitig bemerkte, um nicht sofort niedergeschlagen zu werden. Ein erneuter Blitz erhellte den Wald, ein weiterer Schrei war zu hören und der Geruch von brutzelndem Fleisch und heißem Metall lag dick und beißend in der Luft.

Nairas Schwert stieß auf das Kurzschwert des Kochs, dessen Augen ungläubig geweitet waren, ehe ein düsterer Ausdruck seine Mundwinkel verzog.

„Keine Sorge!", knurrte er über das Grollen des Blitzzaubers hinweg. Der Boden bebte erneut unter ihnen und jemand rief eine Warnung. „Egal wie ihr zurückgekommen seid, diesmal bringen wir es zu Ende! *Lago!"*

Sein Ruf erhob sich stark und tief über den Kampf und Naira holte aus. Ihr Herz raste immer schneller in ihrer Brust. Monster, Monster kannte sie und konnte sie bekämpfen, doch das hier war ein Mensch -

Ihre Klinge wurde pariert und sie begegnete dem Blick des Kochs, sah den finsteren Blutdurst darin, den Kampfesrausch und das Verlangen nach Tod. Sie waren einander so nah, sie spürte seine schnellen Atemzüge heiß auf ihrem Gesicht, roch seinen Atem. Im weißen Licht der Blitze, im Schreien und Rufen der Leute um sie herum und seinem mordlustigen Blick, konnte Naira für einen Moment keinen Unterschied mehr zwischen dem Schmuggler und einem Ghul oder Troll finden.

Mit dem Gedanken an das, was verloren war, wenn dieser Kampf hier nicht gewonnen wurde, festigte sich ihr Griff und sie trat zurück, glitt unter seinem Schlag durch und zog die Klinge seitlich an ihm entlang. Im Licht der Blitze sah sie Rot auf ihrer Klinge und hörte das schmerzerfüllte, kehlige Aufschreien des Kochs.

Naira wich dem nächsten Angriff des Kochs um Haaresbreite aus. Der Koch setzte ihr nach, ehe seine Schritte unstet wurden und der Blick in seinen Augen wilder, als Angst begann seine Atmung schneller werden zu lassen.

Über ihnen blitzte es erneut hinweg, doch diesmal war es der Sturm, der sich zuvor so finster über ihnen zusammengebraut hatte. Die Wolken waren schwer genug um den Nachthimmel noch schwärzer wirken zu lassen.

„Stoppt den Magier!", hörte Naira Leonas Stimme über das folgende Donnergrollen hinweg. „Alera, zu mir!"

Nairas Geist fühlte sich wie von einem betäubenden Heulen erfüllt an, das alle Gedanken übertönte und nur noch das wilde Schlagen ihres Herzens zuließ. Sie holte aus. Ihr Schwert traf auf den Hals des Kochs, der zu langsam seine eigene Waffe gehoben hatte. Das Blut, das sich ergoss, sah in der Dunkelheit aus wie schwarze Tinte.

Sein Blick wurde abwesend, dann glasig und ihre Klinge steckte bis zur Mitte in seinem Hals. Naira hatte gespürt, wie ihr Schwert auf seine Wirbelsäule gestoßen war und das Gefühl hatte sie stocken lassen, bevor sie ihm den Kopf gänzlich abgeschlagen hatte.

Rasch zog Naira ihr Schwert aus dem Hals des Kochs, während er zu Boden fiel. Sie hob gerade noch rechtzeitig den Blick, um Lago zu sehen, der den letzten der neuen Schmuggler auf das Schwert von Leonas gedrückt hatte und nun ausholte um Leonas anzugreifen, während dieser versuchte, sein Schwert rechtzeitig wieder aus dem Sterbenden zu ziehen und sich zu verteidigen.

Ein Stück hinter Lago erhob Belrad die Hände und Naira spürte, wie der Boden endlich aufhörte, unter ihr zu beben. Mit einem Mal erlosch jegliches Lichtblitzen um sie herum und die Schreie der Kämpfenden wirkten trotz des Sturms in der Finsternis um ein Vielfaches lauter.

Dann hörte sie gedämpftes, undeutliches murmeln von Belrad und ein dunkles, violettes Licht begann sich auszubreiten. Es war wie Nebel, der zwischen den Beinen der Kämpfer entlang rollte und Naira zuckte beinahe davor zurück, bis sie sah, dass Lago seine Schwertspitze aus Leonas Schulter zog, knapp neben der Achsel, wo der Brustpanzer und der Schulterschutz endeten.

Mit einem Satz war Naira im dunkelleuchtenden Nebel und sie sprang über einen reglosen Königsritter und drei tote Schmuggler hinweg, ehe sie Lago und Leonas erreichte. Leonas versuchte vor dem nächsten Angriff zurück zu weichen und zog gleichzeitig sein Schwert aus dem toten Schmuggler, der zuvor auf die Klinge gestoßen worden war.

Naira fing Lagos Schwertschlag ab und dann schnellte Lago auch schon zurück, Leonas rasch darauffolgendem Angriff ausweichend. Nairas Blick begegnete Leonas' für eine knappe Sekunde, ehe sie sich beide Lago zuwandten. Sie stand mit Leonas nun Schulter an Schulter, ihre Schwerter vor sich erhoben.

„Na sieh an, mit dir habe ich nun wirklich nicht mehr gerechnet", sagte Lago und er hatte seine Waffe mit einer Lässigkeit vor sich erhoben, die zeigte, wie absolut überzeugt er von sich war. Oder eher, von ihrem Sieg in diesem Kampf. Naira versuchte grimmig ihr rasendes Herz zu beruhigen.

Ein Lächeln erschien auf Lagos Gesicht und er trat einen langen Schritt zurück, aus dem Bereich des Nebels heraus. Ein plötzliches, übles Gefühl ergriff Naira, als der violette Nebel begann sich nach oben auszubreiten. Leonas packte blitzschnell ihre Schulter und presste sie dicht an seine Seite, während er begann konzentriert vor sich hinzumurmeln. Naira sah aus dem Augenwinkel, wie die schwach leuchtenden Aquamarine an seiner Rüstung hell aufleuchteten.

Im letzten Augenblick, kurz bevor der violette Nebel komplett über ihre Köpfe hinweg rollte, entstand ein Schutzschild um sie herum, durchsichtig mit einem leicht silbernen Schimmer entlang der Ränder. Der Nebel floss über sie hinweg und für einen Moment sah Naira die schattenhafte Gestalt von Lago außerhalb des Nebels, der beide Arme triumphierend von sich streckte, als hätte er bereits gewonnen.

Der Nebel fiel im nächsten Augenblick wieder in sich zusammen und löste sich auf wie Rauch im Wind, doch im letzten Schein des unwirklichen Lichts sah Naira, was der Zauber angerichtet hatte.

Alle, die sich ohne Schutz darin befunden hatten, waren tot.

Blinde Panik ergriff sie, als sie sich nach Ethariel umsah, bis Naira ihn neben einer Königsritterin entdeckte, die ihn ebenfalls mit einem magischen Schild beschützt hatte. Ihre Knie wurden für eine Sekunde schwach vor Erleichterung.

Leonas magisches Schild brach in sich zusammen und Naira sah, wie die Steine an seiner Rüstung entzweibrachen. Wobei auch immer die Aquamarine geholfen hatten, sie waren endgültig aufgebracht, sogar bis zu dem Punkt, an dem sie zersplittert waren und teilweise aus ihrer Halterung zu Boden fielen. Naira spürte, wie Leonas sich für einen Augenblick auf sie stützte, sein Atem schwerer als zuvor.

Belrad erhob seine Hände und Licht sammelte sich zwischen seinen Fingern, als er begann, einen weiteren Zauber zu erschaffen. Naira entzog sich Leonas Griff und schnellte zu Lago, der ihr nicht minder entschlossen entgegenkam.

„Seht es ein!", rief er über das Kreuzen ihrer Klingen hinweg, über das rasche, harte zuschlagen und parieren. „Das war es für euch! Hier kommt ihr niemals lebend raus!"

„Eure eigenen Leute zu töten", spuckte Leonas aus, der sich mit einem großen Schritt dem Kampf gegen Lago anschloss. „Wie ehrlos könnt Ihr noch werden?"

Lago parierte seinen Schlag und zog in derselben Bewegung einen Dolch hervor, mit dem er Nairas Schwert zur Seite abgleiten ließ.

„Ich verwende nur alternative Taktiken", höhnte Lago zurück. Seine Pupillen waren so geweitet, seine Augen wirkten schwarz. „Das waren nur kürzlich angeheuerte Lakaien. Und es hat doch funktioniert, nicht wahr?"

Belrad setzte seinen Zauber frei und Leonas wirbelte zur Seite, das Zauberbrecherschwert vor sich erhoben, gerade noch rechtzeitig, um den abzweigenden Blitz, der auf ihn zu jagte, zu zerschlagen.

Für einen Sekundenbruchteil war Überraschung über Leonas plötzliches Abwenden vom Kampf auf Lagos Gesicht zu sehen und

281

Nairas Körper bewegte sich, ohne dass sie darüber nachdachte, ihr rasender Herzschlag laut in ihren Ohren. Sie spürte wie ihr Schwert an der zu spät gehobenen Klingenspitze von Lago vorbeiglitt und im nächsten Augenblick seinen Arm traf.

Lago heulte auf, doch im Gegensatz zum Koch, zog Naira diesmal mit ihrer vollen Kraft durch. Lagos abgetrennter Arm fiel zusammen mit seinem Schwert und Blut ergoss sich über den finsteren Waldboden.

Lago war nun nicht länger selbstsicher und grinsend. Sein Gesicht war auf einen Schlag fahl geworden und seine Augen entsetzt geweitet. Angst begann in seinen Blick zu kriechen und Naira stockte, ihr Schwert erhoben und mit einem Mal war es, als wäre die weiße, ertränkende Stille in ihrem Geist gebrochen und ihre Gedanken kehrten zurück.

Sie zögerte, sah wie Lago seinen Dolch erhob, doch dann war Leonas zurück an ihrer Seite und sein Schwertstreich trennte Lagos Kopf sauber von seinen Schultern.

„Nicht erstarren!", rief er und gab ihrer Schulter einen rauen Stoß, der Naira aus ihrer Starre riss.

Nach Luft schnappend wandte sie sich mit Leonas herum und sah das Schlachtfeld vor sich. Neben Leonas stand nur noch eine weitere Ritterin, die einen Angreifer niederstreckte und sich dem letzten noch lebenden Schmuggler zuwandte. Naira sah Ethariel an der Seite der Frau gegen den letzten Schmuggler kämpfen, der ihnen beiden unterlegen war. Alle anderen Männer Lagos waren tot.

Das Blatt stand nicht länger gegen die Königsritter.

Naira wandte sich Belrad zu, Leonas mit erhobenem Schwert an ihrer Seite und sie sah den Magier zögern. Im nächsten Augenblick hob er die Hände und mit einer flinken Handgeste sah sie ein leuchtendes Portal entstehen.

Mit einem Aufschrei warf Leonas sich vor und Naira folgte ihm, doch sie waren zu langsam und zu weit weg um ihn aufzuhalten. Belrad trat hindurch und das Portal erlosch mit einem letzten Flackern und ließ sie in der Dunkelheit der stürmischen Nacht zurück.

„Scheiße!", fluchte Leonas und über ihnen zuckte ein Blitz den Himmel entlang. Kurz wurde der Wald genug erhellt um zu sehen, dass nun auch der letzte Schmuggler gefallen war und Stille kehrte ein, ehe düsteres, bebendes Donnergrollen über den Wald hinweg rollte.

„Alera", erhob Leonas das Wort über den Sturm und presste eine Hand gegen seine Wunde. „Wie viele haben es geschafft?"

„Prina und Fernius leben noch!", rief Alera nach einem Augenblick zurück. Sie klang ein wenig gepresst, als wäre auch sie verletzt. „Scheiße, Leonas, wer war das? Das war doch niemals ein normaler Magier!"

„Nein", stimmte Leonas düster zu. Seine Stimme wurde grollend vor Zorn. „Das war Belrad."

Naira spürte eine kurze Berührung an ihrem Arm, die sie zusammenzucken ließ. Leonas zog seine Hand zurück und sprach nun ein wenig sanfter, wenn auch nicht weniger grimmig: „Komm."

Sie gingen zu Alera und Ethariel und erste Regentropfen begannen zu fallen. Alera entzündete eine Fackel und sie sahen rasch nach ihren Kameraden. Zwei von ihnen waren definitiv tot und einer davon sah aus, als wäre er grotesk gegrillt worden.

Die anderen beiden jedoch sahen nicht viel besser aus. Fernius war halb über Prina geworfen, als hätte er sie im letzten Moment mit einem magischen Schild beschützt, ähnlich wie Leonas es bei Naira getan hatte.

Beide waren schwer verwundet und Naira sah nun, dass Alera ebenfalls verletzt war. Sie hatte eine blutende Wunde am Bein, die sie hinken ließ. Naira wandte sich rasch Ethariel zu. Ethariel, der sich gerade von einem Hustenanfall erholte, war bis auf eine leichte Schnittwunde entlang der Wange unverwundet. Die Königsritter hatten wirklich das schlimmste abgefangen.

„Der Nebel, was war das?", fragte Naira, sobald sie an Ethariels Seite trat. Sie ergriff seine Schulter und erst als sie sich wirklich vergewissert hatte, dass es ihm gut ging, sackte sie erleichtert ein wenig in sich zusammen.

„Das war Nekromantie", sagte Alera grimmig und wütend. „Es hat gute Gründe, warum diese verdammten Praktiken verboten wurden."

Leonas wandte sich ihnen zu. „Ich glaube, ich war selten so froh, dass jemand meinen Ratschlag ignoriert hat", sagte er und warf einen Blick zu seinen Kameraden. Naira sah im Schein der Fackel, wie er kurz die Zähne zusammenpresste, ehe er sich ihnen wieder zuwandte. „Ihr jagt Belrad, so wie wir."

„Wir müssen ihn aufhalten", sagte Naira und Leonas schloss kurz die Augen und atmete tief ein, als würde er eine schwere Entscheidung treffen. Dann richtete er sich auf und trotz der Wunde und sichtbaren Erschöpfung wirkte er so unerschütterlich, wie zuvor am Tag, als sie ihn zum ersten Mal getroffen hatten.

„Nehmt zwei unserer Pferde. Sie halten die Nacht durch und ihr müsst Belrad erreichen, bevor er verschwindet. Er wird in sein Labor zurückgekehrt sein und so schnell wie möglich alles einpacken. Magier lassen ihre Arbeiten für gewöhnlich nicht zurück, wenn sie es nicht absolut müssen. Ihr habt also noch ein klein wenig Zeit, um ihn aufzuhalten. Wir reiten nach Ellien und holen Hilfe." Leonas Gesicht verzog sich kurz bitter und er gestikulierte zu den kaputten Aquamarinsteinen. „Ich kann nicht einmal mehr mit einem Schild dienen."

Naira straffte ihre Schultern und nickte. „Wir halten ihn auf."

Leonas sah sie eindringlich an und seine Stimme wurde ein wenig leiser. „Ihr wisst, dass das euren Tod bedeuten könnte? Eure beste

Chance besteht darin, dass Belrad nicht so bald mit eurer Ankunft rechnen sollte." Er trat einen Schritt vor. „Wollt ihr ihm immer noch folgen?"

Naira schluckte, doch sie wusste, ihnen blieb keine andere Wahl. Sie atmete tief ein. „Wir müssen ihn aufhalten."

Leonas nickte. „Hier." Er zog seinen Dolch hervor und reichte ihn Naira. „Ein Zauberbrecher, ohne das hier seid ihr in einem Kampf mit ihm wahrscheinlich sofort tot. Doch denkt daran, Zauberbrecher können nicht jede Magie aufhalten. Sie helfen gegen viele Elementar- und Kriegszauber, doch gegen andere Magie können sie nichts tun. Und ihr müsst schnell genug sein, die Dolche helfen nicht wenn ihr schon getroffen wurdet."

Er bückte sich noch rasch nach den Leichen seiner Freunde und legte ihnen kurz eine Hand auf die Schultern, ehe er ihnen ebenfalls die Dolche abnahm und sie an Ethariel reichte.

„Ihr meintet, ihr wollt eine Freundin retten? Nehmt einen zusätzlichen Dolch. Dazu das hier." Leonas reichte Naira seinen Kompass. „Haltet euch Nordwest, dann findet ihr Belrads Anwesen."

Leonas zog ein paar Handschellen, die mit Runen versehen waren, aus einer Gürteltasche. Sie sahen schwer aus. Er fuhr fort: „Wir wollten ihn lebend, wenn möglich. Ich würde jedoch sagen, tut was ihr könnt, um am Leben zu bleiben und ihn zu stoppen. Aber, besser ihr habt sie und benutzt sie nicht, als dass ihr sie braucht und nicht habt. Die Fesseln unterdrücken Magie, wenn ihr sie Belrad anlegt, kann er keine Zauber mehr verwenden."

Naira nahm die Fesseln entgegen. Leonas pfiff und mit Schnauben und schweren Huftrommeln erschienen die Schlachtrösser der Ritter zwischen den Bäumen.

Sie waren groß und kräftig und noch gesattelt. Die Ritter waren wohl nicht einmal dazu gekommen, ihre Rösser abzusatteln, ehe sie angegriffen worden waren.

„Da sind zwei Pferde etwas den Weg hinab angebunden", sagte Ethariel. „Sie müssen nach Brewald, zu einem Mann namens Issim."

Leonas nickte knapp. „Ich sehe, was ich tun kann, aber meine Leute haben erst einmal Vorrang." Er hielt die Pferde fest, während Naira und Ethariel aufstiegen. „Wir schicken Verstärkung aus Ellien, aber ich weiß nicht, wie schnell jemand eintreffen wird." Er trat von den Pferden zurück. „Reitet schnell und ich bete zum Gott des Lichts, er und seine Frau mögen euch heute Nacht Kraft verleihen. Das Licht sei mit euch."

Naira wartete noch einen Augenblick, bis Ethariel ordentlich saß und ihr zunickte, ehe sie das Pferd antrieb. Es schnellte voran, kraftvoll auf eine Weise wie sie es bisher nur von den Nethral erlebt hatte. Unerschrocken und sicheren Schrittes galoppierten sie bald den dunklen Trampelpfad entlang. Ein immer stärker werdender Regen prasselte auf sie herab und der Sturm begann nun wahrlich um sie herum zu toben.

Naira umklammerte die Zügel etwas fester und trieb das Pferd an so viel, wie sie es wagte. Sie selbst begann zu beten und zu hoffen, dass sie Belrad noch rechtzeitig erreichen mögen.

Die Königsritter sind die persönlichen Krieger der Krone. Sie leben in der Hauptstadt und sind erlesen aus den besten und treuesten Kämpfern und die meisten von ihnen verfügen sogar über ein wenig Magie. Sie dienen einzig und allein dem König und der Königin und sie handeln in seinem und ihrem Interesse.

Ausgestattet sind sie mit dem Besten, das zu haben ist. Ihre Rüstungen sind mit Magiesteinen besetzt, die einen Schutzzauber in sich tragen. Diese zu erschöpfen kostet mehr Kraft und Leute, als wir haben, ganz zu schweigen von ihren Zauberbrecher-schwertern.

Ich habe gehört, sie sind durch Training sogar immun gegen viele Gifte.

Mein Fazit? Vergiss es in das Schloss einzubrechen oder eine Rüstung von einem Königsritter zu stehlen und dich als einer von ihnen auszugeben. Sie werden dich durchschauen und du wirst tot sein noch bevor du zwei Schritte getan hast.

Wenn dich jemand angeheuert hat Etrim zu töten, gib den Auftrag auf oder wenn du darauf bestehst, es zu tun, dann warte. Früher oder später gibt es immer einen Moment der Unachtsamkeit. Oder sieh zu, dass du jemanden bestechen kannst, dich irgendwie in den Palast zu bringen und zu verstecken. Doch wie gesagt, lass es besser bleiben.

- Ein kleiner, zerknitterter Brief, gefunden in der Tasche eines Attentäters, nachdem er im Palast getötet wurde.

Der Magier

Die Bäume ächzten und knarrten, der Wind heulte, der Regen peitschte und Blitze zuckten über den Himmel, als sie endlich wieder ihren Weg aus dem Wald herausfanden.

Naira war bis auf die Knochen durchnässt und trotz des zuvor heißen Tages fühlte sich ihre Haut kalt an und ihre Kleidung und Jägerrüstung waren schwer vor Regen. Naira nutzte einen der Blitze, um einen sekundenschnellen Blick auf den Kompass zu werfen. Sie waren noch auf dem richtigen Weg.

Ihr Herz schlug immer noch schnell und sie beugte sich über den Hals des Pferdes und ließ es rennen. Sie waren so nah. Sie standen so kurz davor, Belrad aufzuhalten.

Die dunkle Wiese flog unter ihnen dahin, Ethariel war an ihrer Seite und die Pferde rannten trotz des Sturms unbeirrt vorwärts, ungeachtet der pfeifenden Winde, die an Mähnen und Haaren zerrten und ihnen den Regen scharf entgegentrieben.

Ein gewaltiges Donnergrollen erschütterte den Himmel und Nairas Finger schlossen sich etwas fester um die Zügel und das Pferd schaffte es sogar noch ein wenig schneller zu laufen. Naira wusste nicht wie lange die Tiere das durchhalten konnten, doch sie mussten sich beeilen so lange es möglich war.

„Ich sehe etwas!", erklang Ethariels Stimme nach einer gefühlten, quälenden Ewigkeit. Naira hob den Kopf, den sie gegen den Regen gesenkt hatte, und sah was Ethariel entdeckt hatte.

In der Ferne war Licht. Je näher sie kamen, desto deutlicher wurden die Magierlampen und Naira sah ein erhelltes Anwesen, aus grauem Stein erbaut und mit einem einzelnen Turm, der wie ein drohender Finger in den stürmischen Himmel ragte.

„Schneller!", rief sie über den Sturm hinweg und sie trieben die Pferde zu einem letzten Endspurt an.

Ihr Herz schlug immer kräftiger, je näher sie dem Anwesen kamen, bis das Gebäude schließlich so deutlich zu sehen war, dass Naira den Schein von weiteren Magierlampen in den Fenstern erkennen konnte.

Sie zügelten die Pferde, bevor sie den Schutz der stürmenden Dunkelheit verließen. Die Reittiere stoppten schwer atmend und waren dennoch bereit weiterzulaufen, wenn es von ihnen gefragt wurde.

„Von hier gehen wir zu Fuß", sagte Naira. „Wir sollten damit länger unentdeckt bleiben."

Naira glitt aus dem Sattel und Ethariel tat es ihr gleich. Sie brauchten einen Moment, ehe sie es schafften, die Pferde ein Stück weg zu scheuchen, und die Tiere trabten rasch einige Meter, ehe sie wieder stehen blieben und nun auf weitere Befehle zu warten schienen, oder darauf wieder zurück gepfiffen zu werden. Wenigstens waren sie so jedoch nicht in Gefahr verletzt zu werden, sollte hier draußen ein Kampf ausbrechen.

„Dann los", sagte Naira, sobald sie mit Ethariel Seite an Seite stand und sie versuchte sich nicht anmerken zu lassen, wie nervös sie war. Selbst ihre Hände zitterten nun leicht und ihr Atem ging flacher. Naira wollte sich nicht vorstellen was passierte, wenn sie hier scheiterten.

„Suchen wir nach einem Hintereingang, ich glaube nicht, dass in der Küche jetzt viel los ist", schlug Ethariel leise vor, sobald sie durch das hohe Gras auf das Anwesen zu schlichen. Bisher waren nicht einmal eine Bewegung oder ein Schatten in einem der Fenster zu sehen.

Naira nickte und sie huschten an der Seite des Anwesens entlang, auf der Suche nach dem Hintereingang. Naira behielt dabei unruhig die Fenster im Auge, doch sie konnte niemanden sehen, der dort stand und hinausspähte. Sie fanden den Kücheneingang auf der Rückseite und schlichen geduckt darauf zu.

Für einen Augenblick warteten sie, doch nachdem nichts passierte und niemand sie zu bemerken schien, griff Ethariel nach der Küchentür. Sie öffnete sich ohne Schwierigkeiten und er zog sie einen Spalt auf um hinein zu spähen. Er gab Naira ein knappes Nicken und sie schoben sich rasch in die Küche, ehe sie die Tür wieder sachte hinter sich schlossen. Das leichte Knarren der Scharniere ging dabei glücklicherweise im Sturm unter. Die Küche war verlassen und ein Eintopf köchelte über dem Feuer, doch Naira hörte jemanden in der Speisekammer rumoren.

„Raus hier", flüsterte sie und sie huschte mit Ethariel hinüber zur Tür. Gerade als Naira nach der Klinke greifen wollte, hörte sie wie jemand scharf einatmete.

Sie wirbelten herum, die Hände zu ihren Waffen schnellend und Naira sah ein blondes Mädchen am Eingang zur Speisekammer stehen. Das Mädchen trug ein dickes, elegant punziertes Lederband um den Hals. Sie war schmal und blass und hielt einen Sack mit Essen umklammert, während ihre Augen erschrocken geweitet waren. Dann breitete sich Verständnis auf ihrem Gesicht aus und sie zögerte, ehe sie vorsichtig den Sack abstellte.

„Ihr seid Naira und Ethariel, nicht wahr?", fragte sie flüsternd. Nervös knetete sie ihre Hände und schluckte. „N-Nikita hat mir von euch erzählt."

„Geht es Nikita gut?", fragte Naira, bevor sie sich stoppen konnte, ihre Finger immer noch um ihr Schwert geschlossen. Das Mädchen nickte.

„Der Meister Magister, er hat sie bisher nur einsperren lassen, aber sie ist etwas verletzt. Sie hat gekämpft." Das Mädchen sah kurz gleichermaßen stolz und besorgt aus. „Sie hat gesagt, ihr würdet kommen."

Naira atmete auf. „Ja, wir sind hier für sie und um den Magier aufzuhalten."

Das Mädchen stand still und zögerlich da, ehe sie tief einatmete. „Ich werde euch helfen." Ihre Stimme war kaum mehr als ein Wispern, doch sie ballte die Hände zu Fäusten. „Ich bin Leila."

„Wo ist Nikita?", fragte Ethariel.

„Im Keller", sagte Leila und strich ihre Hände rastlos über ihr Kleid. „Der Meister Magister hat keine Kerker, aber es gibt einen Raum in den er uns einsperrt, wenn wir..." Sie schluckte. „Nikita ist gerade dort und sie wird bewacht."

„Gibt es einen Weg in den Keller, auf dem wir nicht bemerkt werden?", hakte Ethariel nach.

Leila presste die Lippen aufeinander und nickte. „Ich, ja, ich kann euch führen." Sie hielt abrupt inne und ihr Gesicht hellte sich mit einem Mal auf. „Wartet, ich habe eine Idee!"

Leila huschte zu einem der Schränke und öffnete ihn. Sie holte ein Fläschchen hervor und eilte hinüber zur Kochstelle. Leila entkorkte das Fläschchen und nach einer Sekunde des Zögerns kippte sie den gesamten Inhalt in den Eintopf, ehe sie sorgfältig umrührte.

„Das wird die Wachen einschlafen lassen. Sie sind wie ich nicht frei und ich möchte sie ungern verletzen. Doch sie würden uns angreifen und wenn nötig umbringen, solange der Meister Magister es befielt. So wurde es ihnen beigebracht", fügte sie leise hinzu, während sie vier Schalen mit Eintopf füllte. „Einer von uns in der Küche bringt ihnen für gewöhnlich etwas zu essen und nachdem der Meister Magister so aufgebracht zurückgekommen ist, hatten sie noch nichts bekommen."

Leila sah sie an. „Ihr seid gerade rechtzeitig gekommen, er lässt gerade alles Wichtige zusammenpacken. Wir wären vor Sonnenaufgang fortgewesen."

Leila ergriff ein Tablett von der Seite und stellte die Schalen darauf. Sie atmete tief und beruhigend durch, dann straffte sie die Schultern.

„Folgt mir, leise bitte", sagte sie in gedämpftem Ton.

Leila öffnete die Tür und spähte kurz hinaus, ehe sie in den Flur trat und Ethariel und Naira mit sich winkte. Leila führte sie von der Küche fort und an einem opulenten, breiten Flur vorbei zu einer unauffälligen, schmalen Holztür.

„Der Meister Magister will, dass wir unbemerkt bleiben, wenn er einmal Besuch hat", flüsterte Leila während sie die Tür aufschob. Die Tür machte dabei nicht das kleinste Geräusch. „Niemand außer uns benutzt diese Gänge."

Hinter der Tür lag eine mit Fackeln erhellte schmale Wendeltreppe, die steil nach oben und unten führte. Leila wandte sich nach unten und Ethariel und Naira folgten ihr so leise wie möglich. Ihre Schritte klangen dennoch zu laut in Nairas Ohren und sie lauschte nervös ob sie sonst noch jemanden hören konnte, der sie möglicherweise bemerkt hatte. Hinter ihnen jedoch blieb es still und voraus konnte sie auch nichts Auffälliges hören.

Nach ein paar Umrundungen blieb Leila vor einer weiteren Holztür stehen.

„Wartet hier", flüsterte sie. „Ich bringe den Wachen ihr Essen."

Sie schob sich mit dem Tablett durch die Tür und schloss sie wieder hinter sich mit dem Fuß. Naira tauschte einen Blick mit Ethariel. Sie waren beide angespannt und lauschten aufmerksam.

Naira hörte ein gedämpftes, kurzes Gespräch durch die Tür, jedoch nicht deutlich genug um zu verstehen, was gesagt wurde.

Einige Augenblicke später ging die Tür wieder auf und Naira und Ethariel zuckten zurück, nur um aufzuatmen, als es Leila war, die das leere Tablett nun unter den Arm geklemmt trug. Sie sah sowohl entschlossen, als auch sehr nervös aus.

„Wir müssen jetzt ein bisschen warten", flüsterte sie. „Sie sollten einschlafen, sobald sie die Schalen geleert haben."

„Ich behalte den Treppenaufgang im Auge", murmelte Naira und schob sich an Ethariel vorbei, um die Stufen hinauf zu spähen.

Minuten später hörten sie etwas klappern und dann das dumpfe, schwere Fallen von Körpern. Leila öffnete rasch die Tür und linste hinaus. Sie atmete auf.

„Sie sind eingeschlafen. Kommt schnell."

Naira und Ethariel folgten ihr hinaus und vier kräftige Wachen lagen mit entspannten Gesichtern leicht schnarchend am Boden. Sie alle trugen breite, verzierte Lederbänder um den Hals. Die Essensschalen lagen verstreut, als wären sie ihnen aus den Händen gefallen. Hinter den drei Männern und der Frau war eine dicke, dunkle Holztür zu sehen.

„Wir sollten sie fesseln", schlug Ethariel vor. „Wenn sie aufwachen, dürfen sie uns nicht in die Quere kommen."

„Wir bringen sie am besten hierhin", sagte Leila und huschte den Flur hinab zu einem der anderen Räume. Naira half Ethariel die Wachen nacheinander hochzuheben und den Gang hinab zu tragen. Leila hielt die Tür auf und sobald alle vier, immer noch leicht schnarchend, zwischen Kisten lagen, holte Leila ein paar Seile.

„Das wird hoffentlich reichen", murmelte Naira, sobald sie Hände und Füße der Wachen gefesselt hatten.

Leila kniete unterdessen neben einem der Männer und tastete seine Taschen ab. Sie zog einen silbernen, mit Runen überzogenen Schlüssel hervor.

„Damit bekommen wir die Tür auf", sagte sie.

Gemeinsam eilten sie zurück zu der dunklen Tür und Leila schob den Schlüssel in das Loch, ehe sie aufsperrte. Ein kurzes Summen erklang zusammen mit dem Klicken und Naira war sich sicher, dass soeben ein Zauber aufgehoben worden war. Zum Glück hatte niemand von ihnen versucht, die Tür einfach aufzubrechen.

Leila hielt die Tür auf. „Ich warte hier draußen und passe auf."

Naira trat hinein und sie entdeckte Nikita bereits im nächsten Moment. Nikita war an die Wand gekettet und hob ruckartig den

Kopf, sobald Naira erleichtert die Luft einsog. Ein blauer Fleck prangte dunkel und angeschwollen an ihrer Wange und ihre Augen weiteten sich überrascht, ehe sie kurz schwach auflachte.

„Ich hatte gehofft, ihr findet mich irgendwie", flüsterte sie mit einem Lächeln und Naira war sofort mit Ethariel an ihrer Seite. „Wie seid ihr zurückgekommen?"

„Das erzählen wir dir besser später", sagte Ethariel und musterte die Handschellen. „Wir hätten dich niemals hier gelassen."

„Danke." Nikita schenkte ihnen ein schwaches Lächeln und nickte zur Tür. „Eine der Wachen sollte den Schlüssel für die Handschellen haben."

„Oh!", erklang Leilas Stimme und sie warf Ethariel rasch den silbernen Schlüssel zu, mit dem sie die Tür aufgesperrt hatte. Leila schenkte Nikita dabei ein erleichtertes Lächeln. „Ich bin froh, dass es dir gut geht."

Ethariel schloss die Handschellen auf und Naira half Nikita auf die Füße. Ihre Rüstung und Glefe waren nirgendwo zu sehen und Nikita rollte die Schulter.

„Habt ihr eine Waffe für mich?", fragte sie und Ethariel zog einen der Dolche von Leonas hervor. Nikita musterte die Runen darauf überrascht, während sie den Raum verließen und Leila die Tür hinter ihnen wieder absperrte.

„Der bricht Zauber", erklärte Ethariel. „Die Dolche könnten uns gegen Belrad mehr helfen, als unsere normalen Waffen."

„Danke", sagte Nikita und wandte sich dann an Leila. Sie deutete auf ihr Halsband. „Ich kann dir das abnehmen, wenn du willst, jetzt gleich."

Leilas Fingerspitzen berührten das Leder und sie atmete zittrig ein, ehe sie den Kopf schüttelte. „Erst wenn der Meister Magister besiegt ist. Sollte er einen von uns zu sich rufen und sehen, dass wir befreit sind, weiß er, dass ihr hier seid."

„Wo ist der Magier?", fragte Naira.

„Er ist oben im Turm, in seinem Labor." Leila trat wieder zur Wendeltreppe. „Kommt."

Sie zog die Tür auf, nur um erschrocken zurückzuzucken. Ein schlaksiger junger Mann mit kurzen braunen Haaren und Sommersprossen erschreckte sich ebenfalls. Er trug ein Tablett mit Schüsseln in den Händen und ein Lederband befand sich um seinen Hals. Seine Augen weiteten sich.

„Nikita, du bist frei", sagte er erleichtert und sein Blick fiel zu Naira und Ethariel. „Du hattest recht, deine Freunde sind wirklich gekommen."

Nikita trat vor und sie drückte kurz seinen Arm. „Ich hatte doch versprochen, dass alles hier ein Ende findet. Wir müssen zu dem Magier und ihn stoppen, Bastien."

Bastien wurde blass, was seine Sommersprossen ein wenig stärker hervortreten ließ. Er atmete tief ein. „Der Meister Magister ist sehr wütend, aber..." Seine Finger schlossen sich um das Tablett und er hob das Kinn. „Ich helfe euch."

„Hast du den anderen Wachen eben Essen gebracht? Ich habe das blaue Fläschchen rein gekippt", sagte Leila mit Blick auf das Tablett. Bastien sah sie verdutzt an, ehe Verständnis auf sein Gesicht trat.

„Leila, du Genie", hauchte er und ein waghalsiges Lächeln erschien auf seinem Gesicht. „Sie müssen inzwischen alle eingeschlafen sein! Aber wir müssen uns umso mehr beeilen. Leila, der Meister Magister wird dich beim Packen in seinen privaten Räumen erwarten. Du musst da hin, falls er nachsieht, aber ich kann Nikita zum Turm bringen."

Leila nickte und wandte sich ernst an Naira und ihre Freunde. „Passt auf euch auf, versprecht mir das."

Nikita hob eine Hand und drückte ihre Schulter. „Versprochen. Heute Nacht wird alles ein für alle Mal vorbei sein."

„Hier, wir müssen wieder die Treppe nach oben", sagte Bastien und hielt die Tür auf, während Leila ihm das Tablett abnahm.

Bastien stieg mit ihnen die Wendeltreppe nach oben. Sie ließen dabei so viele Stufen zurück, dass Naira wusste, er führte sie in höhere Stockwerke. Bastien winkte sie danach aus dem Treppenhaus auf einen Flur, der mit einem dicken Teppich ausgelegt war und dessen Wände mit goldverzierten Gemälden geschmückt waren. Zwei Wachen lagen schnarchend auf dem Teppich und sie schlichen vorsichtig an ihnen vorbei. Bastien brachte sie den Korridor hinab und in einen kleinen Seitenflur, in dem ein Bedienstetengang zu finden war.

„Fremde würden hiervon nichts wissen", sagte Bastien leise, sobald sie eine weitere schmale, steile Wendeltreppe hinaufstiegen. „Der Meister Magister wird davon ausgehen, dass ihr bei eurer Ankunft die Hauptflure und Treppen nehmt und mit seinen Wachen kämpfen müsst und dass ihn jemand warnen würde."

„Wird er nicht vermuten, dass ihr uns helfen könntet?", fragte Ethariel leise. Sie mussten alle warten, als er beim nächsten Atemzug in einen Hustenanfall ausbrach, den er mit seinem Arm dämpfte.

Bastien schüttelte bitter den Kopf, sobald Ethariel sich erholt hatte. „Er hält nicht viel von uns. Der Meister Magister ist der Auffassung, dass die meisten Menschen dümmer als Schafe sind und selbst andere Erzmagier ihm kaum das Wasser reichen können."

Naira verzog das Gesicht und sie verfielen in Schweigen, als Bastien sie weiter höher führte, bis er schließlich ein Stockwerk später vor einer Tür stehen blieb. Er leckte sich nervös die Lippen und atmete tief durch, während er zur Tür gestikulierte.

„Hier, wir sind an den Wachen vorbei und ihr solltet auf niemanden mehr treffen", flüsterte er. „Der Meister Magister ist zu paranoid mit seinem Labor um Wachen oben im Turm zu haben. Er hat nur eine von uns oben bei sich, um ihm beim Packen seiner Bücher zu helfen. Geht den Flur hinab, die Treppe, die den Turm hinaufführt, ist direkt am Ende." Sein Blick huschte zu Nikita. „Bitte, sei vorsichtig."

Nikita nickte und sie traten auf leisen Sohlen aus dem Treppengang der Bediensteten in den breiten Flur hinaus. Ein Blick rechts den Flur hinab zeigte, dass sie wirklich die Haupttreppen umgangen hatten und am Ende des Flures befand sich eine große Tür, genau mittig platziert. Der Eingang zum Turm.

Glücklicherweise lag ein dichter Teppich auf dem glänzenden Steinboden des Flures, der ihre Schritte beinahe gänzlich dämpfte, während sie leicht geduckt auf die Tür zu eilten.

„Wir sollten Belrad ablenken", schlug Ethariel leise vor. „Naira, du hast die Fesseln, wenn wir ihn ausschalten wollen, müssen wir ihm seine Magie rauben. Versuch ihn damit zu erwischen, wenn du kannst. Ich würde gerne einen Kampf mit jemandem vermeiden, der uns mit einem einzigen Zauber umbringen kann."

„Du wirst wahrscheinlich nur einen Versuch haben", fügte Nikita grimmig hinzu. „Unser größter Vorteil liegt darin, dass er uns nicht wirklich ernst nehmen wird. Ich kenne Belrad gut genug. Er denkt wir sind zu dumm, zu jung und unerfahren. Wir sind ein Niemand in seinen Augen und er wird seine starken Zauber aufsparen, weil er denkt, er wird sie gegen uns nicht brauchen. Selbst mit eurer Rückkehr vom Portal wird er nicht viel von euch halten. Wir müssen zuschlagen, solange er davon ausgeht, dass er uns auch mit halber Kraft auslöschen kann."

Naira nickte. Sie griff zu den Fesseln und schob sie so an ihrem Gürtel zurecht, dass sie griffbereit waren, ohne leicht sichtbar zu sein.

Die Tür ließ sich lautlos öffnen und sie schlichen vorsichtig die breitere Wendeltreppe dahinter nach oben. Ethariel fiel nur für einen Moment zurück, da er die Tür wieder hinter ihnen schloss.

Auf den Stufen lag genauso wie im Flur ein dicker Teppich und für einen Augenblick war Naira unglaublich dankbar für das offensichtliche Bedürfnis nach Prunk, das Belrad dazu veranlasst hatte, hier überall teure Teppiche auszulegen. Das Schleichen war so viel einfacher, als sie weiter hinauf gingen.

Naira hörte Flüche und polternde Schritte, sowie das Scharren von einem Stuhl, als die Tür zum Labor in Sicht kam. Durch die offenstehende Tür hörte Naira sogar das Rascheln von Papier und das dumpfe Absetzen von dicken Büchern. Helles Licht fiel hinaus in den Treppenaufgang und erhellte den roten Teppich, der dort endete.

„Beweg dich!", schnauzte Belrad, und er musste wohl mit dem Mädchen reden, das er laut Bastien oben bei sich hatte. Belrad klang herrisch und ein wenig rau, als hätte er seit seiner Rückkehr von dem Kampf zu viel geschrien. „Mach dich gefälligst nützlicher oder ich stürze dich aus dem Fenster wie die Letzte!"

Naira duckte sich neben die Tür und warf einen Blick zurück zu Ethariel und Nikita, die ihr ein kleines Nicken gaben. Sie waren bereit.

Naira atmete leise tief durch und griff nach dem Dolch, den Leonas ihr gegeben hatte. Ihre andere Hand fiel zu den Handschellen, doch sie zog sie noch nicht vom Gürtel. Naira war sich sehr sicher, dass Belrad wusste was die Handschellen bedeuteten. Wenn das hier klappen sollte, durfte er nicht sehen, was sie bei sich trug.

Ethariel ergriff ihre Schulter und drückte sie kurz. Er sah nicht gut aus, bemerkte Naira. Ethariel schien es seit dem Kampf mit Belrad und den Königsrittern noch schlechter zu gehen, als hätte dieser Kampf ihm mehr Kraft gekostet, als er eingestehen wollte. Er war fahl und sein Blick war ein wenig fiebrig. Naira ergriff ihren Dolch etwas fester.

„Wenn Belrad uns den Rücken zuwendet, greifen wir an", flüsterte sie und Ethariel schob sich mit Nikita ein Stück vor, nur weit genug, damit sie alle vorsichtig in den Raum spähen konnten.

Naira sah, dass das Labor aus einem einzigen, großen Raum bestand. Es war gefüllt mit Regalen voller Bücher, Schriftrollen und einigen Gerätschaften, deren Nutzen sie auf den ersten Blick nicht erkannte. Gegenüber der Eingangstür befand sich ein gewaltiger Schreibtisch, auf dem sich ein Stapel an unbeschriebenen Blättern befand.

Belrad war gerade dabei Schriftrollen aus einem Regalfach zu ziehen und sie in die Arme eines dünnen, blassen Mädchens zu stapeln, das den Blick ängstlich zu Boden gerichtet hatte, die schmalen Schultern schützend ein Stück hochgezogen.

Belrad machte einen großen Schritt zu einem weiteren Regal. Sowohl er als auch das Mädchen kehrten ihnen nun den Rücken zu, während der Magier Bücher vom obersten Regalfach in seine wartenden Hände schweben ließ, bevor er sie ebenfalls an das Mädchen reichte.

„Los", flüsterte Naira und war mit einem lautlosen Schritt im Raum, Nikita und Ethariel auf ihren Fersen. Sie waren leise genug, dass Belrad sie zuerst nicht bemerkte und selbst das Mädchen, das früher herüber sah, gab keinen Ton von sich. Lediglich ihre Augen weiteten sich erschrocken und sie hielt die Bücher etwas fester an die Brust gedrückt, ansonsten rührte sie sich nicht.

Doch im nächsten Moment wirbelte Belrad herum und hob sekundenschnell die Hand. Mit einem kraftvollen Zucken seiner Finger jagte eine Druckwelle durch den Raum, die sie von den Füßen riss.

Naira schaffte es gerade noch nicht an die Wand geschleudert zu werden und für einen Moment kam es ihr so vor, als würde jede

Luft aus ihren Lungen gepresst werden. Kaum dass die Druckwelle über sie hinweggeschwemmt war, kam sie wieder auf die Füße.

Naira war sich sicher, hätte Belrad sie ernst genommen, hätte er sie mit einem Zauber sofort töten können. Keiner von ihnen besaß einen magischen Schutzschild und es gab genug Magie, gegen die ihre geliehenen Dolche nichts ausrichten konnten. Doch Glück und sein Egoismus schienen in dieser Nacht noch auf ihrer Seite zu stehen.

Belrads graue Augen wurden dunkel vor Zorn und er bleckte die Zähne. Naira wusste, er erkannte sie wieder und seine Wut wurde noch größer, als sein Blick auf Nikita fiel. Seine dunkelblaue, reich mit Gold bestickte Robe wogte um ihn, als er einen kräftigen, bedrohlichen Schritt nach vorne machte.

„Das ist euer Untergang", grollte er finster und das Mädchen neben ihm wich hastig zurück. Sie hatte die Augen weit aufgerissen und drückte sich an der Mauer entlang Richtung Ausgang.

„Wisst ihr nicht, wer ich bin?" Belrad deutete wütend auf Nikita.

„*Du* von allen solltest es besser wissen. Ich dachte, ich hätte dich gelehrt, dich nicht zu widersetzen und oh, glaube mir, du wirst dir hiernach den Keller zurückwünschen."

Nikita trat vor, die Augen vor Zorn funkelnd, und sie hielt den Dolch vor sich erhoben. Ethariel tat es ihr gleich und Naira machte einen Schritt zur Seite. Ihr Herz raste und sie schob langsam und vorsichtig ihre freie Hand zu den Handschellen, die sie hinter ihrem Rücken am Gürtel hängen hatte. Wenn sie vorsichtig und dann schnell genug war...

„*Das hier ist mein Reich!*" Mit jedem donnernden Wort des Magiers begannen sich Risse im Boden auszubreiten. Der Turm bebte und die Gläser in den Fenstern klirrten, als würden sie jeden Moment zerbersten. Einige gestapelte Bücher wackelten und kippten um und Naira hörte, wie hinter ihr etwas vom Regal fiel und zerbrach. Sie hielt ihren Blick auf Belrad gerichtet und trat einen weiteren Schritt vor.

Belrad krümmte leicht die Finger. *„Ihr sterbt hier."*

Naira spürte, wie der Boden unter ihren Schuhen uneben wurde, als die Risse tiefer durch den Stein brachen.

„Es ist vorbei, Belrad", sagte Nikita, laut und wütend. Laut genug um definitiv Belrads Aufmerksamkeit auf sich zu ziehen.

Naira schob sich ein weiteres, kleines Stück seitlich auf den Magier zu. Das Beben des Bodens schien nun ihre Beine hinauf zu kriechen und bis in ihre Knochen zu reichen. Sie begann jegliches Gefühl in ihren Zehen zu verlieren. Ihre Finger schlossen sich um die Fesseln an ihrem Gürtel.

Belrad verengte die Augen und ein Gefühl von Macht begann von ihm auszugehen. Es war, als würde die Luft auf einmal zu dick werden und jeder Atemzug wurde zu einem kleinen Kampf. Naira unterdrückte ein Röcheln und versuchte nicht erschrocken zu stoppen, als Ethariel in einen heftigen Hustenanfall ausbrach, der ihn beinahe in die Knie zwang.

„Ihr denkt, nur weil ihr ein paar hübsche Waffen habt, habt ihr eine Chance?" Belrad gestikulierte scharf mit einer Hand. „Ich habe Thayn gedient, ich war einer seiner besten Erzmagier, ich habe mit Leuten wie euch gespielt, als ich noch an der Akademie war!"

„Es ist vorbei", wiederholte Nikita in genau demselben Tonfall und die Wut in Belrads Blick entfachte sich weiter, wie ein Wildbrand der auf Zerstörung aus war. Es war ein dunkles Inferno in seinen Augen zu sehen und Naira bemerkte, dass ihr Körper vor drückender Magie anfing zu zittern. Sie machte einen weiteren Schritt auf ihn zu. Die Magie schien nun bis in ihr Innerstes zu dringen und ihre Gelenke begannen zu schmerzen.

Ethariel kämpfte um Atem und Belrad sah aus, als wäre er vollkommen auf Nikita fixiert, doch Naira machte sich nichts vor.

Ein falscher Schritt oder der kleinste Fehler und sie würden jede Chance auf einen Sieg verlieren. Sie umklammerte die Fesseln fester, ihre Handflächen nun schwitzend, und sie presste die Zähne zusammen, um sie am klappern zu hindern. Vorsichtig zog sie die Fesseln von ihrem Gürtel, behielt sie jedoch weiter hinter sich verborgen. Nur noch ein Stückchen näher...

„Nichts ist vorbei", knurrte Belrad und lächelte dann, doch es war vollkommen freudlos. Es war ein dunkles Grinsen voll wissender, gieriger Sicherheit. „Ihr könnt nicht aufhalten, was ich begonnen habe. Niemand kann das!"

Nikita machte mit Naira zusammen einen weiteren Schritt vorwärts und Ethariel richtete sich wieder auf, das Gesicht angespannt vor Entschlossenheit, selbst als seine Atemzüge weiterhin klangen, als würde er langsam ersticken. Seine freie Hand huschte zu seiner Hosentasche.

„Es ist vorbei", sagten Ethariel und Nikita diesmal im Chor und Belrads Gesicht schien kurzzeitig in einer Grimasse der Rage zu erstarren. Scharf, finster und voll ätzender Wut. Er hob die Hand gezwungen ruhig und krümmte so rasch die Finger, Naira konnte der Bewegung beinahe nicht folgen.

Naira warf sich nach vorne, als die Regale im Raum auf sie zu rasten und Bücher auf sie herabregneten, ehe die Möbelstücke ineinander krachten, mit einer Wucht, welche die dicken Bretter zum bersten brachte. Nikita und Ethariel verhinderten um Haaresbreite zwischen den Möbelstücken zerquetscht oder schwer verletzt zu werden, in dem sie aus dem Weg hechteten. Der zerbrochene Boden um sie herum war nun übersät mit Büchern und zersplitterten Regalen.

Belrad hob beide Hände vor sich. „Ich leere euch das Fürchten", sagte er, so deutlich und kalt in dem plötzlich stillen Raum, dass sich Nairas Nackenhaare aufstellten. „Und ich sehe zu, wie ihr mit Grauen in den Augen sterbt, zermalmt und gebrochen."

302

Sein Blick schnellte zu Naira, die nun nah genug herangeschlichen war und er wandte eine Hand in ihre Richtung. Ethariel ergriff blitzschnell seinen Dolch an der Klinge und warf ihn. Naira sah wie der Dolch, mit einem Aufleuchten der Runen, ohne zu stoppen oder abgewehrt zu werden, durch das aufflackernde Schutzschild des Magiers brach und sich in Belrads Schulter bohrte.

Belrad heulte auf und Naira sprang vorwärts. Ethariel hatte ihr eine Chance gegeben. Naira hob die Fesseln und Belrad versuchte auszuweichen, eine Hand bereits den Dolch in seiner Schulter ergreifend.

Naira hatte fast die Fesseln um seinen Arm geschlungen, da ergriff Belrad mit seiner freien Hand ihre Schulter. Ein plötzlicher, beißender Schmerz entflammte und fraß sich von ihrer Schulter durch ihr Inneres. Von einer Sekunde zur nächsten war jeder Gedanke ausgelöscht, begraben unter der Agonie und Naira bemerkte kaum, wie sie schreiend in die Knie ging, bis die Hand auf einmal von ihrer Schulter gerissen wurde. Die Fesseln fielen scheppernd und klirrend zu Boden und sie glaubte für einen Moment, entweder ohnmächtig zu werden oder sich zu übergeben.

Nikita und Ethariel waren da. Ethariel schwang nun sein Schwert und gemeinsam trieben sie Belrad wutentbrannt zurück, der sie sich mit kurzen, rasend schnellen Zaubern vom Hals hielt. Noch hatte Belrad nicht genug Zeit für größere Zauber, doch der Magier zwang immer mehr Abstand zwischen sie und sie würden jeden Moment keine Chance mehr haben.

Keuchend und mit Tränen in den Augen zwang Naira sich wieder auf die Füße. Sie taumelte und ihr ganzer Körper war immer noch erfüllt von einem Brennen und dem Gefühl von tausenden Nadeln, die sich durch ihre Adern schoben. Sie griff nach den Fesseln. Ihre Finger waren unstet und so taub, sie spürte das Metall nicht, als sie es aufhob.

Naira stolperte einen Schritt, fand halbwegs ihr Gleichgewicht und ließ sich dann mehr oder weniger laufend vorwärtsfallen, als Nikitas Angriff Belrad zwang in ihre Richtung auszuweichen.

Diesmal, als er die Hand nach Naira ausstreckte, wahrscheinlich um sie erneut in Schmerz zu begraben, geriet er mit einem Mal kurz abgelenkt ins taumeln. Naira sah aus dem Augenwinkel, wie Ethariel seinen Arm gehoben und mit der anderen Hand den Magiestein gegen das Armband von Selby gepresst hatte.

Nikita, ihr Gesicht grimmig entschlossen, zerbarst den hochgezogenen Schutzschild von Belrad. Naira ließ ihren eigenen Dolch fallen, um die Fesseln mit beiden Händen zu packen. Sie schaffte es sich nach vorne zu werfen, während Nikita erneut angriff und eine blutige Linie entlang einer ausgestreckten Hand hinterließ. Naira stieß mit Belrad zusammen und sein unverletzter Arm war direkt vor ihr. Mit einem raschen Winden ihrer Hände schlang sie die Fesseln um seinen Unterarm.

Die Runen entlang des Metalls leuchteten auf und die Magie um sie herum erstarb so plötzlich, es ließ sie alle unwillkürlich nach Luft schnappen. Fluchend schlug Belrad mit seiner freien Hand zu. Dunkle Flecken brachen über Nairas Sicht aus, als sein Schlag sie an der Schläfe traf, doch sie ließ nicht locker. Wenn sie losließ, fielen die Fesseln und dann würde alles vorbei sein, dessen war sie sich sicher.

Belrad holte grollend erneut aus, doch da griff Nikita bereits ein und Ethariel war einen Moment später bei ihnen. Sie wrangen den Magier gemeinsam zu Boden, der sich windend und schreiend wehrte.

Mit einem letzten keuchenden Kraftaufwand schaffte Naira es, eine Handschelle zu öffnen und sie um Belrads rechtes Handgelenk zu schließen. Für einen Augenblick hörte sie ein eigenartiges, summendes Klicken, ehe sie den Magier auf den

Bauch zwangen um hinter seinem Rücken die zweite Handschelle um sein linkes Handgelenk zu legen.

Kaum dass das Schloss einrastete, war es, als würde Belrad einen Großteil seines Kampfgeistes verlieren. Er hörte auf sich zu winden und zu kämpfen und lag schwer atmend am Boden, das Gesicht vor Zorn verzerrt und eine Wange gegen den rissigen Stein gepresst.

Naira ließ sich zurückfallen, keuchend und immer noch mit Tränen des Schmerzes in den Augen. Ihre Sicht schwamm jetzt mit dunklen Flecken und sie kämpfte gegen eine aufwallende Ohnmacht an. Nicht jetzt. Nicht jetzt, wenn sie so kurz davor waren die Krankheit aufzuhalten.

Als sie den Kopf wieder hob, bemerkte sie, wie Ethariel besorgt an ihrer Seite hockte und Nikita mit dem Dolch in einer Hand über Belrad kniete. Nikita begegnete ihrem Blick und sah sowohl besorgt als auch erleichtert aus, dass Naira sich wieder bewegte.

„Soll ich ihn umbringen?", fragte Nikita mit einem so dunklen Zorn in der Stimme, Naira sagte fast ja.

„Leonas will ihn lebend", antwortete sie stattdessen und versuchte zu ignorieren, wie dünn ihre Stimme klang und wie sehr ihre Schulter weiterhin brannte. Als hätte Belrad ihr heiße Kohlen ins Fleisch gedrückt und sie dort gelassen. Sie fuhr fort: „Und wir wissen noch nicht, wie wir die Krankheit stoppen."

Ein bitteres Lachen kam von Belrad, das Geräusch ein wenig von dem Steinboden gedämpft. Nikita steckte den Dolch weg und packte seinen Kragen. Sie wendete ihn grob und schlug ihm mitten ins Gesicht. Naira hörte wie Belrads Nase brach und er einen erstickten, schmerzerfüllten Fluch von sich gab. Der Magier begann grollend zu schimpfen, ehe Nikita erneut zuschlug und er wieder fluchte. Blut begann sein Gesicht herab zu laufen.

„Wie stoppen wir die Krankheit?", fragte Nikita, die Faust wieder gehoben. Sein Blut klebte an ihren Knöcheln und Belrads Blick huschte kurz von Nikita zu Ethariel und Naira. Was er in ihren Blicken sah, schien ihn zu überzeugen, dass sie ihn niemals gehen lassen würden, egal was er sagen oder womit er sie bestechen würde.

Er atmete kurz stoßartig aus. „Zwanzig Jahre meines Lebens habe ich Thayn geopfert", sagte er, nasal und dick durch seine gebrochene Nase. „Zwanzig Jahre habe ich in den Schatten gelebt und niemandem gesagt woran ich arbeite, alles für den Auftrag, den er mir gegeben hat."

Nikita schüttelte ihn grob. „Wir wollen nicht deine verdammte Lebensgeschichte!"

„Thayn wollte eine Waffe", fuhr Belrad fort und sie hielten inne und ließen ihn weitersprechen. Belrads Gesichtsausdruck war von so viel alter Wut erfüllt, es schien ihn bis in die Knochen zu zerfressen. „Etwas, das seine Feinde tötet. Eine Krankheit." Er holte Luft. „Doch dann, nachdem ich den Zauber endlich fast fertig hatte, änderte er seine Meinung. Er entließ mich ohne auch nur einem Empfehlungsschreiben, denn niemand durfte jemals wissen, woran ich gearbeitet hatte."

Belrad lehnte sich ein wenig in Nikitas Griff vor, bis er beinahe Nase an Nase mit ihr war. Sie wich nicht zurück, doch Naira sah, wie sie die geballte Hand ein wenig mehr hob, bereit zuzuschlagen. Belrad verzog das Gesicht zu einer düster triumphalen Maske. „Doch jetzt werden es alle wissen und niemand wird es jemals vergessen. *Mich* niemals vergessen."

Naira verstand mit plötzlicher, kalter Klarheit, dass er ihnen nicht sagen würde, wie sie die Krankheit stoppen konnten. Sie konnten ihn schlagen oder bedrohen wie sie wollten. Belrad würde schweigen bis zum Tod, solange er nur wusste, dass sie alle an seinem Erschaffenen verenden würden.

„Suchen wir nach Seilen, um seine Füße zu fesseln", sagte Naira und kam mit Ethariels Hilfe und einem Ächzen auf die Füße. Die

Stelle, wo Belrad ihre Schulter berührt hatte, fühlte sich immer noch von Schmerz erfüllt an, doch es war kein Blut zusehen. Sie spürte dort jedoch ihren Arm, ihre Seite und ihr Bein nicht mehr wirklich. Es führte dazu, dass sie humpelte und ein wenig mit jedem Schritt schwankte.

Nikita blieb bei Belrad, während Ethariel und Naira sich nach einem Seil umsahen. Letztendlich trennte Ethariel sich widerwillig von ihnen und eilte die Treppe hinab, um in einem der anderen Räume zu suchen.

Naira sah sich daraufhin in dem angerichteten Chaos um, in der Hoffnung wenigstens Hinweise auf Belrads Arbeit zu finden. Die Bücher, die sie mühsam aufhob, schienen alle nicht die richtigen zu sein. Da waren Bücher über Magietheorien, Legenden und einige Zauberbücher, doch nichts davon enthielt wonach Naira suchte. Sie musterte das Chaos aus dutzenden Büchern und Schriftrollen, die Belrad bei der Zerstörung seiner Regale am Boden angerichtet hatte. Es würde Tage dauern, alles nach Hinweisen zur Krankheit zu durchforsten.

Sie mussten von jetzt an wohl auf die Verstärkung von Ellien warten. Leonas hatte vielleicht eine Idee, wie sie Belrads Sachen am schnellsten durchsuchten. Naira wandte sich dem Schreibtisch zu, doch alles, was sie dort fand, waren blanke Blätter und ein zugeschraubtes Tintenfass. Nichts davon war hilfreich für das Beenden der Krankheit.

Außer die leeren Blätter waren in Wahrheit nur eine Illusion, ein Zauber der die eigentliche Arbeit des Magiers schützte. Naira schnitt vorsichtig mit dem Dolch die rechten obersten Ecken der Blätter auf einen Streich ab. Nichts passierte. Das war alles anscheinend einfach nur normales Papier.

Ethariel kehrte kurz darauf mit einem Seil zurück und Belrad schwieg, während sie seine Füße und Knie zusammenknoteten.

„Ich bewache ihn", sagte Nikita. „Seht euch weiter um. Irgendwo muss etwas sein."

Im Licht der Magierlampen, die an den Wänden hingen und goldgelbes Licht verstrahlten, begann Naira mit Ethariels Hilfe erneut weitere Bücher und Schriftrollen zu durchforsten, während draußen vor dem Fenster der Sturm tobte. Der Regen war zu einer wahren Flut angeschwollen und das Wetter tobte, als würde sich die ganze aufgestaute Hitze der letzten Sommerwochen auf einen Schlag entladen.

Sie hatten sich durch sechzig weitere Bücher gewühlt, als Naira den Kopf schüttelte.

„Das bringt nichts", sagte sie. „Wenn hier etwas ist, ist es wahrscheinlich sogar durch Magie verborgen."

Ethariel hielt inne und wandte sich ihr ruckartig zu. Sein Gesicht hellte sich auf, als hätte er endlich etwas gelöst, worüber er schon die ganze Zeit nachgedacht hatte.

„Der Raum ist zu klein!", sagte er und gestikulierte um sie herum. Belrads Augen schnellten zu ihm. Ethariel kam auf die Füße und fuhr fort: „Der Turm sah von außen größer aus, der Raum müsste doppelt so groß sein."

Sein Blick fiel zu den Wänden und er zog den Dolch, den er in seinen Gürtel geschoben hatte. Naira begriff, was er wollte, und stand mit einem kleinen Schwanken auf. Der Schmerz in ihrer Schulter war langsam weit genug gewichen, dass sie wieder Gefühl in ihrem Arm und Bein bekam.

„Eine Illusion, möglicherweise?", riet sie und Ethariel ergriff den Dolch etwas fester.

„Entweder das oder ein Raum, der nur mit Magie geöffnet werden kann." Er hob den Dolch und setzte die Spitze an das Ende der Wand, vor der er stand. „Wir können wenigstens das hier versuchen."

Naira schritt zur nächsten Wand, erleichtert, dass sie nicht länger humpelte, und setzte wie Ethariel den Dolch an den Stein. Sie tauschten einen Blick und gingen gemeinsam los. Das Schaben von Metall auf Stein erfüllte die Luft.

Wenn eine Illusion einen Eingang zu einem weiteren Raum verbarg, würde der Dolch den Zauber brechen. Außer Belrad hatte mehr getan, um eine Tür magisch zu verbergen, dann mussten sie auf die Verstärkung von Ellien warten.

Nachdem Belrad seine Bücherregale als behelfsmäßige Katapulte verwendet hatte, waren die Wände offengelegt und es machte ihnen die Arbeit fast schon einfach.

Dann jedoch brach Ethariel in ein heftiges, feuchtes Husten aus, das ihn zu Nairas Entsetzen sogar in die Knie zwang. Er klang, als würde er ersticken, und Blut befleckte den Boden.

„Oh, ich verstehe." Belrads Stimme erklang weich, beinahe sanft auf eine Weise, die Naira einen kalten Schauer verursachte. „Ich würde sagen, mein Beileid, doch das wäre gelogen. Ich hoffe, du verreckst langsam und qualvoll."

Naira starrte Belrad für einen Moment an, während Ethariel nach Luft schnappend auf die Füße kam und sich schwankend an der Mauer abstützte. Wut war in Naira ausgebrochen und es kam ihr so vor, als würde der Zorn sich durch ihre Knochen fressen und ihre Lungen füllen. Naira wandte sich mit Mühe ab und unterdrückte den Drang Belrad entweder selbst ins Gesicht zu schlagen oder ihn anzuschreien. Beides würde weder ihr noch Ethariel helfen.

„Suchen wir weiter", sagte sie rau zu Ethariel, sobald er sich wieder gefangen hatte. „Wir liegen vielleicht gar nicht so falsch."

„Es geht mir gut", flüsterte er zurück, doch Naira erhaschte einen Blick auf seine Handfläche, als er seine Hand von seinem Mund sinken ließ. Blut befand sich daran.

Naira wandte sich entschlossen der nächsten Wand zu. Wenn nötig, würde sie diesen Turm auseinanderreißen, Mauerstein um Mauerstein, solange sie nur eine Möglichkeit fand, Ethariel zu helfen oder ihn ganz zu heilen.

Naira setzte den Dolch an der nächsten Wand an, bei der sich der Schreibtisch befand, und zog ihn am Stein entlang. Etwa ab der Mitte schienen plötzlich Wellen durch die Wand zugehen, ehe das Mauerwerk sich an dieser Stelle wie wirbelnder Kerzenrauch auflöste und eine elegante, goldverzierte Tür offenbarte. Die Spitze von Nairas Dolch ruhte an der äußersten Kante der Tür.

„Gefunden!", rief Naira und Ethariel war mit ein paar schnellen Schritten an ihrer Seite.

Naira warf einen Blick zu Belrad, der sie ansah, als wünschte er ihr einen qualvollen Tod, oder eher noch, als würde er ihr selbst gerne einen bescheren, sollte er von seinen Fesseln freikommen.

Nikita trat einen drohenden Schritt näher zu dem Magier.

Naira wandte sich von Belrad ab und öffnete die Tür. Dahinter lag das wahre Labor des Magiers und der Anblick raubte ihr jeglichen Atem.

Der Raum war sogar etwas größer als der Vorherige und von vielen Magierlampen erhellt. In der Mitte des Raumes befand sich ein mannshoher, kugelförmiger Käfig. Die Gitterstäbe waren aus breit gehauenem Gold und in die Abstände zwischen den Stäben war Glas eingesetzt worden, so dass nichts hinein oder hinaus gelangen konnte. Das Gold war übersät mit Runen und mitten in dem Käfig schwebte etwas, dass sie noch nie gesehen hatte.

Das Wesen sah vage aus wie ein Mensch, mit Armen und Beinen, einem Torso und Kopf, doch es war kein Gesicht zu sehen. Das Wesen bestand vollständig aus sanftem, weißem Licht und es schien ein wenig Nebelhaft, als würde es sich stets ein klein wenig selbst neu erschaffen und sich nie ganz daran erinnern, wie genau seine vorherige Gestalt ausgesehen hatte.

Naira brauchte einen langen Moment bis sie begriff, dass sich mitten in dem Käfig, schwebend wie ein schwereloser Geist, ein Spirit befand. Nichts sonst konnte es sein.

„Ein Spirit", flüsterte Ethariel und holte scharf Luft. „Natürlich, mit der Macht eines Spirits war es möglich für Belrad die Krankheit zu erschaffen und die ganze Zeit am Leben zu erhalten."

Ethariel und Naira starrten den Spirit an, der reglos in der Mitte der Kugel schwebte und sie nicht einmal zu bemerken schien. Das Wesen musste schon Monate eingesperrt sein, mindestens so lange wie es die Krankheit schon gab.

Ethariel hatte recht. Die Macht die ein Spirit besitzen musste, um sich in einem menschlichen Körper zu verankern, diesen Körper an einem Punkt zu übernehmen und dann weiter am Leben zu erhalten, um die Hülle benutzen zu können, war unübertroffen. Es war eine Macht, die noch nie jemand verstanden hatte, soweit Naira wusste. Oder gar nutzen konnte.

Bis jetzt jedenfalls.

Sie riss ihren Blick von dem Spirit los und sah das Gefängnis an. „Wenn wir es befreien...", sagte sie langsam und sah Ethariel an. „Sollte das nicht den Zauber stoppen?"

Ethariel zögerte und nickte dann. „Wenn das hier wirklich die Quelle der Energie für die Krankheit ist...ja, entfernt man die Energie aus einem Zauber, fällt er in sich zusammen. Wie eine Lampe kein Licht mehr verstrahlen kann, wenn man das Feuer löscht."

Keiner von ihnen war begeistert, einen Spirit frei zu lassen, doch wenn ihre Theorie stimmte, war es die Gefahr von dem Spirit besessen zu werden, wenn das Ding einmal frei war, allemal wert. Es war auch nicht so, als ob sie Belrad fragen konnten. Der Magier würde wohl eher seine eigene Zunge verschlucken, als auch nur eine einzige hilfreiche Antwort zu geben. Sie hoben gemeinsam die Dolche.

„Auf drei?", fragte Ethariel leise. Naira nickte. „Eins, zwei...drei!"

Spirits stammen allen Forschungen nach aus einer Dimension, die zwischen unserer Welt und dem Jenseits liegt. Niemand kann so wirklich Spirits erfassen, doch die Macht die sie besitzen müssen, um nicht nur frei zwischen Dimensionen zu wandeln, sondern auch in unserer Welt nicht ihre Gestalt zu verlieren, ist enorm.

Ganz zu schweigen davon, dass Spirits menschliche Körper, die sie einnehmen, am Leben erhalten können und das über Jahrzehnte hinweg, sogar Jahrhunderte, in zwei dokumentierten Fällen.

Was würde ich nicht alles geben, um einen Spirit untersuchen zu können. Man stelle sich nur vor, was mit dem gesammelten Wissen alles möglich wäre!

- Marie Annerion, eine Hofmagierin von Talha.

Das Heilmittel

Die Dolche hinterließen beim Aufprall tiefe Kratzer in einem der Gläser und ein Vibrieren schien durch das ganze Gefängnis zu gehen. Naira bemerkte, dass die Runen entlang der Dolche dabei nicht aufleuchteten. Welche Magie für den Käfig auch verwendet wurde, die Zauberbrecher konnten sie nicht einfach aufheben. Der Kopf des Spirits wandte sich in ihre Richtung und Naira spürte regelrecht wie das Wesen sie anzusehen schien.

Naira hob den Dolch für einen nächsten Versuch. Ihre verletzte Schulter brannte wieder stärker vor Schmerzen und sie biss die Zähne zusammen, während kalter Schweiß ihren Nacken bedeckte. Ethariel und Naira stießen ein weiteres Mal gemeinsam zu und mit einem gläsernen Knacken breiteten sich Risse entlang des Glases aus.

„Ein letztes Mal", sagte Naira und Ethariel nickte entschlossen. Sie holten aus so weit sie konnten.

Das Glas zerbarst unter dem dritten Schlag und sie zuckten zurück, als der Spirit urplötzlich vorwärts schnellte. Das Wesen entfloh aus dem entstandenen Loch und löste sich in nichts auf, sobald es außerhalb des Gefängnisses war. Naira und Ethariel hielten angespannt still. Als nichts passierte, sahen sie einander an.

„Geht...es dir besser?", fragte Naira und wunderte sich im selben Atemzug, ob es nicht eine sinnlose Frage war. Verbesserungen traten sicherlich nicht so schnell auf. Ethariel horchte in sich hinein, ehe er den Kopf schüttelte.

„Sehen wir uns um", sagte Naira und steckte den Dolch nach einem letzten Blick zu dem Gold- und Glasgefängnis wieder vorsichtig in ihren Waffengürtel. „Vielleicht finden wir etwas."

Eine Hälfte des verborgenen Labors bestand aus weiteren Bücherregalen, die alle private Aufzeichnungen zu sein schienen. Naira blätterte durch ein paar der Bücher und sie waren alle in

314

speziellen Handschriften verfasst und keines davon war in einer Papierdruckerei hergestellt worden. Das hier waren wahrscheinlich alle privaten Werke von Belrad und anderen Magiern.

Naira musste jedoch zugeben, dass sie nichts von dem verstand, was auf den Seiten geschrieben stand. Was nicht daran lag, dass irgendwelche Kürzel oder Chiffren genutzt wurden oder die Autoren eine schreckliche Handschrift hatten. Es lag schlichtweg daran, dass solch ein Jargon verwendet wurde, dass Naira nichts mit den Aufzeichnungen anfangen konnte. Andere Magier jedoch sollten es problemlos verstehen.

Die andere Hälfte des Labors schien aus Regalen mit verschiedenen Materialien und Gerätschaften zu bestehen, zusammen mit einer alchemistischen Ausrüstung, mit der Belrad wohl hin und wieder etwas gebraut hatte.

Am Fenster stand ein hochwertiges Teleskop und auf einem breiten Pult daneben befanden sich verschiedene Sternenkarten, die den Verlauf von Mond und Sonne und den umliegenden Planeten von Elathion darstellten. Es waren sogar ein paar spekulative Aufzeichnungen über mögliche Zusammenhänge zwischen Planeten und verschiedenen Wetter- und übernatürlichen Phänomenen dabei.

Auf den ersten Blick war es nichts, das Naira weiterhalf, und während sie durch die Sternkarten blätterte, kamen ihr die Aufzeichnungen eher wie eine Freizeitbeschäftigung von Belrad vor. Nichts davon hatte mit der Krankheit zu tun.

In anderen Regalen waren verkorkte Glasfläschchen, die alle verschiedene Mixturen enthielten. Auf einem großen Tisch lagen einige verschiedene Metallstücke, die aussahen, als wären sie von einem halbfertigen Projekt, da nur teilweise Runen in sie eingraviert waren.

Ein leises, schüchternes Klopfen ließ Naira erschrocken zusammenfahren und sie wirbelte herum, nur um überrascht inne zu halten. Das schmale, blasse Mädchen, das zuvor Belrad hier im Turm gedient hatte, stand in der Tür. Sie sah Naira und Ethariel scheu und nervös an, ehe sie einige Handgesten machte. Auf Ethariels und Nairas entschuldigenden Blick hin deutete sie zuerst auf sich und dann in den Raum.

„Kannst du uns helfen?", fragte Naira nach einem Moment des Zögerns. „Gibt es etwas, um die Krankheit schneller zu heilen, nachdem der Spirit frei ist? Weißt du, ob wir den Zauber wirklich gebrochen haben?"

Das Mädchen blinzelte, ehe es zu dem Gefängnis des Spirits deutete und nickte, dann schob sie sich vorsichtig weiter in den Raum. Sie ging zaghaften Schritt für zaghaften Schritt, bis sie den Tisch erreichte, auf dem die halb bearbeiteten Metalle lagen. Sie griff unter den Tisch, tastete einen Moment herum und dann hörte Naira ein leises Klicken.

Bei einem der Regale schob sich leicht ein Buch vor und das Mädchen ging hinüber. Eine ganze Bücherreihe ließ sich dort aufklappen und Naira sah, dass es lediglich unglaublich gute Buch-imitate waren. Vielleicht waren sie auch mit einem zusätzlichen Illusionszauber versehen, um sie wie echte Bücher aussehen zu lassen und nicht wie fein bemalte und gut verarbeitete Holz-stücke.

Hinter den Holzbüchern kamen Reihen an Flaschen zum Vorschein und das Mädchen nahm eine heraus. Sie zog aus einer Tasche ihres simplen Kleides einen Becher und einen Löffel. Sie demonstrierte deutlich und langsam, wie sie einen vollen Löffel abmaß und in den Becher gab. Dann streckte sie die Hand aus und bot Ethariel den Becher an.

Naira hätte sich im selben Moment ohrfeigen können. Natürlich hatte Belrad ein Heilmittel vorbereitet. Wie sonst wollte er sich selbst und seinen Haushalt von seinem eigenen Werk schützen? Wenn absolut jeder krank wurde, hatte er selbst ein Mittel gebraucht, um dem Effekt der Krankheit zu entgehen.

Ethariel nahm den Becher entgegen und musterte den Inhalt.

„Schlimmer kann's nicht werden", murmelte er und kippte das Mittel auf einen Zug herunter. Das Gesicht, das er im nächsten Moment zog, war angewidert und ein kleiner Schauer rann deutlich sichtbar seinen Rücken hinab.

Das Mädchen verkorkte die Flasche wieder und hielt sie ihnen entgegen. Naira nahm sie an und musterte die anderen Flaschen die noch in dem geheimen Fach im Regal standen.

„Ist überall dasselbe drin?", fragte sie und das Mädchen nickte.

„Muss Ethariel noch mehr davon nehmen?"

Das Mädchen hob einen Finger.

„Einmal am Tag?", riet Naira und das Mädchen nickte erleichtert.

„Für wie lange?"

Das Mädchen stockte und setzte zu ein paar Gesten an, ehe sie ihnen nervös bedeutete zu warten. Sie huschte aus dem Raum und kehrte kurz darauf mit einem hastig beschriebenen Blatt zurück.

„Ich muss das Heilmittel nehmen bis es mir besser geht", sagte Ethariel, sobald er die Zeilen rasch überflogen hatte. „Es hilft mir schneller wieder gesund zu werden."

„Warum sprichst du nicht?", fragte er und das Mädchen zögerte für einen langen Moment, ehe sie einen stärkenden Atemzug nahm und den Mund öffnete.

Naira sog scharf die Luft ein und Ethariel gab einen Fluch auf valorisch von sich. Dem Mädchen war die Zunge herausgeschnitten worden. Natürlich war sie so die perfekte Laborassistentin für ein Scheusal wie Belrad. Das Mädchen würde niemals jemandem etwas sagen können, nicht ohne ein Gegenüber der Gebärdensprache verstand oder ohne vorher etwas aufzuschreiben. Naira traute Belrad sogar zu, dass er jedem seiner Assistenten extra die Zunge entfernen ließ, wenn sie noch sprechen konnten.

„Danke", sagte Naira aufrichtig und sah auf die Flasche hinab, ehe sie diese an Ethariel reichte. „Die hier behalten wir."

Naira trat auf die anderen Flaschen zu und das Mädchen ging ihr rasch mit gesenktem Haupt aus dem Weg. Naira sammelte die Hälfte der Flaschen ein.

„Die hier geben wir Leonas. Sie werden den Leuten helfen, die schon krank sind." Naira wandte sich an das Mädchen. „Wenn es hier irgendwo Aufzeichnungen gibt, wie Belrad das Heilmittel herstellt, könntest du das holen? Wenn wir das Leonas übergeben, könnte das vielen Leuten das Leben retten. Er ist Königsritter, er kann das verbreiten lassen."

Das Mädchen huschte mit einem Nicken rasch zum Bücherregal zurück und kniete sich hin. Das Bücherregal sah aus als wäre es bis zum Boden runter gebaut, doch sie öffnete ein kleines, verstecktes Seitenfach und zog das dünnste Notizbuch hervor das Naira je gesehen hatte. Sie stand rasch wieder auf und streckte Naira das Buch entgegen.

„Danke, du hast uns sehr geholfen." Naira schob das Buch in ihren Waffengürtel und gestikulierte dann vage zu dem Halsband des Mädchens, den anderen Arm immer noch voll Flaschen. „Soll ich das abnehmen?"

Die Hand des Mädchens schnellte zu dem Leder und sie schluckte sichtbar, ehe sie die Augen schloss und nach einer starren Sekunde rasch nickte. Naira stellte die Flaschen auf dem Tisch ab und zog den Dolch. Das Mädchen hielt vorsichtig still, wobei Naira nicht entging, dass sie ihre Hände fest ineinander verschränkt hatte und die Knöchel weiß hervortraten. Der Dolch schnitt scharf durch das Leder und als das Halsband abfiel, sah Naira Runen an der Innenseite. Wahrscheinlich um die Sklaven gefügig zu halten

318

und an der Flucht zu hindern. Naira spürte ein erneutes Auflodern von Wut und Abscheu Belrad gegenüber.

Das Mädchen warf das Halsband in einer schnellen, nahezu hektischen Bewegung von sich. Ihre Hand wanderte zu ihrem blanken Hals und sie verneigte sich, ehe sie sich aufrichtete und mit einem letzten nervösen Blick aus dem Raum eilte.

„Hier, tu die Flaschen hier rein", sagte Ethariel und zog eine Kiste aus dem untersten Fach eines Regals hervor. Er entfernte vorsichtig die Keramikbehälter die sich darin befanden und Naira stellte die Flaschen mit dem Heilmittel in der Kiste ab.

Dieser Moment war es, mehr als all die anderen, der sie wirklich begreifen ließ, dass sie es geschafft hatten. Ethariel war gerettet, alle Kranken die noch lebten waren gerettet. Ihre Schultern sackten herab und sie kniete einen Moment länger am Boden neben der Kiste. Naira hatte die Augen geschlossen, als sie vorsichtig durch die aufkommende Welle an Emotionen atmete.

Nairas Schulter schmerzte noch stark und Ethariel hob die Kiste auf. Sie traten gemeinsam aus dem versteckten Labor heraus.

„Es ist vorbei", sagte Naira zu Belrad. Für einen Augenblick war die Genugtuung, zu sehen wie ihm alles aus dem Gesicht fiel, so groß, dass Naira sich davon erfüllt fühlte und als wäre sie mit einem Mal einen ganzen Meter gewachsen. „Der Spirit ist frei, Ihr habt verloren."

Belrad schwieg für einen langen Moment und es war ihm anzusehen, wie er mit seiner Wut und seinem brennenden Hass rang, ehe ein gemeines, zähnefletschendes Grinsen auf sein Gesicht trat.

„Ihr habt gar nichts aufgehalten", sagte er mit einem so dunklen Grollen in der Stimme, es klang wie ein Knurren. Dann verfiel er wieder in Schweigen, doch es schien, als hätten ihm seine Worte einen eigenartigen und überlegenen Trost gespendet, trotz seiner Niederlage.

Naira runzelte die Stirn und warf einen Blick über die Schulter zu dem verborgenen Labor. Wenn dort jedoch noch etwas anderes war, das Belrad vor ihnen versteckte, würden sie es wahrscheinlich nur mit Mühe finden. Oder mit Hilfe von Magiern aus Ellien.

„Gehen wir", beschloss Naira nach einem Moment. „Schleifen wir ihn nach unten und befreien die anderen. Dann warten wir auf die Verstärkung von Ellien."

Nikita nickte und ergriff Belrad. Mit einem leisen Laut der Anstrengung, hievte sie ihn über ihre Schultern und trug ihn Richtung Tür. Naira und Ethariel folgten ihr und stiegen dabei vorsichtig über die kaputten Regale und verstreuten Bücher.

Sie gingen die Treppe langsam herab, um nicht zu stolpern, und so vielleicht die Kiste mit den Heilmitteln irgendwie fallen zu lassen. Nikita gab sich dabei keine Mühe auf Belrad aufzupassen, dessen Kopf bei den Kurven immer wieder an der Turmwand entlang schabte. Zu Nairas Überraschung hielt Belrad jedoch den Mund.

Unten im Flur kam ihnen Bastien nervös und aufgeregt entgegen. Er zuckte zurück, als Belrad ihn düster ansah und Nikita ließ den Magier kurzerhand zu Boden fallen, ehe sie ihm einen Schlag gegen den Kopf verpasste und Belrad ohnmächtig zusammensackte.

„Das war bitter nötig", murmelte Nikita finster und wandte sich dann Bastien zu. „Und jetzt, ab damit."

Bastien hielt still, während sie das Lederhalsband durchschnitt und sobald sein Hals frei war, sog er Luft ein, als hätte er seit Jahren keinen wirklichen Atemzug mehr getan. Für einen Augenblick waren die ersten Anzeichen von Tränen in seinen Augen zu sehen, bevor er Nikita fest umarmte. Er sagte etwas, doch seine Worte waren zu sehr von Nikitas Schulter gedämpft, um sie zu verstehen.

„Ich gehe und helfe den anderen und sehe, ob ich meine Sachen wiederfinde", sagte Nikita und warf einen kurzen Blick zu Belrad. „Passt ihr auf ihn auf?"

„Natürlich", versicherte Naira. „Wir bringen ihn nur noch in die Eingangshalle, das sollte es für die Leute aus Ellien einfacher machen, ihn mitzunehmen."

Bastien trat einen Schritt vor. „Wir haben die schlafenden Wachen in eine Kammer geschleift und gefesselt. Sie sollten für ein oder zwei Stunden nicht zu sich kommen, vielleicht auch ein wenig länger, wenn wir Glück haben, aber ich weiß nicht, ob die Fesseln gut halten, sobald sie wieder wach sind."

„Ich werfe einen Blick darauf", versprach Nikita. Sie wandte sich Ethariel und Naira zu. „Sollte ich euch brauchen, hole ich euch."

Nikita verschwand raschen Schrittes mit Bastien. Ethariel sah zwischen der Kiste und Belrad hin und her.

„Ich kann die Kiste tragen", sagte Naira. Ethariel reichte sie ihr vorsichtig und Naira ignorierte mit einem Zähneknirschen das schmerzhafte Aufflammen ihrer Schulter.

„Geht es dir gut?", fragte Ethariel ernst und Naira nickte.

„Ich spüre kein Blut oder gebrochene Knochen, es tut nur weh. Hoffentlich kann später ein Heiler einen Blick darauf werfen."

Ethariel nickte und bückte sich, um Belrad auf seine Schultern zu hieven. Den Magier zu tragen ging auf jeden Fall schneller, als ihn hinter ihnen her zu schleifen.

Ethariel schleppte Belrad die Treppen nach unten in die Eingangshalle und es war ihm anzusehen, dass es ihm zum Schluss nicht viel besser ging als Naira. Er atmete schwer und Schweiß stand ihm auf der Stirn, bis sie Belrad schließlich reglos auf den marmornen Boden legten. Ethariel brach in Husten aus und obwohl Nairas Brust sich bei dem Geräusch zusammenzog, half ihr das Wissen, dass Ethariel wieder gesund werden würde.

Er wischte sich mit einer kurzen Grimasse über die Stirn und sagte: „Ruhen wir uns aus. Du siehst so schrecklich aus, wie ich mich fühle."

Naira stellte die Kiste beiseite und ließ sich gegen die Wand sinken. Ethariel tat es ihr gleich und sie rutschten daran herab, bis sie auf dem kalten Boden saßen. Schweigen breitete sich aus und nach ein paar langen Minuten sah Ethariel nicht länger aus, als könnte er jeden Moment umfallen.

„Ich sehe nach den Pferden, wenn sie noch da sind", sagte er und kam mit einem Ächzen auf die Füße. „Wir können sie jetzt herbringen und ich möchte sie bei dem Sturm ungern unnötig im Freien lassen."

Naira nickte und sah zu, wie er aus der Eingangstür nach draußen verschwand. Dann war sie allein mit dem Magier, der wieder zu sich gekommen war, jedoch nichts sagte. Naira fuhr sich mit einer Hand über das Gesicht. Ihre Finger fühlten sich eiskalt an und ihre Kleidung klebte an ihr, nass von Regen und Schweiß. Ihr schneller Herzschlag beruhigte sich endlich wieder.

Naira leckte sich über die Lippen und schob dann ihren Kragen und ihre Rüstung soweit beiseite, wie sie konnte. Sie verdrehte den Kopf und erhaschte dann einen Blick auf die Schulter, die Belrad berührt hatte. Ein dunkler Handabdruck war auf ihrer Haut zu sehen. Nicht verbrannt, wie sie zuerst gedacht hatte, doch es sah aus, als hätte seine Berührung sich in ihr Fleisch gefressen und ihre Haut geschwärzt zurückgelassen. Naira sah rasch wieder weg und warf einen Blick zu Belrad, der jedoch weiterhin wortlos an die Decke starrte.

Nach ein paar Momenten zog Naira das dünne Buch hervor und schlug es auf. Über Seiten hinweg war die Formel und Zusammensetzung sowie der Brauprozess des Heilmittels aufgeschrieben.

Sobald Ethariel wieder da war, die Pferde sicher in einer kleinen Stallung seitlich am Anwesen untergebracht, und er Belrads

Bewachung übernahm, eilte Naira in den Turm um die leeren Blätter und das Tintenfass zu holen.

Sie kehrte zur Eingangshalle zurück und kopierte den Inhalt des dünnen Buches erst einmal und dann noch ein zweites Mal. Ethariel saß still neben ihr und spähte immer wieder über ihre Schulter, doch ansonsten behielt er Belrad im Auge.

„Für Simerin", sagte Naira und hielt eine Kopie hoch, dann die andere. „Und für Nurethal, das Buch geben wir Leonas."

Ethariel schloss erleichtert die Augen. Er ließ seine Stirn gegen ihre unverletzte Schulter sinken.

„Danke", flüsterte er und seine Stimme klang kurz ein wenig belegter als zuvor.

Naira ließ ihre Wange gegen sein Haar sinken, ehe sie die Kopien faltete und neben sich legte. Sie würde sie unter ihrer Rüstung verstecken, sobald Leonas auftauchte, und bis dahin war ihre Kleidung hoffentlich wieder trocken. Schritte ließen sie aufsehen und Nikita kehrte zu ihnen zurück. Sie hatte offensichtlich ihre Sachen wieder gefunden, denn sie war in ihre Söldnerrüstung gekleidet und stellte ihre Glefe zur Seite, sobald sie sie erreichte. Nikita sah so erleichtert und erschöpft aus wie Naira sich inzwischen fühlte.

„Alles in Ordnung?", fragte Nikita leise und warf einen kurzen, prüfenden Blick zu Belrad, der sie ignorierte. „Die Wachen sind gut gefesselt und sollten kein Problem sein, selbst wenn sie aufwachen."

„Danke", sagte Naira während Nikita sich auf ihrer anderen Seite niederließ. „Für all deine Hilfe."

Ethariel nickte zustimmend. „*Elhan*, Nikita."

Nikita gab ihnen ein kleines Lächeln und drückte kurz sachte Nairas Unterarm. „Ich muss euch ebenfalls danken. Ohne eure Hilfe hätte ich Belrad alleine nicht aufhalten können."

„Wofür sind Freunde da", sagte Ethariel. Dann lachte er auf einmal kurz auf. „Wir haben es wirklich geschafft!"

Naira spürte, wie ihr unwillkürlich ebenfalls ein kleines Lachen entkam und Nikita neben ihr gluckste. Dann sackten sie alle mit einem erleichterten Seufzen gegeneinander.

~*~

Leonas erschien mit zwölf Rittern und zwei Magiern bei Morgengrauen. Ethariel bemerkte sie zuerst und Naira schob die Kopien des Heilmittels unter ihre Rüstung, bevor die Ritter und Magier eintraten. Sie versteckte die Kopien nur für den Fall, dass Leonas sie verlangen würde mit dem Argument, dass mehr Kopien eine schnellere Verbreitung des Heilmittels bedeuteten.

Der Sturm hatte sich inzwischen etwas gelegt, die tobenden Böen waren zu steten Winden geworden und der flutartige Regen war in ein sanfteres Prasseln übergegangen. Belrad blieb weiterhin stumm und starrte lieber düster ins Leere.

„Ihr habt es geschafft", sagte Leonas sobald er mit der Verstärkung durch die Tür trat und die Erleichterung stand ihm ins Gesicht geschrieben. „Licht sei Dank. Ich bin froh zu sehen, dass ihr noch beide lebt. Und ihr scheint eure Freundin wieder gefunden zu haben. Gut gemacht, wirklich."

Dann wandte er sich an die Ritter hinter ihm und gab den Befehl: „Nehmt den Magier mit und achtet mir gut auf ihn, nicht dass er es noch schafft zu entwischen."

„Jawohl!" Die Ritter griffen rasch nach dem weiterhin stummen Belrad, dessen Gesicht jedoch noch düsterer wurde als zuvor.

Leonas wandte sich wieder Naira, Ethariel und Nikita zu. „Ihr müsst mit nach Ellien kommen und schildern, was passiert ist. Wir brauchen alle Aussagen so genau wie möglich, damit unser König weiß, was geschehen ist und was Belrad getan hat."

„Wir haben ein Heilmittel gefunden", sagte Naira und Leonas richtete sich ein wenig weiter auf. Naira hob die Kiste hoch. Ethariels Flasche war schon längst daraus entfernt worden und war nun zusammen mit etwas Essen in einer Tasche verwahrt, die Bastien ihnen gebracht hatte. Das Essen hatten sie über die Flasche drapiert, nur für den Fall, dass jemand hinein sah und Ethariel trug sie über der Schulter. Er stellte sich so hin, dass die Tasche so unauffällig wie möglich war.

„Die Krankheit sollte aufgehalten sein", fuhr Naira fort. „Doch das Mittel hier wird den Erkrankten helfen schneller wieder gesund zu werden. Für Genaueres solltet ihr die Leute hier befragen und Belrads Labor durchsuchen."

„Ein Spirit hat den Zauber möglich gemacht", fügte Ethariel hinzu und Leonas sah nach einer überrumpelten Sekunde aus, als hielt er mit Mühe einen üblen Fluch zurück. „Wir haben es frei gelassen und das sollte das ungehinderte Ausbreiten der Krankheit stoppen. Heiler sollten von jetzt an auch wieder helfen können."

Leonas nickte mit einem nachdenklichen Stirnrunzeln und wandte sich dann einem der mitgebrachten Magier zu. „Matsuda, ein Portal nach Ellien für uns, bitte. Wir müssen diese Informationen so schnell wie möglich an den König bringen."

„Jawohl." Matsuda verneigte sich und erhob rasch die Hände. Binnen weniger Momente entstand ein silbern-weiß schimmerndes Portal in der Luft.

„Ihr bleibt hier mit Magister Matsuda und Magister Lania", wandte Leonas sich an die Ritter. „Stellt alles auf den Kopf, bis ich wieder zurück bin. Ich will alles, woran Belrad gearbeitet hat, bis zum Abend mit Belrad in Toran sehen. Befragt die Bediensteten und bringt sie nach Ellien, wenn sie etwas Wichtiges wissen."

Leonas bedeutete den beiden Rittern, die Belrad hochgehievt hatten, zu dem Portal zu kommen. „Ihr kommt mit mir, wir sperren Belrad bis zur Abreise in Ellien ein."

Leonas bedeutete Naira und ihren Freunden, ihm zu folgen. Durch ein Portal zu treten, war auch beim zweiten Mal unwirklich, die Welt wurde für eine lange Sekunde zu nichts als Weiß und für einen Augenblick kam es Naira so vor, als würde ihr Fuß ins Leere treten und ihr Körper in unendliche Tiefe stürzen.

Im nächsten Augenblick jedoch kam sie auf festem Stein auf und sie stieß ihren angehaltenen Atem aus. Blinzelnd sah sie sich um, die Kiste fest in den Händen haltend und sie erkannte nichts an dem Raum wieder, in dem sie sich nun befanden. Lediglich der magische Zirkel am Boden, ein Ankerpunkt der alle Portale in einem gewissen Umkreis an diesen Ort umleitete, erinnerte sie vage an den Teleporttisch, den es im Hafen von Simerin gab.

Leonas schob sie sanft weiter und Naira trat rasch zur Seite, damit sie den anderen nicht länger im Weg stand.

„Bringt ihn in eine Zelle", befahl Leonas und die Ritter gingen mit langen, festen Schritten davon, Belrad jeweils an einem Arm festhaltend. Seine Fußfesseln waren von ihnen gelöst worden, was es für den Magier möglich machte Schritt zu halten ohne geschleift zu werden.

„Kommt", sagte Leonas und seine Stimme verlor den harschen, befehlenden Tonfall den er gerade angeschlagen hatte.

Er führte sie in einen Raum mit einem Tisch und ein paar Stühlen und einem Pult in der Ecke. Das Wappen des ansässigen Lords war hinter dem Tisch an der Wand angebracht und eine Magierlampe hing neben der Tür. Sie spendete Licht, während draußen vor den Fenstern langsam die Sonne aufging. Kurz darauf trat ein Schreiber ein, der rasch am Pult Platz nahm, leere Blätter ablegte und innerhalb weniger Sekunden eine Schreibfeder gezückt hielt, bereit alles zu dokumentieren.

Leonas befragte sie ausführlich und Naira und ihre Freunde beschrieben und erzählten ihm so detailreich, wie sie konnten, was passiert war und was sie herausgefunden hatten. Bei der

Nachricht das Belrads Bedienstete Sklaven waren, wurde Leonas Gesicht düster und sein Kiefer spannte sich an, ehe er wieder dazu überging Fragen zu stellen.

Naira überreichte ihm das dünne Buch, das ihr von dem Mädchen gegeben worden war, und Leonas befahl es sofort per Teleporttisch an König Etrim zu schicken, zusammen mit einer rasch geschriebenen Nachricht, worum es sich handelte, genauso wie die Flaschen mit bereits gebrautem Heilmittel. Leonas nahm auch wieder die Dolche entgegen, die er ihnen zuvor geliehen hatte.

Als Naira erwähnte, dass Belrad ihre Schulter mit einem Zauber ergriffen hatte, ließ Leonas prompt einen Heiler holen.

„Verschweig so etwas besser nie", sagte Leonas eindringlich. „Manche Zauber können wie Gift sein, manchmal bemerkt man erst später, dass sie einen umbringen, und dann ist es häufig schon zu spät. Vor allem bei einem Mistkerl wie Belrad kann man nie vorsichtig genug sein."

Der Heiler, als er eintraf, beruhigte sie, dass der Zauber keine verborgenen Nebenwirkungen hatte.

„Allerdings wird es ein Mal hinterlassen", fügte der Heiler ernst hinzu. „Der Zauber, der verwendet wurde, hat sich zu sehr in Euer Fleisch gefressen. Nur ein Erzmagier, geschult in Heilung, könnte das wieder makellos in Ordnung bringen und ich bin leider nicht so weit gekommen."

„Ist schon okay", versicherte Naira. „Solange ich keine bleibenden Schäden davontrage."

Der Heiler nickte verstehend und hob die Hände. Nachdem das Blau des Heilzaubers sich zurückzog, blieb eine silbergraue, große Narbe zurück, die grob wie eine Hand aussah. Naira war in diesem Moment einfach nur erleichtert, den Schmerz los zu sein.

Die Sonne war vollständig aufgegangen, als Leonas endlich mit seiner eingehenden Befragung fertig war.

„Wo kann ich euch erreichen, falls wir weitere Fragen haben?",
wollte er zum Schluss wissen.

„In Simerin", antwortete Naira und befeuchtete ihre Lippen. „Wir
müssen auch so schnell wie möglich wieder nach Hause, Freunde
von uns sind krank."

Leonas nickte und trommelte kurz nachdenklich mit den Fingern
auf dem Tisch, ehe er sich aufrichtete. „Ich organisiere euch ein
Portal." Auf ihre überraschten Gesichter hin lächelte er kurz leicht.
„Das ist das mindeste, das ich für euch tun kann."

Er gab dem Schreiber eine knappe Geste, der nickte, sein
Tintenfass zuschraubte und begann seine Schreibfeder zu
säubern. Die Aufzeichnungen waren offiziell vorüber.

„Wir müssen Simerin verlassen können, wenn wir dort ankommen", sagte Ethariel. Seitdem er das Heilmittel geschluckt hatte,
hatte er bisher nur einmal gehustet und Naira hoffte, dass war ein
Zeichen, dass es bereits begann zu wirken. „Mein Volk lebt außerhalb der Stadt."

„Ich verstehe." Leonas zog ein Blatt Papier aus einer Schublade
und schraubte rasch ein eigenes Tintenfass auf. „Ich schreibe euch
eine Erlaubnis."

Leonas hielt eine Hand hoch und Naira sah, dass sich an einem
seiner Finger ein Siegelring befand.

„Das hier ist das Siegel der Königsritter. Es hat zwar eigentlich
nicht die Macht, ein königliches Verdikt wie die Abrieglung außer
Kraft zu setzen, aber nicht viele wissen das. Ich denke, ihr solltet
damit durchkommen können." Er hob den Blick. „Doch...erwähnt
das hier besser nie."

„Wir schweigen wie ein Grab", versprach Naira und Leonas
lächelte kurz flüchtig, ehe er rasch begann zu schreiben.

Naira spürte wie Unruhe in ihr aufkam, sobald er die Nachricht
aufrollte und Siegelwachs darauf tropfte. Sie waren Simerin so
nah...so nah daran, den Menschen und Elfen dort zu helfen.

Nairas Finger schlossen sich etwas fester um ihre Knie und sie starrte eindringlich auf das tropfende Wachs, als könnte das den Prozess beschleunigen.

Dann endlich, sobald Leonas den Ring hineingedrückt hatte, überreichte er Ethariel das aufgerollte Papier und erhob sich. Sie folgten ihm in den Flur und zurück zu dem Portalraum, in dem sie zuvor angekommen waren. Leonas befahl unterwegs einem Bediensteten, einen Magier zu ihnen zu bringen.

„Wir brauchen ein Portal nach Simerin", sagte Leonas, sobald der Magier sie erreichte.

„Natürlich, das ist absolut kein Problem", versicherte dieser ihnen. „Ich bin nur allzu erfreut mit meinen Künsten zu dienen!"

Leonas nickte und wandte sich Naira, Ethariel und Nikita zu, bevor der Magier dazu ansetzen konnte, hastig weiter zu sprechen. Er schien ziemlich aufgeregt darüber, ihnen zu helfen. Oder wahrscheinlich eher, einem hochrangigen Königsritter auf irgendeine Weise zur Seite zu stehen.

„Was ihr getan habt, war mutig. Auch sehr leichtsinnig, aber definitiv mutig", sagte Leonas und straffte die Schultern, als er die Hand ausstreckte. „Die Krone dankt euch."

Naira schüttelte seine Hand, gefolgt von Ethariel und Nikita, bevor Leonas weitersprach: „Und auf persönlicher Ebene, ich danke euch. Ohne euch wäre uns der Mistkerl entwischt. Ihr dürftet in den nächsten Wochen mit einem Dankesschreiben des Königshauses rechnen. König Etrim würdigt die Leute, die dem Land dienen und Gutes tun." Leonas trat zur Seite und neigte verabschiedend das Haupt. „Nutzt den Tag."

„Das Licht sei mit Euch", antwortete Naira, und der Magier erschuf ein Portal. Es hing genauso silbern-weiß vor ihnen in der Luft, wie andere Portale zuvor, es war mannshoch und schien aus dichtem Nebel zu bestehen.

„Es wird euch nach Simerin bringen", sagte der Magier. „Dort gibt es einen Teleporttisch, den habe ich als Ankerpunkt für ein schnelles Portal genutzt. Ihr werdet direkt dort rauskommen. Bitte, nach euch."

Naira atmete ein und trat durch das Portal.

Teleportieren zählt unumstritten zu den schwersten Bereichen der Magie. Es ist hart zu lernen und erfordert viel Finesse.

Es kann viel schief gehen beim Teleportieren. Wenn man auch nur eine Kleinigkeit falsch macht, endet man sonst wo. Im besten Falle an einem anderen Ort als geplant, im schlimmsten Falle mitten im Boden oder einem Felsen oder Baum und wer sich nicht rechtzeitig befreien kann, erstickt oder wird zerdrückt. Jeder Magier, der es mühelos aussehen lässt, ist sein Gold alle Mal wert.

Beschwer dich also besser nicht, wenn Magier ihren Sold für das Teleportieren verlangen. Genauso wie du für ein meisterlich geschmiedetes Schwert den wahren Wert zahlst, zahlst du dafür, mit deiner Familie und deinen Waren binnen Sekunden von einem Ort zum nächsten gebracht zu werden.

Und wenn die Magier dir zu teuer sind, lass es bleiben. Die Straßen sind in Talha sicher genug.

- Ein privater Brief, verschickt aus der Händlergilde Talhas an den weit bekannten Weinhändler Delrion.

Zuhause

Der vertraute Geruch des Ozeans, vermengt mit einem Hauch Holzpolitur grüßte sie einen Augenblick später und dann stand Naira auch schon in dem Raum des Hafenkontors, in dem sich der Teleporttisch befand und wo ihr Vater zwei Räume weiter arbeitete.

Niemand war zu sehen. Der kleine Raum war leer und die Tür geschlossen. Abgesehen von dem kleinen, runden Holztisch in der Mitte befand sich nicht einmal ein weiteres Möbelstück im Raum. Runen und Linien waren fein säuberlich in das hochwertige Holz geschnitzt und formten einen kleinen Teleportationszirkel.

Nikita und Ethariel erschienen in der nächsten Sekunde neben Naira und sie tauschten rasch einen Blick.

„Wie wollen wir hier rauskommen?", fragte Ethariel leise.

Naira warf einen Blick zur Tür und dann zu dem einzelnen Fenster an der gegenüberliegenden Seite des Raumes. Es war gerade groß genug, dass sie sich hinaus quetschen konnten.

„Klettern wir raus, wenn wir können", sagte sie. „Dann sparen wir es uns unnötig aufgehalten zu werden und alles erklären zu müssen."

Wenn es nicht so dringlich wäre das Heilmittel zu Lanara und den anderen zu bringen, würde Naira die Tür nehmen, doch sie wollte nicht noch mehr Zeit verlieren. Die Kopie des Heilmittels gaben sie auch am besten beim Tempel des Lichts oder jemand anderem ab, der hoffentlich nicht zu viele Fragen stellen und sie aufhalten würde.

Das Fenster ließ sich mit einem Ruck und Quietschen öffnen und Naira verzog bei dem Geräusch besorgt ihr Gesicht. Sie warf einen Blick nach draußen und atmete erleichtert auf, als sie niemanden sehen konnte. Das Fenster führte in eine leere Gasse zwischen dem Kontor und einem Lagerhaus des Hafens. Naira schwang rasch einen Fuß hinaus.

Das Fenster befand sich ein Stockwerk über dem Boden und Naira beschloss kurzerhand sich das restliche Stück fallen zu lassen. Sie hielt sich einen Moment am Fensterrahmen fest, ihre Beine ins leere baumelnd, ehe sie losließ.

Sie richtete sich rasch wieder auf, sobald sie gelandet war, und trat ein paar Schritte zur Seite, um Platz zu machen. Naira sah sich aufmerksam um, während erst Ethariel und dann Nikita ebenfalls herabsprangen.

„Wohin?", fragte Nikita und Naira erinnerte sich mit einem Mal daran, dass Nikita noch nie in Simerin gewesen war.

„Hier lang", sagte Naira leise und führte sie rasch zum Ende der Gasse. Es war wenig los, was Naira kaum überraschte, wenn sie bedachte, dass der Hafen geschlossen war. Dennoch war es ein wenig erschreckend die Docks bis auf ein Schiff leer zu sehen. Der Hafen war immer so voller Leben gewesen.

Nur zwei Leute waren auf der Straße vom Hafen zum Marktplatz zu sehen und ganz Simerin schien von einer stillen Schwere umgeben zu sein. Obwohl die Sonne schien und der Tag sommerwarm war, wehte ein kalter Wind vom Meer herauf.

Auf ihrem Weg zwischen den Häusern Richtung Marktplatz wurde Nairas Gesicht immer ernster, je öfter sie ein weißes X an den Türen sah. Es waren so viele. Fast jeder Haushalt schien befallen zu sein.

Als Naira das Wirtshaus 'Zwischen Hier und Da' sah, hielt sie inne und sah zu Ethariel. Er hatte ihren Blick bemerkt und zögerte, ehe er nickte.

„Wenn wir leise sind", sagte er. „Und niemand sonst es mitbekommt. Ich kann nicht viel von dem Mittel abgeben, wir müssen auch Lanara und den anderen helfen."

Sie suchten sich einen Weg hinter den Häusern entlang, bis sie die Rückseite des Wirtshauses erreichten. Es gab eine Hintertür, die zu Elras Küche führte, und Nairas Hals fühlte sich zugeschnürt an bei dem Gedanken, dass es vielleicht schon zu spät sein könnte.

Sie klopfte einige Male an und es dauerte zwei lange Minuten in denen Naira fast schon weiter gehen wollte, ehe sie schwere Schritte hörte.

Ein Schloss wurde aufgesperrt und die Tür schwang auf. Naira erkannte Ben beinahe nicht wieder. Sein Gesicht wirkte trotz der Sommerbräune bleich, beinahe schon grau und er hatte dunkle Schatten unter den geröteten Augen. Er hatte geweint. Ben ging geduckt und er wirkte so viel kleiner als jemals zuvor. Von seinem üblichen Lächeln fehlte jede Spur. Nairas Herz setzte einen Schlag aus. War Elra etwa...

Ben hielt überrascht inne, sobald er sie sah. Er richtete sich kaum merklich ein wenig auf und sein Blick wurde etwas weniger dumpf und resigniert.

„Naira, Ethariel, was macht ihr denn hier?", fragte er und seine Stimme klang rau und belegt. „Und wer ist eure neue Freundin?"

„Das ist Nikita", sagte Naira. „Ist Elra...?"

Ben holte tiefer Luft und sein Atem stockte kurz. „Nein, nein, er ist noch hier bei mir."

Naira trat erleichtert einen Schritt vor. „Können wir rein?"

Ben trat wortlos zur Seite und hielt ihnen die Tür auf. Die Küche war kalt und nur ein paar alte Gerüche hingen noch darin. Naira hatte Elras Küche nur einmal betreten und damals war so viel los gewesen. Zwei große Kessel hatten über dem Feuer an der Seite geköchelt und Elra hatte bereits begonnen mehrere Pasteten zu backen, während die beiden Küchenjungen eilig Gemüse geschnitten und los geeilt waren, wenn Elra etwas gebraucht hatte. Diese dunkle, kalte Leere die nun herrschte fühlte sich unwirklich an.

„Hast du ein kleines leeres Fläschchen irgendwo?", fragte Naira bevor Ben etwas sagen konnte. „Wir, wir haben ein Heilmittel."

Ben stockte und sah sie einen Augenblick lang eindringlich an, als wolle er wirklich absolut sicher gehen, dass sie die Wahrheit sagte. Im nächsten Moment eilte er zu einem Schrank an der Seite. Nach einem kurzen Suchen und dem Umstoßen eines kleinen Topfes, den er hastig wieder aufrichtete, kam er mit einem Fläschchen zurück. Es wirkte beinahe schon zerbrechlich in seiner großen Hand.

Ethariel zog seine Flasche hervor, entkorkte sie und füllte das kleine Fläschchen halb voll.

„Du kannst niemandem sagen, dass du es hast", fügte Naira hinzu und zog eine der Kopien des Heilmittels hervor, die sie in Bens freie Hand drückte. „Wir haben nicht genug für alle, aber hier ist das Rezept. Gib es an die Heiler im Tempel. Der König hat das Rezept ebenfalls und die Krankheit ist bereits gebrochen, die Leute werden wieder gesu-"

Naira brach überrascht ab, als Ben sie und Ethariel in eine feste Umarmung zog und für einen Augenblick spürte sie, wie sein Atem zitterte und er mit den Tränen kämpfte.

„Danke", flüsterte er und seine Stimme klang ein wenig unstet. Er ließ sie wieder los und wischte sich rasch über die Augen. „Ich, ich muss sofort zu Elra."

„Geh", sagte Naira. „Ein Löffel pro Tag, nicht mehr. Und gib das Rezept an den Tempel."

Ben nickte und eilte raschen Schrittes aus der Küche. Naira bedeutete Ethariel und Nikita ihr aus der Hintertür zu folgen. Sie war sich sicher, dass Ben zum Tempel gehen würde, sobald er Elra etwas von dem Mittel einflößen konnte. Der Gedanke ließ sie leichter atmen. Bald würde dieser ganze Albtraum vorbei sein.

Sie konnten jedoch nicht hier bleiben. Nicht mit den Elfen in Gefahr, die zu wenig Kontakt zu den Städten und Menschen hatten. Die Elfen würden ansonsten als letztes von dem Heilmittel erfahren, ganz zu schweigen davon, ab wann sie es erhalten würden.

Naira und ihre Freunde huschten weiter die schmalen Gassen hinter den Straßen entlang bis sie das Tor erreichten, das Naira für gewöhnlich immer durchquerte, um Simerin zu verlassen. Das letzte Mal war sie hier gewesen kurz bevor die Stadt abgeriegelt worden war.

Zwei Wachen standen am Tor. Beide waren grimmig und einer von ihnen wirkte, als wäre er ebenfalls schon krank. Sein Gesicht war blass und er hustete kurz in seinen Ellbogenbeuge, während sein Kollege ihn besorgt ansah.

„Geht nach Hause", sagte der erste, noch gesunde Wachmann barsch, sobald er Naira und ihre Freunde bemerkte. Der Mann hatte einen dicken Bart und einige Narben auf den Knöcheln, als hätte er schon die eine oder andere blutige Schlägerei hinter sich.

„Wir haben Erlaubnis, die Stadt zu verlassen", sagte Naira und Ethariel hielt ihnen das Schreiben von Leonas entgegen. „Von den Königsrittern persönlich."

Die Wachen sahen verdutzt und überrumpelt aus, ehe sie einen misstrauischen Blick tauschten. Die zweite, kränkelnde Wache streckte ungeduldig eine Hand aus und seine Augenbrauen hoben sich, sobald er das Siegel sah.

„Beim Licht", murmelte er und zeigte es seinem Kameraden, ehe er einen Schritt vom Tor wegtrat. „Ich bringe das dem Kommandanten."

Mit diesen Worten hastete er davon und der erste Wachmann musterte Naira und ihre Freunde stirnrunzelnd, als könnte er sich absolut nicht vorstellen, wie sie an so ein Schreiben gekommen waren. Unangenehme Stille herrschte zwischen ihnen und Naira unterdrückte mit Mühe ihre wachsende, ungeduldige Unruhe. Am liebsten würde sie einfach den Mann beiseitestoßen und das Tor selbst öffnen.

An der Wasseruhr des Wachpostens sah Naira, dass es über eine halbe Stunde dauerte, ehe die zweite Wache wieder zurückgehastet kam, das Gesicht ein wenig gerötet und die Stirn leicht mit Schweiß bedeckt.

„Er sagt, wir sollen sie durchlassen", sagte er und warf ihnen einen halb verwirrten, halb bewundernden Blick zu. „Das Siegel ist echt und Leonas Allon ist einer der bekanntesten Königsritter die es gibt."

„Beim Licht, wirklich?" Das grimmige Gesicht der ersten Wache wich verdutztem Erstaunen. Er wandte sich Naira und ihren Freunden wieder zu. „Woher...beim Licht, habt ihr ein Glück. Dann los durch mit euch bevor das hier jemand mitbekommt und wir einen Aufstand haben, warum die Tore nicht für alle geöffnet werden."

Die erste Wache zog einen Schlüsselbund vom Gürtel und gemeinsam schlossen sie das Tor auf. Es wurde nur soweit geöffnet, dass Naira und ihre Freunde sich hindurch quetschen konnten, ehe es auch schon wieder geschlossen und abgesperrt wurde.

Die vertrauten Felder und Höfe, die Simerin umgaben, lagen nun vor ihnen und Naira atmete unbewusst auf, als sie den Wald der Elfen in einiger Entfernung sah.

Sie eilten los, halb laufend und schwitzend in der Sonne, doch keiner von ihnen wollte langsamer werden. Naira sowie Ethariel wollten so schnell wie möglich ankommen und Nikita war die ganze Zeit über entschlossen an ihrer Seite.

Ethariel atmete auf, sobald sie die Statuen von Ro'lin und Arelia passierten, die sich hell und willkommen heißend am Waldrand, rechts und links des Elfenweges, erhoben.

Die Sonne begann sich dem Nachmittag zuzuneigen, als sie endlich Nurethal erreichten, und sie liefen ohne inne zu halten weiter. Später, später konnten sie ankommen und endlich wieder zuhause sein, jetzt mussten sie erst den Tempel erreichen.

Der Tempel erhob sich genauso weiß und verziert wie üblich vor ihnen und diesmal wussten sie, in welchem Raum sich Lanara befand. Solange Lanara nicht verlegt worden oder gestorben war. Naira wagte kaum an letzteres zu denken.

Naira und Ethariel schlichen sich mit Nikita in den Krankenflügel und sie schafften es, die Heiler zu umgehen, sodass sie in Lanaras Zimmer schlüpfen konnten, ohne entdeckt zu werden. Als Naira sich umwandte und zu dem Bett sah, wurden ihre Knie kurzzeitig weich vor Erleichterung. Lanara war noch hier und sie war noch am Leben.

Sie waren nicht zu spät gekommen.

Ethariel eilte zu Lanara und schüttelte leicht ihre Schulter. Ihre Freundin erwachte nicht, doch sie gab einen leisen Laut von sich. Naira half Ethariel dabei, Lanara aufzusetzen, während Nikita an der Tür blieb und wachsam lauschte, ob jemand zu ihnen kam. Ethariel flößte Lanara vorsichtig Tropfen für Tropfen von dem Heilmittel ein.

Lanara schien nichts davon zu merken und Naira ließ sie zurück in ihr Kissen sinken, sobald Ethariel fertig war.

„Jetzt heißt es warten", flüsterte er und fuhr sich grob über das Gesicht. Er warf Naira und Nikita einen raschen Blick zu. „Mein Vater, es ist möglich, dass er hier ist."

„Suchen wir ihn", sagte Naira und sie selbst wollte sehen, ob Oleyn hier war, und wenn ja, wollte sie ihm ebenso helfen wie Lanara. Er war ein zweiter Vater für sie und sie spürte kalte Angst ihr Herz ergreifen bei dem Gedanken, ihn zu verlieren. Ethariel musste es da noch schlimmer gehen.

Sie huschten zurück auf den Flur und fanden Oleyn zwei Zimmer später, ohne von den Heilern entdeckt zu werden. Er war wach und sein fiebriges Gesicht war von Erleichterung erfüllt, sobald er sie sah.

„Naira, Ethariel", sagte er mit rauer Stimme und schloss sie in die Arme, als sie an seine Seite traten. „Valia sei Dank, euch geht es gut."

„Wir haben ein Heilmittel", sagte Ethariel rasch und hielt die Flasche hoch. „Nimm einen Schluck. Dann geben wir es an die Heiler, zusammen mit einem Rezept."

Oleyn musterte die Flasche einen Moment und tat dann, wie Ethariel gesagt hatte. Er verzog angewidert das Gesicht, sagte jedoch nichts und reichte die Flasche zurück.

„Geht", sagte er verständnisvoll, sobald er bemerkte, dass es Naira und Ethariel wiederstrebte, seine Seite zu verlassen. „Tut weshalb ihr hergekommen seid." Er sah Nikita mit einem kleinen Lächeln an. „Und wir können uns einander in Ruhe vorstellen, wenn es mir wieder besser geht."

Ethariel ergriff die Hand seines Vaters und drückte sie kurz. Mit einem letzten Abschied verließen sie das Zimmer. Naira sah zeitgleich eine Heilerin auf den Flur treten und die Elfe setzte dazu an, sie aus dem Tempel zu scheuchen, bevor Naira und Ethariel sie unterbrachen.

Ethariel und Naira überzeugten sie, dass sie ein Heilmittel und Rezept für weitere Herstellung hatten und der Zauber der Krankheit gebrochen war. Die Elfe atmete scharf ein und rief dann rasch nach den anderen Heilern.

Der Krankenflügel des Tempels brach in aufgeregte Aktivität aus und eine Druidin des Tempels geleitete sie schließlich sanft aber nachdrücklich nach draußen.

„Danke, für alles das ihr getan habt", sagte die Frau und küsste sie alle auf die Stirn. Nikita sah überrascht aus, als auch ihre Stirn geküsst wurde. „Geht nun heim, wir kümmern uns um den Rest."

Die Druidin kehrte in den Tempel zurück und für einen Augenblick standen sie gemeinsam still davor.

Das war es. Sie hatten getan was sie konnten, der Rest lag nun nicht mehr in ihren Händen.

„Kommt", sagte Ethariel. „Gehen wir nach Hause."

„Ich hoffe unseren Pferden geht es gut", sagte Nikita auf einmal und Ethariel drückte beruhigend ihre Schulter.

„Solange sie zusammenbleiben und deine Stute den Nethral folgt, sollten sie den Weg nach Nurethal finden." Ethariel hielt inne um zu husten und er ließ die Hand zu schnell sinken, als dass Naira sehen konnte, ob er immer noch Blut hustete. „Die Nethral sind gut darin, Gefahren zu umgehen, ich bin sicher, sie tauchen bald auf."

Nikita nickte und ihre Schultern entspannten sich etwas. Der Weg zu Ethariels Zuhause fühlte sich lang an und seine Mutter öffnete die Tür, ohne dass sie überhaupt nach der Türklinke greifen oder anklopfen konnten.

„Ihr seid zurück, Valia sei Dank!" Sie zog Ethariel und Naira in eine feste Umarmung und Naira konnte nicht anders, als ihr Gesicht in Nelveys Schulter zu vergraben und sie fest zurück zu umarmen.

Naira fühlte sich, als könnte sie vor Freude lachen und gleichzeitig für eine ganze Woche einfach nur schlafen. Nelvey küsste sie auf die Stirn und in ihren Augen funkelten Tränen, während sie breit lächelte. Dann hob sie den Blick zu Nikita.

„Und wer ist diese junge Dame?", fragte sie.

„Das ist unsere Freundin Nikita", sagte Ethariel. „Ohne sie hätten wir das nicht geschafft."

Nikita neigte ihr Haupt. „Es ist eine Freude, Sie kennen zu lernen."

340

„Und mir eine Ehre", antwortete Nelvey warm und bedeutete ihnen einzutreten. „Ist euch etwas passiert? Kommt rein, erzählt mir alles."

Und das taten sie auch, während Nelvey sie mit gebackenem Kuchen und Früchten versorgte und aufmerksam zuhörte. Naira, Ethariel und Nikita ließen ein paar der düsteren Details aus und Nelvey schaffte es danach, sie alle drei gleichzeitig in eine Umarmung zu ziehen, was Nikita ein kleines, überraschtes Geräusch entlockte.

„Ihr habt es geschafft", flüsterte Nelvey mit einer wilden Erleichterung in der Stimme. Sie ließ sie wieder los und hatte für einen Moment wieder Tränen in den Augen. Naira fühlte sich bis in die Knochen erleichtert, als hätte ein Teil von ihr nur auf diese Worte gewartet. „Jetzt geht und ruht euch aus. Ich koche uns für heute Abend ein Festmahl, das wird gefeiert!"

Naira sah Ethariel und Nikita an und bemerkte erst, dass sie genauso breit und erleichtert lächelte, wie ihre Freunde, als ihre Wangen begannen zu schmerzen. Die Krankheit war gestoppt und die Menschen und Elfen konnten wieder heilen. Es war vorbei.

Naira lehnte sich gegen Nikitas Schulter und Ethariels Kopf landete auf Nikitas anderer Schulter und bevor sie es wirklich merkten, brachen sie gemeinsam in erleichtertes, erfreutes Lachen aus.

Epilog: Das Erntefest

Nairas Atem stieg neblig vor ihr auf, als sie einen Blick in den dunklen, klaren Sternenhimmel warf. Der Herbst fand nun sein Ende und heute Nacht wurde das Ende des ertragreichen Jahres gefeiert. Es wurde dem Gott des Lichts für die Ernte gedankt und der Beginn des Winters eingeläutet.

„Naira, es braucht wirklich nicht solche Eile", rief ihre Mutter hinter ihr und Naira warf einen Blick über ihre Schulter zu ihren Eltern, die in gemäßigtem Tempo Seite an Seite in Richtung des Marktplatzes gingen.

Ihre Mutter hatte ein reich besticktes Wolltuch um die Schultern geschlungen und den Arm mit ihrem Mann verhakt, während sie vorsichtig an einem halb gefrorenen Haufen Pferdeäpfel vorbei stieg, um den Saum ihres feinen Kleides sauber zu halten.

Naira trug ebenfalls ein reich besticktes Festkleid, zusammen mit ihren Winterstiefeln und einem dicken Wollumhang. Ihre Haare hatte sie von ihrer Mutter für den Anlass speziell flechten lassen und in ihren aufwendigen Zopf waren blaue Bänder geflochten.

„Sie entzünden bald das Feuer!", rief Naira zurück. „Ich geh schon mal vor!"

Sie hörte gerade noch ein Seufzen von ihren Eltern, ehe sie weiter die Straße hinab eilte. Simerin war über die Wochen wieder zu seiner alten Belebtheit zurückgekehrt, nachdem die Krankheit endlich besiegt und die Leute wieder geheilt waren. Alle Türen die zuvor ein weißes X getragen hatten waren frisch gestrichen worden, um jegliche Erinnerungen zu vertreiben und die Erleichterung und Freude der Menschen war bis in jeden Mauerstein zu spüren.

Der große Marktplatz war bereits mit vielen Besuchern gefüllt und Naira sah den riesen Holzstapel, der für das Erntefeuer erbaut worden war. Das aufgeschichtete und mit Reisig umrundete Holz überragte selbst den größten Menschen und um den Marktplatz herum waren genug Fackeln entzündet worden, um alles warm zu erhellen.

Entlang des Randes des Marktes standen einige Karren, die heiße Suppen und Getränke verkauften oder farbige Bänder und andere kleine Schmuckstücke. Es gab auch zwei Stände, von denen ein süßer Geruch herüber wehte, und von einem anderen kam der Duft von gebrannten Nüssen.

Das Wirtshaus *'Zwischen Hier und Da'* war längst wieder eröffnet und die Eingangstür selbst stand heute weit offen. Die Menschen strömten hinein um sich Elras beliebten süßen, heißen Apfelwein zu holen oder ein Stück von den festlichen Gebäcken, die Elra zur Feier des Tages in großen Mengen gebacken hatte.

Naira entdeckte in den Händen der Wirtshausbesucher, die erfolgreich wieder hinausgingen, alles mögliche, von kleinen Kuchenstücken bis zu Keksen und Honiggebäck mit Rosinen oder Kürbiskernen darauf.

Ein warmes, erfreutes Stimmengewirr erfüllte den ganzen Markt und Gelächter war von allen Ecken und Enden zu hören. Es erfüllte Naira mit solcher Freude, sie spürte bereits wie ihre Mundwinkel vom Lächeln begannen zu schmerzen.

Einige junge Männer und Frauen huschten kichernd an ihr vorbei, gekleidet in die traditionellen Tanzkleider Simerins. Ihre Haare waren mit roten Bändern geflochten und sie trugen Kronen aus Mistelzweigen mit roten Früchten auf den Häuptern. Sie würden den jährlichen Tanz aufführen, sobald das Feuer entzündet war.

Andere Festbesucher winkten Naira erfreut zu und nicht wenige von ihnen neigten das Haupt, dankbar selbst einige Wochen nachdem der letzte Hauch der Krankheit aus Simerin vertrieben worden war. Ben hatte kein Geheimnis daraus gemacht, dass Naira und ihre Freunde das Heilmittel gefunden hatten. Das sie vor einer Woche von Lord Dinces auf sein Schloss eingeladen worden waren um dort offiziell von der Krone ausgezeichnet zu werden, hatte sich bei den Menschen ebenfalls herumgesprochen.

Auch die Elfen hatten sich bei ihnen bedankt für ihren Mut und ihre Stärke loszuziehen und sich von keiner Widrigkeit aufhalten zu lassen.

Die Nethral sowie Nikitas Pferd waren glücklicherweise unversehrt, wenn auch ein wenig verdreckt, zurückgekehrt. Nikita war sehr glücklich darüber gewesen, ihre Stute wieder zu haben und ihr Pferd war seitdem bei den Elfen untergestellt.

Lanara und Ethariel entdeckte Naira bisher noch nicht auf dem Markt, genauso wenig wie Nikita und Vella, die mit ihren Eltern vor ein paar Tagen in Simerin eingetroffen war. Naira beschloss kurz Ben und Elra zu grüßen, bevor sie versuchen würde noch einen guten Platz zu ergattern um das Entzünden des Erntefeuers gut zu sehen.

Der Geruch nach süßem Gebäck, heißem Wein und gebackenen Äpfeln hieß Naira willkommen, sobald sie in das '*Zwischen Hier und Da*' trat. Das Wirtshaus war erfüllt von Licht und den flotten, fröhlichen Liedern des Musikers, beinahe so als hätte es die düstere Zeit der Krankheit nie gegeben.

So ganz ließ sich jedoch nicht ignorieren, was geschehen war. Naira sah in einer Ecke einige ernste Leute beisammensitzen, deren Gesichter von Trauer erfüllt waren und die dennoch den Festtag nicht verpassen wollten. In Simerin waren einige Menschen wegen der Krankheit gestorben und trotz der Feier war unter der Fröhlichkeit nicht zu vergessen, was im Sommer geschehen war.

Naira musste sich kaum nach vorne zu Ben durchschieben, da die Besucher sie sofort durchließen, sobald man sie bemerkte. Bens Gesicht hellte sich auf, als er Naira sah und nachdem er den derzeitigen Kunden ihre Getränke überreicht hatte, schaffte er es sie über den Tresen hinweg warm und kräftig zu umarmen.

„Naira, wie schön dich zu sehen!", rief er erfreut. „Was darf es sein?"

„Apfelwein bitte", antwortete Naira, die Stimme über die Musik und das Lachen der Wirtshausgäste erhoben. „Und einen Apfelstrudel, wenn noch einer da ist!"

Ben brachte ihr rasch einen dampfenden Becher gefüllt mit Apfelwein und zwinkerte dann verschwörerisch, als er unter dem Tresen ein großes, mit Zimt bestäubtes Stück Apfelstrudel hervorholte.

„Ich weiß doch, wie sehr du Elras Backkünste liebst", sagte er und winkte ab, als sie ihren Geldbeutel hervorholte. „Naira, wirklich, du und deine Freunde, euer Essen geht aufs Haus bis zum Ende meiner Tage! Ihr werdet nicht ein Kupferstück zahlen. Das ist das mindeste das ich tun kann. Hier, nimm und genieß das Fest! Oh, und richte noch einmal meinen Dank an den Elfenschmied aus, Elra ist hin und weg über die Messer."

Er drückte ihr mit einem fröhlichen Grinsen den Strudel in die Hand und wandte sich fröhlich den nächsten Kunden zu, bevor Naira protestieren oder sonst noch etwas sagen konnte. Sie rief Ben einen Dank zu, den er mit einem Wink erwiderte, ehe er weitere Becher mit Apfelwein füllte.

Ihr heißes Getränk vorsichtig in einer kalten Hand haltend und den etwas klebrigen Strudel in der anderen, suchte Naira wieder ihren Weg nach draußen. Außerhalb des Wirtshauses hatte der Tempelchor begonnen, die ersten Lieder des Lichts zu singen, und die Gäste hatten ihre Stimmen bewundernd und respektvoll ein wenig gesenkt, um ihnen zuzuhören.

Naira nahm einen Bissen und ihr Gesicht hellte sich auf, sobald sie Ethariel und Lanara erspähte, die von einem Karren geröstete, heiße Maroni kauften.

„Naira!", rief Lanara erfreut, sobald sie Naira ebenfalls bemerkte. Die Elfe hatte ihre Haare für den Anlass hübsch geflochten und sie trug ein grünes Wollkleid, dass elegant mit goldgelbem Faden bestickt war. Naira sah, dass selbst Ethariel von seiner üblichen Frisur abgewichen war. Er hatte seine ganzen Haare zu einem eleganten Zopf geflochten, in dem sich einige silberweiße Bänder befanden. Er trug dazu eine fein verarbeitete Kette mit einem verzierten Amulett um den Hals, eines der Familienschmuckstücke, die seine Eltern schon seit Generationen besaßen und nur für besondere Anlässe herausholten.

Da sie alle etwas in den Händen hielten, ließen sie die Umarmungen aus und suchten sich stattdessen rasch einen Platz in der Menge, bevor das Gedränge zu dicht wurde.

„Hat jemand Nikita gesehen?", fragte Lanara über das Stimmenraunen hinweg. „Vella und sie wollten mit uns am Fest teilnehmen."

„Ich habe vorhin gesehen, wie Vella sie in eine Seitengasse gezogen hat", sagte Ethariel der sich ein wenig zu ihnen neigte um besser gehört zu werden. Ein spitzbübisches Grinsen erschien auf seinem Gesicht. „Ich wollte sie lieber nicht stören."

Im nächsten Moment sah er aus, als hätte er sich plötzlich an etwas erinnert und wandte sich an Naira. „Meine Eltern sind ebenfalls hier. Sie wollten das Fest dieses Jahr hier mitfeiern und ich soll dich fragen, ob du danach mit zu uns kommst."

Die Elfen hatten ebenfalls ein Fest, das sie am Ende des Herbstes feierten. Dort dankten sie den Valia für ein Jahr der Wärme und Fruchtbarkeit und hießen die Geister des Winters willkommen. Sie befeierten die kommende besinnliche Zeit, die der Schnee zu ihnen bringen würde, und das Zusammenrücken und viele Geschichtenerzählen nach dem frühen Einbruch der Nacht.

Naira schaffte es gerade noch zuzustimmen, da ging das Erntefest Simerins auch schon los. Musik erklang und wie aus einem Munde

346

erhoben die Leute um sie herum die Stimmen. Sie sangen alle zusammen das Lied des Herbstes und des Dankes, während am Ende des Marktplatzes eine Fackel entzündet wurde. Jedes Jahr wurde jemand neues auserwählt, der das Feuer entzünden durfte und dieses Jahr war es Jeral. Jeral machte weiterhin keinen Hohn daraus, dass er sie und die Elfen verachtete, selbst nach allem das passiert war. Naira konnte nicht sagen, dass sie der Meinung war, Jeral hatte die Ehre des Entzündens besonders verdient, doch sie war zu fröhlich, um sich wegen ihm die Laune in irgendeiner Weise verderben zu lassen.

Was ein Jahr, was ein Jahr
Im Licht der Liebe und den reichen Geschenken der Erde
Oh, Gott des Lichts und Tochter des Mondes

Was ein Jahr, was ein Jahr
Voll Freude danken wir euch für all den Schutz und die Liebe
Die euer Licht zu uns brachten

Was ein Jahr, was ein Jahr
Kommt es nun zu Ende und der Winter beginnt
Möge Barmherzigkeit unsere Taten leiten und Besinnlichkeit unsere Worte

Was ein Jahr, was ein Jahr
Die Kälte kommt und unser Land ruht
Die Wärme lebt nun in unseren Herzen und Händen

Was ein Jahr, was ein Jahr
Vielen Dank, Gott des Lichts und Tochter des Mondes
Für so ein beschenktes Jahr

Naira und ihre Freunde sangen mit allen das Lied mit und während die letzte Strophe angestimmt wurde, konnten sie sehen, wie Jeral vom anderen Ende des Marktes los rannte. Kaum, dass das letzte Wort endete, hielt er die Fackel an das trockene, mit speziellem Öl versetzte Reisig und mit einem gewaltigen Aufflammen entbrannte das Feuer so schlagartig, Naira konnte das Auflodern der Flammen hören.

Die Menschen um sie herum brachen in Jubel aus und Umarmungen gingen reihum. Naira hatte inzwischen ihren Apfelstrudel genug aufgegessen, dass sie sich den letzten Bissen in den Mund stopfen und Ethariel und Lanara umarmen konnte, ohne ihren Apfelwein dabei zu verschütten.

„Hier seid ihr!", erklang Vellas Stimme hinter ihnen. Die umstehenden Menschen waren gut aufgelegt und ließen sie und Nikita nur mit ein paar scherzenden Rufen zu ihnen durch.

Vella hatte ein breites Lächeln auf dem Gesicht und sie hielt Nikitas Hand in ihrer, ihre Finger ineinander verschränkt. Vella und Nikita ließen einander nicht los, selbst als sie ebenfalls umarmt wurden.

„Oh, die Tänze beginnen", bemerkte Vella, kaum dass sie einander begrüßt hatten und Trommeln wurden laut, gefolgt von einem fröhlichen Lied mehrerer Musiker, die gemeinsam spielten. Jeral wurde unterdessen von seinen Freunden mit Lob und Schulterklopfen begrüßt und er hob mit stolzgeschwellter Brust das Kinn.

Naira konnte nicht allzu viel von den Frauen und Männern sehen, die in Festkleidung begannen um das Feuer zu tanzen, doch die Leute lachten und klatschten im Takt und sie genoss einfach nur die Stimmung um sie herum.

Breit lächelnd sah Naira an den hoch lodernden Flammen hinauf in den freien Himmel. Der Mond stand voll und rund über ihnen und die Sterne erstreckten sich in einer wahren Flut aus leuchtendem Weiß über dem Himmel. Es war beinahe, als würde die Mondtochter auf sie herabsehen und für ihre Feier den Mond so hell wie möglich scheinen und ihre Sternenkinder den Himmel erglühen lassen. Es war die perfekte Nacht für das Erntefest und nach dem Sommer, den sie hatten, war das mehr als verdient.

Naira nahm einen Schluck von ihrem Apfelwein und genoss den Geschmack auf der Zunge und die Wärme, die sich in ihrem Bauch ausbreitete, als mit einem Mal ein unerwarteter, kalter Schauer ihren Rücken hinab rann. Ihre Freunde hielten inne und auch einige der Leute um sie herum schienen für eine Sekunde zu verstummen, ehe sie wieder weitersprachen oder klatschten.

Naira spürte, wie ihr Magen sich unwohl zusammenzog und sie tauschte einen nervösen Blick mit Ethariel und Lanara, ehe ihr Blick von etwas nach oben in den Himmel gezogen wurde. Am Rande bemerkte sie, dass es nicht nur ihr so ging und die umstehenden Festbesucher ebenfalls hochsahen.

Naira sog entsetzt Luft ein, ehe sie den Atem anhielt und eine eisige Faust sich um ihren Magen und ihr Herz schloss.

Lautlos wie ein finsteres, hungriges Biest aus Schauergeschichten breitete sich etwas über dem Himmel aus, das jegliches Licht verschluckte. Es war nicht einfach nur Finsternis, was auch immer das war, es sah aus als würde es Stern um Stern verschlingen und Musik erstarb, die Tänzer blieben stehen und Leute begannen entsetzt zu rufen und hinauf zu deuten.

Die lebende Schwärze verschlang den Himmel bis es auch den Mond erreichte und Naira und viele andere gaben einen entsetzten Laut von sich, als auch der Mond in der Finsternis verschwand. Binnen weiterer Augenblicke war der gesamte Himmel über ihnen pechschwarz, auf eine Weise, dass es sich anfühlte, als würde die Finsternis lauernd und schwer über ihnen warten, bereit sich auf sie herabzustürzen.

Naira spürte, wie ihr Herz schneller schlug, als sie hinauf starrte und versuchte zu verstehen, was geschehen war. Der Becher mit

Apfelwein fiel ihr beinahe aus den tauben Fingern und sie konnte den Blick nicht abwenden.

Naira hörte, wie um sie herum Gebete des Lichts laut wurden und sie spürte, wie Lanara ihre freie Hand ergriff und Ethariels Hand sich um ihren anderen Arm schloss, während sie ebenfalls in den Himmel starrten.

Ungefragt erhob sich Belrads Stimme plötzlich in Nairas Geist und formte die letzten Worte die er zu ihr gesagt hatte: *Ihr habt gar nichts aufgehalten.*

Übersetzungen

Elfen Sprache:

En' Harell = Sei Willkommen / Sei gegrüßt

Tithrien lo ma elatar = Glück für die Jagd (ein alter Ausdruck um Glück für eine erfolgreiche Jagd zu wünschen)

Skoll = Lässt sich als Idiot oder Hirnloser übersetzen

Elhan = Danke

Elithen ma Valia uro osha en lothlora = Mögen die Valia euch leiten und schützen

Vae indra en lothra = Reitet schnell und sicher

Alenda Olos = Friedliche Träume

Varoea = Bis bald

Urna othra ellio urna es olma inethia = Unser Tod bringt uns in ihre Arme (Elfen glauben, dass ihr Tod sie in die Arme der Valia bringt, die sie sicher ins Jenseits tragen und sie dort mit zuvor verstorbenen Liebsten wieder vereinen)

Nethral = Der Name der Elfenpferde (wortwörtlich übersetzt bedeutet es 'Windgesegnet')

Vael = Verdammt

Übersetzung des Wiegenliedes der Elfen:

Schließ die Augen mein Kind
Und hör gut zu
Die Valia wachen über dich
Und sorgen für deines Nachtes Ruh

Das Rauschen der Bäume ist ihr Gesang
Der warme Wind ihre Umarmungen
Der Regen der fällt
Bringt die Ruhe der Welt

Deine Träume sind sicher
Hör nur auf ihr singen
Die Valia sind bei dir
Von jetzt bis in alle Zeit

Schließ die Augen mein Kind
Und hör gut zu
Die Valia wachen über dich
Und sorgen für deines Nachtes Ruh

Eine kleine Anmerkung, sollte es für Verwirrung gesorgt haben:
Falls sich jemand wundert, das Inselland mittig der Karte ist mit
Absicht unbenannt.

Eine Skizze des arkanischen Herzen

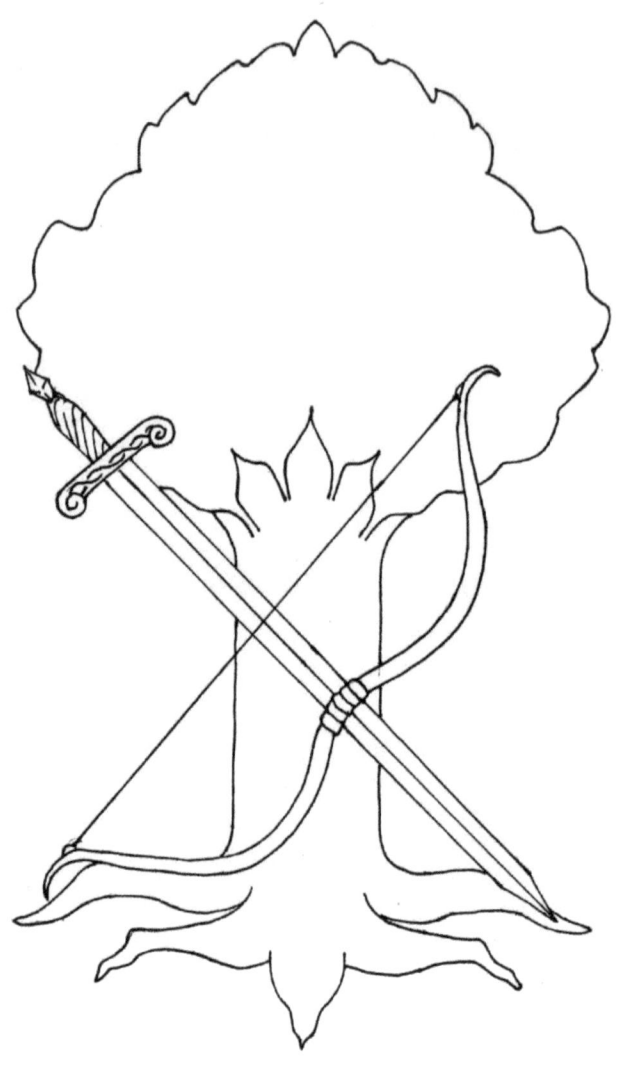

Eine Skizze des Wappen der Valia

Danksagung

Dieses Buch ist nunmehr seit fast drei Jahren in Arbeit und ich hätte es niemals ohne die wunderbare Unterstützung meiner Familie und Freunde geschafft. Mein größter Dank geht raus an meine Familie, die sich meine Ideen immer wieder angehört hat und neu geschriebene Stellen geduldig durchlasen.

Mein Dank geht an Eva, die sich dieses Buch häufiger durchgelesen und korrigiert hat, als sonst jemand. Mein Dank geht an Klara, die mir mit dem Buch geholfen hat und vor allem korrigiert hat, was ich nicht konnte.

Ohne all diese Hilfe, wäre mein Buch nie zu dem geworden ‚was es heute ist. Ich danke euch allen von ganzem Herzen für eure Ratschläge und Unterstützung.